La Peau sur les os

Richard Bachman

La Peau sur les os

Roman

Traduit de l'anglais
par François Lasquin

Édition originale américaine :
« THINNER »

A ma femme
Claudia Inez Bachman

1

112 kilos

« Maigris », murmure le vieux Tsigane au nez décomposé lorsque William Halleck et sa femme Heidi émergent du palais de justice. Juste ces deux syllabes : « Maigris. » Il les souffle au visage de Halleck en même temps qu'un flot d'haleine fétide et douceâtre, et avant que Halleck ait pu esquisser un mouvement de recul il lève le bras et lui caresse la joue du bout de son index déformé par l'arthrite. La bouche du vieillard se fend, découvrant des gencives hérissées de quelques rares chicots. Ses chicots sont de guingois, noirâtres, verdissant à la base. Une langue reptilienne les contourne puis glisse à l'extérieur pour humecter ses lèvres distendues par un rictus haineux.

Maigris.

Ce souvenir revint à Billy Halleck dans des circonstances assez appropriées. Il était sept heures du matin et il venait de monter sur la balance de la salle de bains, une serviette nouée autour de la taille. Une bonne odeur de bacon et d'œufs, venue du rez-de-chaussée, lui chatouillait les narines. Il pencha légèrement la tête afin d'apercevoir le chiffre qui s'était inscrit sur le cadran de la balance. Enfin, pas si légèrement que ça. A vrai dire, il fallait carrément qu'il se dévisse le cou. Halleck était un homme corpulent. D'une corpulence *exagérée*, comme le docteur Houston ne s'était pas fait faute de le souligner lors de son dernier check-up. *Puisque personne ne semble s'être donné la peine de vous en informer, il faut que je vous mette les points sur les i,* lui avait dit Houston. *Statistiquement parlant, un homme qui se situe dans la même tranche de revenus que vous et mène un genre de vie comparable au vôtre peut s'attendre à de premiers gros ennuis cardiaques vers l'âge de trente-huit ans. Vous feriez bien de perdre quelques kilos, Billy.*

Mais ce matin, les nouvelles étaient bonnes. La balance indiquait un poids de cent douze kilogrammes, soit quinze cents grammes de moins que la fois précédente.

Oui, enfin... A dire vrai, la dernière fois qu'il avait eu le courage de monter sur la balance et d'en considérer le cadran avec une attention vraiment soutenue, le chiffre exact avait été de 113,95 kilogrammes. Mais il s'était pesé en pantalon et il fallait bien faire abstraction du contenu de ses poches (quelques pièces de monnaie, ses clés, et son couteau suisse à lames multiples). Du reste, la balance de la salle de bains avait toujours été déréglée à la hausse. Billy en avait l'intime conviction.

Enfant, en Caroline du Nord, il avait plus d'une fois entendu raconter que les Gitans étaient capables de prophétiser l'avenir. Il en tenait peut-être enfin la preuve. Il voulut s'esclaffer mais ne parvint à s'arracher qu'un pâle ersatz de sourire. Il était encore trop tôt pour que des histoires de Gitans le fissent rire. Avec le temps, il arriverait à relativiser tout cela. Il avait assez vécu pour le savoir. Mais pour l'heure, la seule pensée des Gitans faisait naître au creux de son ample estomac une désagréable sensation de torsion et il espérait du fond du cœur qu'il n'aurait plus jamais l'occasion d'en voir. Dorénavant, il fuirait les chiromanciens amateurs qui font les lignes de la main dans les soirées et s'en tiendrait à faire tourner les tables. Et encore.

On le héla du rez-de-chaussée. « Billy ?

— J'arrive ! »

Il s'habilla, notant avec une détresse quasi subliminale qu'en dépit des trois livres qu'il venait de perdre son pantalon le bridait toujours à la taille. Il faisait un bon cinquante-deux à présent. Le soir du Nouvel An, à zéro heure zéro une précisément, il avait solennellement renoncé au tabac et cette saine décision lui avait coûté cher.

Bougrement cher. Il descendit l'escalier le col encore déboutonné et la cravate autour du cou, et il entra dans la cuisine au moment précis où sa fille Linda, quatorze ans, se précipitait dehors dans un grand tourbillon de jupe. Ce matin-là, la queue de cheval de Linda était retenue par un aguichant ruban de velours bleu. Elle tenait ses livres de classe sous un bras, et serrait dans son autre main deux gros pompons de majorette. Des pompons violets et blancs, très voyants, qui bruissaient comme des peupliers sous le vent.

« Salut, p'pa !

— Bonne journée, Lin. »

Halleck se mit à table et il déplia le *Wall Street Journal*.

« Mon amour, fit Heidi.

— Très chère », répondit-il, pompeux, en plaçant son journal retourné à côté du plateau à condiments mobile qui trônait au centre de la table.

Heidi posa devant lui une grande assiette qui contenait un petit tas fumant d'œufs brouillés, cinq fines tranches de bacon doré à point et un muffin aux raisins coupé et beurré. Ensuite elle se glissa sur la banquette opposée du recoin à petit déjeuner et elle alluma une Vantage. Les deux premiers mois de l'année s'étaient déroulés dans une atmosphère de crise larvée : trop de « discussions » qui n'étaient que des scènes de ménage déguisées et à la suite desquelles ils terminaient leurs nuits en dormant dos à dos dans le lit conjugal. Et puis, mars arrivant, ils avaient trouvé un modus vivendi. Heidi avait arrêté de le bassiner avec son poids et il avait lui-même cessé de lui faire la guerre au sujet des trente cigarettes qu'elle s'envoyait quotidiennement. En conséquence, ils avaient joui d'un printemps relativement serein. Outre cet armistice matrimonial, des événements heureux avaient marqué leur vie. D'abord, Halleck avait eu de l'avancement. Désormais, la firme Greely, Penschley et Kinder se nommait Greely, Penschley, Kinder et Halleck. La mère de Heidi avait enfin mis à exécution la menace qu'elle brandissait depuis des années (celle de retourner dans sa Virginie natale). Linda avait été promue crieuse en chef de l'équipe de foot de son lycée, et pour Billy cela avait été une vraie bénédiction, car le cinéma que sa fille se jouait à ce sujet lui avait fait friser la dépression nerveuse. Bref, tout baignait dans l'huile.

Et là-dessus les Gitans étaient arrivés en ville.

« *Maigris* », *avait murmuré le vieux Tsigane. Mais qu'est-ce qui avait pu lui mettre le nez dans un état pareil, bon Dieu ? La syphilis ? Un cancer ? Ou une maladie encore plus affreuse, comme la lèpre ? Dis, tu vas bientôt t'arrêter, oui ? Jusqu'à quand tu vas ressasser cette histoire ?*

« Ça te travaille toujours, hein ? demanda Heidi brusquement — si brusquement que Halleck ne put réprimer un sursaut. Billy, ce n'était pas ta faute. Le juge l'a reconnu lui-même.

— Ce n'est pas à ça que je pensais.

— A quoi pensais-tu, alors ?

— A l'indice des prix à la construction. D'après le *Wall Street Journal*, il est en chute libre ce trimestre. »

Eh non, ce n'était pas sa faute puisque le juge en avait décidé ainsi. Le juge Rossington. Cary pour les intimes.

Intimes dont je suis, songeait Halleck. *J'ai joué plus d'une partie de golf avec ce bon vieux Cary Rossington, tu le sais bien, Heidi. Et il y a deux ans, pendant la soirée de réveillon que nous avions organisée chez nous (c'est là que j'ai fait vœu pour la première fois de renoncer au tabac, sans résultat) qui est-ce qui a empoigné à pleine main un de tes nichons (qui épousent si bien la forme d'une main) au moment du traditionnel baiser de bonne année ? Hein, devine ? Oh, mais ma parole, oui ! C'était ce bon vieux Cary Rossington, aussi vrai que je vous le dis !*

Eh oui. Ce bon vieux Cary Rossington, devant qui Billy avait plaidé une bonne douzaine d'affaires d'intérêt purement local. Ce bon vieux Cary Rossington avec qui Billy faisait parfois un petit poker à l'occasion d'un après-midi de détente au Country Club. Ce bon vieux Cary Rossington qui n'avait pas jugé utile de se récuser lorsque son bon vieux copain et partenaire de poker et de golf Billy Halleck (le même auquel il assenait de grandes claques dans le dos en beuglant : « Alors, Gros Bill, ça roule ! ») s'était présenté devant lui non pour discuter du champ d'application d'un quelconque arrêté municipal mais sous le coup d'une accusation d'homicide par imprudence.

Et en voyant que Cary Rossington ne se récusait pas, est-ce que quelqu'un a été ulcéré ? S'est-il trouvé dans toute la bonne ville de Fairview un seul citoyen outragé pour s'élever contre cette iniquité ? Eh bien non, figurez-vous. Personne n'avait fait de vagues. Après tout, il ne s'agissait jamais que d'une bande de nomades pouilleux. L'entière population de Fairview n'avait qu'une hâte, qui était de les voir remonter à bord de leurs vieilles station-wagons poussives, de leurs camping-cars hors d'âge, de leurs camions bringuebalants bricolés en maisons roulantes, franchir les limites de la ville et disparaître à l'horizon. Oui, qu'ils aillent se...

Maigris.

Heidi écrasa son mégot et dit :

« Indice des coûts à la construction, mon œil. Je te connais bien, va. »

Ça, pour le bien connaître, elle le connaissait bien. Et Billy la soupçonnait d'y avoir pensé de son côté. Son visage était d'une pâleur inhabituelle. Elle paraissait son âge (trente-cinq ans), ce qui n'était pas habituel non plus. Ils s'étaient mariés au sortir de l'adolescence, et Billy se souvenait encore de la réaction d'un représentant en aspirateurs qui avait sonné à leur porte un beau matin de leur troisième année de vie conjugale. Après avoir rapidement dévisagé Heidi Halleck, qui avait alors vingt-deux ans, il lui avait poliment demandé : « Est-ce que ta maman est là, mon petit ? »

« En tout cas, ça n'affecte en rien mon appétit », fit-il observer, non sans justesse. États d'âme ou pas, il n'avait fait qu'une bouchée de ses œufs brouillés et il ne restait plus trace du bacon sur son assiette. Il avala la moitié de son jus d'orange et il adressa un sourire à Heidi. Un grand sourire, généreux et franc. Elle essaya de lui rendre la pareille, mais ne produisit qu'une vague grimace. Il l'imagina affublée d'une pancarte qui disait : SOURIRE MOMENTANÉMENT HORS SERVICE.

Il étendit le bras en travers de la table et il lui prit la main.

« Tout va bien, Heidi. Enfin, peut-être pas, mais en tout cas le plus dur est passé.

— Je sais bien, oui.

— Est-ce que Linda... ?

— Non. C'est fini. Elle m'a dit que... que ses copines faisaient bloc autour d'elle. »

Dans la semaine qui avait suivi l'accident, leur fille avait sérieusement dégusté. Elle rentrait du lycée en larmes ou au bord de la crise de nerfs. Elle ne s'alimentait plus. Son visage se couvrait de boutons. Halleck, après s'être juré de ne pas en faire trop, s'était rendu au lycée où il avait eu des entretiens successifs avec le professeur principal de Linda, le proviseur adjoint, et la prof préférée de sa fille, Miss Nearing, qui enseignait la gym et l'art de brailler en rythme en agitant des pompons de papier. Il était ressorti de leurs entretiens (ah, voilà une phrase où l'on sentait la patte du juriste !) que Linda était en butte à des plaisanteries, certes peu relevées et assenées avec la brutalité qui a toujours marqué les facéties de potaches, mais qui n'étaient guère plus que de simples gamineries. Etant donné les circonstances, tout cela n'était sans doute pas du meilleur goût, mais que pouvait-on espérer d'une classe d'âge pour qui les histoires de bébés étripés représentaient le summum de l'humour ?

Il avait emmené Linda faire un petit tour avec lui dans leur rue. Lantern Drive était bordée sur toute sa longueur de maisons élégantes, séparées de la rue par des pelouses soigneusement taillées. On passait d'abord devant de « modestes » villas à 75 000 dollars, et à mesure que l'on avançait vers l'extrémité de la rue (et le Country Club), on entrait dans un périmètre peuplé de demeures patriciennes avec piscine et sauna, dont la valeur grimpait progressivement jusqu'aux 200 000 dollars et plus.

Linda était vêtue de son vieux short à carreaux dont les coutures commençaient à s'effilocher. Halleck nota aussi que ses jambes étaient devenues si longues et fuselées que l'on apercevait les bords de sa petite culotte de coton jaune par l'échancrure du short. Il éprouva un bref poignement de cœur, mélange de terreur et de regret. Sa fille grandissait. Elle n'ignorait sans doute pas que son short était trop petit et bien trop usé, mais Halleck devinait qu'elle l'avait mis parce qu'il représentait un ultime lien avec un âge plus heureux, un âge où elle n'avait pas vu son père traîné au banc d'infamie (même si l'acquittement était couru d'avance dans un tribunal où officiait son vieux partenaire de golf, Cary Rossington, et où la main qui maniait le marteau était celle-là même qui avait palpé le nichon de sa femme un soir de Nouvel An), un âge où ses petits camarades ne s'ameutaient pas autour d'elle à l'heure du déjeuner pendant qu'elle mastiquait un sandwich sur la pelouse du terrain de foot pour lui demander si son père avait eu droit à emporter la tête de la vioque pour l'accrocher en guise de trophée au-dessus de la cheminée.

Tu as bien compris que c'était un accident, Linda ?

Elle hoche la tête sans le regarder. Oui, papa.

Cette femme a surgi brusquement d'entre deux véhicules à l'arrêt, et elle s'est jetée sur la chaussée sans regarder ni à droite ni à gauche. Je n'ai pas eu le temps de freiner. C'était matériellement impossible.

Papa, je n'ai pas envie que tu m'en parles.

Je sais bien. Moi non plus, je n'ai pas envie de t'en parler. Mais d'autres t'en parlent, que tu le veuilles ou non. Au lycée.

Elle le regarde avec appréhension. Papa ! Tu n'as tout de même pas...

Si, Linda. Je suis allé voir tes professeurs. Hier après-midi. Mais j'ai attendu qu'il soit trois heures et demie. Il n'y avait pas un seul élève, ou en tout cas je n'en ai vu aucun. Personne ne saura rien.

Elle se détend imperceptiblement.

Il paraît que les autres gosses t'en ont fait voir de toutes les couleurs. Je suis désolé, Lin.

Ils ne m'en ont pas fait voir tant que ça, dit-elle en lui prenant la main. Elle dit cela, mais les boutons d'un rouge agressif qui constellent son front auparavant intact proclament le contraire. Ses boutons sont là pour dire qu'elle a morflé. Voir son père se faire arrêter, c'est une situation qu'on n'est pas prête à affronter à quatorze ans, même quand on a lu tous les livres de Judy Blume (qui finira bien par aborder un jour ce thème délicat).

A ce qu'il paraît, tu t'en es bien tirée, poursuit Halleck. Tu n'en as pas fait une montagne. Heureusement d'ailleurs, parce que si jamais ils s'apercevaient que ça te touche vraiment...

Oui, je sais, dit-elle d'un air sombre.

Miss Nearing m'a dit qu'elle était drôlement fière de toi, ajoute-t-il. Là, il fait une légère entorse à la vérité. Miss Nearing ne lui avait rien dit de tel. Toutefois, elle lui avait parlé de Linda avec chaleur, et Halleck s'était aperçu qu'il accordait presque autant d'importance à son opinion que sa fille elle-même. Son petit mensonge fait merveille. Les yeux de Linda se mettent à briller, et pour la première fois elle regarde son père bien en face.

Miss Nearing t'a dit ça?

Oui, elle m'a dit ça, affirme-t-il. Il ment avec aplomb et conviction. Et pourquoi pas? Ces jours-ci, il n'en est pas à un mensonge près.

Linda lui presse la main et elle lui sourit avec gratitude.

Ils ne tarderont pas à laisser tomber, Lin. Ils se trouveront une autre tête de Turc. Une fille tombera enceinte, un prof fera une dépression nerveuse, un garçon se fera pincer avec de l'herbe ou de la cocaïne sur lui. Et ils te ficheront la paix. Tu me suis?

Tout à coup, Linda se jette dans ses bras et elle l'étreint avec violence. Halleck se dit qu'en fin de compte elle ne grandit pas si vite que ça et que le mensonge a parfois du bon. Je t'aime, papa, lui dit-elle.

Moi aussi, je t'aime, Lin.

Il la serre sur son cœur, et soudain un gros ampli s'allume au fond de son crâne et il entend à nouveau les deux chocs sourds. Le premier quand le pare-chocs de la grosse Oldsmobile percute la vieille Gitane qui porte un foulard rouge vif sur ses cheveux en bataille, le second quand les roues avant lui passent dessus.

Heidi se met à hurler.

Et sa main cesse brusquement de s'activer entre les cuisses de Halleck.

Halleck étreint sa fille avec une force redoublée tandis qu'une terreur glaciale lui hérisse tous les poils du corps.

Heidi interrompit sa rêverie en lui demandant s'il voulait encore des œufs.

« Non. Non, merci. » Il regarda son assiette vide avec une pointe de culpabilité. Même les situations les plus accablantes ne l'étaient jamais assez pour lui faire perdre le sommeil ou l'appétit.

« Tu es sûr que tu...

— Que je vais bien ? acheva-t-il avec un sourire. Je vais bien, tu vas bien, Linda va bien. Comme ils disent à la fin des mélos de la télé, le cauchemar est terminé. Si on recommençait à vivre à présent ?

— Voilà une excellente idée. » Cette fois Heidi répondit à son sourire par un sourire en bonne et due forme. Tout à coup, avec ce visage rieur, elle paraissait dix ans de moins. « Tu veux le reste du bacon ? Il y en a deux autres tranches.

— Non », dit Halleck en songeant à la manière dont la ceinture de son pantalon entamait la chair molle de sa taille (« *Taille ? Quelle taille ?* grinça dans sa tête un petit Groucho Marx tristement dénué d'humour. *La dernière fois que tu as eu une taille, c'était en 1978, pauvre ballot !* ») et aux efforts désespérés qu'il devait faire pour rentrer son ventre afin de pouvoir en boucler l'agrafe centrale. Ensuite il se souvint de la balance et il corrigea : « Si, tiens, je vais en reprendre une. J'ai perdu un kilo cinq cents. »

Heidi s'était dirigée tout droit vers la cuisinière sans tenir compte de son refus initial. (*Quelquefois elle me connaît si bien que ça en devient déprimant,* se dit-il.) Elle lui lança un bref coup d'œil par-dessus son épaule.

« Ça te turlupine toujours, hein ? demanda-t-elle.

— Mais non ! protesta-t-il avec agacement. J'ai bien le droit de perdre un ou deux kilos, non ? Tu me répètes tout le temps que tu me préférerais un peu plus...

(maigre)

... un peu moins enveloppé. » Voilà qu'elle avait fait resurgir l'image du vieux Tsigane dans son esprit. Ce nez rongé par Dieu sait quelle gangrène, le contact répugnant de ce doigt calleux qui lui avait frôlé la joue juste avant qu'il ait eu le temps de faire un geste de recul semblable au haut-le-corps qu'on peut avoir face à une araignée ou à un amas de cloportes grouillant sous une souche morte.

En posant le bacon devant lui, Heidi lui effleura la tempe d'un baiser.

« Excuse-moi, lui dit-elle. Vas-y, perds du poids, tu as raison. Mais si ça ne marche pas, souviens-toi de ce que dit la chanson : c'est un fait...

— ... tel qu'il est, il me plaît ! » achevèrent-ils en chœur.

Halleck esquissa un geste pour ramasser son *Wall Street Journal* abandonné près du plateau à condiments, puis il se ravisa. Trop déprimant. Il se leva, sortit, et alla récupérer le *New York Times* au milieu d'une plate-bande de bégonias. Le petit livreur de journaux le balançait immanquablement sur cette plate-bande, le décompte qu'il lui présentait en fin de semaine était toujours inexact et il n'avait jamais été fichu de mémoriser le nom de famille dès Halleck. Billy s'était maintes fois demandé à son propos s'il était possible qu'un mioche de douze ans fût atteint de la maladie d'Alzheimer.

Il réintégra la cuisine avec son journal, l'ouvrit à la page des sports et mangea son bacon. Il était plongé dans la lecture des scores de base-ball lorsque Heidi posa devant lui un autre muffin aux raisins dégoulinant de beurre fondu, et il l'engloutit avec une voracité toute machinale.

2

110 kilos

En ville, un procès qui traînait depuis plus de trois ans et que Halleck s'attendait à voir se balader trois ou quatre ans de mieux d'une chambre civile à l'autre se conclut d'une façon aussi heureuse qu'imprévue au milieu de la matinée. A l'occasion d'une suspension d'audience, le défenseur se déclara prêt à un règlement à l'amiable, en proposant une somme proprement sidérante. Halleck décida incontinent de faire signer audit défendeur, un fabricant de peinture de Schenectady, et à son client un acte de consentement mutuel pour sceller leur accord, et tout le monde se retrouva dans le cabinet du juge. L'avocat de la partie adverse n'était guère parvenu à dissimuler sa consternation tandis que son client apposait son paraphe sur les six exemplaires de l'acte en question et que le greffier, dont le crâne chauve luisait benoîtement, les authentifiait l'un après l'autre. Billy était assis dans un fauteuil, béat, les mains jointes et calées au creux de son giron, et il éprouvait à peu près les mêmes sentiments que quelqu'un qui vient de gagner le gros lot à la loterie. A midi, tout était réglé.

Billy entraîna son client chez O'Lunney's et, après avoir commandé un triple Chivas pour l'heureux homme et un martini pour lui-même, il alla téléphoner à Heidi.

« Mohonk ! » meugla-t-il lorsqu'elle décrocha. Mohonk était le nom d'une station de villégiature du nord de l'État de New York où ils avaient passé leur lune de miel (aux frais des parents de Heidi), bien des années plus tôt. Ils avaient eu le coup de foudre pour l'endroit, et depuis ils y avaient passé deux fois leurs vacances d'été.

« Hein ? fit Heidi.

— Mohonk, répéta Billy. Si tu ne peux pas y aller, j'inviterai ma secrétaire.

— Ah non, alors ! Mais qu'est-ce qui se passe, Billy ?

— Tu veux y aller, oui ou non ?

— *Évidemment* que je veux ! Ce week-end ?

— Dès demain, si Mrs Bean est d'accord pour passer à la maison de temps en temps histoire de voir si Linda n'a besoin de rien et de s'assurer que la vaisselle est faite et que les réunions de copains devant la télé du salon ne dégénèrent pas en orgies. Et si... »

Mais il n'acheva pas, car les cris de joie de Heidi noyaient complètement sa voix.

« C'est ton procès, Billy ! Les émanations toxiques causées par cette peinture murale, la dépression nerveuse, l'épisode psychotique et...

— Canley va accepter un règlement de gré à gré. En fait, il a *déjà* accepté. Au bout de toutes ces années passées à enculer des mouches avec des assemblées entières de sommités médicales et à décortiquer des rapports d'experts rigoureusement ineptes, ton mari a enfin fait triompher une bonne cause ! Car pour une fois la justice l'emporte, d'une manière claire et indiscutable. Canley va raquer, et moi je nage dans le bonheur !

— Oh mon Dieu, Billy ! » Elle se remit à hennir de joie, si bruyamment cette fois qu'elle provoqua un effet de Larsen dans l'écouteur. Billy éloigna le combiné de son oreille avec un large sourire. « Combien est-ce qu'il va toucher, ton client ? »

Billy lui indiqua la somme, et ce coup-ci il lui fallut tenir l'écouteur à distance pendant cinq bonnes secondes.

« Tu ne crois pas que Linda nous en voudra de la laisser seule pendant cinq jours ?

— Tu rigoles, ou quoi ? Elle pourra enfin regarder le

film de minuit à chaque fois que ça lui chantera et proposer à sa copine Georgia de venir lui tenir compagnie afin qu'elles puissent passer des soirées entières à se raconter leurs histoires de cœur en s'empiffrant de crottes en chocolat ! Est-ce qu'il fait froid là-haut à cette époque de l'année, Billy ? Tu veux que je te prenne ton gros cardigan de laine ? Tu préfères l'anorak, ou le blouson en jean ? Et si je prenais les deux, qu'est-ce que tu en dis ? Et pour... »

Billy lui dit qu'il s'en remettait à elle et il alla retrouver son client. Ce dernier avait déjà ingurgité la moitié de son Chivas et il avait une folle envie de raconter des blagues polonaises. Il avait l'air de quelqu'un qui vient de prendre un coup de massue. Billy sirota son Martini tandis que son compagnon lui débitait les sempiternelles histoires de charpentiers polonais et de maîtres d'hôtel polonais. Il ne les écoutait que d'une oreille, tout en tirant mentalement des plans sur la comète. Ce procès aurait sans doute des répercussions à long terme. Il était encore trop tôt pour affirmer qu'il allait lui faire faire un bond en avant dans sa carrière, mais ce n'était pas à exclure. Loin de là. Pas mal pour une de ces affaires que les grosses firmes d'avocats acceptent de loin en loin pour montrer qu'elles ont du cœur. Elle lui amènerait peut-être une...

... le premier choc précipite Heidi en avant, sa main se contracte machinalement et Billy éprouve une sourde douleur dans la région du bas-ventre. Le soubresaut de Heidi est assez violent pour que la serrure de sa ceinture de sécurité s'enclenche. Un geyser de sang jaillit et trois grosses gouttes s'écrasent sur le pare-brise. On dirait de la pluie rouge. Heidi n'a même pas eu le temps de se mettre à hurler ; ses hurlements viendront plus tard. Billy n'a pas la moindre idée de ce qui est en train de leur arriver ; la compréhension ne lui viendra qu'à la deuxième secousse. Et il...

... avala d'un trait le reste de son Martini. Des larmes lui étaient montées aux yeux.

« Ça ne va pas ? questionna son client, qui se nommait David Duganfield.

— Si, ça va incroyablement bien, dit Billy en lui tendant la main à travers la table. Mes félicitations,

David. » Il ne voulait plus penser à l'accident, ni à ce Tsigane au nez putréfié. Il était du côté des braves gens, ainsi qu'en témoignaient la poignée de main vigoureuse de Duganfield, son sourire las et un peu niais.

« Merci, mon vieux, dit Duganfield. Merci du fond du cœur. » Soudain, il se pencha par-dessus la table, prit Billy dans ses bras et l'étreignit gauchement. Billy lui rendit son accolade, mais au moment de lui mettre les bras autour du cou David Duganfield lui avait effleuré la joue de la paume et il avait repensé à l'étrange caresse du vieux Tsigane.

Il m'a touché, se dit Billy et, tout en serrant son client dans ses bras, il frissonna.

Sur le chemin du retour, il s'efforça d'orienter le cours de ses pensées sur David Duganfield, sachant que c'était un sujet de méditation qui ne pourrait lui être que bénéfique, mais le temps d'arriver au pont de Triborough, l'image de Ginelli s'était sournoisement substituée à celle de Duganfield.

Duganfield et lui avaient passé la plus grande partie de l'après-midi chez O'Lunney's, mais la première impulsion de Billy avait été d'emmener son client aux Three Brothers, un restaurant italien dont Richard Ginelli était l'actionnaire principal en sous-main. Cela faisait des années que Billy n'y avait pas mis les pieds (vu la réputation de Ginelli, sa fréquentation aurait été compromettante pour lui), mais il n'en continuait pas moins à le considérer comme son restaurant de prédilection. Il y avait fait d'excellents repas et y avait pris du bon temps, en dépit du peu d'enthousiasme que l'établissement et Ginelli lui-même inspiraient à Heidi. Ginelli faisait peur à Heidi, ou en tout cas Billy en avait l'impression.

Au moment où il quittait l'autoroute pour gagner Gun Hill Road, ses pensées revinrent au vieux Tsigane avec l'automatisme d'un vieux cheval qui reprend obstinément le chemin de l'écurie.

C'est à Ginelli que tu as pensé d'emblée. Quand vous êtes rentrés à la maison ce jour-là et que Heidi s'est réfugiée dans la cuisine pour pleurer, tu as eu spontanément l'impulsion d'appeler Ginelli. « Allô, Rich ? J'ai tué une vieille dame. Je peux passer vous voir pour qu'on en discute ? »

Mais Heidi était dans la pièce voisine. Heidi n'aurait pas compris. La main de Billy s'était levée vers le téléphone, et puis il l'avait laissée retomber. Et là, dans un accès de lucidité intense, il s'était vu tel qu'il était : un avocat prospère, habitant d'une bourgade aisée du Connecticut qui, lorsqu'il était dans de sales draps, ne trouvait personne d'autre à appeler qu'un truand new-yorkais qui apparemment avait pris le pli de faire flinguer ses concurrents depuis quelques années.

Ginelli était un homme de haute taille, au visage plutôt ingrat, mais d'une grande élégance naturelle. Il était doué également d'une voix bien timbrée, forte et douce à la fois, que l'on n'aurait certes pas associée à priori avec le commerce des drogues, la prostitution et le meurtre. Pourtant, il les pratiquait tous les trois, à en croire sa fiche de police. Et c'est la belle voix de Ginelli que Billy avait eu envie d'entendre au terme de cet après-midi de cauchemar, dès que Duncan Hopley, le chef de la police de Fairview, l'avait autorisé à rentrer chez lui.

« ... rester planté là jusqu'à la fin des temps ?

— Hein ? » fit Billy en sursautant. Il s'était arrêté devant une guérite du péage de Rye, et par malchance c'était une des seules encore opérées par un être humain.

« Je disais : vous allez me payer, ou est-ce que vous comptez... ?

— Bon, bon », fit Billy en tendant un billet d'un dollar à l'employé du péage. Il empocha sa monnaie et redémarra. Il pénétrait dans le Connecticut ; plus que quarante kilomètres d'autoroute et il serait avec Heidi. Ensuite, ils partiraient pour Mohonk. Puisque Duganfield ne te suffit pas comme diversion, essaye Mohonk. Mais lâche-nous un peu avec ton vieux Tsigane et ta vieille Gitane, tu veux ?

Toutefois ses pensées le ramenaient sans cesse à Ginelli.

Billy avait fait sa connaissance sept ans auparavant par

le truchement de sa firme, que Ginelli avait chargée de déposer les statuts d'une société. Le dossier avait été confié à Billy, qui à l'époque se trouvait à l'échelon le plus bas de la hiérarchie. Aucun des associés en titre n'aurait voulu tremper là-dedans ; la réputation de Rich Ginelli était déjà des plus déplorables en ce temps-là. Billy n'avait jamais interrogé Kirk Penschley sur les motifs qui avaient pu pousser sa firme à accepter de prendre pour client un zèbre pareil ; s'il avait posé ce genre de questions on lui aurait répondu d'aller faire mumuse ailleurs et de laisser les décisions tactiques à ses aînés. Il s'était dit que Ginelli avait sans doute découvert quelque chose de pas très propre dans le passé de quelqu'un ; c'était un homme qui avait des oreilles partout.

La constitution de la société anonyme Three Brothers allait demander trois mois. En se mettant au travail, Billy s'attendait à éprouver de l'aversion ou peut-être même de la crainte vis-à-vis de son client. Mais ce fut tout le contraire ; Ginelli l'avait franchement séduit. Ginelli avait du charisme. On ne s'ennuyait jamais en sa compagnie. De plus, il témoignait envers la personne même de Billy d'un respect et d'une considération qu'on ne se déciderait à lui accorder au sein de sa propre firme que quatre ou cinq ans plus tard.

Il arrivait au péage de Norfolk. Il ralentit, jeta ses trente-cinq *cents* dans le petit panier et rejoignit le flot de la circulation. D'un geste purement machinal, il se pencha vers la droite et ouvrit la boîte à gants. Deux Twinkies étaient dissimulés derrière les cartes routières et le livret d'entretien de la voiture. Il en prit un, déchira l'emballage et se mit à mastiquer la barre chocolatée avec entrain, sans prendre garde aux miettes qui pleuvaient sur son gilet.

Billy avait achevé son travail depuis belle lurette lorsqu'un grand jury new-yorkais avait demandé l'inculpation de Ginelli pour avoir ordonné une série de meurtres dans le cadre d'un règlement de comptes entre gangs de trafiquants de drogue. L'inculpation avait été confirmée à l'automne 1980 par le parquet de New York, mais les poursuites avaient dû être abandonnées au printemps suivant en raison de l'élévation subite du taux de mortalité chez les témoins à charge. L'un de ces témoins avait péri dans l'explosion de sa voiture, ainsi que deux des trois flics chargés d'assurer sa protection. Un autre avait eu la gorge percée par un manche de parapluie brisé tandis qu'il se faisait cirer les chaussures dans un fauteuil surélevé de la gare de Grand Central. Les deux témoins survivants avaient décidé, comme on pouvait s'y attendre, qu'en définitive ils ne pouvaient pas affirmer catégoriquement que c'était bien le nommé Richard Ginelli, dit « Le Cogneur » qui avait ordonné devant eux l'exécution d'un certain Richofsky, caïd de la drogue à Brooklyn.

Westport. Southport. Fairview n'était plus bien loin. Billy se pencha à nouveau vers la droite et il explora la boîte à gants à tâtons... Tiens ! Un de ces petits sachets de cacahuètes salées que les compagnies aériennes distribuent gracieusement aux passagers à l'heure de l'apéritif. Le sachet était entamé et les cacahuètes un peu rances, mais encore comestibles. Halleck n'en fit qu'une bouchée, sans les goûter plus qu'il n'avait goûté les Twinkies.

Ginelli et lui avaient échangé des cartes de Noël. De loin en loin, ils se retrouvaient pour déjeuner, la plupart du temps au Three Brothers. A la suite de ce que Ginelli appelait placidement ses « difficultés légales », les déjeuners avaient cessé. Heidi y avait bien été pour quelque chose (dès que le nom de Ginelli était prononcé devant elle, elle se lançait dans la grande scène du trois), mais moins finalement que Ginelli lui-même.

« Vous feriez mieux de m'éviter pendant quelque temps, avait-il dit à Billy.

— Ah bon ? Pourquoi ? » avait fait Billy en feignant de tomber des nues (la veille au soir, Heidi lui avait encore fait une scène affreuse à ce sujet).

« Parce qu'aux yeux du monde, je suis un gangster, avait expliqué Ginelli. Les jeunes avocats d'avenir qui fréquentent des gangsters cessent vite d'avoir de l'avenir, William. Si vous voulez avancer dans votre carrière, chose qui m'importe par-dessus tout, il faut éviter de vous mouiller.

— Vous vous faites du souci pour ma carrière, c'est tout ?

— Non, ce n'est pas vraiment tout, avait répondu Ginelli en souriant mystérieusement. J'ai d'autres soucis en plus.

— Lesquels ?

— Ça, j'espère bien que vous l'ignorerez toujours, William. Venez quand même boire un *espresso* de temps en temps. On pourra bavarder ensemble, rigoler un brin. Mais juste un petit saut rapide, hein. Histoire de garder le contact. »

Billy s'en était donc tenu à cette ligne de conduite (quoique les petits sauts rapides aient eu tendance à s'espacer depuis quelque temps, se dit-il en s'engageant sur la rampe de sortie en direction de Fairview), et lorsqu'il s'était trouvé devant la perspective d'une inculpation pour homicide par imprudence, il avait immédiatement pensé à Ginelli.

Mais ce bon vieux tripoteur de nichons, Cary Rossington, t'a épargné cela, lui souffla sa voix intérieure. *Alors comment se fait-il que tu penses encore à Ginelli ? Tu ne devrais plus penser qu'à Mohonk. A David Duganfield, qui vient de te prouver que les braves gens ne sont pas toujours les seuls à trinquer. Et aux kilos qu'il te reste à perdre.*

Pourtant, lorsqu'il s'engagea dans son allée, c'est une phrase de Ginelli qui lui tournait dans la tête : *J'espère bien que vous l'ignorerez toujours, William.*

Mais de quoi parlait-il, bon Dieu ? se demanda Billy, sur quoi Heidi se rua dehors pour lui sauter au cou et il oublia momentanément le reste du monde.

3

Mohonk

C'était leur troisième soir à Mohonk, et ils venaient juste de faire l'amour. Six fois en trois jours ! De quoi vous donner le tournis lorsqu'on est habitué au rythme pépère de deux séances de fornication par semaine. Billy était allongé à côté de sa femme, jouissant de la douce chaleur qui émanait d'elle et des effluves capiteux de son parfum (Anaïs-Anaïs) mêlés à une odeur de sexe et de sueur. Un bref instant, sa béatitude fut court-circuitée par l'image de la vieille Gitane telle qu'il l'avait aperçue quelques secondes avant le heurt fatal, et il lui sembla entendre le bruit d'une bouteille de Perrier qui éclate. Mais la vision s'effaça aussitôt.

Il roula sur lui-même et serra Heidi contre lui.

Elle lui enlaça le cou d'un bras et fit remonter son autre main jusqu'au sommet de sa cuisse. « Tu sais, Billy, si je jouis comme ça encore une fois, il ne me restera plus rien dans la cervelle.

— C'est un mythe, dit-il en souriant de toutes ses dents.

— Que le plaisir sexuel vous grille les neurones ?

— Non, ça c'est vrai. Le mythe, c'est qu'on les perd définitivement. Les neurones qu'on perd en baisant se reconstituent.

— On dit ça, on dit ça... »

Heidi se lova tout contre lui. Sa main quitta sa cuisse,

effleura amoureusement son sexe, joua un moment avec la toison de son pubis (l'an passé, Billy avait découvert avec consternation ses premiers poils blancs dans cet endroit que son père désignait poétiquement sous le nom de « buisson d'Adam »), ensuite elle entreprit l'escalade de son abdomen rebondi.

Soudain, Heidi se redressa sur les coudes, arrachant Billy à son début d'assoupissement.

« Mais c'est vrai que tu as maigri !

— Euh ?

— Billy Halleck, tu as *minci !* »

Billy s'assena une claque sur l'estomac (cet estomac qu'il nommait parfois « la maison Budweiser », en hommage à sa marque de bière favorite) et il éclata de rire. « Pas tellement. Tu vois bien que j'ai toujours mon ventre de femme enceinte de sept mois.

— Tu es toujours gros, mais moins qu'avant. J'en suis sûre. C'est très net. Quand t'es-tu pesé pour la dernière fois ? »

Billy opéra un rapide retour en arrière. Il s'était pesé le jour où Canley avait accepté le règlement à l'amiable. Il était tombé à cent dix kilos.

« Je t'ai dit que j'avais perdu quinze cents grammes, tu te souviens ?

— Bon, eh bien, demain matin au saut du lit, tu te pèseras.

— Il n'y a pas de balance dans la salle de bains, objecta Billy avec satisfaction.

— Tu rigoles ?

— Eh non. Mohonk est un endroit civilisé.

— On en trouvera bien une. »

Son assoupissement l'avait repris. « Bon, bon, si tu y tiens tant que ça, marmonna-t-il.

— J'y tiens. »

Il se disait que sur ce plan-là Heidi s'était comportée en épouse modèle. Ces cinq dernières années, depuis que son embonpoint avait pris des proportions vraiment inquiétantes, Billy avait périodiquement pris la décision de se mettre au régime ou de se livrer à des séances quotidiennes de musculation, parfois même les deux de front. Les régimes avaient été marqués par des tricheries continuelles. Un hot-dog ou deux en début d'après-midi pour compenser la frugalité du déjeuner au yaourt, ou bien un hamburger enfourné à la hâte le samedi pendant que Heidi était partie faire sa tournée des braderies et des ventes aux enchères. Il s'était même parfois abaissé jusqu'à faire un saut à la supérette voisine pour y ingurgiter d'innommables sandwiches chauds. Une fois traitée au four à micro-ondes, leur viande prenait l'aspect d'une peau de grand brûlé maladroitement greffée, et pourtant Billy n'en laissait jamais une miette. Il avait toujours eu un faible pour la bière, mais ce n'était rien à côté de son faible pour la boustifaille. Et s'il savait apprécier la finesse d'une sole grillée servie sur un plat d'argent dans un grand restaurant de New York, il ne répugnait pas pour autant à s'envoyer un sac entier de Doritos trempés dans une boîte de sauce aux clams tout en regardant un match de base-ball à la télé.

Quant à ses séances de musculation, elles duraient généralement une semaine. Tantôt c'était son emploi du temps trop chargé qui le forçait à les interrompre, tantôt il s'en désintéressait de lui-même. Sa barre à disques délaissée, vite envahie de rouille et de toiles d'araignées, se morfondait dans un coin du sous-sol. A chaque fois que Billy y descendait elle était là comme un vivant reproche et il évitait de la regarder.

Alors il rentrait son ventre encore plus qu'à l'accoutumée et il allait s'exhiber fièrement à Heidi en lui annonçant qu'il avait perdu cinq kilos. Heidi hochait la tête d'un air satisfait, elle lui jurait que la différence sautait aux yeux, mais bien entendu elle n'était pas dupe. Elle avait vu le sac (ou les sacs) de Doritos vide dans la poubelle. Et depuis que l'État du Connecticut avait adopté une loi qui rendait les retours-consignes obligatoires pour les bouteilles et autres récipients en verre, la vue des bouteilles de bière vides qui s'entassaient dans la dépense faisait naître en Billy une culpabilité presque aussi cuisante que celle des haltères abandonnés dans leur coin.

Heidi le voyait dans son sommeil. Pis encore, elle le voyait uriner. Pas moyen de rentrer son ventre lorsqu'on est en train de pisser. Billy avait beau s'y évertuer, c'était tout bonnement impossible. Heidi savait qu'il n'avait perdu qu'un kilo, un kilo cinq à tout casser. On peut dissimuler une infidélité à sa femme (pour un temps en tout cas), mais on ne peut pas lui dissimuler son poids. Une femme qui doit supporter votre poids à intervalles plus ou moins rapprochés en observe les moindres variations. Mais Heidi lui souriait et elle lui disait : *Bien sûr que tu es plus beau comme ça, mon chéri.* Il entrait sans doute une part de calcul dans son attitude, car c'était une bonne manière de dissuader Billy de lui faire des histoires au sujet de ses cigarettes, mais il aurait fallu qu'il soit idiot pour croire qu'elle n'avait pas une raison plus sérieuse de se conduire ainsi. Elle faisait cela surtout dans le souci de préserver la dignité de Billy.

« Billy ?

— Quoi ? » Arraché pour la seconde fois à son assoupissement, il ouvrit sur elle des yeux mi-amusés, mi-fâchés.

« Tu ne te sens pas un peu patraque ces temps-ci ?

— Mais non, je vais très bien. Et pourquoi est-ce que je serais patraque, d'ailleurs ?

— Ben c'est que... parfois... il paraît qu'une perte de poids trop soudaine est quelquefois mauvais signe.

— Je suis en pleine forme. Et si tu ne me laisses pas roupiller en paix, je te le prouverai en te sautant encore une fois.

— Vas-y, saute-moi. »

Billy poussa un gémissement et elle éclata de rire. Ensuite ils sombrèrent vite dans le sommeil. Billy fit un rêve dans lequel il était une fois de plus à bord de l'Oldsmobile avec Heidi. Mais cette fois, aussitôt qu'ils eurent quitté le parking du Shop'n'Save, il *sut* qu'il s'agissait d'un rêve, il *sut* ce qui allait arriver et il voulut dire à Heidi de se tenir tranquille, de le laisser se concentrer sur sa conduite parce que d'ici quelques minutes une vieille Gitane allait surgir d'entre deux véhicules à l'arrêt (il savait d'avance qu'il s'agirait d'une Subaru jaune et d'une Firebord olive, et que les cheveux poivre et sel de la vieille femme seraient retenus par des barrettes de Prisunic en plastique) et qu'elle allait se jeter en avant sans regarder ni à droite ni à gauche. Il voulait dire à Heidi que c'était son unique chance de repartir de zéro, de tout reprendre, de tout réparer.

Mais il ne parvenait pas à émettre le moindre son. A nouveau, il sentait son plaisir s'éveiller au contact des doigts de Heidi qui folâtraient autour de sa braguette et s'enhardissaient peu à peu (il entra en érection dans son sommeil et tourna légèrement la tête en entendant le crissement métallique de la fermeture Éclair qui s'abaissait cran après cran). Mais son plaisir se teintait désagréablement du pressentiment obscur d'une horrible fatalité. A présent, il distinguait la Subaru jaune garée un peu plus haut dans la rue derrière la Firebird verte barrée d'une bande blanche façon course. Et entre les deux la brève fulguration de hardes bariolées, plus voyantes que toutes les peintures qu'on avait jamais vaporisées au bout des chaînes de montage de Detroit et de Toyota. Billy aurait voulu hurler : *Arrête, Heidi ! C'est elle ! Si tu n'arrêtes pas, je vais encore la tuer ! Pitié, mon Dieu ! Oh non, je vous en prie, pas ça !*

Mais déjà la silhouette émergeait d'entre les deux voitures. Halleck voulait faire passer son pied sur la pédale de frein, mais on aurait dit qu'il était collé à celle de l'accélérateur, maintenu par une force terrible et irrévocable. *La cyanolite de la Fatalité,* se disait-il absurdement en essayant de braquer et en constatant que le volant ne lui obéissait plus. Le volant était coincé, grippé. Billy se ramassait mentalement sur lui-même en prévision du choc. Sur ces entrefaites la Gitane tournait la tête et son visage n'était pas celui d'une vieille femme, oh non ! C'était celui du Tsigane au nez putréfié. Qui à présent n'avait plus d'yeux. Une fraction de seconde avant que la grosse Oldsmobile ne l'ait happé, Billy vit ses orbites vides rivées sur lui et, sous l'horrible chancre de son nez, ses lèvres qui s'écartaient pour former un obscène sourire en croissant.

Ensuite, le double choc.

Une main molle et ridée, aux doigts couverts de bagues de bazar en laiton martelé, flottait brièvement au-dessus du capot, et trois gouttes de sang s'écrasaient sur le pare-brise. Halleck n'avait senti que de très loin le terrible mélange de jouissance et de douleur qu'avait provoqué la main de Heidi lorsqu'elle s'était refermée comme un crampon sur son sexe érigé, retenant l'éjaculation déclenchée par le choc...

Il entendait la voix murmurante du vieux Tsigane qui semblait monter du sol au-dessous de lui et lui parvenait, étouffée mais distincte, à travers le plancher luxueusement moquetté de l'Oldsmobile : « *Maigris !* »

Il se réveilla en sursaut, se tourna vers la fenêtre et réprima un hurlement. Un croissant de lune étincelant flottait au-dessus des montagnes, et il lui avait semblé que c'était le visage du vieux Tsigane qui l'épiait par la fenêtre. Le vieil homme avait la tête légèrement penchée, ses yeux étaient deux brillantes étoiles qui trouaient le ciel noir des Adirondacks, et son sourire semblait éclairé du dedans et diffusait une froide phosphorescence pareille à celle qui émane d'un bocal rempli de lucioles, pareille à celle de ces feux follets que Billy avait parfois aperçus enfant dans les marais de sa Caroline natale. Lumière antique et froide d'un croissant de lune qui sourit fourbement comme un homme qui médite une revanche.

Billy prit une profonde inspiration et il serra fortement les paupières. Quand il rouvrit les yeux, la lune avait repris son aspect ordinaire. Il se rallongea et trois minutes plus tard il dormait.

Le lendemain, comme le temps était clair et ensoleillé, Halleck accepta enfin d'aller faire une randonnée pédestre avec Heidi, qui voulait à toute force qu'ils gravissent ensemble le sentier du Labyrinthe. Les trois mille hectares de terres privées qui entouraient le relais-hôtel de Mohonk étaient sillonnés de sentiers de randonnée entretenus, classés suivant une échelle qui allait de « facile » à « très dur ». Le sentier du Labyrinthe appartenait à la catégorie des

« moyennement difficiles », et les Halleck l'avaient parcouru deux fois durant leur lune de miel. Billy se souvenait de l'intense plaisir qu'il avait pris à ces équipées de leur jeunesse. Il se revoyait se hissant le long des étroits défilés qui escaladaient les pentes montagneuses avec Heidi sur ses talons qui lui lançait en rigolant : « Magne-toi donc un peu, gros lambin ! » Il se souvenait qu'au moment où ils parvenaient dans la partie la plus resserrée d'une gorge tellement étroite qu'il fallait se tortiller pour progresser il s'était retourné vers sa femme et lui avait chuchoté d'une voix anxieuse : « Heidi ? Tu n'as pas senti le sol trembler ? » Malgré l'exiguïté qui entravait leurs mouvements, Heidi était parvenue à lui assener une assez solide claque sur l'arrière-train.

Aujourd'hui, c'était la perspective d'avoir à se hisser à travers ces étroits goulots rocheux qui tarabustait Billy, quoique pour rien au monde il ne l'eût avoué à Heidi. Au temps de leur lune de miel il n'était encore qu'un tout jeune homme, svelte et élancé, que les étés passés à travailler dans des chantiers forestiers de l'ouest du Massachusetts avaient doté d'une belle vitalité. Mais il s'était écoulé seize ans depuis. Il pesait *nettement* plus lourd et, comme ce joyeux drille de Houston avait eu la bonté de l'en avertir, il était désormais entré dans l'âge où la crise cardiaque menace à tout moment. L'idée qu'il pourrait en faire une en escaladant un flanc de montagne n'avait rien de réjouissant, mais elle était franchement peu probable. Par contre, la possibilité qu'il reste coincé au fond d'une de ces gorges abruptes qui serpentaient vers le sommet n'était pas à exclure. Il se souvenait qu'à quatre reprises au moins Heidi et lui avaient été contraints de ramper sur le ventre.

Non, il ne voulait pas rester coincé entre deux rochers.

Ou bien... Eh, les gars, qu'est-ce que vous diriez de ça ? D'abord notre ami Halleck reste coincé au fond d'un de ces goulots obscurs qu'on ne peut franchir qu'à plat ventre et *ensuite* son palpitant fait tilt ! Super ! Voilà ce qu'on appelle faire d'une pierre deux coups !

Mais il avait fini par céder aux instances de Heidi, en

lui posant toutefois deux conditions : d'abord, elle devait s'engager à continuer sans lui si jamais il flanchait avant le sommet ; ensuite, ils feraient au préalable un saut à New Paltz afin qu'il y fasse l'acquisition d'une paire d'espadrilles. Heidi les accepta l'une et l'autre sans tergiverser.

Les espadrilles, ça ne se faisait plus. On aurait cru que personne à New Paltz n'avait jamais entendu prononcer ce mot. Billy dut se plier aux diktats de la mode et il s'offrit de superbes chaussures de marche Nike en cuir vert et argent. Au fond, il en était ravi ; elles étaient très confortables. Mais tout cela voulait forcément dire qu'il ne s'était pas acheté de chaussures de sport depuis un sacré bout de temps. Combien de temps exactement ? Cinq ans ? Ou six ? Était-ce possible ? Ça devait l'être, puisque c'était ainsi.

Heidi s'extasia sur ses Nikes et elle lui répéta qu'il paraissait *vraiment* avoir minci. A l'entrée du magasin de chaussures, il y avait une de ces antiques balances de foire qui pour un *cent* vous font connaître « votre poids et votre destinée ». Halleck n'en avait pas vu de semblable depuis son enfance.

« Grimpe là-dessus, homme de mes rêves, dit Heidi. J'ai justement une pièce d'un *cent* sur moi. »

Halleck eut une hésitation. Il éprouvait une obscure inquiétude.

« Allez Billy, dépêche. Je veux savoir ce que tu as perdu.

— Tu sais bien que ces engins-là ne sont jamais exacts, protesta-t-il.

— Eh bien, je me contenterai d'une approximation. Allez, Billy, ne fais pas ta mauvaise tête. »

L'air rechigné, il lui tendit le paquet qui contenait ses chaussures neuves et se jucha sur le plateau de la balance. Heidi inséra sa pièce d'un *cent* dans la fente. Il y eut un bruyant déclic, et deux panneaux de métal nickelé s'escamotèrent, découvrant deux cadrans demi-circulaires. Sur celui du haut figurait le poids de Billy ; sur celui du bas l'idée que la machine se faisait de sa « destinée ». En les voyant, il ne put retenir un hoquet de surprise.

A côté de lui, Heidi s'écria : « Je le *savais !* » Il y avait une trace d'indécision dans sa voix, comme si elle n'était pas vraiment sûre de ce qu'elle devait éprouver : était-ce de la crainte, de la joie ou de l'incrédulité ? « Je savais bien que tu avais minci ! »

Par la suite, Halleck se dit que si elle avait perçu le hoquet qu'il avait laissé échapper, elle s'était sans doute figuré qu'il était dû au chiffre sur lequel l'aiguille rouge de l'appareil s'était arrêté. Elle s'était arrêtée sur le chiffre de cent cinq kilos. Compte tenu du fait que Billy était tout habillé, qu'il avait son couteau suisse à lames multiples dans la poche de son pantalon de velours côtelé et qu'il avait avalé un petit déjeuner plantureux juste avant de quitter Mohonk, cela signifiait qu'il avait perdu au moins six kilos depuis le jour où Canley avait accepté de transiger.

Mais ce n'était pas à cause de son poids qu'il avait eu cette réaction ; c'était à cause de sa « destinée ». En s'ouvrant, le panneau du bas n'avait pas découvert une de ces formules éprouvées du genre : VOS FINANCES VONT S'AMÉLIORER OU VOUS RECEVREZ LA VISITE D'UN VIEIL AMI OU NE PRENEZ PAS DE DÉCISIONS TROP HÂTIVES.

Son horoscope ne comportait qu'un mot, en grosses capitales noires : « MAIGRIS ».

4

102 kilos

Le retour à Fairview s'effectua dans un silence presque complet. Heidi conduisit jusqu'à ce qu'ils fussent à une vingtaine de kilomètres de New York. A partir de là, la circulation devenait plus dense. Elle alla se ranger sur une aire de service et passa le volant à Billy qui le garda pendant tout le reste du chemin. Pourquoi n'aurait-il pas conduit ? La vieille femme avait été tuée, c'est sûr ; elle avait eu un bras à moitié arraché, le bassin pulvérisé, et son crâne avait éclaté comme un vase Ming projeté sur un dallage de marbre. Mais Billy Halleck n'avait pas fait l'objet d'une mesure de retrait de permis de conduire, pas même à titre provisoire. Ce bon vieux palpeur de nénés de Cary Rossington lui avait épargné cela.

« Tu m'as entendue, Billy ? »

L'espace d'une seconde, son regard se déplaça vers Heidi, puis il le reposa sur la route. Il conduisait mieux ces temps-ci et, quoiqu'il ne se laissât pas aller plus souvent qu'autrefois au coup de klaxon furieux, à l'invective et au geste menaçant, il remarquait davantage les manquements au code de la route, les siens comme ceux des autres, et les jugeait avec moins d'indulgence. Tuer une vieille, c'est épatant pour la concentration. Votre fierté en prend un coup et ça vous vaut des cauchemars qui ne sont pas piqués des hannetons, mais ça stimule méchamment vos capacités d'attention.

« Excuse-moi, j'avais la tête dans les nuages.

— Je te disais merci, c'est tout. Merci pour cet excellent moment, Billy. »

Elle lui sourit et lui caressa brièvement le bras. En effet, ce séjour à Mohonk avait constitué un excellent intermède. Pour Heidi, en tout cas. Elle en avait profité pour tirer un trait définitif sur la vieille femme, le mandat de comparution, l'ordonnance de non-lieu et le Tsigane au nez putréfié. Désormais, tout cela n'était plus pour elle qu'un mauvais souvenir, au même titre que les relations que Billy avait jadis entretenues avec ce malfrat italien de New York. Néanmoins elle n'avait pas l'esprit tranquille. Un autre rapide coup d'œil dans sa direction édifia Billy sur ce point. Son sourire s'était évanoui, elle le regardait fixement et elle avait de fines pattes-d'oie autour des yeux.

« Il n'y a pas de quoi, dit Billy. C'est une joie pour moi de te faire plaisir, chérie.

— Et dès que nous serons à la maison...

— Je te sauterai encore une fois ! » s'écria Billy avec une feinte allégresse, en contrefaisant un sourire lubrique. A vrai dire, il n'aurait sans doute même pas été fichu de bander si toute la troupe des Dallas Cowgirls s'était trémoussée devant lui en bas résille et guêpières de chez Frederick's de Hollywood. Cela n'était dû en rien à la fréquence de leurs ébats à Mohonk ; c'était ce maudit horoscope. MAIGRIS. Non, la balance n'avait pas pu lui sortir une chose pareille. Il avait dû l'imaginer. Pourtant l'inscription n'avait rien d'illusoire ; elle lui avait paru aussi réelle qu'un gros titre du *New York Times*. Et sa réalité était épouvantable en elle-même, car quel rédacteur d'horoscope aurait pu concevoir une formule pareille ? MAIGRIS ! Même VOUS PERDREZ PROCHAINEMENT DU POIDS ne passait pas vraiment la rampe. Les gens qui concoctent ces machins-là concentrent généralement le tir sur les longs voyages imprévus et les vieux amis retrouvés.

Par conséquent, il avait eu une hallucination.

Tu l'as dit, bouffi !

Donc, il était probablement en train de perdre la raison.

Là, tu charries un peu, tu ne crois pas ?

Pas tant que ça. Quand votre imagination se met à vous jouer ce genre de tours, ce n'est jamais très bon signe.

« Tu me sauteras tant que tu veux, lui répondit Heidi, mais moi ce que je veux surtout c'est que tu sautes à pieds joints sur la balance de *notre* salle de bains...

— Enfin quoi, Heidi ! J'ai perdu quelques kilos, on ne va pas en faire un monde !

— Je suis enchantée que tu aies maigri, Billy. Mais je ne t'ai pas quitté d'une semelle pendant cinq jours entiers, et je serais bien incapable de dire comment tu t'y prends. »

Billy se tourna vers elle, plus longuement cette fois, mais elle ne lui rendit pas son regard. Elle fixait le pare-brise, les bras croisés sur la poitrine.

« Heidi...

— Tu manges autant qu'avant, si ce n'est plus. L'air de la montagne a dû te faire un effet drôlement ravigotant.

— Pourquoi me dorer la pilule ? » dit Billy en ralentissant pour jeter ses quarante *cents* dans le panier du péage de Rye. Une fureur subite l'avait pris. Il avait les lèvres blanches et serrées et les battements de son cœur s'étaient accélérés. « Si tu trouves que je bouffe comme un cochon, tu n'as qu'à me le dire carrément. Je suis de taille à l'encaisser, merde !

— Je n'insinuais rien de pareil ! protesta-t-elle. Pourquoi essayes-tu de me faire de la peine, Billy ? Pourquoi ? Après le merveilleux moment que nous venons de passer ! »

Heidi avait la voix légèrement chevrotante, et Billy n'eut pas besoin de se tourner vers elle pour comprendre qu'elle était au bord des larmes. Il s'en voulait de s'être comporté ainsi, mais le remords n'atténua en rien sa colère, ni la terreur qui pointait dessous.

« Je n'essayais pas de te faire de la peine, dit-il en serrant le volant avec tant de force que ses jointures blanchirent. Je n'essaye *jamais* de te faire de la peine. Mais on dirait que tu m'en veux d'avoir maigri. Pourtant, c'est une *bonne* chose, Heidi.

— *Ce n'est pas toujours une bonne chose !* vociféra-t-elle, lui arrachant un sursaut qui lui fit faire une légère embardée. *Ce n'est pas toujours une bonne chose et tu le sais bien !* »

A présent, elle pleurait à chaudes larmes et farfouillait dans son sac à la recherche d'un Kleenex avec ce geste à la fois touchant et exaspérant qui lui était coutumier. Billy lui tendit son mouchoir et elle en usa pour se tamponner les yeux.

« Dis-moi toutes les méchancetés que tu voudras, Billy, fais-moi subir un contre-interrogatoire en règle si ça te chante, même si ça doit gâcher les bons moments que nous venons de passer ensemble. Mais je t'aime et je te dirai ce que j'ai à te dire. Quand on se met à perdre du poids alors qu'on ne suit aucun régime, ça peut signifier qu'on couve quelque chose. C'est même un des sept signes avant-coureurs du cancer. »

D'un geste sec, elle lui rendit son mouchoir. En le prenant, les doigts de Billy effleurèrent les siens. Ils étaient glacés.

Ainsi, le mot terrible avait été prononcé. Cancer. Qui rime avec *mon sphincter se serre*. Dieu sait qu'il s'était formé plus d'une fois dans la tête de Billy depuis qu'il s'était pesé sur cette balance de foire en sortant du magasin de chaussures. Il voletait sur l'écran de sa conscience tel un ballon crasseux tenu au bout d'un fil par quelque clown maléfique et Billy feignait de ne pas le voir. C'est un genre de spectacle dont la vue se détourne machinalement, comme de celui des vieilles clochardes recroquevillées dans les renfoncements noirâtres des immeubles lépreux qui bordent la gare de Grand Central... ou de ces gamins dépenaillés qui avaient débarqué à Fairview avec le reste de la troupe des Gitans. Les petits Gitans faisaient mille cabrioles. Ils psalmodiaient des mélopées avec des voix monocordes et néanmoins d'une étrange douceur. Ils marchaient sur les mains en agitant des tambourins miraculeusement tenus entre leurs orteils douteux. Les petits Gitans jonglaient. Ils ridiculisaient les champions de Frisbee locaux en faisant tourner deux ou trois de ces disques en plastique au bout de leur index, de leur pouce, ou même de leur nez. Ils riaient sans cesse en exécutant leurs tours, et ils semblaient tous affligés de maladies de peau, de strabisme ou de becs-de-lièvre. Lorsqu'on se trouve face à une si déconcertante combinaison de grâce et de laideur, que peut-on faire d'autre que de s'en détourner ? Les vieilles clochardes, les petits Gitans, le cancer. Rien que cette manière qu'avaient ses idées de sauter d'une image à l'autre effrayait déjà Billy. Mais il valait peut-être mieux que le mot ait été lâché.

« Je suis en pleine forme », dit-il pour la sixième fois peut-être depuis le soir où Heidi lui avait demandé s'il ne se sentait pas un peu patraque. Et c'était la vérité, bon Dieu ! « Et puis j'ai pris de l'exercice, non ? »

Ça aussi, c'était la vérité. En tout cas, c'était vrai de ces cinq derniers jours. Ils avaient gravi ensemble le sentier du Labyrinthe et même s'il avait dû expirer tout l'air de ses poumons et rentrer son ventre pour franchir les passages les plus étroits, il n'avait à aucun moment été menacé de rester coincé. En fait, c'était une Heidi pantelante et à bout de souffle qui avait dû par deux fois demander à s'arrêter pour reprendre haleine. Billy avait diplomatiquement évité de faire la moindre allusion à ses excès de tabac.

« Bon, d'accord, tu es en pleine forme, dit Heidi. Et j'en suis ravie. Mais je le serais encore plus si tu me promettais d'aller te faire examiner. Ton dernier check-up remonte à plus d'un an et demi. Le Dr Houston doit s'ennuyer de toi...

— Ce petit drogué minable, marmonna Halleck.

— Ce petit quoi ?

— Rien.

— Non, je t'assure, Billy, on ne peut pas perdre huit kilos en une semaine rien qu'en prenant de l'exercice.

— Je ne suis pas malade !

— Dans ce cas, disons que tu me passeras ma petite marotte. »

Ils firent le reste du trajet dans un complet silence.

Halleck avait envie d'attirer sa femme à lui et de lui jurer qu'il ferait tout ce qu'elle voudrait. Mais une idée se cristallisait peu à peu dans sa tête. Une idée complètement folle, et qui pourtant lui faisait froid dans le dos.

Et si les Tsiganes avaient mis leurs maléfices au goût du jour ? Hein, les copains, qu'est-ce que vous diriez de ça ? Jadis, quand un Tsigane vous jetait un sort, vous vous transformiez en loup-garou, un esprit malin venait vous couper la caboche en pleine nuit, ou un machin du même tonneau. Mais le monde avait bien changé, n'est-ce pas ? Et si ce vieux bonhomme m'avait collé un cancer en me touchant ? Heidi a raison, c'est un des signes avertisseurs. Perdre huit kilos inopinément, c'est aussi inquiétant que le canari qui tombe raide dans la maison d'un mineur. Silicose... leucémie... mélanome...

Il avait beau savoir que c'était du délire, il n'arrivait pas à se débarrasser de cette idée. *Et s'il m'avait collé un cancer en me touchant ?*

Linda les accueillit en les couvrant de baisers extravagants. Ensuite elle les laissa aussi pantois l'un que l'autre en sortant du four un plat de lasagnes au gratin franchement appétissantes, qu'elle leur servit dans des assiettes en papier à l'effigie du chat Garfield. Elle leur demanda comment s'était passée leur deuxième lune de miel (expression qui évoquait irrésistiblement l'image de deux petits vieux retombés en enfance, ainsi que Billy le fit caustiquement remarquer à Heidi une fois que la vaisselle fut faite et que Linda fut partie, en coup de vent, pour aller rejoindre les deux copines avec qui elle disputait une partie de Donjons et Dragons depuis bientôt un an, mais ils n'avaient pas plus tôt commencé à lui raconter leur séjour à Mohonk qu'elle s'écria : « Tiens ! Ça me fait penser à quelque chose ! » et passa le reste du dîner à les régaler des Récits d'horreur et de mystère du Lycée de Fairview, interminable feuilleton qui les passionnait bien moins qu'elle, quoiqu'ils s'efforçassent de l'écouter avec attention. Après tout, ils étaient restés absents presque une semaine.

Au moment de sortir, Linda déposa sur la joue de Halleck un baiser sonore et lui lança : « Salut, sac d'os ! »

Halleck regarda sa fille enfourcher son vélo et s'éloigner en pédalant le long de leur allée. Ensuite il se retourna vers Heidi et la regarda d'un air interdit.

« Peut-être que tu vas m'écouter à présent, lui dit-elle.

— Vous vous êtes donné le mot. Tu lui as téléphoné en douce pour lui demander de me dire ça. C'est un complot.

— Non, Billy. »

Il scruta longuement le visage de Heidi, puis il hocha la tête avec accablement.

« On dirait que tu ne mens pas », soupira-t-il.

Heidi le harcela tant et si bien qu'il finit par gagner l'étage. Lorsqu'il se retrouva dans la salle de bains, une serviette nouée à la taille pour tout vêtement, un sentiment de déjà-vu l'envahit. L'illusion était si puissante qu'un début de nausée lui souleva l'estomac. Il revivait avec exactitude le moment où il était monté sur cette même balance, une semaine auparavant, la même serviette bleu roi autour de la taille. Il n'y manquait que la bonne odeur de bacon et d'œufs. A part cela, tout était rigoureusement pareil.

Non, pas tout. Il y avait une deuxième différence, particulièrement saillante.

L'autre jour, il avait fallu qu'il se dévisse le cou afin d'apercevoir le cadran du pèse-personne. Pour la raison que sa bedaine lui obstruait la vue.

La bedaine était toujours là, mais elle avait désenflé. C'était très net, car à présent il lui suffisait de baisser les yeux pour lire le chiffre fatidique.

Le cadran à lecture numérique indiquait 103 : 75.

« Bon, l'affaire est entendue, fit Heidi d'une voix sans réplique. Je vais te prendre un rendez-vous chez le Dr Houston.

— Cette balance a toujours marqué un poids inférieur à la réalité, protesta gauchement Halleck. C'est pour ça que je l'aime bien. »

Heidi lui lança un regard glacial.

« Arrête ton char, tu veux ? Ça fait des années que tu

vitupères cette balance en prétendant qu'elle est déréglée à la hausse, et nous le savons tous les deux. »

Dans l'éclairage cru de la salle de bains, Billy voyait bien que l'anxiété de sa femme n'était pas feinte. La peau de ses joues était tendue et luisante. Au bout d'un moment, elle lui dit : « Ne bouge pas ! » et se précipita hors de la pièce.

« Heidi ?

— Reste là, je reviens ! » lui lança-t-elle en dégringolant l'escalier.

Elle reparut quelques instants plus tard, un sac de sucre dans les bras. L'emballage en papier fort portait l'inscription : « Poids net, 5 kg. » Heidi laissa tomber le sac sur le plateau du pèse-personne. La balance s'accorda quelques secondes de réflexion puis des chiffres rouges bien nets apparurent sur le cadran. Ils disaient : 006 : 5.

« C'est bien ce que je pensais, dit Heidi d'un air morose. Moi aussi, je me pèse, Billy. Cette balance n'a jamais donné un poids inférieur à la réalité. Elle a toujours marqué à la hausse, comme tu le soutenais. Tes rouspétances étaient parfaitement fondées. Quand on est trop gros, on *préfère* une balance qui exagère son poids réel. Comme ça, on n'est jamais en face de faits trop tangibles. Si...

— Écoute, Heidi...

— Si cette balance annonce cent trois kilos soixante-quinze, ça signifie qu'en réalité tu ne pèses plus que cent deux kilos et quelques. Aussi, je vais...

— Heidi...

— Tu veux bien que je prenne rendez-vous pour toi ? »

Il hésita, considérant ses pieds nus d'un air méditatif, et à la fin il fit un signe de dénégation.

« *Billy !*

— Je le prendrai moi-même, annonça-t-il.

— Quand ?

— Mercredi. Houston va faire son golf au Country Club tous les mercredis après-midi. *(Quelquefois en compagnie de Cary Rossington, grand palpeur de nichons et embrasseur de femmes d'amis devant l'Éternel.)* Je lui en parlerai de vive voix.

— Pourquoi ne l'appellerais-tu pas sur-le-champ ?

— Heidi, je t'en prie, arrête », dit Billy.

Quelque chose dans l'expression de son visage dut avertir Heidi qu'elle avait atteint une limite qu'il valait mieux ne pas dépasser, car elle ne fit plus une seule allusion au problème durant le reste de la soirée.

5

100 kilos

Dimanche. Lundi. Mardi.

Billy évita délibérément de se peser. Il mangeait copieusement à tous les repas, bien que son appétit le tenaillât moins que jamais. Il cessa de planquer ses petits en-cas dans la dépense, derrière les cartons de soupe en sachets. Dimanche, il se gorgea de poivrons marinés, de munster et de crackers en regardant le match Yankees-Red Sox à la télé. Lundi matin au bureau il descendit un paquet entier de maïs soufflé caramélisé ; l'après-midi, il fit subir le même sort à un sachet de chips au fromage. L'un des deux (ou la combinaison des deux) lui valut une embarrassante attaque de météorisme qui démarra aux alentours de quatre heures et se prolongea jusqu'à la fin de la soirée. Linda s'enfuit de la salle de télé au beau milieu du journal de vingt heures en annonçant qu'elle ne reviendrait que si quelqu'un se décidait à distribuer des masques à gaz. Billy se contenta de sourire d'un air penaud. Son expérience des flatuosités lui avait enseigné qu'il n'aurait servi à rien d'aller faire un tour pour évacuer ces coupables émanations. Ces maudits pets vous collent au corps, comme attachés par des élastiques invisibles. Il n'y a pas moyen de les semer. Toutefois, il ne se priva pas pour autant de liquider un gâteau au fromage blanc Sara Lee avec Heidi en regardant le film de minuit sur la chaîne payante, qui diffusait ce soir-là *Justice pour tous,* avec Al Pacino.

Mardi, alors qu'il effectuait son trajet quotidien de New York à Fairview, il quitta l'autoroute à Norwalk et alla s'acheter deux Whoppers au fromage dans un Burger King. Il entreprit de les dévorer au volant comme il en avait coutume, en jouant machinalement des mandibules et en engloutissant bouchée sur bouchée...

Il se ressaisit juste après Westport.

L'espace d'un instant, il eut la sensation que son esprit se séparait de son corps. Il ne pensait pas, il ne réfléchissait pas ; non, il était véritablement scindé en deux. La nausée qu'il avait éprouvée en montant sur la balance le soir où ils étaient rentrés de Mohonk l'envahit à nouveau, et il s'aperçut que son horizon mental avait changé du tout au tout. On aurait dit qu'un être spirituel nouveau l'habitait, une sorte d'auto-stoppeur psychique qui observait ses moindres faits et gestes. Et que voyait-il, cet auto-stoppeur ? Un spectacle plus ridicule qu'horrible, assurément. Le spectacle d'un Américain de race blanche et de sexe masculin, âgé de trente-six ans et bientôt trente-sept, gras et bedonnant, vêtu d'un complet trois-pièces à six cents dollars et de luxueux mocassins de chez Bally, des verres de contact extra-doux de chez Bausch & Lomb aux yeux, les fesses confortablement calées sur le siège en cuir havane d'une Oldsmobile 98 de 1981, qui enfournait consciencieusement un hamburger monstrueux en répandant des coulures de mayonnaise et des lambeaux de salade verte sur son gilet de flanelle anthracite. Il y avait de quoi se tordre. Ou hurler.

Billy jeta par la fenêtre le peu qui restait de son deuxième Whopper, et il considéra avec horreur le mélange gluant de mayonnaise et de salive qui lui souillait les doigts. Ensuite, comme c'était la seule manière raisonnable de faire face à la situation, il éclata de rire. Et se jura qu'il ne recommencerait plus. La goinfrerie, c'était fini pour lui.

Ce soir-là, tandis qu'il lisait le *Wall Street Journal,* assis dans son fauteuil devant la cheminée, Linda vint lui faire la bise avant de monter se coucher.

« Papa, tu commences à ressembler à Sylvester Stallone, lui dit-elle.

— Au secours ! » s'écria-t-il en roulant des yeux horrifiés, et ils s'esclaffèrent ensemble.

Halleck s'aperçut que l'acte de se peser s'accompagnait chez lui d'une sorte de rituel plus ou moins invariable. Quand était-il apparu ? Il n'en savait trop rien. Jadis, il se contentait de monter occasionnellement sur la balance et de jeter un rapide coup d'œil au cadran avant de retourner à sa toilette. Mais à un moment déterminé de la période durant laquelle son poids avait progressivement dérivé de ses quatre-vingt-cinq kilos d'origine à l'effarant huitième de tonne qu'il avait atteint récemment, le rituel s'était mis en place.

Rituel, mon œil, se dit-il. *C'est une habitude, voilà tout.*

C'est un rituel ! lui souffla péremptoirement sa voix intérieure. Billy était agnostique et il n'avait pas mis les pieds dans une église depuis près de vingt ans, mais il savait reconnaître un rituel quand il en voyait un, et son comportement à l'heure de la pesée tenait de la prosternation. *Vous voyez, Seigneur, je fais toujours pareil, alors épargnez à ce jeune juriste d'avenir la crise cardiaque ou l'attaque d'apoplexie que les statistiques de toutes les compagnies d'assurances lui promettent pour les alentours de sa quarante-septième année. Au nom du cholestérol et des hydrates de carbone, ainsi soit-il, amen.*

Le rituel débute dans la chambre à coucher. Ôter ses vêtements. Revêtir le peignoir vert bouteille en velours éponge. Jeter les pièces d'habillement souillées ou douteuses dans le vide-linge. Si le complet n'a été porté qu'une fois ou deux et ne présente pas de taches trop évidentes, le disposer délicatement sur un cintre que l'on accrochera dans la penderie.

Sortir dans le couloir. Gagner la salle de bains. Y pénétrer avec ferveur, révérence et crainte, car c'est là le confessionnal où l'on doit faire face à son Poids et par conséquent à sa Destinée. Se dépouiller du peignoir. Se vider la vessie. Si une envie de déféquer se profile, même très vaguement, à l'horizon, tâcher aussi de se vider le côlon. Billy n'avait pas la moindre idée du poids de ses selles, mais la démarche lui semblait d'une logique inattaquable. Il fallait jeter par-dessus bord le plus de lest possible.

Heidi, qui avait bien des fois assisté à cette petite cérémonie, lui avait un jour sarcastiquement proposé de lui offrir une plume d'autruche pour son anniversaire. « Tu n'auras qu'à te l'enfoncer dans la gorge afin d'expulser aussi le contenu de ton estomac avant de te peser », avait-elle persiflé. Billy lui avait enjoint de cesser ses vannes idiotes... et le soir même il s'était surpris à se dire que l'idée n'était peut-être pas si mauvaise que ça.

Mais ce mercredi matin, Billy Halleck tomba dans l'hérésie. Pour la première fois depuis bien des années, il n'observa pas son rituel. C'était peut-être même pis que de l'hérésie : tel un disciple du Diable qui pervertit volontairement la messe en retournant les crucifix et en récitant la prière à l'envers, il fit tout le contraire de ce qu'il faisait d'habitude.

Il s'habilla, se bourra les poches de toute la monnaie qui traînait, empocha aussi son couteau suisse et ses clés, enfila des chaussures à triple semelle et à bouts ferrés, ignora stoïquement sa vessie qui le torturait et fit un petit déjeuner pantagruélique. Il engloutit deux œufs au plat, quatre tranches de bacon, une grosse portion de pommes de terre sautées et plusieurs toasts beurrés. Le tout arrosé d'un grand verre de jus d'orange et d'un café généreusement sucré.

Ensuite, le pas lourd et les intestins gargouillants, il gravit crânement l'escalier et mit le cap sur la salle de bains. Il s'arrêta face à la balance et la considéra un moment. La vue de cette maudite machine ne l'avait jamais enchanté, mais à présent elle lui déplaisait souverainement.

Il rassembla son courage et il monta sur le plateau.

100 : 15.

Son cœur se mit à battre à toute allure. *Impossible ! Ça ne tient pas debout ! Il y a quelque chose qui déconne ! Ça ne peut...*

« Arrête », marmonna-t-il entre ses dents. Il s'éloigna à

reculons de la balance comme on recule devant un chien que l'on sait capable de mordre. Il se frottait machinalement les lèvres avec le dos de la main.

Heidi le héla du rez-de-chaussée :

« Billy ? »

Halleck tourna la tête et aperçut son visage dans le miroir du lavabo. Il était d'une pâleur livide. Il avait des cernes sous les yeux, de vraies valises, violacées, boursouflées, comme il n'en avait jamais eu. Il lui sembla que les rides de son front s'étaient creusées.

C'est un cancer, se dit-il une fois de plus, et sous le mot « cancer » il percevait la voix murmurante du vieux Tsigane.

« Billy ? Tu es là-haut ? »

Oui, un cancer ! Ça ne peut être que ça. Il m'a jeté un sort, j'en suis sûr à présent. La vieille était sa femme... sa sœur, peut-être. Et il m'a ensorcelé. Est-ce possible ? Comment a-t-il pu faire ? Est-ce que j'ai un cancer qui me bouffe les tripes, une tumeur pareille à celle de son nez ?

Il laissa échapper un gémissement de terreur. Ce visage blême et décomposé qui le fixait dans le miroir, c'était celui d'un grand malade promis à une agonie affreuse et interminable. Dans cet instant, Halleck arrivait presque à croire qu'il avait vraiment le cancer, que des chancres invisibles le rongeaient de partout.

« BILLY !

— Oui, je suis là. »

Sa voix ne tremblait pas. Elle était juste un peu mal assurée.

« Bon Dieu, ça fait *des heures* que je m'égosille à t'appeler.

— Excuse-moi. »

Mais surtout ne monte pas, Heidi, car si tu voyais la tête que je fais tu te précipiterais illico sur le téléphone pour me faire admettre d'urgence à la Clinique Mayo. Reste en bas, je t'en prie. Reste à ta place.

« Tu n'oublieras pas de prendre rendez-vous avec Houston, hein ?

— Non, je n'oublierai pas.

— Merci, chéri ! » lui cria Heidi d'une voix radoucie.

Sur quoi elle retourna dans la cuisine, merci mon Dieu.

Halleck se soulagea la vessie, ensuite il se lava les mains et se débarbouilla. Quand il lui sembla que sa figure avait repris un aspect à peu près normal, il descendit en se forçant à siffloter un petit air guilleret.

Il n'avait jamais eu une telle trouille de sa vie.

6

98 kilos

Dès qu'il fut en face de Houston, Billy décida qu'il ne lui mentirait pas et lorsque le médecin lui demanda des précisions sur son amaigrissement, il annonça sans l'ombre d'une hésitation qu'il avait perdu plus de douze kilos en trois semaines. Houston fit :

« Bigre !

— Heidi est un peu inquiète. Vous savez combien les femmes se...

— Elle a raison d'être inquiète », coupa Houston.

Michael Houston était l'incarnation parfaite d'un archétype qui avait naturellement cours dans un endroit comme Fairview, celui du quinquagénaire fringant aux cheveux blancs et au hâle californien. Quand on l'apercevait attablé sous un des parasols du bar en plein air du Country Club, on aurait juré un sosie du comédien Robert Young dans le rôle du Docteur Marcus Welby, en un poil moins décati. C'est d'ailleurs à une table dudit bar, à quelques pas de la piscine, qu'il était présentement assis en compagnie de Halleck. Houston arborait un pantalon de golf rouge et une ceinture de cuir verni blanc. Il avait aux pieds des souliers de golf, blancs aussi, mais d'un cuir grenu. Sa chemise était une Lacoste, sa montre-bracelet une Rolex, et il sirotait un *piña colada,* boisson que son goût du calembour vaseux le poussait à désigner sous le nom de « pine décolletée ».

Houston et sa femme Jenny avaient deux enfants d'une beauté surnaturelle. Ils habitaient une des plus belles propriétés de Lantern Drive, d'où le Country Club était accessible à pied, avantage sur lequel Jenny Houston avait tendance à s'appesantir plus que de raison lorsqu'elle était ivre, car il signifiait en clair que leur maison valait au bas mot cent cinquante mille dollars. La voiture de Houston était une Mercedes marron, modèle berline. Sa femme disposait quant à elle d'une Cadillac Cimarron qui avait l'air d'une Rolls-Royce affligée d'hémorroïdes. Leurs rejetons fréquentaient une école privée de Westport. Les commérages locaux (qui avaient généralement un fond de vérité) laissaient entendre que la vie conjugale des Houston ne durait que grâce à une sorte de compromis tacite. Houston était un coureur de jupons invétéré et Jenny une dipsomane finie qui carburait au *whisky sour* à partir de trois heures de l'après-midi. *En somme, une famille typique de Fairview,* se dit Billy, et soudain il éprouva un morne abattement en plus de la peur qui le taraudait. Il les connaissait trop bien ou en tout cas il se le figurait et c'était du pareil au même.

Ses yeux se posèrent sur ses propres souliers de golf en verni blanc et il se dit : *De qui te moques-tu ? Tu portes aussi les emblèmes de la tribu.*

« Vous passerez me voir demain à mon cabinet, dit Houston.

— Mais j'ai une affaire à...

— Tant pis pour votre affaire. C'est autrement important. Pour l'instant, j'aimerais encore quelques précisions. Vous n'avez pas constaté de saignements à l'anus, ou dans la bouche ?

— Non.

— Ni de traces de sang sur le peigne quand vous vous coiffez ?

— Non.

— Auriez-vous des plaies qui ne cicatrisent pas, ou des croûtes qui tombent et se reforment aussitôt ?

— Non.

— Parfait, dit Houston. Au fait, j'ai réalisé un score de 84 aujourd'hui. Qu'est-ce que vous en dites ?

— Qu'il vous faudra quand même un an ou deux avant d'avoir une chance de vous qualifier pour les championnats du monde », répondit Billy.

Houston trouva ça désopilant. Un garçon fit son apparition, et il lui réclama une autre « pine décolletée ». Halleck commanda une bière Miller. Il faillit préciser « légère », comme à son habitude, mais il se contint. Il n'avait pas plus besoin d'une bière légère que de... que d'une hémorragie rectale, tiens.

Michael Houston se pencha vers lui. Il y avait de la gravité dans son regard et Halleck sentit sa peur s'éveiller à nouveau. On aurait dit qu'une épingle minuscule picotait la paroi de son estomac. Il comprenait avec détresse que quelque chose avait définitivement changé dans son existence. Et que le changement n'avait rien de salutaire. Loin de là. Il avait une de ces frousses ! Le Tsigane se vengeait, oh oui !

Le regard grave de Houston était rivé sur lui. Billy croyait déjà l'entendre dire : *Vous avez neuf chances sur dix d'être atteint d'un cancer, Billy. Je n'ai même pas besoin d'une radio pour vous le confirmer. Avez-vous fait un testament ? Avez-vous pris des dispositions pour que Linda et Heidi ne se retrouvent pas dans le besoin ? A votre âge, on n'imagine pas qu'une chose pareille puisse arriver et pourtant c'est possible. Vous voyez bien.*

Sur le ton mesuré d'un homme qui vous fait part d'une information capitale, Houston lui demanda :

« Savez-vous combien il faut de porteurs de poêle pour enterrer un nègre de Harlem ? »

Billy se força à sourire et il secoua la tête en signe de dénégation.

« Six, dit Houston. Quatre pour le cercueil, et deux pour la radio. »

Il s'esclaffa bruyamment et Halleck simula l'hilarité. En esprit, il voyait clairement le vieux Tsigane tel qu'il l'avait aperçu en sortant du palais de justice de Fairview. En arrière-plan, il distinguait aussi, garé le long du trottoir, sur un stationnement interdit, un camion à plate-forme de modèle antédiluvien surmonté d'une cabine de camping-car manifestement bricolée. Le flanc de la cabine était décoré d'une fresque malhabile qui représentait une licorne agenouillée devant une Bohémienne qui tenait une guirlande de fleurs entre ses mains. L'image centrale était entourée d'un cercle de signes énigmatiques. Le vieux Tsigane portait un gilet en ottoman vert, avec des pièces d'argent en guise de boutons. Et tandis qu'il regardait Houston qui rigolait comme un bossu et le petit crocodile de sa Lacoste qui tressautait au-dessus de son sein droit, Billy se dit : *Tu te souviens de ce bonhomme bien mieux que tu ne le pensais. Tu croyais ne te souvenir que de son nez, mais tu te gourais complètement. Tu te souviens de toute la scène, jusqu'au moindre détail.*

Les gosses. Il y avait des gosses dans la cabine du camping-car, et ils rivaient sur Halleck leurs grands yeux noirs et impénétrables. Le vieillard lui avait soufflé : « Maigris », et le contact de ses doigts calleux avait été aussi doux qu'une caresse.

Des plaques du Delaware, se dit soudain Billy. *Son camion avait des plaques du Delaware. Avec une inscription à côté du numéro, un autocollant quelconque...*

Les avant-bras de Billy se couvrirent de chair de poule et il fut à deux doigts de laisser échapper un hurlement semblable à celui qu'il avait entendu émettre en ce même lieu par une bonne femme qui croyait que son moutard était en train de se noyer dans la piscine.

Billy Halleck revoyait les Gitans tels qu'ils les avait aperçus pour la première fois, le jour de leur arrivée à Fairview.

Leur caravane s'était rangée le long d'un des côtés du jardin municipal de Fairview ; une nuée de mioches en avait jailli et s'était répandue en gambadant sur le gazon. Les femmes tsiganes les regardaient jouer en papotant entre elles. Elles avaient des vêtements bariolés, mais qui ne ressemblaient en rien aux oripeaux pittoresques dont les costumiers hollywoodiens affublaient leurs Bohémiennes d'opérette dans les années trente et quarante. La plupart d'entre elles arboraient des robes d'été aux couleurs éclatantes, des pantalons corsaires qui bouffaient aux genoux. Quelques-unes des plus jeunes avaient même des jeans « haute couture » de chez Jordache ou Calvin Klein. Elles étaient vives, gaies, d'une vitalité presque dangereuse.

La porte latérale d'un minibus Volkswagen s'ouvrit. Un jeune Gitan bondit dehors et se mit aussitôt à jongler avec des quilles de bowling. Son torse musculeux était moulé dans un tee-shirt orné d'un slogan facétieux qui disait : « ON A TOUS BESOIN DE CROIRE À QUELQUE CHOSE ET MOI JE CROIS QUE JE VAIS BOIRE UNE AUTRE BIÈRE. » Un grand crucifix retenu par une lanière de cuir rebondissait sur ses pectoraux qui roulaient spectaculairement. Des mioches de Fairview convergèrent sur lui en poussant des cris excités. On aurait dit qu'il les attirait comme un aimant. Des mères de famille rattrapèrent leurs marmots au vol et les entraînèrent au loin, mais la plupart n'eurent pas de réflexes aussi rapides. D'autres gamins de la localité, un peu plus âgés ceux-là, s'avancèrent vers les petits Gitans qui interrompirent leurs ébats pour les regarder s'approcher. *Des enfants des villes,* disaient leurs yeux sombres. *Partout où la route nous conduit, nous en voyons. Nous vous reconnaissons à vos yeux et à vos cheveux proprement coupés ; nous savons que vos crochets d'orthodontie étincelleront au soleil. Nous ignorons où nous serons demain, mais où vous serez, ça nous le savons. Ça ne vous ennuie pas de revoir chaque jour les mêmes lieux, les mêmes visages ? Oh si, ça vous ennuie. Vous crevez d'ennui et c'est pour ça que vous finissez toujours par nous haïr.*

Cette scène se déroulait quarante-huit heures avant que Halleck n'eût renversé et tué la vieille Gitane au volant de son Oldsmobile à moins de cinq cents mètres de là. Billy, Linda et Heidi Halleck y assistaient tous les trois. Ils venaient de pique-niquer sur l'herbe non loin du pavillon à musique où le premier concert de l'été allait débuter incessamment. C'est ce concert qui expliquait l'affluence inaccoutumée dont les pelouses du jardin municipal étaient le théâtre ce jour-là, et les Gitans étaient manifestement au fait de la chose.

Linda s'était levée et, tout en brossant distraitement de la main le siège de son *Levi's,* elle avait esquissé un pas dans la direction du jongleur.

« Reste ici, Linda ! » lui avait sèchement ordonné sa mère.

Heidi avait porté une main à sa gorge et elle triturait le col de son pull, geste qui trahissait souvent chez elle un début d'agitation. Halleck était persuadé qu'elle n'en avait pas conscience.

« Mais pourquoi, maman ? Ce n'est qu'un cirque... enfin, en tout cas ça en a tout l'air.

— Ce sont des romanichels, dit Heidi. Tous des voleurs. Il ne faut pas t'en approcher. »

Linda regarda sa mère, puis son père. Billy haussa les épaules. Elle restait là à les regarder, les bras ballants, et Halleck supposa qu'elle n'était pas plus consciente de l'expression douloureuse qui s'était peinte sur ses traits que Heidi ne l'était du mouvement de sa main qui tiraillait nerveusement son col de bas en haut.

Le jongleur lança ses quilles l'une après l'autre en direction de la porte latérale du minibus Volkswagen. Une fille souriante aux cheveux d'un noir de jais s'encadra dans l'ouverture ; elle était d'une fabuleuse beauté. Elle jeta successivement cinq massues au jongleur, qui les attrapa au vol et se mit aussitôt à les faire tournoyer dans l'air. Un large sourire lui fendait la bouche, et de temps à autre il se coinçait une des massues sous l'aisselle en criant : « Hoï ! »

Un Gitan d'un certain âge vêtu d'une salopette en coutil bleu et d'une chemise à carreaux se mit à distribuer des prospectus à la ronde. La créature de rêve qui venait de lancer les massues au jongleur sauta du minibus avec une légèreté de gazelle. Elle avait un chevalet sous le bras. Elle le mit en place sur le gazon et Halleck se dit : *Elle va exposer des marines ringardes ou des portraits du président Kennedy.* Mais le chevalet n'était nullement destiné à recevoir un tableau. La fille disposa dessus une cible circulaire en liège et un comparse invisible lui jeta un lance-pierres de l'intérieur du minibus.

Le jongleur lui cria : « Gina ! » en souriant jusqu'aux oreilles. Son sourire avait révélé l'absence de plusieurs dents de devant, et Linda se rassit brusquement. Son idéal de beauté masculine avait été façonné par des années de télévision quotidienne, et ce garçon avait soudain perdu tout attrait à ses yeux. Heidi cessa de triturer le col de son cardigan.

La jeune femme jeta son lance-pierres au jongleur qui laissa choir une des massues pour le faire entrer dans le cercle à sa place. Halleck se souvenait d'avoir pensé que c'était un véritable exploit. Après avoir fait tourner l'objet deux ou trois fois, le jeune Gitan le renvoya à sa propriétaire et parvint Dieu sait comment à récupérer la massue qu'il avait lâchée tout en maintenant les quatre autres en l'air. Il y eut des applaudissements épars. Quelques-uns des résidents de Fairview avaient le sourire (Billy était du nombre) mais la plupart restaient murés dans une expression de défiance.

La jeune femme s'éloigna de la cible, sortit des billes d'acier de la poche de son chemisier et tira trois fois en une rapide succession. On entendit trois *plops* rapprochés. Elle avait tapé dans le mille à chaque fois. Elle fut aussitôt entourée d'une grappe de garçonnets (et de quelques fillettes) qui l'imploraient de leur laisser essayer leur adresse. Elle les fit mettre en rang avec autant de promptitude et de dextérité qu'une institutrice d'école maternelle qui aligne ses mouflets pour la pause-pipi de dix heures. Deux adolescents gitans qui avaient à peu près l'âge de Linda jaillirent d'une vieille station-wagon L.T.D. toute cabossée et ils entreprirent d'explorer le gazon à la recherche des billes perdues. Ils se ressemblaient comme deux gouttes d'eau. Des jumeaux, c'était évident. L'un d'eux portait un anneau d'or à l'oreille gauche, et son frère avait le même à l'oreille droite. *C'est sans doute comme ça que leur mère les distingue,* se dit Halleck.

Personne ne vendait rien. Il n'y avait ni commerce ni

quête. Pas même de Mme Azonka pour vous tirer les tarots. C'était clair et sans équivoque.

Malgré cela, une voiture de la police de Fairview ne tarda pas à faire son apparition. Elle s'arrêta à l'entrée du jardin municipal, et ses deux occupants en descendirent. L'un d'eux était Duncan Hopley, le chef de la police, un quadragénaire à la dégaine de héros de western, avec un visage taillé à coups de serpe. Le remue-ménage se calma subitement, et plusieurs mères de famille mirent à profit cette interruption pour fondre sur leurs moutards subjugués et les entraîner au loin sans prendre garde à leurs protestations. Halleck nota que certains parmi les plus petits avaient fondu en larmes.

Hopley s'approcha du jongleur et de l'homme à la salopette et il se mit à les chapitrer. Le jeune Gitan avait cessé son exhibition et ses massues étaient éparpillées dans l'herbe à ses pieds. Halleck vit qu'elles étaient peintes de bandes rouges et bleues pas très régulières. L'homme à la salopette dit quelque chose. Hopley fit un signe de dénégation. Le jongleur se mit à parler à son tour. Il faisait de grands gestes et tout en parlant il se rapprochait du flic qui accompagnait Hopley. Le tableau qu'ils formaient ainsi rappelait vaguement quelque chose à Halleck. Quelque chose de familier. Au bout d'un instant, il mit le doigt dessus. On aurait dit des joueurs de base-ball qui s'empoignent avec les arbitres au sujet d'un point contesté.

L'homme à la salopette prit le jongleur par le bras et il le tira en arrière, ce qui ne fit qu'accuser la similitude. L'entraîneur s'efforçait de réfréner son jeune lanceur trop teigneux afin de lui éviter de se faire sacquer du terrain. Le jeune Gitan parla à nouveau et à nouveau Hopley secoua la tête. Le jongleur se mit à vociférer, mais Billy avait le vent contre lui et, quoique le son de ses braillements lui parvînt, il ne saisit pas ses paroles.

Linda observait leur manège d'un œil hypnotisé.

« Qu'est-ce qui se passe, maman ? interrogea-t-elle.

— Rien, ma chérie, dit Heidi qui s'était brusquement

mise à remballer le pique-nique avec des gestes affairés. Tu as assez mangé ?

— Oui, merci. Qu'est-ce qui se passe, papa ? »

Halleck fut à deux doigts de lui répondre : *La scène à laquelle tu es en train d'assister est parfaitement classique, Linda. Aussi classique que* l'Enlèvement des Sabines. *Elle s'intitule : l'Éviction des Indésirables.* Mais les yeux de Heidi étaient fixés sur lui, elle avait les lèvres pincées et elle n'était manifestement pas d'humeur à supporter le moindre soupçon d'ironie.

« Rien de grave, dit-il. Une simple divergence de vues. »

Au reste, ce n'était pas faux. Après tout, la police n'avait pas fait dégager la pelouse à coups de matraque, on n'avait pas lâché les chiens, et aucun panier à salade n'était venu se ranger le long du trottoir en faisant hurler sa sirène. Dans un geste de défi presque théâtral, le jeune Gitan s'arracha à l'étreinte de l'homme à la salopette, ramassa ses massues et se remit à jongler avec. Mais la colère avait entamé ses réflexes, et cette fois son exhibition tourna court. Deux des massues lui échappèrent et l'une des deux lui tomba sur le pied. Dans la foule, un gamin s'esclaffa.

Le flic qui faisait équipe avec Hopley s'impatientait. Il esquissa un pas en avant mais Hopley, qui ne se démontait pas pour si peu, le retint par le bras exactement comme l'homme à la salopette avait retenu le jongleur. Hopley s'adossa à un orme, les deux pouces accrochés à son ceinturon, le regard perdu dans le lointain. Il dit quelque chose à l'autre flic, qui sortit un carnet à souches de sa poche-revolver. Le flic s'humecta le pouce, ouvrit son carnet et s'avança sans hâte excessive vers le véhicule le plus proche, un corbillard Cadillac reconverti qui avait bien vingt ans d'âge. Et là, avec une extrême ostentation, il entreprit de lui dresser contravention. Quand il en eut fini avec le corbillard, il opéra de même avec le minibus Volkswagen qui le suivait dans la file.

L'homme à la salopette s'approcha de Hopley et lui parla avec agitation. Hopley eut un haussement d'épaules et regarda ailleurs. L'autre flic dressait à présent contravention à une antique conduite intérieure Ford. L'homme à la salopette renonça à fléchir Hopley et il alla retrouver le jongleur. Il lui parla avec véhémence. Ses deux mains levées battaient comme des ailes dans l'air tiède du printemps. La scène perdait progressivement l'intérêt, tout relatif au demeurant, qu'elle avait eu un moment aux yeux de Billy Halleck. Ces Gitans qui avaient fait l'erreur de vouloir faire de Fairview une station de leur périple sans but étaient en train de redevenir aussi invisibles qu'avant.

Le jongleur tourna brusquement les talons et il se dirigea vers son minibus, qui était garé derrière le vieux camion à plate-forme avec la cabine de camping-car à l'effigie de la Dame à la licorne. Les trois massues qu'il faisait toujours tournoyer dans l'air s'abattirent sur le gazon, et l'homme à la salopette les ramassa tout en s'adressant à nouveau à Hopley, vers lequel il tournait un visage suppliant. Une fois de plus, Hopley haussa les épaules et quoique Billy Halleck ne fût pas le moins du monde télépathe, il sut que le chef de la police jouissait sadiquement de la situation aussi sûrement qu'il savait que Heidi leur servirait des restes à dîner ce soir-là.

La fille au lance-pierres fit mine de vouloir parler au jongleur mais il passa près d'elle sans ralentir et s'engouffra dans le minibus. Elle observa quelques instants de plus l'homme à la salopette, qui avait des massues plein les bras à présent ; ensuite elle pénétra dans le minibus à son tour. Halleck était parvenu sans peine à bannir les autres du champ de sa perception, mais il n'avait pu se résoudre à ne plus la voir. Ses longs cheveux naturellement ondulés retombaient librement sur ses épaules et des boucles noires lui cascadaient jusqu'au milieu du dos avec une profusion presque barbare. Son chemisier de coton à fleurs et sa jupe droite très sage venaient sans doute d'une grande surface à vocation économique, mais son corps évoquait celui de quelque grand félin exotique — panthère, guépard, ou léopard des neiges. Au moment où elle se hissait dans le minibus, la fente arrière de sa jupe bâilla, révélant les contours d'une cuisse ravissante. Halleck se sentit envahi d'un désir frénétique, et il s'imagina la chevauchant au plus profond d'une nuit très noire. Dans cet instant, il lui semblait qu'il n'avait jamais désiré qu'elle. Il se retourna vers sa femme. Heidi serrait les lèvres avec tant de force à présent qu'elles en étaient blanches, et ses yeux avaient perdu tout éclat. Elle n'avait pas vu l'expression de Billy ; par contre, elle avait discerné comme lui le bâillement de la jupe et parfaitement saisi le sens de ce qu'il révélait.

Le flic préposé aux contraventions avait observé toute la scène. Quand la jeune femme eut disparu à l'intérieur du minibus, il rempocha son carnet à souches et alla retrouver Hopley. Les Gitanes rassemblaient leur marmaille et la repoussaient vers la caravane. L'homme à la salopette, les bras toujours pleins de massues, s'avança avec Hopley et plaida encore une fois avec lui. Hopley secoua inflexiblement la tête.

La cause était entendue.

Une seconde voiture de police vint se ranger à côté de la première. Ses gyrophares bleus tournaient au ralenti. L'homme à la salopette jeta un coup d'œil dans sa direction, ensuite il balaya d'un regard circulaire le jardin municipal de Fairview, avec son luxueux terrain de jeux de haute sécurité et son pavillon à musique en forme de conque. Des festons de papier crépon multicolores, restes de la chasse aux œufs de Pâques du dimanche précédent, flottaient encore parmi les branches bourgeonnantes des ormes.

L'homme à la salopette regagna sa voiture, qui était la première de la file. Il mit le contact et les autres l'imitèrent. Leurs moteurs étaient pour la plupart bruyants et irréguliers ; Halleck décela à l'oreille pas mal de pistons manquants et vit des flammèches bleues s'échapper de plusieurs pots d'échappement. La vieille station-wagon de l'homme à la salopette démarra en pétaradant et le reste de la caravane s'ébranla dans son sillage, coupant la route aux autos qui longeaient le jardin municipal dans la direction opposée, c'est-à-dire vers le centre-ville.

« Ils ont tous allumé leurs phares ! s'exclama Linda. On dirait un convoi funèbre !

— Il reste deux Ring-Dings, fit Heidi d'une voix enjouée. Tiens, prends-en un.

— Non, maman, je n'ai plus faim. Papa, est-ce que ces gens ont... ?

— Il faut manger, sans quoi tu n'auras jamais quatre-vingt-quinze de tour de poitrine, interrompit Heidi.

— J'ai décidé que je ne tenais pas à avoir des gros seins, fit Linda en prenant cet air très grande dame qui laissait toujours Halleck comme deux ronds de flan. De nos jours, c'est le cul qu'on doit avoir gros.

— Linda Joan *Halleck* !

— Moi, je veux bien un Ring-Ding », dit Halleck.

Heidi le gratifia d'un regard aussi bref que glacial. *(Ah oui ? Tu en veux bien un ?)* Ensuite elle lui jeta le Ring-Ding et alluma une Vantage. En fin de compte, Billy mangea aussi le deuxième Ring-Ding et Heidi fuma la moitié de son paquet de cigarettes pendant le concert de l'orphéon municipal en ignorant les maladroites tentatives que Billy faisait pour la dérider. Mais elle se dégela sur le chemin du retour et ils oublièrent les Gitans. Jusqu'au soir en tout cas.

Lorsqu'il alla dans la chambre de sa fille pour lui dire bonne nuit, Billy se retrouva avec un problème sur les bras.

« Papa, est-ce que la police a expulsé ces gens de la ville ? » lui demanda Linda.

Billy l'avait longuement dévisagée. Sa question avait beau être ennuyeuse, il en était absurdement touché. Quand Linda voulait savoir combien il y avait de calories dans une portion de gâteau au chocolat, elle s'adressait à sa mère, mais lorsqu'elle avait un problème vraiment ardu, c'est toujours vers Billy qu'elle se tournait, et quelquefois il lui semblait qu'elle lui faisait bien trop d'honneur.

Il était assis sur le lit de sa fille, et il se disait qu'elle était à l'âge où l'on se range encore spontanément du côté des faibles et des opprimés, à l'âge où l'injustice fait mal. Un pieux mensonge aurait pu lui éviter de souffrir, mais les parents qui mentent à leurs enfants sur des événements du genre de celui dont le jardin municipal de Fairview avait été le théâtre ce jour-là ne l'emportent généralement pas en paradis. Billy se souvenait encore très clairement du jour où son propre père lui avait affirmé que la masturbation le rendrait bègue. Halleck père était le meilleur des hommes, mais Billy ne lui avait jamais pardonné ce mensonge. Toutefois, Linda lui en avait fait voir de rudes. Ils avaient déjà passé en revue l'homosexualité, le coït buccal, les maladies vénériennes et la possible inexistence de Dieu. Il avait fallu qu'il ait un enfant à son tour pour s'apercevoir que la probité paternelle est quelquefois bien éprouvante.

Il pensa soudain à Ginelli. Qu'est-ce que Ginelli aurait dit à Linda s'il avait été dans la chambre avec eux? *Il faut bien défendre la ville des indésirables, mon ange. Fairview ne peut quand même pas accueillir tous les métèques qui passent.*

Mais Billy n'était pas de taille à affronter Ginelli sur le terrain de la franchise.

« Oui, je suppose, dit-il. Ce sont des Gitans, tu comprends. Des nomades.

— Maman a dit qu'ils étaient tous voleurs.

— C'est vrai qu'il y a beaucoup d'escrocs parmi eux. Ils truquent leurs loteries à roues. Les femmes se font payer pour dire la bonne aventure, mais c'est du flan. Quand ils arrivent dans une ville comme Fairview, la police les prie poliment de dégager. Ils font mine de s'en indigner, mais au fond, ça ne leur fait ni chaud ni froid. »

Dring! Un petit voyant rouge s'alluma dans sa tête. Mensonge n° 1.

« De toute façon, ils ont déjà distribué des prospectus annonçant qu'on pourra les trouver à tel ou tel endroit. D'habitude, ils louent un emplacement à un agriculteur ou à quelqu'un qui possède un terrain à l'extérieur de la ville. Ils restent là quelques jours, et ils repartent.

— Mais qu'est-ce qui les pousse à venir au départ? Qu'est-ce qu'ils font?

— Oh, tu sais, il y a toujours des clients pour les diseuses de bonne aventure. Et des amateurs pour les jeux de hasard. Roue de fortune ou bonneteau. Même s'ils sont truqués, ce qui est généralement le cas. »

Et peut-être un petit coup vite fait bien fait, dans le genre exotique, se dit-il. Il revit la jupe de la fille qui s'écartait au moment où elle s'était hissée à bord du minibus. *Comment remuerait-elle ?* se demanda-t-il. *Comme l'océan sous la tempête,* répondit sa voix intérieure.

« Est-ce qu'ils vendent de la drogue ? »

A notre époque, on n'a pas besoin de Gitans pour se procurer de la drogue, ma chérie ; il y a des dealers dans toutes les cours d'école.

« Peut-être, oui, lui dit-il. Des drogues rares. Du haschisch, de l'opium. »

Halleck était arrivé dans cette partie du Connecticut au seuil de l'adolescence et il n'en avait plus bougé depuis, évoluant entre Fairview et la ville voisine de Northport. Cela faisait bien vingt-cinq ans qu'il avait vu des Gitans pour la dernière fois. C'était en Caroline du Nord, son pays natal. Il n'avait guère plus de dix ou onze ans, et il avait perdu cinq dollars à la roue de fortune. Cinq dollars qu'il avait patiemment économisés sur son argent de poche, durant près de trois mois, et avec lesquels il comptait acheter un cadeau à sa mère pour son anniversaire. En principe, les jeux étaient interdits aux moins de seize ans, mais si un mioche avait une pièce ou un billet à miser, ils se gardaient bien de l'en empêcher. Il y a des choses qui ne changent jamais, et il fallait bien reconnaître que le vieil adage suivant lequel l'argent n'a pas d'odeur restait valable de génération en génération. Si on lui avait posé la question avant aujourd'hui, Billy aurait sans doute haussé les épaules et répondu que les bandes de Bohémiens nomades avaient vraisemblablement disparu. Mais bien entendu cette race voyageuse avait survécu. Déracinés, flottant d'un lieu à l'autre tels des chardons emportés par le vent, les Gitans surgissaient un beau jour au milieu d'une bourgade quelconque et repartaient aussi mystérieusement qu'ils étaient venus, leurs portefeuilles graisseux gonflés de billets verts soutirés à des gens qui avaient subi pour les gagner la tyrannie de ces pointeuses qu'ils méprisaient eux-mêmes. Ils survivaient à tout. Hitler avait tenté de les exterminer en même temps que les Juifs et les homosexuels, mais Billy supposait qu'ils seraient encore là après mille autres Hitler.

« Je croyais que les jardins municipaux étaient des endroits publics, dit Linda. C'est ce qu'on m'a appris à l'école.

— C'est vrai jusqu'à un certain point, répondit Halleck. Ils sont municipaux, ce qui veut dire qu'ils appartiennent aux résidents de la commune. Ceux qui payent des impôts locaux. »

Dring ! Mensonge n° 2. En Nouvelle-Angleterre, la propriété ou la jouissance des terrains communaux n'étaient nullement l'apanage des contribuables. Il existait toute une jurisprudence en ce domaine. Voir *Richards contre Jerram, État du New Hampshire.* Ou encore *Baker contre Olins* (affaire qui remontait à 1835). Et aussi...

« Des impôts locaux ? fit Linda d'une voix indécise.

— Il faut une autorisation officielle pour user du jardin municipal. »

Dong ! Mensonge n° 3. Cette idée avait définitivement cessé d'avoir cours en 1931, lorsqu'un groupe de cultivateurs ruinés avait établi un campement de fortune en plein centre de Lewiston, dans le Maine. La municipalité avait porté l'affaire devant la Cour suprême, qui avait rejeté sa requête sans même la mettre en délibéré. Cela tenait un peu au vent de libéralisme rooseveltien qui soufflait alors sur les cimes de l'appareil d'État, mais surtout au fait que les sans-abri avaient édifié leurs cahutes dans un parc municipal, et ipso facto dans un lieu public.

« Le cirque Shrine demande toujours une autorisation de la mairie, souligna Billy.

— Pourquoi les Gitans n'en ont-ils pas demandé une, papa ? interrogea Linda (elle avait la voix sommeilleuse à présent, Dieu soit loué).

— Ils n'y ont peut-être pas pensé. »

Et même s'ils y avaient pensé, ils auraient toujours pu se l'accrocher, Linda. A Fairview, non mais tu rigoles ? Fairview, où le jardin municipal est visible du Country Club et de Lantern Drive, et où ce panorama bucolique fait partie des privilèges que les heureux contribuables locaux payent d'un prix exorbitant, au même titre que les écoles équipées d'impressionnantes batteries d'Apple et de TRS-80 flambant neuf grâce auxquelles la génération montante sera dûment initiée aux joies de l'informatique, que l'atmosphère relativement exempte de polluants et que la sérénité de leurs nuits. Le cirque Shrine, passe encore. La chasse aux œufs de Pâques, tant qu'on voudra. Mais des Gitans ? Monsieur, la porte est là, vous saurez bien la prendre. La vermine, on sait ce que c'est. Non qu'on se soit jamais sali les mains. A la maison, on a des bonnes et des femmes de ménage qui se chargent de faire disparaître la crasse. Et quand la vermine envahit nos espaces verts, Hopley est là pour la bouter dehors.

Mais, se disait Halleck, ce sont là des faits de la vie que l'on n'est pas prête à admettre à quatorze ans. L'âge venu — celui de la terminale ou du collège — on finit par les accepter. Une copine de la fac vous met au parfum, ou peut-être qu'un beau jour leur vérité vous pénètre d'elle-même, comme un message radio venu d'une galaxie lointaine. *Ne t'approche pas d'eux, ma chérie. Ils sont pas de notre espèce.*

« Bonne nuit, papa.

— Bonne nuit, Lin. »

Il lui avait déposé un deuxième baiser sur le front, et il était sorti.

La pluie, poussée par une bourrasque soudaine, cingla les vitres du bureau, arrachant Halleck à son assoupissement. *Ils ne sont pas de notre espèce,* songea-t-il, et il s'esclaffa tout haut. Ce rire qui résonnait dans le silence l'effraya. Il faut être timbré pour rire quand on est seul dans une pièce vide. Les fous font cela tout le temps ; c'est la raison de leur folie.

Pas de notre espèce.

Il n'avait jamais cru à ces calembredaines, mais à présent il y croyait.

A présent qu'il avait maigri.

Halleck observa l'infirmière tandis qu'elle répartissait dans trois petites ampoules le sang qu'elle venait d'extraire de son bras gauche et les plaçait sur un porte-éprouvettes avec des gestes précautionneux. Un peu plus tôt, Houston lui avait remis trois plaquettes en carton destinées à recevoir des échantillons de ses selles qu'il était censé renvoyer par la poste. Halleck les avait empochées en tirant une mine de six pieds de long, ensuite il s'était mis en position pour le toucher rectal, qui l'humiliait toujours beaucoup, non tant à cause de l'inconfort physique assez mineur qu'il lui occasionnait que parce qu'il lui semblait que le doigt qui lui faisait éprouver cette sensation de pesanteur profanait son intimité dans ce qu'elle avait de plus sacré.

« Détendez-vous, fit Houston en enfilant son gant de latex extra-mince. Vous ne risquez rien, du moins aussi longtemps que vous ne sentirez pas mes deux mains sur vos épaules. »

Il éclata d'un rire sonore, et Halleck ferma les yeux.

Houston avait prié son laboratoire d'accorder la priorité aux échantillons sanguins de Halleck, et ils se revirent quarante-huit heures plus tard. Halleck se laissa tomber dans un des profonds fauteuils de cuir du cabinet de consultation de Houston, qui était d'un luxe austère, avec un sol tapissé d'une épaisse moquette gris perle et des lithographies de voiliers aux murs. Son cœur battait à tout rompre et une sueur glacée lui perlait aux tempes. *Je ne vais tout de même pas me mettre à chialer devant ce pignouf qui raconte des blagues de nègres,* se répéta-t-il pour la centième fois avec une détermination farouche. *S'il faut que je pleure, je sortirai de la ville et j'irai me garer dans un coin désert.*

« Tout paraît parfaitement normal », déclara Houston d'une voix placide.

Halleck cligna ses paupières. La peur était tellement enracinée en lui qu'il était certain d'avoir mal entendu.

« Quoi ?

— Tout paraît parfaitement normal, réitéra Houston. Nous pouvons procéder à des examens plus poussés si vous le souhaitez, mais dans l'état actuel des choses je pense sincèrement que ça ne s'impose pas. A vrai dire, les résultats de votre analyse sanguine sont nettement plus positifs que lors de vos deux derniers check-ups. Votre taux de cholestérol a baissé ; votre taux de triglycérides aussi. Vous maigrissez toujours, soit. Quand mon infirmière a pris votre poids ce matin, vous étiez tombé à 98 kilos, mais enfin, soit dit entre nous, vous pesez encore treize bons kilos de trop, et je ne voudrais pas que vous le perdiez de vue. Toutefois... (il grimaça un sourire), j'aimerais bien connaître votre secret.

— Je n'en ai pas », dit Halleck. Il éprouvait le même mélange de perplexité et d'intense soulagement qu'il avait jadis ressenti en apprenant qu'il avait passé haut la main des examens auxquels il ne s'était guère préparé.

« Nous ne pourrons nous prononcer définitivement que lorsque nous aurons eu les résultats de votre Hayman-Reichling.

— De mon quoi ?

— Les plaquettes à merde, précisa Houston, sur quoi il éclata d'un rire débridé. Elles pourraient encore nous réserver une mauvaise surprise, mais franchement, ça m'étonnerait. Le labo a fait subir vingt-trois tests différents à votre sang, et ils ont tous été positifs. Ça paraît concluant. »

Halleck poussa un grand soupir.

« J'avais la frousse, confessa-t-il.

— Les gens qui n'ont pas la frousse meurent souvent dans la fleur de l'âge », rétorqua Houston.

Il ouvrit le tiroir supérieur de son bureau et en sortit une petite fiole en verre fumé. La fiole avait un bouchon métallique à vis auquel une cuiller minuscule était attachée par une chaînette. Halleck nota que le manche de la cuiller était une reproduction finement miniaturisée de la statue de la Liberté.

« Une petite ligne » ? fit Houston.

Halleck fit un signe de dénégation. Il éprouva néanmoins un contentement certain à être assis au creux d'un fauteuil confortable, les mains jointes sur sa bedaine (de moins en moins bedonnante) tout en regardant le médecin de famille le plus florissant de Fairview se fourrer deux solides cuillerées de cocaïne dans les naseaux. Houston remit la petite fiole à sa place et il sortit du même tiroir un flacon de plus grandes dimensions et un paquet de Coton-tige. Il trempa un Coton-tige dans le flacon et se récura les deux narines avec.

« C'est de l'eau distillée, expliqua-t-il. Il faut bien se protéger les sinus. »

Et là-dessus il décocha à Halleck un clin d'œil complice.

Je suis sûr qu'il a traité des bébés atteints de pneumonie alors qu'il avait la cervelle bourrée de cette cochonnerie, se dit Halleck, mais son indignation manquait de mordant. Dans cet instant, il ne pouvait s'empêcher d'éprouver de la sympathie envers Houston, qui après tout venait de lui faire part d'une heureuse nouvelle. Dans cet instant, il ne désirait rien d'autre que de rester assis dans ce profond fauteuil, les mains jointes sur sa bedaine désenflée, et de se délecter du soulagement éperdu qu'il éprouvait, de l'étrenner comme une bicyclette neuve, de l'essayer comme une voiture qu'on vient de vous livrer. Il se disait qu'en sortant du cabinet de Houston il verrait la vie d'un autre œil. C'était presque comme une nouvelle naissance. Si ç'avait été une séquence de film, le réalisateur ne se serait sans doute pas privé de faire mettre un extrait d'*Ainsi parlait Zarathoustra* sur la bande-son. Cette idée amena un sourire sur les lèvres de Halleck, puis il éclata franchement de rire.

« Dites-moi donc ce que vous trouvez si drôle, fit Houston. Dans ce triste monde, une occasion de se fendre la pipe n'est jamais perdue, mon cher Billy. »

Il renifla bruyamment, prit un autre Coton-tige et se lubrifia les narines une seconde fois.

« Il n'y a rien de drôle, dit Billy. C'est simplement que... J'avais vraiment très peur, vous savez. Je me voyais déjà aux prises avec un cancer, et je ne m'en tirais pas trop bien.

— Peut-être que ça vous arrivera un jour, dit Houston. Mais ce coup-ci, c'est raté. Je n'ai pas besoin des résultats de votre Hayman-Reichling pour vous l'affirmer. Le cancer a une physionomie qui ne trompe pas. En tout cas quand il vous a déjà fait brûler près de quinze kilos.

— Pourtant, je mange autant qu'avant. J'ai dit à Heidi que je prenais plus d'exercice, ce qui est vrai, quoique je n'en prenne pas *tellement* plus, mais elle m'a répondu qu'on ne pouvait pas perdre quinze kilos rien qu'en forçant un peu sur la gymnastique. D'après elle, la graisse durcit, mais elle ne diminue pas.

— Ce n'est pas vrai. Des expériences récentes ont démontré que l'exercice physique jouait un rôle beaucoup plus grand que le contrôle alimentaire. Toutefois, s'agissant d'un excédent de poids aussi considérable que celui dont vous souffrez, ou plutôt dont vous souffriez, l'argument de Heidi est en partie valable. Quand un obèse se lance à corps perdu dans les activités sportives, il en est généralement récompensé par une bonne vieille thrombose des familles. Rien de mortel, mais assez pour vous interdire à tout jamais d'effectuer un parcours de dix-huit trous ou d'aller faire un tour de montagnes russes au Luna-Park. »

Apparemment, la cocaïne aggravait la propension au verbiage de Houston.

« Vous ne comprenez rien à ce qui vous arrive, poursuivit-il. Et moi aussi, j'y perds mon latin. Mais vous savez, dans mon métier, on s'habitue à l'inexplicable. Il y a quelques années, un de mes amis, qui est neurochirurgien et qui exerce à Manhattan, m'a prié de passer le voir car il voulait me montrer une série de radiographies crâniennes absolument insensées. Un étudiant de l'Université de Washington était venu le consulter au sujet de névralgies épouvantables qui lui rendaient la vie impossible. A vue de nez, il s'agissait de migraines classiques, et d'ailleurs ce garçon présentait le profil psychologique du migraineux typique. Mais il vaut mieux ne pas traiter une affaire pareille par-dessous la jambe, car ces migraines violentes peuvent être un symptôme de tumeur au cerveau, même lorsque le patient ne souffre pas d'hallucinations olfactives — vous savez, quand on a tout le temps l'impression de flairer des odeurs de merde, de fruits pourris, de vieux pop-corn ou d'autres machins puants. Donc, mon copain a fait passer une série de radios à notre étudiant, il l'a soumis à un électro-encéphalogramme et il l'a expédié à l'hôpital pour qu'on lui fasse une tomographie axiale. Vous savez ce que les examens ont révélé ? »

Halleck fit signe qu'il ne savait pas.

« Que ce garçon, qui avait été un brillant élément pendant toutes ses études secondaires et figurait régulièrement au tableau d'honneur semestriel de son université n'avait pour ainsi dire pas de cerveau. Il n'avait qu'un vague bout de cortex qui tirebouchonnait vers le milieu du crâne. Sur les radios que mon collège m'a montrées, il avait exactement l'aspect d'un bout de ficelle qui se tortille. Apparemment, ce bout de ficelle commandait à toutes ses fonctions involontaires, des battements du cœur à la respiration en passant par l'éjaculation. Oui, cet unique tortillon cortical. Car à part cela son crâne ne renfermait que du liquide céphalo-rachidien. Lequel liquide, à ce qu'il semble, lui servait à penser. De quelle façon ? Alors là, mystère et boule de gomme. Quoi qu'il en soit, ce garçon est toujours aussi brillant dans ses études, il continue d'avoir ses migraines, et il a gardé un profil typique de migraineux. S'il n'est pas tué par un arrêt cardiaque avant d'avoir atteint la quarantaine, ses maux de tête iront en diminuant pendant la deuxième partie de son existence. »

Houston ouvrit son tiroir, sortit sa fiole de cocaïne et puisa dedans. Il la tendit à Halleck, qui déclina à nouveau d'un signe de tête.

« Il y a cinq ans, reprit le médecin, j'ai reçu la visite d'une dame âgée qui se plaignait de sévères douleurs dans les gencives. Elle est morte depuis. Je vous tairai son nom, car vous n'auriez aucun mal à l'identifier. C'était une emmerdeuse de première. J'ai jeté un coup d'œil à ses gencives et j'en suis resté sur le cul. Elle avait perdu ses dernières dents depuis une bonne dizaine d'années, ce qui n'avait rien que de très normal vu qu'elle était presque nonagénaire, et voilà qu'à présent il lui en poussait de nouvelles ! J'en ai compté cinq au total. Quoi d'étonnant à ce qu'elle ait mal aux gencives, hein, Billy ? Elle avait entamé un cycle de dentition supplémentaire. A quatre-vingt-huit ans, cette vieille bique faisait ses dents comme un bébé !

— Qu'avez-vous fait ? » interrogea Billy.

Il n'accordait à ces anecdotes qu'une part infime de son attention. Le flot de paroles qui s'échappait des lèvres de Houston le berçait doucement comme le magma d'ondes sonores assourdies qui fait vibrer l'atmosphère des villes ou la musique sirupeuse qui s'écoule du plafond des supermarchés. Son esprit était presque entièrement concentré sur le soulagement qu'il éprouvait, et sans doute c'était une drogue autrement euphorisante que celle dont Houston s'emplissait les narines. L'image du vieux Tsigane au nez putréfié se forma fugacement dans sa tête, mais elle avait perdu sa force morbide et noire.

« Ce que j'ai fait ? disait Houston. Et que vouliez-vous que je fasse, bon Dieu ? Je lui ai prescrit un médicament qui n'était qu'une variante suractivée de ces pâtes analgésiques dont on frotte les gencives des bébés qui font leurs dents. Le temps qu'elle meure, il lui avait poussé trois dents de plus, une canine et deux molaires.

« J'ai vu bien d'autres phénomènes du même genre. Tous les médecins en rencontrent. L'univers entier pullule de faits bizarres et inexplicables. Il y a même des journalistes qui passent leur vie à en dresser l'inventaire dans des recueils du style *La Réalité dépasse la fiction*. Le fait est que nous ne comprenons pas grand-chose au métabolisme humain. Tenez, prenez quelqu'un comme Duncan Hopley... Vous le connaissez, n'est-ce pas ? »

Halleck fit un signe affirmatif. Hopley, chef de la police de Fairview, l'espèce de Clint Eastwood à la mords-moi-le-nœud qui avait repoussé les hordes gitanes.

« Il mange comme si chaque repas allait être son dernier, dit Houston. Bon Dieu, j'ai jamais vu un morfal pareil. Pourtant, son poids reste invariablement fixé aux alentours de soixante-dix-sept kilos, ce qui est proche de l'idéal étant donné qu'il mesure un mètre quatre-vingt-deux. Hopley a un métabolisme extrêmement actif. Il brûle les calories deux fois plus rapidement que, par exemple, Yard Stevens. »

Halleck hocha la tête. Yard Stevens, patron de l'unique salon de coiffure de Fairview, devait peser pas loin de cent quarante kilos. En le voyant, on se demandait aussitôt si c'était sa femme qui lui laçait ses souliers.

« Yard et Dunc sont sensiblement de la même taille, continua Houston. Chaque fois que j'ai eu l'occasion de voir Yard Stevens à table, j'ai remarqué qu'il touchait à peine au contenu de son assiette. Bon, il se pourrait qu'il se goinfre en douce. Mais franchement, ça m'étonnerait. Il a toujours l'air affamé, vous voyez ce que je veux dire ? »

Halleck esquissa un sourire et il fit oui de la tête. Si sa mère avait connu Yard Stevens, elle aurait sans doute dit de lui qu'il avait la mine de quelqu'un à qui la nourriture ne profite pas.

« Autre chose encore, tenez — quoique là j'empiète un peu sur la déontologie. Ils sont fumeurs tous les deux. Yard Stevens avoue un paquet de Marlboro Light par jour, ce qui signifie qu'il en consomme probablement un paquet et demi, ou deux. Hopley, de son côté, annonce ses deux paquets de Camel quotidiens. Il faut donc supposer qu'il en descend peut-être trois ou quatre. Avez-vous jamais vu Duncan Hopley sans une cigarette au bec, Billy ? »

Halleck médita un instant cette question avant de hocher la tête en signe de dénégation. Pendant qu'il réfléchissait, Houston s'était envoyé une autre dose de cocaïne.

« Bon, ce coup-ci j'ai eu mon compte, dit-il en refermant le tiroir d'un geste très sec. Bref, d'un côté vous avez Yard Stevens qui fume ses trente cigarettes à faible teneur en goudron, et de l'autre Duncan Hopley qui se ramone quotidiennement les poumons avec trois paquets d'extra-fortes, si ce n'est plus. Et pourtant, vous savez lequel des deux ouvre vraiment sa porte au cancer des fumeurs ? Eh bien, c'est Yard Stevens, figurez-vous. Pourquoi ? Parce qu'il a un métabolisme foireux, et qu'il existe un lien encore inexpliqué entre le cancer et le taux de métabolisme.

« Beaucoup de mes confrères soutiennent mordicus que nous pourrons guérir le cancer aussitôt que nous aurons trouvé la clef du code génétique. Nous en guérirons peut-être quelques-uns, mais le cancer ne sera définitivement éradiqué que lorsque nous aurons compris les lois qui gouvernent le métabolisme. Ce qui nous ramène à Billy Halleck, alias " l'Homme qui rétrécit ". Ou peut-être qu'il vaudrait mieux dire " l'Homme qui désépaissit ". »

Houston éclata d'un rire bizarrement hennissant et un peu stupide. *Si c'est tout l'effet que la coke vous fait, j'aime encore mieux bouffer,* se dit Billy.

« Bref, vous ne savez pas pourquoi je maigris.

— Eh non, avoua Houston, l'air ravi. Mais je tendrais à penser que vous faites ça par autosuggestion. Ça n'a rien d'invraisemblable, vous savez. J'en ai vu plus d'un exemple. J'ai souvent des gens qui se pointent à mon cabinet en m'expliquant qu'il faut absolument qu'ils perdent du poids. En général, ils viennent d'avoir un coup de frayeur — un accès de tachycardie, un évanouissement au cours d'une partie de tennis, ou une mésaventure de ce genre. Je leur prescris un petit régime pas trop cassant, qui devrait théoriquement leur faire perdre un ou deux kilos par semaine pendant deux mois. En procédant comme cela, on arrive à maigrir de dix ou de quinze kilos sans se fouler. Sauf que la plupart du temps mes patients perdent plus de poids qu'ils ne devraient. Ils observent scrupuleusement leur régime, mais leur perte de poids est supérieure à ce que l'on était en droit d'attendre. On dirait qu'une sentinelle qui s'était assoupie au fond de leur crâne depuis des années s'est brusquement réveillée en criant : " Au feu ! " Et leur métabolisme s'accélère parce que cette sentinelle lui a en quelque sorte intimé l'ordre d'évacuer les kilos en trop avant que l'incendie n'ait calciné toute la baraque.

— Bon, dit Halleck, ça a l'air de se tenir. »

Il ne demandait qu'à se laisser convaincre. Il avait averti qu'il ne viendrait pas travailler ce jour-là, et soudain il n'avait plus qu'une envie : rentrer à la maison, annoncer la bonne nouvelle à Heidi et l'entraîner à l'étage pour lui faire l'amour dans leur chambre inondée de soleil.

Quand Houston se leva pour le reconduire à la porte, il nota avec une secrète joie que le bord inférieur de ses narines s'ourlait d'une fine poussière blanche.

« Si vous continuez à maigrir, il ne nous restera plus qu'à vous soumettre à une série complète d'examens métaboliques, dit encore le médecin. Je vous ai peut-être donné des raisons de penser que ça ne serait pas utile à grand-chose, mais en fait ces examens nous fournissent souvent de précieux indices. De toute façon, je serais très étonné qu'on en arrive là. A mon avis, votre amaigrissement va se modérer progressivement ; si vous perdez trois kilos cette semaine, vous n'en perdrez que deux la semaine prochaine, et un seul la semaine d'après. Et un beau matin vous monterez sur la balance et vous aurez la surprise de constater que vous avez repris une livre ou deux.

— Vous m'avez rassuré, docteur », fit Halleck en serrant chaleureusement la main que Houston lui tendait.

Houston lui sourit d'un air suffisant. A vrai dire pourtant, il ne lui avait servi qu'une suite de négations. Non, je ne sais pas ce que vous avez. Non, ce n'est pas un cancer, merci petit Jésus.

« On est là pour ça, mon petit vieux. »

Et le « petit vieux » s'en alla retrouver sa douce moitié.

« Il a dit que tu n'avais *rien ?* »

Halleck fit oui de la tête.

Heidi le prit dans ses bras et l'étreignit avec force. Le contact de ses seins pressés sur sa poitrine était émoustillant.

« On monte ? » fit-il.

Heidi le dévisagea. Elle avait les yeux qui pétillaient.

« Mais tu pètes vraiment le feu, ma parole !

— On ne saurait mieux dire. »

Ils montèrent dans leur chambre et firent une magnifique partie de jambes en l'air. Sans se douter que ce serait une des dernières.

Aussitôt après, Halleck s'endormit. Et il fit un rêve.

7

Un rêve d'oiseau

Le Tsigane s'était transformé en un immense oiseau. Un vautour au bec pourrissant. Il décrivait des cercles au-dessus de Fairview, en répandant une pluie de scories et de cendres noirâtres qui jaillissait de l'extrémité de ses ailes comme de la suie qui dégouline d'une cheminée qu'on ramone.

« Maigris ! » grinçait le Tsigane-vautour tandis qu'il survolait successivement le jardin municipal, le « pub » façon Vieille Angleterre, la succursale de la chaîne de librairie Waldenbooks qui occupait un des angles de Main Street et de Devon, le médiocre restaurant italien pompeusement baptisé La Villa d'Este. « Maigris ! » croassait-il en passant à tire-d'aile au-dessus du bureau de poste, de la station-service Amoco et du bâtiment en verre de facture post-moderne qui abritait la bibliothèque publique de Fairview. Ensuite il continuait par-delà les salines et sa silhouette allait se perdre à l'autre bout de la baie.

Maigris, *rien que ce mot inlassablement répété, mais Halleck était bien obligé de constater que le maléfice opérait, car à présent la population entière de Fairview, cette banlieue d'élite dont les prospères résidents prenaient chaque matin le train pour Manhattan en première classe et sifflaient quelques Martini au wagon-salon en revenant du turbin, la population entière de cette bucolique bourgade qui semblait droit sortie des pages d'une nouvelle de John Cheever était en train de crever littéralement de faim.*

Halleck avançait le long du trottoir de Main Street. Apparem-

ment, il était invisible (mais il est vrai que les rêves ont une logique bien à eux). Il marchait de plus en plus rapidement, horrifié par les conséquences du sort jeté par le Tsigane. Désormais, Fairview était peuplé de créatures filiformes qui avaient l'air de survivants d'Auschwitz. Des bébés au crâne énorme et au corps ratatiné braillaient dans leurs landaus coûteux. Deux femmes vêtues de robes d'après-midi qui portaient certainement la griffe d'un couturier new-yorkais sortirent d'un pas chancelant du Cherry-on-Top, version locale du glacier à la mode d'autrefois. Elles avaient des pommettes qui leur mangeaient les joues et la peau de leurs fronts protubérants était tendue et luisante. L'échancrure de leurs robes bâillait en une hideuse parodie de pose suggestive sur leurs clavicules saillantes et leurs épaules creusées de profondes salières.

Michael Houston apparut soudain devant lui. Il avançait d'un pas mal assuré sur des jambes pas plus grosses que des allumettes. Son costume sur mesure de chez Sullivan & Wooley pendouillait piteusement sur sa carcasse incroyablement grêle et il brandissait une fiole de cocaïne dans sa main décharnée. « Une petite ligne ? » articula-t-il à l'intention de Halleck. Il avait la voix d'un rat pris au piège qui pousse un ultime piaulement en passant de vie à trépas. « Une petite ligne ? Ça accélérera votre métabolisme, mon petit vieux ! Une petite ligne ? Une petite... ? »

Avec une horreur sans nom, Halleck s'apercevait que la main qui tenait la fiole était entièrement dépourvue de chair. C'était une main d'os ; les os cliquetaient. Houston n'était plus qu'un squelette vivant.

Halleck fit demi-tour et se mit à courir, mais comme cela arrive parfois dans les cauchemars, le mouvement de ses jambes n'avait aucun effet. Il était sur le trottoir de Main Street, mais il n'avançait guère plus que si ses jambes eussent été prises dans une gangue de boue épaisse et collante. D'un instant à l'autre, le squelette de Michael Houston allait tendre le bras et lui agripper l'épaule. Ou alors cette main d'os allait lui lacérer la gorge de ses doigts pointus.

« Une petite ligne ! Une petite ligne ! Une petite ligne ! » glapissait Houston, et sa voix couinante de rat lui écorchait les oreilles. La voix grossissait, grossissait sans cesse. Halleck savait que s'il se retournait, la face hideuse du spectre serait tout contre la sienne, qu'il verrait ses yeux étincelants saillant sur leurs orbites à nu et ses maxillaires claquants.

Il vit Yard Stevens qui se traînait hors de sa boutique. Sa tunique de nylon beige dessinait une infinité de plis au-dessus du vide précédemment occupé par ses grosses mamelles et son estomac en tonneau. Yard poussait d'affreux croassements discordants, et lorsqu'il se retourna vers Halleck, celui-ci s'aperçut que cette momie en tunique beige n'était pas Yard Stevens. C'était Ronald Reagan, et il glapissait : « Où est passée ma viande ? OÙ EST PASSÉE MA VIANDE ? »

Ensuite, la voix de Michael Houston lui murmurait à l'oreille. Elle lui susurrait : « Maigris ! », et ce qu'il redoutait par-dessus tout se produisait. Les doigts d'os se refermaient sur son bras et se mettaient à triturer maladroitement la manche de sa veste. Leur contact était tellement odieux qu'il se disait qu'il allait en perdre la raison. « Maigris ! Oh, comme il va maigrir ! Tout mince, mince comme une ligne, une-petite-ligne, une-petite-ligne ! C'était sa femme, mon petit vieux, sa femme, pauvre petit Billy, vous êtes dans une de ces mouscailles... »

8

Le pantalon de Billy

Il se réveilla en sursaut, la poitrine haletante, une main plaquée en travers de la bouche. A côté de lui, Heidi dormait à poings fermés, enfouie dans la couette en duvet. Dehors, une brise printanière murmurait dans les chéneaux du toit.

Halleck jeta autour de lui un regard plein d'appréhension pour s'assurer que Michael Houston (ou son alter ego, version épouvantail) ne rôdait pas dans les parages. Mais il ne vit que sa chambre, familière jusqu'au moindre recoin. Le cauchemar se dissipait lentement, mais il avait encore assez de substance pour qu'il se rapproche de Heidi. Il eut soin de ne pas la toucher, sachant qu'il lui en fallait peu pour se réveiller. Il se plaça simplement de façon à sentir sa chaleur et il lui déroba un coin de sa couette.

Ce n'était qu'un rêve.

Maigris, croassa dans sa tête une voix implacable.

Au bout d'un certain temps, il se rendormit.

Le matin suivant, la balance de la salle de bains annonçait quatre-vingt-dix-sept kilos, et Halleck reprit espoir. Il n'avait perdu qu'un petit kilo. Cocaïne ou pas, Houston avait vu juste. Le mouvement se ralentissait. Il descendit l'escalier en sifflotant et avala trois œufs au plat et une demi-douzaine de petites saucisses.

Tandis qu'il roulait en direction de la gare, des bribes de son cauchemar lui revinrent, mais ce n'étaient que des images flottantes, dépourvues de réalité. Au moment où il passait devant le salon de coiffure (qui était pris en sandwich entre une charcuterie fine et un magasin de jouets qui vendait des ours en vraie peluche), il se risqua à pencher la tête au-dehors. Il s'attendait presque à voir des zombies squelettiques titubant lourdement sur les trottoirs de sa bourgade cossue magiquement changée en Biafra, mais les passants avaient leur physionomie coutumière. Une physionomie florissante. Yard Stevens, qui n'avait rien perdu de sa corpulence, lui adressa un signe de la main. Halleck lui rendit son salut en songeant : *Yard, votre métabolisme vous enjoint de cesser de fumer.* A cette idée, un embryon de sourire se dessina sur ses lèvres et lorsqu'il débarqua à la gare de Grand Central, les derniers vestiges de son rêve s'étaient effacés de sa mémoire.

Sa sérénité une fois retrouvée, Halleck cessa de se peser et il chassa complètement le problème de ses pensées pendant quatre jours entiers. Et puis il manqua de peu être victime d'un incident des plus fâcheux, en plein prétoire, alors qu'il plaidait devant Hilmer Boynton, un juge des référés qui était un redoutable pisse-vinaigre. Une de ces gaffes imbéciles qui hantent les rêves des écoliers du primaire.

Halleck se leva pour présenter une objection et il faillit perdre son pantalon.

Il s'était à moitié dressé lorsqu'il le sentit glisser inexorablement le long de ses hanches et tomber en accordéon sur ses genoux encore pliés. Il se laissa immédiatement retomber sur sa chaise, et dans un de ces accès de lucidité presque absolue qui vous submergent parfois dans les moments critiques, il comprit que son geste avait dû faire l'effet d'une sorte de saut de kangourou maladroit. William Halleck, avocat à la cour, va vous exécuter sa fameuse Pirouette de Petit Lapin. Il se sentit devenir cramoisi.

« C'est une objection, monsieur Halleck, ou une simple poussée d'aérophagie ? »

Il y eut des ricanements dans les bancs du public, qui par bonheur était très clairsemé.

« Non, ce n'est rien, monsieur le Président, bredouilla Halleck. J'ai... je me suis ravisé, c'est tout. »

Boynton poussa un grognement, et l'audience reprit. Halleck n'en percevait plus qu'un lointain brouhaha. Il restait vissé à son siège, suant à grosses gouttes, et il se demandait ce qu'il allait bien pouvoir faire pour se lever.

Au bout d'un petit quart d'heure, le juge annonça une suspension d'audience. Halleck resta assis au banc des avocats en feignant de compulser une liasse de documents. Quand la salle fut à peu près vide, il se dressa, les deux mains enfoncées dans les poches de sa veste dans un geste qu'il espérait désinvolte et qui lui permettait de maintenir son pantalon contre ses hanches.

Il sortit dans le hall et gagna les toilettes. Lorsqu'il fut dans une stalle verrouillée, à l'abri des regards indiscrets, il ôta son veston et le pendit à la patère. Ensuite il retira sa ceinture. Son pantalon, toujours boutonné, lui tomba sur les chevilles. Sa monnaie produisit un cliquetis assourdi quand les poches entrèrent en contact avec le carrelage. Il s'assit sur le siège des cabinets, leva la ceinture à la hauteur de ses yeux et l'examina pouce par pouce, en la déroulant comme un parchemin. Il y lut une histoire des plus inquiétantes. C'était une ceinture en lézard que Linda lui avait offerte deux ans plus tôt à l'occasion de son anniversaire. A mesure qu'il avançait dans son examen, il sentit les battements de son cœur s'accélérer, et à la fin ils s'affolèrent complètement.

La ceinture était marquée d'une série de stries verticales aux endroits où la boucle en avait entamé le cuir. La plus profonde se trouvait juste après le premier cran. Linda l'avait choisie un peu trop petite, et il se souvenait de s'être dit à l'époque (avec un soupçon de dépit) qu'il ne pouvait quand même pas lui en vouloir d'avoir été trop optimiste. Malgré cela, il l'avait longtemps portée sans inconvénient notable. Tant qu'il n'essayait pas de la serrer au-delà du premier cran, tout allait bien. Mais après avoir renoncé au tabac, il avait commencé à avoir du mal à la boucler.

Après avoir renoncé au tabac... mais avant d'avoir écrasé la vieille Gitane.

Car il y avait d'autres stries sur la ceinture : au deuxième cran... au quatrième... au cinquième... et pour finir au sixième (et dernier).

Halleck constata avec horreur que les entailles étaient de moins en moins marquées. La ceinture établissait un diagnostic autrement plus précis et sec que celui de Michael Houston. Non seulement il continuait à maigrir, mais son amaigrissement ne diminuait pas ; il s'était même accéléré. Il était arrivé au dernier cran de cette ceinture qu'il avait été sur le point de mettre discrètement au rancart moins de deux mois auparavant parce qu'il n'arrivait plus à la fermer. Et à présent un septième cran l'aurait bien arrangé. Mais il n'y avait pas de septième cran.

Il consulta sa montre. L'audience allait reprendre d'un instant à l'autre. Mais il se fichait éperdument de savoir si le juge Boynton allait se décider ou non à homologuer ce satané testament. Il avait des problèmes autrement importants à résoudre.

Halleck tendit l'oreille. Pas un bruit. Les toilettes étaient désertes. Il remonta son pantalon et sortit de la stalle en le maintenant d'une main. Il se campa devant un des miroirs muraux qui surmontaient la rangée de lavabos, laissa retomber le pantalon sur ses chevilles et souleva les pans de sa chemise afin de mieux apercevoir ce ventre qui jusqu'à ces temps derniers avait été pour lui une source de misères.

Il laissa échapper un gémissement, et quoique à peine audible il valait tous les hurlements du monde. Il n'y avait plus moyen de s'abuser ; l'évidence était trop aveuglante. La modeste brioche qui avait remplacé sa grosse bedaine avait disparu sans laisser de trace. Même dans cette posture grotesque, avec son pantalon à ses pieds et sa chemise relevée sur son gilet boutonné, c'était patent. Bien sûr, on peut toujours déguiser un fait brut en usant de toutes sortes d'arguties — c'est la première chose qu'on apprend quand on débute dans la profession d'avocat — mais l'analogie qui s'imposa à l'esprit de Halleck était mille fois plus persuasive que la réalité elle-même. Il avait l'air d'un petit garçon qui s'est affublé du costume de son père. Et tandis qu'il était planté dans cette absurde tenue face à sa rangée de lavabos, une voix d'enfant aux accents hystériques se mit à lui piailler dans la tête : *Où t'as mis le bouchon brûlé ? Faut que j' me fasse une fausse moustache !*

Son regard se posa sur le pantalon qui formait un petit tas informe autour de ses chevilles et les chaussettes de nylon noir qui masquaient aux trois quarts ses mollets poilus, et un rire aigre s'étrangla dans sa gorge. Dans cet instant, soudain, il y croyait. Il y croyait intégralement. Le Tsigane lui avait jeté un sort, oui, mais il ne s'agissait nullement d'un cancer. Le cancer aurait été un châtiment trop doux et trop expéditif. C'était quelque chose de bien pire, dont l'ampleur ne se révélerait que progressivement.

A présent, il lui semblait entendre la voix d'un chef de train qui beuglait : *Prochain arrêt, Anorexia nervosa ! Anorexia nervosa, tout le monde descend !*

Il sentait qu'un cri lui montait dans la gorge. Un cri qui résonnerait comme un éclat de rire, à moins que ce ne fût l'inverse, et qu'est-ce que ça changeait d'ailleurs ?

A qui en parler ? A Heidi ? Elle croira que je perds les pédales.

Il avait toute sa tête pourtant. Il ne s'était jamais senti aussi lucide de sa vie.

Soudain, quelqu'un poussa brutalement la porte des toilettes.

Halleck se réfugia précipitamment dans la stalle et ferma le verrou. Son cœur battait à grands coups.

« Billy ? »

C'était la voix de John Parker, son assistant.

« Je suis là.

— Boynton ne va pas tarder à revenir. Quelque chose ne va pas ? »

Billy ferma les yeux.

« Tout va très bien, dit-il.

— Vous avez vraiment de l'aérophagie ? Des ennuis du côté du bide ? »

Oh, du côté du bide, ça ne va pas fort, en effet.

« Juste une envie de caguer pressante. Je n'en ai que pour une minute.

— Ah bon. »

Parker s'en alla. Halleck était obnubilé par sa ceinture. Il ne pouvait décemment pas paraître devant le juge Boynton avec ses deux mains enfoncées dans les poches de son veston. Qu'est-ce qu'il allait faire, bon Dieu ?

Tout à coup, il pensa à son couteau. Ce bon vieux couteau suisse à lames multiples qu'il avait toujours soin de retirer de sa poche avant de se peser. Jadis. Au temps où les Gitans n'étaient pas encore passés par Fairview.

Qu'est-ce que vous aviez besoin de venir nous emmerder, bande d'abrutis ? Pourquoi n'êtes-vous pas plutôt allés à Westport ou à Stratford ?

Il sortit son couteau et usa de l'alène pour percer un septième trou dans la ceinture. Il avait des bords irréguliers et n'était guère seyant à l'œil, mais il faisait son office. Halleck remit sa ceinture et il la boucla. Ensuite il enfila son veston et il ressortit de la stalle. Pour la première fois, il était conscient du léger froufrou que les jambes de son pantalon produisaient en frottant ses mollets trop grêles. Il éprouva un regain d'embarras, accompagné d'une sensation cuisante dans les oreilles. *Est-ce que les gens s'en aperçoivent ?* se demanda-t-il. *Ils ont bien dû remarquer que je nageais dans mes vêtements. Est-ce qu'ils font semblant de ne rien voir ? Est-ce qu'ils jasent ?*

Il se passa de l'eau froide sur la figure et sortit des toilettes.

Il franchit le seuil de la salle d'audience au moment précis où Boynton faisait son entrée. Sa robe noire ondulait autour de lui. Il gratifia Billy d'un regard venimeux. Billy esquissa un geste d'excuse, mais le magistrat resta de bois. Les excuses, manifestement, ne l'intéressaient pas. L'audience reprit son ronron. Billy parvint Dieu sait comment à terminer sa journée sans encombre.

Ce soir-là, quand Linda et Heidi furent toutes deux endormies, il se glissa dans la salle de bains et monta sur la balance. Il resta longtemps à fixer le cadran, incrédule, les yeux écarquillés.

Il était tombé à quatre-vingt-huit kilos.

9

85 kilos

Le lendemain, Halleck alla s'acheter des vêtements. Il fit cela dans une espèce de fièvre, comme si la possession d'habits neufs et seyants avait pu suffire à tout arranger. Il acheta aussi une autre ceinture, pareille à la première mais plus petite de deux pointures. Il s'était rendu compte que les gens avaient cessé de le complimenter sur sa perte de poids. Depuis quand ? Il n'aurait su le dire.

Il mettait ses vêtements neufs. Partait à son travail. Rentrait à la maison. Il buvait plus que de raison, et aux repas il se forçait à reprendre de tout. Il avait constamment l'estomac lourd. Au bout d'une semaine, ses vêtements neufs avaient cessé d'être seyants. Ils s'étaient mis à flotter à leur tour.

Il s'approcha de la balance de la salle de bains. Son cœur cognait si fort dans sa poitrine qu'il en avait les tempes battantes et la tête douloureuse et, comme il allait s'en apercevoir par la suite, il se mordait les lèvres jusqu'au sang. Dans son esprit, l'image de la balance se teintait désormais d'une terreur enfantine ; c'était un gnome malfaisant qui lui empoisonnait la vie. Il resta pétrifié devant elle pendant trois bonnes minutes, les dents plantées dans sa lèvre inférieure, insensible à la douleur et au goût salé du sang qui lui envahissait la bouche. C'était le soir. Au rez-de-chaussée, Linda regardait la télé et Heidi faisait ses comptes de la semaine sur le Commodore du bureau.

Il prit son élan comme pour sauter et monta sur le plateau. Quatre-vingt-cinq kilos.

Il sentit son estomac qui chavirait et se mettait à tourbillonner sur lui-même, et l'espace d'un instant angoissant il lui parut impossible de se retenir de vomir. Il lutta désespérément pour ne pas restituer son dîner, ces précieux aliments, ces calories saines et chaudes dont il avait tant besoin.

Finalement, sa nausée se calma. Il abaissa son regard sur le cadran. L'écho lointain des paroles de Heidi lui résonnait dans la tête. *Cette balance est déréglée à la hausse, comme tu l'as toujours soutenu.* Il se souvenait que Michael Houston lui avait dit qu'à quatre-vingt-dix huit kilos il faisait encore treize kilos de trop par rapport à son poids optimal. *Plus maintenant, mon petit Mike,* songea-t-il avec accablement. *Car maintenant je... j'ai la ligne.*

En descendant de la balance, il s'aperçut qu'il était en quelque sorte soulagé. Le soulagement était de la même nature que celui que peut éprouver un condamné à mort en voyant, à minuit moins une, le directeur de la prison et le prêtre se présenter à la porte de sa cellule. Il sait que sa fin est venue, que la grâce du gouverneur ne tombera plus, qu'il ne lui reste plus que quelques ultimes rites à accomplir, et adieu. C'était donc vrai ! Si Billy essayait de parler de ce qui lui arrivait, on le prendrait pour un fou, ou pour un mauvais plaisant. Qui croyait encore aux malédictions gitanes — si tant est que quelqu'un y ait jamais cru ? Dans un monde où l'on peut voir des centaines de Marines américains revenir du Liban dans des petites boîtes ou des détenus de l'I.R.A. se laisser littéralement mourir de faim, entre autres douteuses merveilles, les sortilèges et les envoûtements sont désespérément surannés. Et pourtant, c'était vrai. Halleck avait tué la femme du vieux Tsigane au nez pourrissant, et son partenaire de golf occasionnel, ce bon vieux peloteur de nichons de Cary Rossington, l'avait laissé filer sans même lui infliger une peine de principe. Donc, le Tsigane avait décidé de faire sa justice lui-même et de châtier à sa façon l'éminent (et ventripotent) citoyen de Fairview dont la femme avait mal choisi son jour pour lui faire sa première et unique branlette au volant. Une manière de rendre la justice dont un homme comme son ami Ginelli aurait sans doute apprécié le caractère éminemment moral.

Halleck éteignit la lumière de la salle de bains et il descendit l'escalier en songeant au condamné que l'on mène au supplice. *Non, pas de bandeau, mon père... mais vous n'auriez pas un clope ?* L'idée lui arracha un pâle sourire.

Heidi était assise à son bureau, face à l'écran allumé du Commodore. Les factures étaient empilées à sa gauche, et le chéquier de la Marine Midlands Bank posé debout au sommet du clavier comme une partition sur son pupitre. Le spectacle n'avait rien d'insolite. Elle faisait cela une fois par mois, après tout. Mais aucune colonne de chiffres ne défilait sur l'écran et Heidi n'avait pas rempli un seul chèque. Elle restait simplement assise là, une cigarette entre les doigts, et quand elle se retourna vers lui, Billy lut une telle détresse dans ses yeux qu'il en fut choqué presque physiquement.

A nouveau, il pensa à la perception sélective, cette façon qu'a l'esprit humain de se fabriquer des œillères pour ne pas voir ce qui le dérange... comme la ceinture qu'on serre de plus en plus pour retenir un pantalon ridiculement trop grand autour d'une taille qui rétrécit sans cesse, les grands cernes bistres qui s'étalent sous les yeux de votre femme... ou la question angoissée que ces yeux vous posent.

« Eh oui, je maigris toujours, déclara-t-il.

— Oh, Billy ! » fit Heidi en exhalant un long soupir tremblant. Mais elle s'était légèrement rassérénée. Halleck supposa qu'elle était heureuse que le problème soit évoqué ouvertement. Elle n'avait pas osé lui en parler, de même qu'au bureau il ne s'était trouvé personne pour lui dire : *Avec vos nippes qui pendouillent, on va finir par croire que vous vous habillez aux puces, mon petit Billy... Au fait, vous n'auriez pas une grosseur à l'aine, une enflure dans les ganglions ? Hein, si vous aviez attrapé un petit cancer ? Une grosse tumeur bien noire et bien juteuse, lovée tout au fond de vos tripes comme un champignon pourrissant, et qui vous ronge peu à peu ?* Oh non, dans ces cas-là, personne ne vous dit rien ; on vous laisse vous dépatouiller tout seul. Un beau jour, en plein tribunal, alors que vous vous dressez pour crier : « Objection, votre honneur ! » dans le plus pur style Perry Mason, voilà que votre pantalon tombe, et il n'y en a pas un pour ouvrir sa gueule !

« Eh oui, fit-il encore, en réfrénant un rire gêné.

— Combien as-tu perdu ?

— Si la balance ne ment pas, je ne pèse plus que quatre-vingt-cinq kilos.

— Oh, mon Dieu ! »

De la tête, il désigna le paquet de Vantages.

« Je peux t'en prendre une ?

— Si tu veux, oui. Billy, il ne faut pas parler de ça à Linda. Pas un mot, tu m'entends ?

— Pas la peine », fit Halleck en allumant la cigarette. La première bouffée l'étourdit un peu, mais la sensation n'était pas désagréable. Il aimait mieux ce léger tournis que l'espèce d'horrible hébétude qui s'était abattue sur lui au moment où les écailles lui tombaient des yeux. « Elle sait, continua-t-il. C'est écrit sur sa figure. La figure de Linda me disait tout le temps que je maigrissais toujours, mais je viens seulement de le comprendre.

— Il faut que tu retournes voir Houston », dit Heidi. Elle avait l'air terrifié, mais ses yeux n'étaient plus brouillés par ce mélange confus de doute et de tristesse que Billy y avait perçu quelques instants plus tôt. « Les examens métaboliques...

— Écoute, Heidi... », commença Billy, mais il laissa sa phrase en suspens.

« Quoi ? fit-elle. Qu'est-ce qu'il y a, Billy ? »

Il avait été à deux doigts de lui parler, de tout lui dire. Mais quelque chose l'en dissuada, et il ne fut jamais certain de ce que c'était au juste. La seule chose certaine était que l'espace d'un bref instant, tandis qu'il était assis, une fesse posée sur un coin du bureau, face à Heidi, une de ses cigarettes à la main, avec le son étouffé de la télé qui leur parvenait de la pièce voisine, il avait éprouvé envers elle une bouffée de haine meurtrière.

Le souvenir de ce qui s'était passé dans les instants qui avaient précédé la collision fatale lui était brusquement revenu. Il revoyait tout avec une précision hallucinante. Heidi se lovait contre lui, lui entourait l'épaule de son bras gauche... et puis, avant même qu'il ait eu le temps de comprendre ce qui lui arrivait, elle ouvrait sa braguette. Il sentait ses doigts s'insinuer dans l'ouverture, il les sentait qui s'introduisaient dans la fente de son caleçon avec une surprenante dextérité.

Au temps où la puberté le travaillait encore, Billy Halleck avait quelquefois parcouru — les mains moites et les yeux un peu exorbités — de ces ouvrages que les garçons de son âge désignaient sous le nom de « chatouille-bites ». Lesdits « chatouille-bites » comportaient bon nombre de scènes où des jeunes personnes qui avaient « la chatte en feu » saisissaient entre leurs « doigts experts » le « membre raidi » d'un miroton quelconque. Ce n'était que de la pornographie de bas étage, tout juste bonne à alimenter les rêveries érotiques de potaches nigauds... mais voilà qu'à présent, c'était Heidi, sa propre femme, qui saisissait son « membre raidi » entre ses « doigts experts ». Et qui se mettait à le branler, nom d'un petit bonhomme ! Il lui avait jeté un regard effaré : elle avait aux lèvres un sourire vaguement égrillard.

« Heidi, qu'est-ce qui te... ?

— Chut ! Tais-toi ! »

Quelle mouche avait pu la piquer ? Jamais Halleck ne lui avait vu faire un geste semblable, et il aurait juré qu'elle en était incapable. Pourtant, elle l'avait fait, et c'est pendant qu'elle faisait cela que la vieille Gitane avait soudain...

Sois donc honnête ! Puisque les écailles te tombent des yeux, autant qu'elles tombent jusqu'au bout, tu ne crois pas ? A quoi bon te mentir ? Le temps n'est plus aux faux-semblants. Regarde les faits en face !

Bon, va pour les faits, alors. Le *fait* était que le geste inopiné de Heidi l'avait extraordinairement excité, d'autant plus excité sans doute que rien ne le laissait prévoir. Il avait posé sa main droite sur sa cuisse, et elle avait retroussé sa jupe, découvrant sa petite culotte. Une petite culotte en nylon jaune, rigoureusement ordinaire, qui jusque-là ne lui avait jamais fait le moindre effet... mais à présent elle l'émoustillait beaucoup, à moins que ça n'ait été le geste qu'elle avait eu pour retrousser sa jupe ; ça non plus, elle ne l'avait jamais fait. Le *fait* était que son attention avait été déviée de sa conduite à quatre-vingt-cinq pour cent environ, quoique ça n'aurait dû poser aucun problème : en semaine, les rues de Fairview étaient très calmes, et même carrément somnolentes. Dans un univers parallèle, il ne serait sans doute rien arrivé, mais par malheur Halleck n'était pas dans un univers parallèle, mais dans cet univers-ci. Le *fait* était que la vieille Gitane n'avait pas *jailli* d'entre deux voitures à l'arrêt : elle avait bien surgi d'entre les deux voitures, mais à une allure plus que modérée. Elle *marchait* tranquillement, tenant au bout d'une main déformée par l'âge et piquetée de taches de son un filet à provisions semblable à ceux que les Anglaises prennent pour aller faire leurs emplettes dans la grand-rue du village. Le filet de la Gitane était plein, et Halleck se souvenait nettement d'avoir discerné un paquet de détergent de la marque Duz. Elle n'avait pas regardé avant de traverser, cela au moins était vrai. Mais le *fait* decisif était que Halleck ne roulait pas à plus de cinquante-cinq à l'heure et que l'Oldsmobile se trouvait à près de cinquante mètres de la vieille femme lorsqu'elle avait pris pied sur la chaussée. Si Halleck avait eu toute sa maîtrise de soi, il aurait largement eu le temps de freiner. Mais le *fait* était qu'il était à deux doigts d'éjaculer, et quasiment obnubilé par le spectacle de la main qui allait et venait sur son sexe érigé. La main de Heidi exerçait une pression variable, activait son mouvement, le diminuait, l'activait à nouveau, l'arrêtait, puis le reprenait brusquement, et la jouissance qu'elle lui procurait était d'une violence indicible. Il avait eu des réflexes lamentablement lents, sa réaction avait été infiniment trop tardive, et lorsque le choc s'était produit, la main de Heidi s'était refermée comme un crampon, stoppant net son éjaculation et faisant naître en lui un mélange de volupté et de douleur aussi inévitable qu'atroce.

Tels étaient les *faits*. Oui, mais attendez un peu, les copains ! Minute, papillon ! On n'allait quand même pas s'arrêter en si bon chemin ! Car, n'est-ce pas, il restait encore deux *faits* à considérer. Le premier de ces deux *faits* était que si Heidi n'avait pas choisi ce jour précis pour faire ses premiers pas dans l'art de la masturbation motorisée, Halleck aurait été en possession de toutes ses facultés, il se serait comporté en conducteur responsable, et l'Oldsmobile se serait arrêtée à un mètre de la vieille femme dans un affreux hurlement de freins qui aurait fait sursauter les jeunes mamans qui poussaient leurs landaus dans les allées du jardin municipal. Il aurait pu crier : « Vous ne pouvez pas faire attention, non ? » à la vieille Gitane qui l'aurait regardé avec des yeux écarquillés par la frayeur et l'incompréhension. Elle aurait continué à traverser en trottinant, et Heidi et lui l'auraient regardée s'éloigner, leurs cœurs battant à grands coups dans leurs poitrines. Heidi aurait peut-être fait une crise de larmes à cause des sacs de supermarché dont le contenu s'était répandu à l'arrière, et du tapis de sol qu'il allait falloir récurer.

Mais ça n'aurait pas été plus grave que ça. Il n'y aurait pas eu de convocation au tribunal, et aucun Tsigane au nez pourrissant ne serait venu attendre Billy devant le palais de justice pour lui caresser la joue et lui jeter un sort en lui murmurant ce mot terrible. C'était le premier des deux *faits* concomitants. Et le second, qui découlait logiquement du premier, était que la responsabilité de tout ce qui était arrivé pouvait être directement imputée à Heidi. Oui, tout était arrivé par sa faute. Billy ne lui avait rien demandé ; il ne lui avait pas dit : « Et si tu me faisais une petite branlette sur le chemin du retour, Heidi ? Ça fait cinq kilomètres, tu auras largement le temps. » Non. Elle avait fait cela de son propre mouvement... et avec un sens de l'à-propos qui laissait pour le moins à désirer.

Oui, c'était elle la coupable, mais comme le vieux

Tsigane n'avait aucun moyen de le savoir, c'est sur Halleck que la malédiction était tombée. Halleck avait maigri de près de trente kilos. Heidi avait simplement de grands cernes bruns sous les yeux et une mine de papier mâché, mais ça n'allait pas la tuer, n'est-ce pas ? Oh non. Ce n'est pas *elle* que le Tsigane avait touchée.

C'est ainsi qu'il laissa s'enfuir le moment où il aurait pu lui confesser ses terreurs, où il aurait pu simplement lui dire : *Heidi, je crois qu'on m'a jeté un sort et que c'est pour ça que je maigris.* Et ce bloc de haine absolue qui avait jailli de son subconscient, comme projeté par quelque grossière catapulte, s'évanouit avec lui.

Il avait dit : *Ecoute, Heidi,* et elle, en épouse obéissante, lui avait répondu : *Quoi, Billy ?*

« C'est bon, je vais retourner voir Houston, lâcha-t-il, alors qu'il s'apprêtait à dire tout le contraire. Demande-lui de faire les arrangements pour les examens du métabolisme. Comme disait Albert Einstein : “ Et après tout, qu'est-ce j'en ai à foutre ? ”

— Oh, Billy ! » s'écria Heidi en lui ouvrant les bras. Il s'y jeta, et comme il trouvait cette étreinte réconfortante, il eut honte de la haine brûlante qu'il venait d'éprouver pour elle. Pourtant, les jours suivants, tandis que le printemps de Fairview se muait en été avec sa nonchalance coutumière (et très B.C.B.G.), la haine lui revint par bouffées, à intervalles de plus en plus fréquents, et avec une force de plus en plus irrépressible.

10

80 kilos

Le passage de Halleck en clinique pour une série d'examens visant à mesurer l'intensité de son métabolisme fut arrangé par le truchement de Houston. Celui-ci parut nettement moins optimiste après que Halleck l'eut informé qu'il avait continué à perdre régulièrement du poids et qu'en fait il pesait à présent treize kilos de moins que lorsqu'ils s'étaient vus pour la dernière fois.

Houston le rappela trois heures plus tard pour lui indiquer la date du rendez-vous et lui donner toutes les précisions nécessaires.

« Il y a encore des chances que nous trouvions une explication parfaitement naturelle à ce qui vous arrive », dit-il, et Halleck sut aussitôt à quoi s'en tenir. Auparavant, dans l'esprit de Houston, l'explication naturelle allait de soi ; mais désormais elle relevait de la pure hypothèse.

Halleck émit un grognement sceptique, et il baissa les yeux sur son absence de ventre. Il n'aurait jamais cru qu'il en viendrait un jour à regretter cette boîte à ragoût tellement protubérante qu'elle l'obligeait à se pencher en avant pour voir si ses souliers avaient besoin d'un coup de brosse. Surtout si on lui avait dit ça alors qu'il montait un escalier au lendemain d'un dîner un peu trop arrosé, cramponné à la poignée de son attaché-case, le front emperlé de grosses gouttes de sueur, certain que c'était ce jour-là que son cœur allait lâcher, sentant déjà la douleur fulgurante monter de sa poitrine et lui paralyser le bras gauche. Et pourtant, sa bedaine lui manquait bel et bien. Bizarrement, il lui semblait que sa perte l'avait privé d'une présence amicale.

« Et que pourrait donc être cette explication parfaitement naturelle ? demanda-t-il à Houston.

— Oh ça, ce sont mes collègues de la clinique qui vous le diront, fit Houston. Enfin, j'espère. »

La clinique Glassman, où Houston avait pris rendez-vous pour Halleck, était un petit établissement privé du New Jersey. Les examens nécessiteraient une hospitalisation de soixante-douze heures, et lorsque Houston lui indiqua le montant approximatif de ses frais de séjour et lui soumit le détail des examens qu'on prévoyait de lui faire subir, Halleck se félicita d'avoir souscrit à une assurance maladie qui le couvrait intégralement.

« Envoyez-moi une carte postale pour me souhaiter un prompt rétablissement », dit-il d'une voix funèbre avant de raccrocher.

Durant la semaine qui précéda son entrée en clinique, dont la date avait été fixée au douze mai, le dépérissement de Halleck se poursuivit, et il lutta de toutes ses forces contre la panique qui minait peu à peu sa détermination à ne pas perdre la face.

Il se bourrait avec acharnement, buté dans une espérance aveugle. Un soir à dîner, alors qu'il venait d'engloutir trois énormes portions de côtelettes aux pommes et reprenait pour la seconde fois de la purée de pommes de terre arrosée de jus bien épais, Linda leva les yeux sur lui et dit d'un air embarrassé :

« Papa, tu maigris trop. Si tu suis un régime, il serait peut-être temps de l'arrêter.

— Est-ce que j'ai l'air d'être au régime ? » fit Halleck en pointant sur son assiette sa fourchette dégouttante de sauce.

Il n'y avait pas le moindre soupçon de dureté dans sa

voix, mais le visage de Linda se chiffonna et tout à coup elle repoussa sa chaise et s'enfuit, en larmes, sa serviette plaquée sur ses yeux.

Halleck et Heidi se regardèrent, l'air aussi accablé l'un que l'autre.

Quand les parents fondent, les enfants trinquent, songea sottement Halleck.

« Je vais lui parler, dit-il en faisant mine de se lever.

— Si tu t'approches d'elle avec cette tête-là, elle va avoir affreusement peur », objecta Heidi, et il sentit une nouvelle vague de haine sauvage déferler en lui.

Quatre-vingt-quatre kilos. Quatre-vingt-deux. Quatre-vingt-un. Quatre-vingts. On aurait dit qu'un grand dessinateur invisible (le Tsigane au nez putréfié) l'effaçait progressivement à l'aide d'une gomme surnaturelle. Quand avait-il pesé quatre-vingts kilos pour la dernière fois ? A l'Université ? Non. Ça devait remonter à la fin de ses études secondaires.

Au cours d'une de ses insomnies (et il en souffrit quasiment chaque nuit entre le cinq et le douze mai), il s'était souvenu d'un article sur le vaudou qu'il avait lu naguère dans une revue quelconque. D'après l'auteur dudit article, le vaudou n'opérait que parce que la victime de l'envoûtement y croyait dur comme fer. Bref, ça n'avait rien de surnaturel ; tout s'expliquait par l'autosuggestion.

Peut-être que Houston avait raison, se disait-il. *Peut-être que je me fais mentalement maigrir. Le vieux Tsigane m'a fait germer cette idée dans le crâne, et maintenant je ne peux plus m'arrêter. Je devrais en faire un livre, tiens.* Le Secret gitan de la minceur. *Il battrait sûrement tous les records de vente.*

Mais sa voix intérieure lui objectait que, dans ce cas précis, cette explication du sortilège par l'autosuggestion ne valait pas un clou. *Le Tsigane t'a simplement dit : « Maigris. » Il ne t'a pas dit : « Par les pouvoirs qui me sont conférés, je vous condamne à perdre entre trois et cinq kilos par semaine jusqu'à ce que mort s'ensuive. »* Ni : « *Turlututu-chapeau-pointu, il te faudra bientôt une nouvelle ceinture, sous peine d'en être réduit à plaider en caleçon à rayures.* » *Enfin quoi, Billy, avant de te mettre à maigrir, tu ne te souvenais même pas de ce qu'il t'avait dit !*

Justement, c'était peut-être d'autant plus efficace que je l'avais enfoui au fond de mon inconscient, ripostait Halleck.

Et la discussion se poursuivait à perte de vue.

Mais à supposer que ce soit vraiment purement psychologique, qu'il se suggestionne vraiment lui-même à maigrir, la question de savoir ce qu'il allait bien pouvoir faire continuait à se poser. Comment se défendre ? Pouvait-il se faire regrossir de la même façon ? Peut-être qu'il pourrait aller consulter un hypnotiseur. Ou un psychiatre, carrément. Les psychiatres ont tous étudié l'hypnotisme. Le psychiatre n'aurait qu'à l'endormir et à lui instiller une suggestion profonde suivant laquelle le maléfice du Tsigane était désormais inopérant. Peut-être que ça marcherait.

Mais quelque chose lui disait que ça ne marcherait pas.

Le dix mai au soir, soit deux jours avant son entrée en clinique, alors que Billy était debout sur la balance, fixant d'un œil lugubre le cadran qui annonçait quatre-vingts kilos tout rond, il lui vint une idée. Elle jaillit soudain à la surface de son crâne, comme le font souvent les pensées qui ont macéré pendant des jours et des semaines dans les profondeurs glauques du subconscient. L'idée était que la personne à qui il devait vraiment s'ouvrir des terreurs absurdes qui le hantaient était le juge Cary Rossington.

Rossington avait un peu trop tendance à laisser traîner ses mains partout quand il était pinté, mais à jeun c'était un type compréhensif, et même plutôt bon bougre. Enfin, relativement. En outre, il n'était pas du genre à bavarder. Bien sûr, il n'était pas exclu que lors d'une soirée un peu arrosée (et à Fairview, chaque soir après neuf heures, il y avait obligatoirement quelque part des gens qui s'assemblaient pour picoler, pêcher des olives dans des martinis et éventuellement tripoter les seins des femmes des autres, c'était une constante aussi immuable que les grandes lois de la physique universelle, le lever du soleil à l'est, le coucher du soleil à l'ouest, le retour de la comète de Halley), il se laisse aller à clabauder sur ce pauvre Halleck qui nageait en plein délire paranoïaque et se figurait que des Gitans l'avaient envoûté, mais Billy présumait que Rossington y regarderait à deux fois avant de vendre la mèche à ce sujet, même quand il en aurait un coup dans l'aile. Oh bien sûr, sa comparution n'avait été entachée d'aucune illégalité flagrante ; il n'y avait eu ni subornation de témoins, ni destruction volontaire de preuves. Mais ce n'en était pas moins un cas de collusion d'intérêts patent, digne de figurer dans les manuels — Rossington était un vieux requin qui avait assez nagé en eau trouble pour savoir qu'il y a des moments où il vaut mieux ne pas faire trop de vagues. Après tout, sait-on jamais, quelqu'un aurait pu lui demander comment il se faisait qu'il ne se soit pas dessaisi spontanément de l'affaire, et s'il trouvait normal que le policier chargé de l'enquête n'ait pas jugé bon de soumettre Halleck à l'alcootest après avoir constaté qu'il était l'auteur de l'accident. Rossington s'était bien gardé de soulever ce lièvre au cours de l'audience, et le procès-verbal aurait fait apparaître d'autres lacunes du même genre.

Oui, Halleck était persuadé qu'il ne risquerait rien à se confier au juge Rossington, aussi longtemps du moins que l'incident ne se serait pas effacé de toutes les mémoires. Ce qui prendrait cinq ans, peut-être sept. Mais Halleck ne se souciait guère de ce qui se passerait dans cinq ans. Ses préoccupations étaient plus immédiates. Au rythme où il maigrissait, il aurait l'air d'un rescapé de Mauthausen avant la fin de l'été.

Il se rhabilla à la hâte, descendit au rez-de-chaussée et prit un blouson en toile dans la penderie de l'entrée. En l'entendant, Heidi sortit de la cuisine.

« Où vas-tu ? interrogea-t-elle.

— Faire un tour, mentit-il. Je n'en ai pas pour longtemps. »

C'est Leda Rossington qui vint lui ouvrir, et à sa façon de le regarder, on aurait pu croire qu'elle ne l'avait jamais vu de sa vie. Le plafonnier de l'entrée l'éclairait par-derrière, soulignant la finesse aristocratique de ses pommettes un peu trop saillantes, la sévérité du chignon qui retenait ses cheveux noirs où apparaissaient de premières touches de blanc (*D'argent,* corrigea mentalement Billy, *Leda est bien trop distinguée pour avoir des cheveux banalement blancs*), et l'élégance de sa robe vert tilleul, une petite robe toute simple, signée Christian Dior, qui n'avait pas dû coûter plus de quinze cents dollars.

Le regard interloqué de Leda fit naître en Halleck un embarras considérable. *Aurais-je maigri au point d'en être méconnaissable ?* se demanda-t-il, mais pour paranoïaque qu'il fût devenu ces derniers temps au sujet de son aspect physique, il avait du mal à le croire. Il avait le visage creusé, de nouvelles rides aux angles de la bouche, et de grosses poches blafardes sous les yeux qui trahissaient le manque de sommeil, mais à part cela il avait toujours sa bonne vieille bouille de Billy Halleck. D'ailleurs, le faux réverbère qui éclairait le jardinet de devant des Rossington (réplique d'un bec de gaz new-yorkais en fer forgé des années 1880, acheté par correspondance à la maison Horchow, 687 dollars port en sus) ne diffusait qu'une lumière incertaine, et Halleck portait un blouson qui masquait ses formes, si bien que Leda ne pouvait vraisemblablement pas discerner à quel point il avait minci.

« Leda ? C'est Bill. Bill Halleck.

— Oui, bien sûr. Bonsoir, Billy. »

Mais sa main à demi fermée restait suspendue dans l'air, juste au-dessous du menton, dans un geste qui exprimait un mélange de perplexité et d'indécision. En dépit de ses cinquante-neuf ans, Leda avait un visage aussi lisse que celui d'une adolescente. Par contre, les liftings successifs n'avaient guère eu d'effet sur la peau de son cou, qui était flasque et presque aussi pendante que le fanon d'un iguane.

Peut-être qu'elle est saoule, se dit-il. *Ou alors...* L'image de Houston occupé à se bourrer méthodiquement le nez de poudre blanche se forma brièvement dans sa tête. *Leda Rossington, se camer ? Difficile de croire cela d'une femme qui annonce froidement à deux sans atout alors qu'elle a un jeu franchement douteux... et qui réussit un petit chelem.* Et là-dessus, la vérité lui apparut : *Elle a peur. Elle est à bout. De quoi s'agit-il ? Est-ce que ça pourrait être en rapport avec ce qui m'arrive ?*

C'était idiot, bien sûr... et néanmoins il brûlait d'envie de savoir pourquoi Leda Rossington serrait les lèvres avec autant de force, pourquoi elle avait sous les yeux des poches presque aussi livides et gonflées que les siennes, bien visibles en dépit de l'éclairage déficient et du coûteux fond de teint qui les estompait, pourquoi sa main qui à présent triturait machinalement le col de sa robe Christian Dior était agitée d'un imperceptible tremblement.

Leda Rossington et Billy se dévisagèrent dans un silence total pendant peut-être quinze secondes... sur quoi ils se mirent à parler simultanément :

« Leda, c'est Cary que...

— Cary est absent, Billy. Il a... »

Elle s'interrompit, et Billy lui fit signe de continuer.

« Il a dû partir au Minnesota. Sa sœur est gravement malade.

— Tiens, c'est curieux, ça, dit Halleck. Car il se trouve que Cary n'a pas de sœur. »

Leda eut un sourire. Elle comptait sans doute produire un de ces sourires poliment navrés que les gens bien élevés adressent à quelqu'un qui vient de proférer une incongruité involontaire, mais elle rata son coup. Ses lèvres s'écartèrent, mais le résultat tenait plus du rictus que du sourire distingué.

« J'ai parlé d'une sœur ? Tout cela a été bien éprouvant pour moi... pour Cary et moi. Je voulais dire : son *frère*. Le frère de Cary a...

— Leda, Cary est fils unique, dit Halleck d'une voix douce. On s'est raconté nos vies un jour qu'on avait un peu trop bu. C'était un après-midi, à l'Hastur Lounge. Il doit y avoir quatre ans de ça. Le bar a été détruit par un incendie quelque temps après. A sa place, il y a maintenant un magasin qui vend des fringues et des colifichets pour amateurs de rock. Il s'appelle Le Roi Jaune. C'est là que ma fille achète ses blue-jeans. »

Il ignorait ce qui le poussait à jacasser comme cela. Il lui semblait confusément que c'était peut-être une bonne manière de mettre Leda à l'aise. Et puis, dans la lumière indécise, il discerna la trace brillante d'une larme unique qui s'échappait de l'œil droit de Leda Rossington et coulait le long de sa joue. Le bord de sa paupière gauche brillait aussi. Il perdit le fil de son discours et se tut brusquement. Leda cilla par deux fois, son œil gauche déborda et une deuxième larme luisante coula le long de son autre joue.

« Allez-vous-en, dit-elle. Partez, Billy, vous voulez bien ? Inutile de me poser des questions, je ne vous répondrai pas. »

Halleck la regarda attentivement. Sous les larmes qui lui brouillaient les yeux, il discerna une certaine inflexibilité. Elle était fermement décidée à ne rien lui dire sur le sort de Cary. Alors, mû par une impulsion subite qu'il aurait eu bien du mal à s'expliquer, sans la moindre idée de l'effet que son geste allait produire, il abaissa la fermeture Éclair de son blouson et en écarta largement les pans, comme un exhibitionniste qui ouvre soudain le manteau au-dessous duquel il est nu. Leda étouffa une exclamation de surprise.

« Regardez-moi, lui dit-il. J'ai perdu plus de trente kilos. Vous m'entendez ? *Trente kilos !*

— Qu'est-ce que vous voulez que ça me fasse ! » cracha-t-elle d'une voix rauque et sourde. Son visage était devenu d'une pâleur cireuse, sur laquelle les rehauts de rouge se détachaient comme les ronds écarlates sur les joues d'un clown. Une souffrance sans nom lui emplissait les yeux. Une grimace horrifiée lui retroussait les lèvres, découvrant ses dents trop parfaites et trop blanches.

« Rien, dit Halleck, mais il faut que je parle à Cary. » Écartant toujours les pans de son blouson, il gravit la première marche de l'escalier de la véranda. *C'est vrai qu'il faut que je lui parle,* songeait-il. *J'en suis sûr à présent.*

« Je vous en prie, Leda, dites-moi où il est. Vraiment, il n'est pas là ? »

Elle répondit à cette question par une autre question, qui fit l'effet d'un coup de poing à Billy. Le souffle coupé, il chercha la rampe à tâtons et s'y agrippa d'une main tremblante. Leda venait de dire :

« Ce sont les Gitans qui vous ont fait ça ? »

Il réussit enfin à faire entrer un peu d'air dans son pharynx contracté. L'air pénétra dans ses poumons avec une espèce de geignement assourdi.

« Où est Cary, Leda ?

— Répondez-moi d'abord. Ce sont les Gitans ? »

Il avait enfin trouvé l'occasion de parler de sa hantise à quelqu'un, et il s'aperçut que ça n'était pas si évident que ça. Il avala sa salive avec difficulté, puis il hocha la tête.

« Oui, dit-il. Je crois. Ils m'ont jeté un sort ou quelque chose comme ça. Non, pas " quelque chose comme ça ", ajouta-t-il après une brève pause. Ne tournons pas autour du pot. Ils m'ont jeté un sort, point. Je crois que je suis victime d'un maléfice tsigane. »

Il s'attendait presque à ce que Leda Rossington éclate d'un rire perçant. Dans ses rêves, dans ses conjectures, c'était toujours ainsi que les gens réagissaient lorsqu'il leur faisait cet aveu. Mais Leda se contenta de baisser la tête, et ses épaules s'affaissèrent. Elle donnait une telle image de détresse et d'abattement que Billy éprouva envers elle un élan de compassion poignant malgré la terreur qui s'était à nouveau réveillée en lui. Il monta les deux autres marches de l'escalier de la véranda et lui posa une main sur le bras avec beaucoup de douceur. Mais lorsqu'elle releva la tête, il lut dans ses yeux une haine tellement incandescente qu'il en fut estomaqué. Il recula vivement, les paupières papillotantes, et s'il ne s'était pas retenu in extremis à la balustrade de la véranda il aurait dégringolé l'escalier et atterri le cul sur les gravillons de l'allée. Le visage de Leda exprimait la même sorte de haine sans mélange que celle qu'il avait brièvement éprouvée vis-à-vis de Heidi l'autre soir. Et il était à la fois éberlué et effrayé d'être l'objet d'une haine aussi violente de sa part.

« C'est votre faute ! cracha-t-elle. Tout cela est arrivé à cause de vous ! Pourquoi a-t-il fallu que vous renversiez cette vieille grognasse, hein ? Tout ça est votre faute, sale con ! »

Halleck la regarda avec des grands yeux. *Grognasse ? Sale con ?* songeait-il avec une espèce d'hébétude. *Qui aurait cru que Leda Rossington pourrait user un jour d'un vocabulaire pareil ?* Ensuite, il se dit : *Non, non, Leda, vous vous trompez. C'est la faute de Heidi, pas la mienne... Et Heidi va bien. Elle se porte comme un charme. Elle est fraîche comme un gardon. Elle a bon pied, bon œil. Elle pète la...*

Là-dessus, le visage de Leda Rossington se rasséréna brusquement, et elle considéra Halleck avec cette expression de politesse distante qui lui était habituelle.

« Entrez donc », lui dit-elle.

Elle lui servit le martini qu'il lui avait réclamé dans un verre qui était d'une taille nettement supérieure à la normale, avec deux olives et deux petits oignons embrochés au bout d'un bâtonnet mélangeur en forme de rapière miniature. La rapière était dorée (ou peut-être même en or massif), et le martini bien tassé, mais Halleck n'en était pas mécontent. Ses libations des trois dernières semaines lui avaient pourtant enseigné qu'il fallait y aller doucement avec l'alcool, sous peine d'être complètement rétamé. Sa résistance à la boisson avait diminué en même temps que son poids.

Il avala une solide lampée de martini et ferma les yeux avec gratitude en sentant la bienfaisante chaleur qui lui envahissait l'estomac. *Ah gin, merveilleux gin si riche en calories,* se dit-il.

« C'est vrai que Cary est dans le Minnesota, dit Leda d'une voix sans timbre en s'asseyant en face de Billy, son propre martini à la main (le verre était encore plus plein que celui qu'elle lui avait servi). Mais il n'y est pas allé pour raisons familiales. Il s'est fait admettre à la Clinique Mayo.

— La Clinique Mayo ? Mais...

— Il est persuadé qu'il s'agit d'un cancer, continua-t-elle. Mike Houston ne lui a rien trouvé. Il est allé consulter les dermatologues les plus réputés de New York et ils ont fait chou blanc aussi. Il n'a rien, absolument rien, mais il est quand même persuadé qu'il s'agit d'un cancer. Vous savez, au début, il a cru que c'était un herpès. Il s'était mis en tête que c'était moi qui lui avais ramené ça, à force de coucher avec n'importe qui. »

Halleck baissa les yeux avec embarras, mais il aurait pu s'en abstenir. Le regard de Leda allait se perdre quelque part au-delà de son épaule droite, et on aurait dit qu'elle parlait au mur. Elle buvait son martini à petites gorgées et le niveau de son verre baissait régulièrement.

« Il a mis un bon moment avant de se décider à me lancer cette accusation, et quand il l'a fait je lui ai ri au nez. Je lui ai dit : “ Cary, si tu crois que cette *chose* est un herpès, ça veut dire que tu t'y connais à peu près aussi bien en maladies vénériennes que moi en mécanique quantique. ” Je n'aurais pas dû rire, évidemment, mais c'était une façon de... de détendre un peu l'atmosphère, si vous voulez. Et de masquer mon inquiétude. Non, pas mon inquiétude. Ma *terreur*.

« Mike Houston lui a prescrit une quantité de pommades et de révulsifs qui n'ont eu aucun effet. Ensuite, il lui a prescrit des séries d'injections qui n'ont pas eu plus de résultats. C'est moi qui me suis souvenue de ce vieux Tsigane au nez décomposé. Pendant le week-end qui a suivi votre comparution, nous sommes allés à la braderie de Raintree. Ce vieux bonhomme a brusquement surgi de la foule et il l'a touché... Il a *touché* Cary. Il lui a effleuré le visage de ses doigts et il lui a murmuré quelque chose. Quoi ? Cary n'a pas voulu me le dire. Je l'ai interrogé sur le moment, je lui ai reposé la question plus tard, quand ça a commencé à s'étendre, mais il se bornait à secouer la tête. »

Halleck avala sa deuxième gorgée de martini au moment précis où Leda Rossington reposait son verre vide sur la table à café.

« Il s'est mis en tête qu'il s'agissait d'un cancer, continua-t-elle. Le cancer de la peau, ça se soigne, vous comprenez. C'est curable dans neuf cas sur dix. Oh, je sais comment Cary fonctionne. Ce serait curieux que je ne le sache pas, au bout de vingt-cinq ans de vie commune. Vingt-cinq ans à le regarder trôner à son pupitre, puis faire des placements dans l'immobilier, se bourrer la gueule et faire d'autres placements dans l'immobilier, poursuivre les femmes des autres de ses assiduités et faire encore des placements dans l'immobilier... Oh, merde ! Quelquefois je me demande ce que je dirais en guise d'oraison funèbre si on m'injectait une dose de Penthotal une heure avant son enterrement. J'imagine que ça donnerait à peu près : Cary a acheté des hectares et des hectares de bonnes terres sur lesquelles s'érigent à présent des centres commerciaux géants, il a dégrafé bien des soutiens-gorge et éclusé bien des bouteilles de Wild Turkey avant de faire de moi une riche veuve. J'ai passé les meilleures années de ma vie avec lui et ça m'a valu foutrement plus de manteaux de vison que d'orgasmes, alors foutons le camp d'ici et allons faire la bringue dans une boîte bien crapuleuse où au bout d'un moment il se trouvera peut-être quelqu'un d'assez saoul pour oublier que je me suis fait tirer ma foutue peau trois fois, deux fois à Mexico et une fois en Allemagne, et pour dégrafer *mon* putain de soutien-gorge ! Ah, merde, qu'est-ce qui me prend de vous raconter des choses pareilles ? Vous aussi, vous appartenez à cette race d'hommes qui sont tout juste bons à tirer un coup en vitesse, magouiller une remise de peine et vociférer sur les gradins d'un stade. »

Elle s'était remise à pleurer. Halleck avait compris que le verre qu'elle venait de vider n'était pas, loin s'en fallait, son premier de la soirée. Il se tortilla avec gêne dans son fauteuil et avala une nouvelle lampée de martini. La chaleur qui lui envahit l'estomac avait quelque chose de suspect.

« Cary est persuadé qu'il s'agit d'un cancer de la peau parce que pour rien au monde il ne voudrait admettre qu'on puisse l'avoir envoûté. Les sortilèges tsiganes, pour lui, ce n'est que de la sotte superstition, ridiculement vieux jeu, du surnaturel de bazar comme dans les mauvais romans d'horreur de l'époque victorienne. Mais moi, je voyais quelque chose tout au fond de ses yeux, Billy. Je l'ai vu bien des fois ces derniers trente jours. Le soir surtout. Chaque soir, je le voyais un peu plus clairement. Je crois que c'est en partie pour cela que Cary s'est enfui d'ici, vous savez. Parce qu'il voyait que je voyais ça. Vous voulez un autre martini ? »

Billy secoua pesamment la tête et il la suivit du regard tandis qu'elle se dirigeait vers le bar pour se servir un autre verre. Il constata que les martinis que préparait Leda étaient de l'espèce la plus rudimentaire. Elle se borna à remplir son verre de gin à ras bord et à y ajouter deux olives. En coulant, les olives laissèrent deux traînées de bulles jumelles dans leur sillage. Halleck était assis à l'autre extrémité de la pièce, et même à cette distance l'odeur du gin parvenait à ses narines.

Qu'avait donc Cary Rossington ? De quel mal souffrait-il ? Au fond, Halleck ne tenait pas tant que ça à le savoir. Apparemment, Houston n'avait pas établi de lien entre son propre cas et celui de Rossington, et d'ailleurs pourquoi l'aurait-il fait ? Il ne savait rien de l'histoire des Gitans. Et puis Houston se bombardait régulièrement la cervelle avec de grosses torpilles blanches.

Leda revint s'asseoir en face de lui.

« S'il m'appelle pour m'annoncer son retour, je pars en Floride, annonça-t-elle d'une voix tranquille. Nous avons une maison dans l'île de Captiva. Il y fait une chaleur d'enfer à cette époque de l'année, mais quand je suis suffisamment imbibée de gin je deviens insensible à la température. Je ne pourrais plus supporter d'être seule avec lui. Pourtant, je l'aime encore — enfin, à ma façon — mais être seule avec lui, ça non, je ne pourrais plus. Quand je l'imagine là, dans le lit voisin... Penser qu'il pourrait... qu'il pourrait me *toucher !* »

Elle frissonna, et quelques gouttes de gin s'échappèrent de son verre. Elle vida le reste d'un trait et elle émit un ronflement sonore, pareil à celui d'un cheval qui s'ébroue en sortant la tête de l'abreuvoir.

« De quoi souffre Cary, Leda ? Que lui est-il arrivé ?

— Quoi, vous ne savez pas ? Mais, mon cher Billy, je croyais que quelqu'un vous l'avait dit. »

Halleck fit un signe de dénégation. Qui aurait pu le lui dire, d'ailleurs ?

« Il lui pousse des écailles, dit Leda. Le corps de Cary se couvre d'écailles. »

Billy la regarda, bouche bée. Elle grimaça un sourire et elle secoua imperceptiblement la tête.

« Non, ce n'est pas tout à fait ça. Sa peau *mue*. Son épiderme devient squameux. On pourra bientôt l'exhiber dans les foires ou l'étudier dans les laboratoires en tant que spécimen d'involution monstrueuse. Il est en train de se transformer en poisson, ou en saurien. »

Elle éclata soudain d'un rire strident, anormalement saccadé, et Halleck sentit son sang se glacer dans ses veines. *Elle est à deux doigts de perdre la raison,* se dit-il, et la sensation de froid redoubla. *Elle ira probablement en Floride, de toute façon. Si elle reste à Fairview, elle est bonne pour la camisole de force. Oh oui, ça ne fait pas un pli.*

Leda se plaqua les deux mains sur la bouche et elle s'excusa comme si elle venait d'éructer — ou de vomir — et non d'éclater de rire. Halleck, incapable d'articuler un mot, se borna à hocher la tête. Ensuite il se hissa sur ses pieds et alla se préparer un deuxième martini. En fin de compte, il en avait bien besoin.

Et comme il lui semblait que Leda Rossington s'exprimait avec plus de facilité à présent qu'il lui tournait le dos, il fit exprès de s'attarder au bar.

11

Le juge fait peau neuve

Le geste du vieux Tsigane avait mis Cary Rossington dans tous ses états. Le lendemain, il était allé voir le chef de la police de Raintree, Allen Chalker. Chalker, avec qui il lui arrivait de jouer au poker, l'avait reçu très amicalement.

Il apprit à Cary que les Gitans étaient venus à Raintree aussitôt après leur départ de Fairview. Chalker s'attendait à les voir décamper assez rapidement d'eux-mêmes. En temps ordinaire, trois jours auraient dû leur suffire. C'était assez pour que tout ce que la ville comptait de clients potentiels pour les diseuses de bonne aventure et les marchands de potions et d'onguents prétendument aphrodisiaques (des adolescents des deux sexes que l'avenir tarabustait et une poignée d'impotents et de bonnes femmes travaillées par le retour d'âge) se glissent dans leur campement à la faveur de la nuit. Après cela, la population locale cessait invariablement de s'intéresser à ces visiteurs exotiques. Mais comme ils étaient toujours là au bout de cinq jours, Chalker avait fini par se dire qu'ils attendaient la braderie dominicale. C'était un événement qui n'avait lieu qu'une fois l'an, et à l'occasion duquel les habitants de toutes les bourgades avoisinantes convergeaient en masse sur Raintree. Chalker, que la perspective d'une confrontation avec les Gitans ne réjouissait guère (« Quand on leur cherche des poux, ils peuvent devenir teigneux », expliqua-t-il à Rossington), décida de les laisser faire leur beurre avec les foules de la braderie. Mais s'ils n'avaient pas déguerpi le lendemain, il se chargerait de les faire dégager.

Toutefois il n'avait pas eu à intervenir. Le lundi matin à l'aube, le champ où les Gitans avaient dressé leur campement était désert. Il n'y restait plus que des traces de pneus, des boîtes de bière et de soda vides (apparemment, les Gitans ignoraient que l'État du Connecticut venait de promulguer une loi rendant obligatoire le retour des récipients usagés), les vestiges calcinés de plusieurs feux et deux vieilles couvertures tellement infestées de vermine que le policier que Chalker avait dépêché sur les lieux s'était armé d'un long bâton pour les examiner. Les Gitans avaient levé le camp pendant la nuit, ils avaient quitté Raintree et franchi les limites du comté de Patchin. « Et vu ce que j'en ai à foutre, ils auraient aussi bien pu quitter la planète — adieu et bon débarras », avait commenté Allen Chalker à l'intention de son cher vieux partenaire de poker Cary Rossington.

Le dimanche après-midi, le vieux Tsigane avait touché Cary Rossington au visage ; les Gitans avaient levé le camp la nuit même ; le lundi matin, Cary était allé voir Chalker dans l'intention de déposer une plainte (Leda Rossington ne savait pas au juste sur quel article de loi il comptait s'appuyer) ; le premier symptôme était apparu le mardi matin. Après s'être douché, Cary était descendu rejoindre Leda à la cuisine en peignoir de bain et il lui avait dit : « Regarde ça. »

Le « ça » en question était une petite plaque de peau indurée juste au-dessus de son plexus solaire. L'induration était un peu plus claire que la peau environnante, qui était d'une agréable couleur café au lait (le golf, le tennis, la natation et la lampe à bronzer dont il usait l'hiver conféraient à Cary un hâle permanent). Elle avait, précisa Leda, le même pourtour jaunâtre que celui qui se dessinait parfois autour des callosités de ses talons lorsque le temps était particulièrement sec. Leda avait posé un doigt dessus (à cet endroit de son récit, sa voix était devenue un peu incertaine) et elle l'avait retiré aussitôt. La protubérance était d'une consistance rêche, presque râpeuse, et d'une dureté surprenante. Le mot de « cuirasse » s'était spontanément formé dans l'esprit de Leda.

« Tu crois que ce maudit Gitan m'aurait refilé quelque chose ? lui demanda Cary d'un air soucieux. La teigne, l'impétigo, ou une autre saleté de ce genre ?

— C'est ta figure qu'il a touchée, pas ta poitrine, mon chéri, lui dit Leda. Va vite t'habiller à présent. Il y a de la brioche dans le four. Mets ton complet anthracite et ta cravate rouge. Fais-toi beau, tu seras un ange. »

Le surlendemain au soir, Cary l'avait appelée de la salle de bains, et sa voix était si proche du hurlement qu'elle était accourue ventre à terre. (*La salle de bains est le lieu de nos pires révélations,* se dit Billy). Cary était debout, torse nu, face au miroir du lavabo, et il fixait son reflet avec des yeux écarquillés, oublieux du rasoir électrique qui bourdonnait dans sa main droite.

L'induration s'était étendue. A présent, c'était une grande tache de forme vaguement arborescente qui se ramifiait en direction de la pointe des seins et s'élargissait vers le nombril. La chair boursouflée en était soulevée sur plusieurs millimètres, et zébrée de fissures dont plusieurs paraissaient assez larges et profondes pour qu'on y introduise une pièce de monnaie. Pour la première fois, Leda trouva que son mari prenait un aspect... eh bien, écailleux. Et elle sentit son cœur se soulever.

« Qu'est-ce que j'ai ? rugit Cary d'une voix étranglée. Qu'est-ce que j'ai, Leda ?

— Je n'en sais rien, répondit-elle en se forçant à rester calme. Mais ce qui est sûr, c'est que tu dois aller voir Michael Houston, Cary. Dès demain.

— Non, pas demain, dit Cary, qui fixait toujours d'un œil hypnotisé la protubérance jaunâtre et granuleuse qui bourgeonnait entre ses seins. Demain, il se pourrait que ça aille mieux. Après-demain peut-être, si ça ne s'est pas arrangé. Mais pas demain.

— Cary...

— Passe-moi la crème Nivéa, tu veux ? »

Elle obtempéra, et le regarda étaler la pâte blanche et visqueuse sur l'induration aux bords jaunissants. En frottant la chair râpeuse, ses doigts produisaient un léger crissement. Au bout d'un moment, elle n'y tint plus et alla se réfugier dans leur chambre. Ainsi qu'elle l'avoua à Billy, ce fut la première fois qu'elle se félicita consciemment de ce que Cary et elle fissent lit à part. Ainsi, elle n'aurait pas à craindre qu'il se retournât dans son sommeil et la touchât. Elle était restée des heures sans dormir, exaspérée par le frottement assourdi des doigts de Cary qui allaient et venaient sans trêve sur cette boursouflure insolite.

Le lendemain soir, Cary lui annonça que ça allait mieux. Le soir suivant, il lui certifia que ça allait encore mieux. Bien sûr, Leda aurait dû comprendre qu'il lui mentait, et qu'il se mentait plus encore à lui-même. Elle aurait dû le voir à ses yeux. Même dans une situation aussi critique, Cary restait muré dans cette carapace d'égoïsme forcené qui de l'avis de Leda avait toujours constitué le fond de son caractère. Toutefois, Cary n'était pas seul en cause, ainsi qu'elle le confessa à Halleck d'une voix un peu trop brusque et sans se retourner vers lui (elle était au bar, où elle s'occupait à remuer inutilement des verres). Au fil de toutes ces années de mariage, elle avait progressivement tissé autour d'elle-même une sorte de cocon d'insensibilité. Comme Cary, elle avait préféré s'aveugler. Elle en avait autant besoin que lui.

Le troisième soir, il était entré dans leur chambre vêtu de son seul pantalon de pyjama. Il y avait une stupeur douloureuse, étrangement douce aussi, dans son regard. Leda était en train de relire pour la énième fois une des aventures de Lord Peter Wimsey (Dorothy Sayers avait toujours été sa romancière favorite). Elle leva les yeux sur Cary et le livre lui tomba des mains. Elle aurait volontiers crié, mais ses poumons semblaient s'être soudain vidés de tout leur air. Ainsi, se disait Billy, quoique nous voudrions tous croire à la singularité de nos affects, nos réactions face à l'adversité ne diffèrent pas tant que cela. Apparemment,

Cary Rossington s'était d'abord refusé comme lui à regarder la vérité en face avant d'en avoir comme lui la révélation terrassante.

L'induration jaunâtre — des *écailles* : il n'y avait plus à s'y tromper — couvrait à présent la plus grande partie de la poitrine de Cary et la totalité de son abdomen. Elle était monstrueusement boursouflée, comme une cicatrice de grand brûlé. Les fissures béantes et noires qui la sillonnaient en tous sens laissaient apparaître en leur fond une chair d'un affreux rose sanguinolant. De prime abord, on aurait pu penser qu'elles étaient distribuées au hasard, comme des crevasses au fond d'un cratère de bombe, mais en les regardant un peu plus attentivement on était bien obligé de se rendre à l'atroce évidence. Au bord de chaque fissure, la peau jaunâtre et dure se relevait un peu plus. C'étaient bien des écailles. Pas des écailles de poisson, de grandes et rugueuses écailles de saurien, pareilles à celles d'un lézard, d'un alligator, d'un iguane.

L'aréole brune du sein gauche était encore visible ; le reste en avait disparu, enseveli sous cette carapace jaune et noire. Le sein droit était entièrement recouvert, et une excroissance de cette étrange chair mutante s'entortillait autour de l'aisselle et pointait vers l'omoplate comme la griffe tendue de quelque monstre inimaginable surgi des profondeurs du corps de Cary. Et puis...

« Il a baissé son pantalon de pyjama », dit Leda.

Elle venait de s'attaquer à son troisième martini, qu'elle buvait en prenant toujours ces mêmes petites gorgées saccadées. Ses yeux s'étaient à nouveau emplis de larmes qui menaçaient de déborder, mais à part cela son visage demeurait impassible.

« C'est alors que j'ai retrouvé ma voix. Je lui ai hurlé d'arrêter, et il m'a obéi... Mais j'avais eu le temps de voir que cette chose se prolongeait en direction de l'aine. Elle n'avait pas gagné le sexe lui-même — du moins pas encore — mais son pubis était en partie recouvert par ces écailles jaunes.

« Je me suis écriée : “ Mais tu m'avais dit que ça

s'arrangeait, Cary ! " Il m'a répondu : " Je le croyais sincèrement. " Et le lendemain, il a pris rendez-vous avec Houston. »

Lequel lui a probablement parlé de l'étudiant qui n'avait pas de cerveau et de la vieille douairière qui faisait ses dents, songea Halleck. *Avant de lui offrir une petite ligne pour se ramoner les muqueuses.*

Une semaine plus tard, Rossington avait été soumettre son cas à l'équipe de dermatologues la plus huppée de New York. Les éminents spécialistes lui avaient immédiatement déclaré que la nature de son mal ne faisait aucun doute et ils l'avaient soumis à un intense bombardement de rayons gamma. Mais les squames continuaient à s'étendre. Leur expansion n'entraînait aucune douleur, ainsi que Rossington l'apprit à Leda. Tout au plus éprouvait-il une vague démangeaison à la jonction de son ancienne peau et de cet horrible envahisseur corné. Avec le hideux sourire hébété qui tendait à devenir son unique expression faciale, il lui raconta que quelques jours plus tôt il avait allumé une cigarette et se l'était écrasée sur le ventre. Très lentement. Et qu'il n'avait absolument rien senti.

Leda s'était plaqué les deux mains sur les oreilles et elle lui avait crié de se taire.

Les dermatologues annoncèrent à Rossington qu'ils avaient fait légèrement fausse route. Fausse route ? fit Cary. Mais vous m'aviez dit que c'était clair comme de l'eau de roche. Oh, il nous arrive de nous tromper, dirent-ils. Bien rarement, rassurez-vous. Et à présent, on tient le bon bout. Tous les examens concordent. Sur quoi ils lui avaient prescrit une cure de mégavitamines et des injections d'extraits de glandes. Au moment exact où démarrait ce nouveau traitement, les premières plaques écailleuses étaient apparues à la base du cou de Rossington. Elles remontèrent rapidement vers le menton, et lorsqu'elles gagnèrent le bas de son visage, les dermatologues se résignèrent à s'avouer momentanément vaincus. Oh, ils trouveraient une issue, bien sûr. Ils n'allaient pas baisser les bras comme ça. La médecine moderne avait résolu des rébus autrement compliqués. Peut-être qu'avec une diète appropriée... et patati et patata... et ploum et ploum et blabla.

Désormais, Cary refusait d'écouter Leda lorsqu'elle tentait de lui parler du vieux Tsigane. Une fois même, il avait été jusqu'à lever la main comme pour la gifler... et elle avait aperçu un début d'induration cornée à la jonction du pouce et de l'index.

« C'est un cancer ! beuglait-il. Un cancer de la peau ! Un *cancer !* Arrête de me soûler avec ce putain de métèque, bon Dieu ! »

Bien sûr, la raison semblait plutôt être du côté de Cary, tandis que Leda invoquait d'obscures superstitions moyenâgeuses... et pourtant elle *savait* que tout cela était l'œuvre du vieux Tsigane qui avait surgi de la foule à la braderie de Raintree et avait touché Cary au visage. Elle le savait, et le regard de Cary lui disait qu'il le savait aussi. Même lorsqu'il avait fait mine de la gifler, elle avait vu cela dans ses yeux.

Cary s'était fait mettre en congé spécial et son remplaçant, Glenn Petrie, avait reçu un choc en apprenant que son vieil ami, collègue et partenaire de golf Cary Rossington était victime d'un mélanome malin.

La quinzaine suivante avait été un tel enfer que Leda en tremblait encore rétrospectivement. Cary passait le plus clair de ses journées à dormir d'un sommeil de plomb, quelquefois dans son lit, au premier étage, mais souvent aussi dans le gros fauteuil capitonné de son bureau ou simplement effondré, la tête dans les bras, sur la table de la cuisine. Chaque après-midi aux alentours de quatre heures, il se mettait à boire. Comme un trou. Il restait affalé sur le divan de la salle de séjour, sa main écailleuse agrippée au goulot d'une bouteille de whisky J.W. Dant, et il s'abîmait dans la contemplation de la télé. Tout y passait : les feuilletons comiques, les informations locales et nationales, les émissions de jeux idiotes, trois heures entières de variétés et de feuilletons « grand public », puis les dernières infos. Ensuite il regardait un film, ou deux, et restait vautré là jusqu'à trois ou quatre heures du matin, en buvant sans cesse du whisky, qu'il sifflait à même la bouteille, comme si ç'avait été du Pepsi-Cola.

Certains soirs, il pleurait. Leda se glissait dans la pièce et elle le regardait sangloter doucement tandis que le présentateur du film de minuit s'écriait : « A vos magnétoscopes, les enfants ! » avec l'enthousiasme d'un homme qui invite toutes ses anciennes petites amies à partir en croisière aux Antilles avec lui. D'autres soirs — plus rares ceux-là, Dieu merci — il proférait des flots d'imprécations en titubant lourdement d'une pièce à l'autre, tel le capitaine Achab lors des derniers jours du *Pequod.* Serrant toujours sa bouteille de whisky dans une main de plus en plus griffue, il vociférait que c'était un cancer de la peau, parfaitement, un *cancer,* qu'il n'y avait pas à tortiller du cul, c'était un putain de cancer déclenché par cette putain de lampe à bronzer et qu'il allait faire voir de quel bois il se chauffait à ces enculés de fabricants, qu'il allait leur faire cracher jusqu'au dernier *cent,* qu'il les traînerait devant toutes les juridictions possibles jusqu'à ce qu'ils n'aient même plus un caleçon merdeux à se mettre sur le dos. Lorsqu'il était pris de ces accès de fureur, il lui arrivait de briser des objets.

« A la fin, je me suis rendu compte que ces crises le prenaient toujours après le départ de Mrs Marley, expliqua Leda d'une voix sans timbre. Mrs Marley est notre femme de ménage, et chaque fois qu'elle venait, Cary allait se cacher au grenier, car si elle l'avait vu, la ville entière aurait immédiatement su ce qu'il avait. Les soirs qui suivaient le passage de Mrs Marley, lorsqu'il sortait du cagibi obscur où il s'était claquemuré tout l'après-midi, le sentiment d'être un monstre, d'être condamné à vivre en paria, le prenait à la gorge.

— Si bien qu'il s'est fait admettre à la Clinique Mayo, dit Billy.

— Voilà », dit Leda, en levant enfin les yeux sur lui. Une expression d'horreur ivre s'étalait sur ses traits. « Qu'est-ce qu'il va devenir, Billy ? Vous croyez qu'il peut s'en sortir ? »

Billy secoua la tête. Il n'en avait pas la moindre idée.

Du reste, c'était un problème sur lequel il n'avait guère envie de s'appesantir. C'était le genre de chose que l'on aime mieux ne pas regarder de trop près, comme la fameuse photo du général sud-vietnamien en train de tirer une balle dans la tête d'un pauvre type soupçonné de sympathies pour le Vietcong. Bizarrement, c'est à cela que le sort de Cary le faisait penser.

« Il a affrété un avion privé pour partir à Rochester, vous savez. Il ne supporte pas qu'on le regarde... mais je vous l'avais déjà dit, n'est-ce pas ? »

Billy fit un autre signe de dénégation.

« Qu'est-ce qu'il va devenir ?

— Je ne sais pas », dit Halleck, qui songeait : *Et moi Leda, qu'est-ce que je vais devenir, hein ?*

« Vers la fin, juste avant qu'il se résigne à entrer en clinique, ses deux mains étaient devenues des griffes. Ses yeux n'étaient plus que... deux minuscules points bleus qui brillaient au fond de profondes cavités écailleuses. Et son nez... »

Elle se leva et s'avança vers lui d'un pas mal assuré, heurtant brutalement au passage l'angle de la table à café. *Elle n'a rien senti,* se dit Halleck, *mais demain matin elle aura un méchant bleu au mollet, et avec un peu de chance elle ne saura pas où et comment elle se l'est fait.*

Leda lui agrippa la main. Elle avait des yeux immenses et luisants, aux prunelles dilatées par une angoisse sans nom. Son haleine était chargée d'aigres relents de gin, et elle parlait d'une voix effroyablement murmurante qui fit passer un frisson glacial sur la nuque de Billy.

« Il a l'air d'un alligator à présent, chuchota-t-elle. Oui, Billy, c'est de cela qu'il a l'air. D'une créature qui vient de ramper hors de son marigot et qui a mis des vêtements d'homme. Oui, on dirait qu'il se transforme en crocodile, et j'ai été *heureuse* de son départ. *Heureuse !* S'il était resté ici, c'est moi qui serais partie. Oui. J'aurais fait ma valise et... et... »

Le visage de Leda Rossington s'approchait de plus en plus et tout à coup Billy n'y tint plus. Il se dressa brusquement. Leda oscilla dangereusement en arrière, et il la retint de justesse en lui empoignant les épaules. Apparemment, il était éméché aussi. Il s'en fallut de peu que ses mains se refermassent sur le vide, et s'il avait raté Leda, elle aurait pu se fendre le crâne sur cette même table à café en verre à piètement de laiton qu'elle venait de heurter du mollet... si bien qu'au lieu de se réveiller avec un bleu, elle aurait pu ne pas se réveiller du tout. Billy avait une vue plongeante sur ses yeux à demi déments, et il se dit qu'elle aurait peut-être accueilli la mort comme une délivrance.

« Il faut que je m'en aille, Leda.

— Mais bien sûr, ironisa-t-elle. Vous étiez juste venu faire un brin de causette, n'est-ce pas, mon cher Billy ?

— Je suis sincèrement navré, dit-il. Vous ne pouvez pas savoir à quel point je regrette tout ce qui s'est passé. » Sur quoi il s'entendit proférer une ineptie qui l'effara lui-même : « Quand vous aurez Cary au téléphone, dites-lui que tous mes vœux l'accompagnent.

— C'est difficile d'avoir une conversation avec lui, dit Leda d'une voix lointaine. Ça a gagné l'intérieur de sa bouche, vous comprenez. Ses gencives et sa langue se tapissent d'écailles. Je peux lui parler, mais il ne me répond plus que par des grognements. »

Halleck se dirigeait vers l'entrée à reculons. Il battait en retraite devant Leda, il voulait échapper à cette voix aux inflexions inexorablement distinguées, à ces horribles yeux luisants.

« C'est vrai, vous savez, dit Leda. Qu'il se transforme en crocodile, je veux dire. J'imagine que d'ici peu on sera obligé de l'installer dans un aquarium... ou de lui humecter la peau constamment. »

Les larmes avaient débordé de ses yeux hagards. Billy s'aperçut qu'elle tenait son verre incliné et que le gin dégouttait sur ses escarpins.

« Bonne nuit, Leda, balbutia-t-il.

— Pourquoi, Billy ? Pourquoi a-t-il fallu que vous écrasiez cette vieille ? Pourquoi a-t-il fallu que vous nous entraîniez là-dedans, Cary et moi ? Pourquoi ?

— Leda...

— Revenez me voir dans quinze jours », dit-elle en avançant toujours. Billy tâtonnait frénétiquement derrière lui à la recherche de la poignée de la porte, tout en faisant un formidable effort de volonté pour continuer à sourire poliment. « Revenez, que je voie à quoi vous ressemblerez quand vous aurez perdu quinze ou vingt kilos de mieux. Je rirai... Ah, comme je rirai ! »

Sa main se referma enfin sur la poignée. Il la fit jouer. L'air frais fit l'effet d'un baume sur sa peau brûlante de sueur.

« Bonne nuit, Leda. Je regrette que...

— *Gardez vos regrets !* » glapit-elle en lui lançant son verre de martini. Il s'écrasa sur le chambranle et vola en éclats. « Pourquoi a-t-il fallu que vous nous entraîniez là-dedans ? Pourquoi ? Pourquoi ? *Pourquoi ?* »

Halleck se traîna jusqu'à l'intersection de Park Lane et de Lantern Drive et il s'affala lourdement sur la banquette d'un Abribus. Il tremblait de tous ses membres, des renvois aigres lui remontaient dans la gorge, il avait des brûlures d'estomac et la tête bourdonnante.

J'ai tué cette vieille et maintenant je dépéris peu à peu, se disait-il. *Cary Rossington m'a laissé filer sans même m'infliger une peine de pure forme, et maintenant il est à la clinique Mayo et à en croire sa femme on jurerait qu'il vient du même bayou qu'Albert l'Alligator. Qui d'autre était dans la combine ? Qui d'autre y a trempé suffisamment pour s'exposer à la vindicte du Tsigane ?*

Il songea aux deux policiers qui avaient procédé à l'éviction des Gitans lorsque ces derniers avaient eu le front de se mettre à exécuter leurs tours sur les pelouses du jardin municipal. L'un d'eux n'était qu'un simple lampiste, bien sûr. Il n'était là que pour piloter la voiture de patrouille et pour obéir aux ordres.

Aux ordres de qui ? A ceux de son patron, pardi. Aux ordres de Duncan Hopley, le chef de la police.

Les Gitans s'étaient fait éjecter parce qu'ils n'avaient pu présenter un papier de la mairie les autorisant à se produire dans le jardin municipal. Mais bien entendu, il ne s'agissait que d'un prétexte comme un autre, et ils ne l'ignoraient sans doute pas. Quand on veut se débarrasser des gens de leur espèce, on a recours à toutes sortes de lois et d'arrêtés. Vagabondage. Désordre sur la voie publique. Glaviotage intempestif. Tout est bon.

Les Gitans avaient loué un bout de terrain à un cultivateur de la périphérie ouest de la ville, un vieux bonhomme aigri du nom d'Arncaster. Il y avait toujours quelque part un cultivateur mal embouché susceptible de louer un bout de terrain à une bande de nomades pouilleux, et les Gitans se débrouillaient toujours pour le dénicher. *Ils ont dû acquérir une espèce de flair spécial qui leur permet de dépister les individus comme Arncaster,* se disait Billy tandis qu'il se recroquevillait sur sa banquette en écoutant la crépitation d'une averse printanière qui s'abattait sur le toit de l'Abribus. *Simple affaire d'évolution. Après tout, cela fait vingt siècles qu'ils se font éjecter de partout. On pose des questions à droite à gauche ; peut-être même que Mme Azonka dit une ou deux fois la bonne aventure à l'œil. On est à l'affût du nom d'un type qui est propriétaire de sa terre, mais criblé de dettes et étranglé d'hypothèques, qui ne porte dans son cœur ni la municipalité ni les arrêtés qu'elle édicte, qui interdit les accès de son verger à la saison de la chasse parce que c'est une mauvaise tête qui aime mieux voir les cerfs lui boulotter ses pommes plutôt que de voir les chasseurs canarder les cerfs. On est à l'affût de son nom et on finit immanquablement par le découvrir : même les bourgs ruraux les plus prospères ont au moins un Arncaster, et dans les autres on a parfois le choix entre trois ou quatre candidats possibles.*

Ils disposaient leurs véhicules en cercle, exactement comme leurs aïeux avaient formé le cercle avec leurs roulottes et leurs charrettes deux siècles, quatre siècles, huit siècles avant eux. Ils se procuraient un permis de feu en s'adressant à la brigade de sapeurs-pompiers locale, et au soir le camp résonnait de conversations et de rires et il y avait sans doute quelques bouteilles qui passaient de main en main.

En temps normal, Hopley n'aurait rien trouvé à redire

à tout cela, se disait Billy. Après tout, c'était conforme à un usage bien établi. S'il y avait des amateurs pour la marchandise des Gitans, ils n'avaient qu'à monter en voiture et aller faire un tour du côté de chez Arncaster, sur West Fairview Road. Au moins ça n'offensait la vue de personne, pas plus que la ferme d'Arncaster elle-même, qui bien entendu était une vieille bicoque branlante, comme les maisons de tous les cultivateurs qui hébergeaient des Gitans. Les nomades ne tarderaient pas à continuer sur Raintree ou Westport, et aussitôt qu'ils seraient hors de vue tout le monde les aurait oubliés.

Mais à la suite de l'accident, après que le vieux Tsigane fut venu semer la zizanie en caressant la joue de Billy Halleck sur les marches du palais de justice, « l'usage bien établi » avait soudain cessé d'avoir cours.

Hopley avait sommé les Gitans de déguerpir dans les quarante-huit heures, et comme ils ne faisaient pas mine d'obtempérer, il avait fait tout ce qu'il fallait pour les persuader. D'abord, le capitaine des pompiers, Jim Roberts, avait révoqué leur permis de feu. En dépit des averses qui s'abattaient quotidiennement depuis une semaine, Roberts annonça aux Gitans que les dangers d'incendie avaient subitement dépassé la cote d'alerte. Et il ne se fit pas faute de leur rappeler que les règlements concernant les feux de bivouac et autres foyers en plein air s'appliquaient également aux camping-gaz, braseros et grils à barbecue.

Après cela, Hopley avait bien entendu été faire la tournée de tous les magasins ou établissements qui accordaient des facilités de paiement à Arncaster (lequel était rarement en règle avec l'échéancier), et au nombre desquels figuraient vraisemblablement la quincaillerie, le marchand de grains de Raintree Road, le groupement d'achats coopératif de Fairview Village et le supermarché Sunoco. Il avait sans doute rendu visite aussi à Zachary Merchant, le directeur de l'agence locale de la Connecticut Union Bank, banque auprès de laquelle Arncaster avait souscrit une hypothèque.

Pour Hopley, c'était le *b a ba* du métier. On boit le café

avec l'un, on déjeune avec l'autre (un repas simple et vite expédié, qui consistera par exemple en une francfort-frites et un verre de citronnade rapportés par le grouillot de la friterie d'à côté), on vide une bouteille de bière avec le troisième. Et dans les vingt-quatre heures suivantes, tous ceux qui avaient la moindre créance à rappeler à Arncaster lui avaient passé un petit coup de fil en mentionnant brièvement les Gitans au passage, et en lui disant combien ils seraient *heureux* de les voir décamper. Heureux et *reconnaissants*.

Le résultat avait été en tous points conformes aux espérances de Duncan Hopley. Arncaster était allé trouver les Gitans. Il leur avait remboursé le loyer en excès, et il était sans doute resté sourd à leurs éventuelles protestations (Halleck pensait spécifiquement au jeune jongleur, qui apparemment ne s'était pas encore résigné à l'inéluctabilité de ce genre d'aléas). Car bien entendu les Gitans ne disposaient d'aucun bail qui leur eût permis de soumettre l'affaire à l'arbitrage d'un quelconque tribunal.

Si Arncaster était sobre ce soir-là, il s'était peut-être borné à leur dire qu'ils avaient encore de la chance qu'il soit assez honnête pour leur restituer une partie de la somme qu'ils lui avaient réglée d'avance. Mais s'il en avait un coup dans le nez (et c'était un homme qui descendait ses trois packs de bière chaque soir) il s'était sans doute montré nettement plus loquace. Il leur avait peut-être dit qu'une fraction de la population de Fairview souhaitait fortement leur départ. Qu'on avait exercé des pressions auxquelles un pauvre bouseux comme Lars Arncaster était d'autant plus incapable de résister qu'il savait pertinemment que la moitié des soi-disant « honnêtes gens » de Fairview voulaient sa peau depuis belle lurette.

Et même si Arncaster n'avait rien dit, les Gitans auraient sans doute saisi d'eux-mêmes. Ils n'avaient pas besoin qu'on leur mette les points sur les i (sauf peut-être le jeune jongleur : celui-là avait la comprenette un peu dure).

Billy se leva et il retourna chez lui en marchant à pas lents sous une pluie fine, irrégulière et froide. Il y avait de la lumière à la fenêtre de la chambre. Heidi attendait son retour.

Non, le vieux Tsigane n'avait sans doute pas éprouvé le besoin de se venger du chauffeur de la voiture de patrouille. Ni d'Arncaster, qui avait simplement saisi une occasion de se faire cinq cents dollars sans se fouler, et n'avait prié les Gitans de déguerpir que sous la contrainte.

Duncan Hopley ?

Pour Hopley, il y avait des chances. Et même de *fortes* chances, en fait. D'un certain point de vue, Hopley n'était qu'une sorte de super-chien de garde que l'on avait dressé à assurer par tous les moyens la préservation du statu quo à Fairview. Toutefois, Billy doutait que le vieux Tsigane pût avoir une vision des choses aussi objective et froide, et pas seulement à cause de l'ingéniosité dont Hopley avait fait preuve pour convaincre les Gitans de décamper après l'incident du palais de justice. Après tout, ils n'en étaient pas à une expulsion près. Mais Hopley ne s'était livré à aucune enquête sur l'accident qui avait coûté la vie à la vieille femme...

Là, c'était déjà plus sérieux, non ?

Aucune enquête ? Bon sang, Billy, tu rigoles ou quoi ? Il ne s'agit pas d'une simple lacune. Hopley ne s'est pas montré négligent : il a délibérément occulté tout ce qui aurait été susceptible de t'incriminer. D'où cette absence flagrante d'alcootest. Il a étouffé l'affaire. Il t'a couvert par principe. Tu le sais, et Cary Rossington le savait aussi.

Le vent tournait à la bourrasque et la pluie tombait plus dru, creusant des entonnoirs dans les flaques de la chaussée. Dans la lumière ambrée des réverbères à intensité réglable qui bordaient Lantern Drive, elle paraissait étrangement lisse et brillante. Au-dessus de Billy Halleck, des branches craquaient et gémissaient sous le vent, et il leva sur elles un regard inquiet.

Je devrais aller voir Duncan Hopley.

Une petite lueur tremblota brièvement dans sa tête — guère plus qu'une étincelle d'idée. Puis il revit le visage hébété de Leda Rossington, ses yeux agrandis par l'horreur.

Il entendit sa voix qui disait : *C'est difficile d'avoir une conversation avec lui... Ça a gagné l'intérieur de sa bouche, vous comprenez... il ne me répond plus que par des grognements.*

Non, pas ce soir. Ce soir, il avait eu sa dose.

« Où étais-tu, Billy ? »

Heidi était au lit, allongée dans le rond de lumière projeté par la lampe de chevet. Elle posa son livre sur le couvre-lit et tourna la tête vers Billy. Il vit les larges cernes bistres qu'elle avait sous les yeux, mais il ne fut pas précisément submergé par la pitié... oh non, pas ce soir.

Il fut brièvement tenté de tout lui dire : *Je suis allé voir Cary Rossington, et comme il n'était pas là, j'ai bu quelques verres avec sa femme — le genre de verres que l'Incroyable Hulk doit se préparer quand l'envie lui vient de prendre une muffée. Et tu ne devineras jamais ce qu'elle m'a dit, Heidi chérie. Cary Rossington, l'homme qui t'a peloté le sein un soir de réveillon au douzième coup de minuit, est en train de se métamorphoser en crocodile. Après sa mort, on pourra lancer sur le marché un article de maroquinerie très original : des sacs à main garantis pure peau de Juge.*

« Nulle part, mentit-il. Je suis juste allé faire un tour. J'avais besoin de réfléchir.

— Vu l'odeur que tu répands, on pourrait croire que tu t'es égaré dans un buisson de genièvre sur le chemin du retour.

— C'est vrai, en un sens. Sauf que c'est chez Andy's que je me suis égaré.

— Tu en as bu combien ?

— Deux.

— Vu l'odeur, je dirais plutôt cinq.

— C'est un interrogatoire, Heidi ?

— Non, mon chéri. Mais j'aimerais mieux que tu ne te ronges pas les sangs comme cela. Les médecins trouveront sûrement ce qui cloche une fois que tu auras subi ces examens métaboliques. »

Halleck poussa un grognement et Heidi leva vers lui un visage grave et tourmenté.

« En tout cas, je remercie le ciel que ça ne soit pas un cancer », dit-elle.

Il pensa (et faillit lui dire) que ça devait être bien agréable pour elle d'être une simple spectatrice, d'assister de l'extérieur à sa détérioration graduelle. Il se contint, mais son visage avait dû trahir au moins une partie de ce qu'il éprouvait, car l'expression de tristesse lasse s'accentua sur celui de Heidi.

« Excuse-moi, dit-elle. Mais je... on dirait que tout ce que je dis tombe mal. »

Oh ça, tu peux en être sûre, songea Billy, et une nouvelle bouffée de haine monta subitement en lui. La haine était acide, brûlante. Elle grossissait l'effet du gin, et il se sentit à la fois déprimé et nauséeux. Elle reflua, laissant derrière elle un sillage de honte. Cary se transformait en une créature innommable, tout juste bonne à être exhibée dans une baraque de foire. Si Billy allait voir Duncan Hopley, il le trouverait peut-être en parfaite santé, ou peut-être qu'il aurait droit à quelque chose d'encore plus atroce. Bref, maigrir n'était pas encore ce qu'il y avait de pire.

Il éteignit la lampe de chevet, se dévêtit et prit Heidi dans ses bras. Elle était raide, tendue. Au moment précis où il commençait à se dire qu'il se donnait du mal pour rien, il la sentit s'abandonner. Il perçut le sanglot étouffé qu'elle s'efforçait de ravaler et il se dit avec accablement que s'il était vrai que les épreuves et les périls fortifient l'âme et trempent le caractère, ainsi que tous les romans d'aventures visent à le démontrer, il ne serait décidément jamais ni preux ni brave.

« Excuse-moi, Heidi, murmura-t-il.

— Si seulement je pouvais *faire* quelque chose ! sanglota-t-elle. Ah Billy, si tu savais combien je voudrais pouvoir t'aider !

— Tu peux », dit-il en lui caressant la poitrine.

Ils firent l'amour. Au début, Billy se disait : *Cette fois, c'est pour elle que je le fais.* Mais en fin de compte il découvrit qu'il le faisait aussi pour lui-même. Ainsi, le visage hagard et les yeux écarquillés de Leda Rossington cessèrent de le hanter, et il parvint à s'endormir.

Le lendemain à son réveil, la balance indiquait soixante-dix-neuf kilos.

12

Duncan Hopley

Halleck avait dû solliciter un congé spécial afin d'aller se soumettre aux examens métaboliques, et Kirk Penschley avait accédé à sa requête avec une facilité presque indécente, qui le mettait en face d'une vérité qu'il aurait mille fois préféré ignorer : ils voulaient se débarrasser de lui. Avec son double menton qui n'était plus qu'un souvenir, ses pommettes nouvellement saillantes et son visage à l'ossature désormais anguleuse, il fichait le bourdon à tout le bureau.

« Mais *bien sûr* ! » s'était écrié Penschley avant même que Billy eût achevé sa phrase. Il parlait avec cette intonation exagérément joviale que les gens adoptent lorsqu'ils savent que vous avez quelque chose de vraiment grave mais se refusent à l'admettre. Il avait baissé les yeux, et il fixait l'endroit où se trouvait jadis la bedaine de Halleck. « Prenez tout le temps qu'il vous faudra, mon petit Bill. »

Sur le moment, Halleck avait répondu qu'il n'avait besoin que de trois jours. Et à présent, il rappelait Penschley d'une cabine de la cafétéria voisine pour lui annoncer que tout compte fait il resterait peut-être absent plus longtemps que cela. Il lui fallait beaucoup plus de trois jours, et pas seulement à cause des examens métaboliques. A nouveau, la petite flamme lui vacillait dans la tête. C'était toujours la même idée. Pas tout à fait une lueur d'espoir, mais c'était mieux que rien.

« Combien de temps ? interrogea Penschley.

— Je ne sais pas au juste, dit-il. Quinze jours au moins. Peut-être même un mois. »

Il y eut un silence à l'autre bout de la ligne, et Halleck comprit que Penschley lui prêtait des arrière-pensées qui devaient être du genre : *La vérité, c'est que je ne reprendrai jamais mon poste, Kirk. La dernière biopsie a enfin révélé un cancer. A présent, on va me faire le grand jeu : bombe au cobalt, chimiothérapie, interféron si on arrive à mettre la main dessus, laetrile peut-être si je me laisse appâter par l'espoir que font miroiter de douteuses cliniques mexicaines. La prochaine fois que vous me verrez, Kirk, je serai dans une longue boîte capitonnée, avec un oreiller en satin sous la tête.*

Et Billy, qui n'avait guère éprouvé que de la peur ces six dernières semaines, sentit naître en lui un début de fureur. *Ce n'est pas ce que je vous dis, bon Dieu. Je n'en suis pas encore là.*

« Pas de problème, Bill. Il faudra que je confie le dossier Hood à Ron Baker, mais pour le reste il n'y a pas le feu. On attendra votre retour. »

Pas le feu, mon œil. Mes dossiers seront répartis entre les divers collaborateurs de la firme dès cet après-midi, et pour ce qui est de l'affaire Hood, ça fait déjà une semaine que vous avez chargé Ron Baker de prendre ma succession. Il m'a appelé jeudi dernier pour me demander ce que Sally avait foutu de ces sacrés procès-verbaux de la Compagnie du Gaz. Le seul moment où il n'y a pas le feu pour vous, c'est le dimanche après-midi quand vous dégustez un poulet grillé dans le jardin de votre fermette du Vermont, mon petit Kirk. N'essayez pas de m'embobiner. Je suis moi-même un embobineur de première.

« Je dirai à ma secrétaire qu'elle transmette le dossier à Ron », dit Billy, et il ne put se retenir d'ajouter : « Je crois d'ailleurs qu'il a déjà en main les constats de la Compagnie du Gaz. »

Il y eut un silence pesant à l'autre bout du fil, le temps que Kirk Penschley encaisse ça. Puis il fit :

« Eh bien, euh... si jamais je peux vous être utile à quelque chose...

— Il y a bien un service que je pourrais vous demander, dit Billy. Mais ça risque de vous paraître un peu branquignol.

— Quel service ? interrogea Penschley avec une pointe de circonspection dans la voix.

— Vous vous souvenez du problème que j'ai eu au début du printemps ? Mon accident ?

— Euh... oui.

— La femme que j'ai renversée était une Tsigane. Vous le saviez ?

— Je l'ai appris par le journal, admit Penschley avec réticence.

— Elle faisait partie d'un... d'un quoi ? Je crois qu'on peut appeler ça une troupe. Une troupe de saltimbanques gitans. Ils campaient dans un champ, à la sortie de la ville. Ils avaient fait un arrangement avec un cultivateur qui était en panne de liquidités...

— Une seconde, fit Penschley. Ne quittez pas ! »

Sa voix avait soudain perdu ses intonations faussement éplorées. Elle avait retrouvé son accent pète-sec que Billy connaissait bien et qu'il préférait infiniment. Il esquissa un sourire. Penschley était un avorton d'un mètre cinquante, affligé d'un visage simiesque et d'une calvitie prononcée, qui paraissait nettement plus que ses quarante-cinq ans. Billy l'imaginait en train de rafler un bloc sténo et un de ces feutres à pointe extrafine qu'il affectionnait tant avec des gestes fébriles. Quand il se lançait à fond, Penschley était un des hommes les plus malins et les plus tenaces que Billy eût jamais rencontrés.

« Bon, continuez. Comment s'appelle le cultivateur en question ?

— Arncaster. Lars Arncaster. Quand j'ai écrasé cette femme...

— Son nom ? »

Halleck ferma les yeux et il fouilla dans sa mémoire. Bizarrement, en dépit de tout ce qui lui était arrivé, le nom ne lui était pas revenu en tête une seule fois depuis sa comparution.

« Lemke, dit-il à la fin. Elle s'appelait Susanna Lemke.

— L-E-M-P-K-E ?

— Non, pas de « p ».

— D'accord.

— Après l'accident, on a fait comprendre aux Gitans qu'ils étaient devenus indésirables à Fairview. J'ai de bonnes raisons de penser qu'ils sont allés à Raintree aussitôt après. Est-ce que vous pourriez retrouver leur piste à partir de là ? Je voudrais savoir où ils sont. Je suis prêt à payer les enquêteurs de ma poche.

— N'ayez crainte, on vous présentera l'addition, fit Penschley avec bonne humeur. Bon, eh bien s'ils ont continué vers le nord de la Nouvelle-Angleterre, on les retrouvera sûrement. Par contre, si jamais ils ont été vers le sud, en direction de New York, on risque d'avoir du mal. Surtout s'ils sont passés dans le New Jersey. Qu'est-ce qu'il y a Billy, vous craignez qu'ils vous réclament des dommages et intérêts ?

— Non, dit Halleck. Mais je voudrais m'entretenir avec le mari de la défunte. S'il s'agit bien de son mari.

— Ah bon », fit Penschley, et une fois de plus Halleck devina ses pensées avec autant de clarté que s'il les avait formulées à haute voix : *Halleck met de l'ordre dans ses affaires. Il règle ses dettes. Soit il veut filer un chèque au vieux romano, soit il veut simplement lui parler d'homme à homme, lui présenter ses excuses et lui donner une chance de lui flanquer son poing sur la gueule.*

« Merci, Kirk.

— Ne me remerciez pas, allez, dit Penschley. Tâchez de vous soigner, c'est tout.

— D'accord », dit Billy.

Il raccrocha et retourna au comptoir. Son café avait refroidi.

Billy ne fut pas tellement étonné en constatant que Rand Foxworth, l'adjoint de Hopley, assurait la direction des services de la police de Fairview en l'absence de son chef. Foxworth le reçut assez aimablement, mais il avait l'air harassé, et l'œil exercé de Halleck discerna aussitôt une disparité flagrante entre les deux corbeilles à courrier de son bureau. La corbeille réservée à la correspondance « en cours » débordait de paperasse; celle destinée au courrier « à classer » était pour ainsi dire vide. L'uniforme de Foxworth était impeccable, mais il avait les yeux injectés de sang.

Il annonça à Halleck que Duncan Hopley avait une mauvaise grippe. A sa manière de dire cela, on sentait qu'il avait déjà servi cent fois la même explication sans la modifier d'un iota.

« Il est absent depuis deux jours, conclut-il.

— Une mauvaise grippe? fit Billy.

— Exactement », dit Foxworth, et son regard défiait Billy d'y trouver quelque chose à redire.

La réceptionniste informa Billy que Houston recevait un patient.

« C'est urgent. Vous voulez bien insister? Dites-lui que je n'en ai que pour une minute. »

Une explication de vive voix aurait sans doute mieux convenu, mais le cabinet de Houston était à l'autre bout de la ville. Billy s'était donc rabattu sur le téléphone. Il était dans une cabine, juste en face de l'hôtel de police, et il était même parvenu à se jucher sur le minuscule tabouret (posture que sa corpulence lui eût interdite quelque temps plus tôt). Au bout d'un assez long moment, Houston se décida enfin à prendre la communication.

Sa voix était froide, distante, et elle dénotait plus qu'un soupçon d'irritation. Soit qu'il devînt expert dans l'art de lire dans les pensées, soit qu'il nageât vraiment en pleine paranoïa, Halleck capta fort clairement le message que lui transmettait ce ton froid : *Vous n'êtes plus mon patient, Billy. Je flaire en vous une détérioration irréversible qui me rend très, très nerveux. Tout ce que je vous demande, c'est une bonne maladie bien normale, que je peux diagnostiquer et traiter comme il convient. Si vous ne pouvez pas m'accorder cela, il n'y a pas lieu que nos relations se poursuivent. Nous avons disputé d'excellentes parties de golf, mais cela ne fait pas de nous des amis. J'ai un avertisseur électronique Sony grâce auquel on peut me contacter à tout moment, mon cabinet est équipé d'un matériel de diagnostic dans lequel j'ai investi plus de 200 000 dollars, et l'éventail de médicaments que je suis susceptible de prescrire est si étendu que... eh bien, tenez, si j'en faisais établir la liste par mon ordinateur, la feuille imprimée serait assez longue pour couvrir la distance qui va du portail d'entrée du Country Club à l'intersection de Lantern Drive et de Park Lane. Grâce à tout cela, j'ai l'impression d'être* intelligent. *J'ai l'impression d'être* efficace. *Et voilà que vous me donnez le sentiment d'être aussi inepte que ces médecins du dix-septième siècle dont tout l'arsenal thérapeutique se ramenait à des sangsues contre l'hypertension et un trépan contre les maux de tête. Et ce sentiment ne me plaît pas, mon petit vieux. On peut même dire qu'il me déplaît souverainement. Qu'il me casse ma* planète, *et moi je veux* planer *en paix. Alors, allez vous faire voir. Moi, je m'en lave les mains. Je viendrai m'incliner sur votre dépouille... à moins que le bip-bip de mon avertisseur ne m'appelle à des tâches plus urgentes.*

« Ah, la médecine moderne ! marmonna Billy.

— Comment ? Parlez plus fort, voyons, Billy. Ne croyez pas que je veuille vous expédier, mais mon assistante n'a pas pu venir ce matin et je suis complètement débordé.

— Je n'ai qu'une question à vous poser, Mike, dit Billy. De quoi souffre Duncan Hopley ? »

Houston laissa passer dix bonnes secondes avant de répondre :

« Et qu'est-ce qui vous fait penser qu'il souffre de quelque chose ?

— Il n'a pas pris son poste depuis deux jours. Rand Foxworth prétend qu'il a la grippe, mais Rand Foxworth n'est pas foutu de faire passer un bobard. »

Il y eut un autre long silence, puis :

« Étant avocat, vous devriez savoir que je suis tenu comme vous au secret professionnel. Si je divulguais des informations de cette nature, ça pourrait me mettre en mauvaise posture.

— Si jamais quelqu'un tombait sur cette fiole que vous gardez précieusement dans le tiroir de votre bureau, vous seriez en mauvaise posture aussi. Et même dans une posture tellement périlleuse qu'elle filerait de l'acrophobie à un danseur de corde. »

A nouveau, Houston resta coi un moment. Et quand il parla, ce fut d'une voix étranglée de rage, où transparaissait une sourde angoisse.

« C'est une menace ?

— Non, soupira Billy. Mais ne me faites pas le coup de la vertu offensée, Mike. Dites-moi ce qu'a Hopley et ça n'ira pas plus loin.

— Pourquoi voulez-vous le savoir ?

— Oh, bon Dieu ! Vous n'êtes quand même pas bouché à ce point, Mike !

— Je ne vois vraiment pas de quoi...

— Vous avez rencontré trois cas vraiment insolites à Fairview ce dernier mois. Vous n'avez pas opéré de rapprochement entre eux. En un sens, cela se comprend. Les symptômes étaient très différents. Par contre, leur étrangeté même aurait dû vous mettre la puce à l'oreille. Je me demande si un autre médecin — un médecin qui n'aurait pas découvert le plaisir de se tapisser quotidiennement les narines d'un demi-gramme de cocaïne à cent dollars le gramme — n'aurait pas établi un lien en dépit de la disparité des symptômes.

— Eh là, attendez une minute !

— Non, je n'attendrai rien. Vous m'avez demandé pourquoi je tenais à le savoir, et je vais vous le dire, bon Dieu ! Je continue à maigrir ; je dépéris, et pourtant je me force à ingurgiter dans les huit mille calories par jour. Cary Rossington a attrapé une maladie de peau très bizarre. D'après sa femme, il est en train de se transformer en phénomène de foire. Il s'est fait hospitaliser à la Clinique Mayo. A présent, je veux savoir de quoi souffre Duncan Hopley, et accessoirement je veux que vous me disiez si vous avez eu d'autres cas inexplicables.

— Billy, vous n'y êtes pas du tout. On dirait que vous êtes atteint d'une espèce de monomanie. Je ne sais pas ce que vous avez en tête...

— Non, et c'est très bien comme ça. Mais je veux que vous me répondiez. Si vous ne voulez pas me le dire, je finirai par l'apprendre par d'autres moyens.

— Restez en ligne. Si nous devons discuter de ce genre de choses, je préfère aller dans mon bureau. Nous y serons plus tranquilles.

— Entendu. »

Il y eut un déclic au moment où Houston enfonçait la touche d'attente. Dans sa cabine de téléphone, Halleck transpirait à grosses gouttes. Était-ce une ruse ? Houston essayait-il de se débarrasser de lui ? Puis il y eut un deuxième déclic.

« Vous êtes toujours là, Billy ?

— Oui.

— Ah bon », fit Houston. Il y avait une note de désappointement presque comique dans sa voix. Il poussa un soupir et ajouta : « Duncan Hopley est victime d'une attaque d'acné carabinée. »

Billy se laissa glisser à terre et il ouvrit la porte de la cabine. Tout à coup, il étouffait là-dedans.

« De *l'acné* ?

— Oui. Des boutons. Des points noirs. Des pustules. C'est tout. Vous êtes content ?

— Personne d'autre n'a rien ?

— Non. Et puis des boutons sur la gueule, ce n'est tout de même pas si aberrant que ça. A vous entendre, on se serait presque cru dans un roman de Stephen King, mais croyez-moi, vous êtes loin du compte. Dunc Hopley est victime d'un dérèglement glandulaire passager, et c'est tout. Soit dit en passant, ça n'a rien de bien nouveau. Il a des problèmes de peau plus ou moins chroniques depuis l'âge de douze ans.

— Très rationnel. Mais si on ajoute à l'équation les paramètres formés par Cary Rossington qui se change en alligator et William J. Halleck avec son anorexie involontaire, vous ne trouvez pas que ça se remet à ressembler un peu à du Stephen King ?

— C'est votre métabolisme qui déraille, Bill, fit Houston d'une voix patiente. Pour Cary, je ne sais pas... J'ai vu pas mal de...

— De trucs bizarres, je sais », acheva Billy. Ce cocaïnomane bouffi de prétention était-il vraiment son médecin depuis dix ans ? Oh mon Dieu, était-ce possible ? « Vous avez vu Lars Arncaster ces temps-ci ?

— Il ne fait pas partie de ma clientèle, dit Houston avec agacement. Je croyais que vous n'aviez qu'une question à me poser. »

Bien sûr qu'Arncaster ne fait pas partie de votre clientèle, se disait Billy, la tête tourbillonnante. *Il ne règle jamais ses factures en temps voulu, pas vrai ? Et quand on a des goûts aussi dispendieux que les vôtres, on ne peut pas se permettre d'avoir des honoraires en souffrance, n'est-ce pas ?*

« Encore une, et ce sera vraiment la dernière, dit-il. Quand avez-vous vu Duncan Hopley pour la dernière fois ?

— Il y a quinze jours.

— Merci.

— La prochaine fois, n'oubliez pas de prendre rendez-vous », dit Houston d'une voix acerbe avant de raccrocher.

Duncan Hopley n'habitait tout de même pas Lantern Drive. Mais son traitement de chef de la police était plus que confortable, et il possédait une coquette maison en bois de style colonial sur Ribbonmaker Lane.

Billy vint se ranger dans son allée à la tombée du jour. Il sonna à la porte de devant, mais personne ne vint lui ouvrir. Il sonna une deuxième fois. Toujours rien. La troisième fois, il laissa son doigt sur la sonnette pendant un bon moment, mais il n'eut pas plus de succès. Il s'approcha du garage, mit ses deux mains en coupe autour de son visage, et jeta un coup d'œil à l'intérieur. La voiture de Hopley, une Volvo d'une discrète couleur rouille, immatriculée FVW 1, était bien là. Il n'y avait pas de seconde voiture. Hopley était célibataire. Billy revint sur ses pas et il se mit à marteler la porte du poing. Il cogna pendant deux bonnes minutes, et au moment où son bras commençait à se fatiguer, une voix enrouée lui cria :

« Barrez-vous ! Foutez-moi la paix !

— Laissez-moi entrer ! vociféra Billy. Il faut que je vous parle ! »

Silence. Au bout d'un moment, Halleck se remit à tambouriner. Cette fois, il n'obtint aucune réaction. Il s'interrompit brusquement, et il lui sembla percevoir un infime frôlement de l'autre côté de la porte. Il eut la vision de Hopley tapi à l'intérieur, attendant qu'il se décourage et se décide à lui fiche la paix. La paix, ou ce qui en tenait présentement lieu dans l'univers de Duncan Hopley. Billy dénoua son poing endolori.

« Hopley, je sais que vous êtes là, dit-il calmement. Vous n'êtes pas obligé de me parler ; écoutez-moi, c'est tout. C'est moi, Billy Halleck. Il y a deux mois, j'ai eu un accident. Une vieille Gitane traversait en dehors des clous... »

Il perçut un autre mouvement, nettement audible cette fois, de l'autre côté de la porte. Était-ce un bruit de pas étouffé ?

« Je l'ai renversée et elle est morte. Et maintenant, je dépéris. Je ne suis pas au régime, mais je maigris régulièrement. J'ai déjà perdu dans les trente-cinq kilos. Si ça ne s'arrête pas, je ressemblerai bientôt à un de ces " squelettes vivants " qu'on exhibe dans les foires.

« Cary Rossington — le juge Rossington — a été chargé d'instruire l'affaire. J'ai comparu devant lui, et il a aussitôt prononcé un non-lieu. Il a contracté une maladie de peau extrêmement bizarre... »

Billy crut entendre une exclamation étouffée.

« ... et il s'est fait admettre à la clinique Mayo. Les toubibs lui ont certifié qu'il ne s'agissait pas d'un cancer, tout en étant incapables de préciser la nature réelle de son mal. Rossington préfère se dire que c'est un cancer plutôt que de s'avouer la vérité. »

Billy avala sa salive avec difficulté. Il avait la gorge nouée.

« C'est un maléfice tsigane, Hopley. Je sais bien que ça paraît dingue, mais c'est la vérité. C'est ce vieillard. Il m'a touché à la sortie du palais de justice. Il a touché Rossington à la braderie de Raintree, où il était allé avec sa femme. Et vous Hopley, est-ce qu'il vous a touché ? »

Il y eut un très long silence... et puis un mot unique, chuchoté, guère plus qu'un souffle, filtra jusqu'à Billy par l'interstice de la boîte à lettres incorporée à la porte, et c'était le mot :

« Oui.

— Quand ? Où ? »

Pas de réponse.

« Hopley, où les Gitans sont-ils allés après leur départ de Raintree ? Vous le savez ? »

Pas de réponse.

« Il faut que je vous parle, dit Billy avec désespoir. J'ai une idée, Hopley. Je crois que...

— Il n'y a rien à faire, murmura Hopley. C'est allé trop loin. Vous comprenez, Halleck ? Trop... loin. »

Il émit un affreux soupir de moribond.

« Il nous reste une chance ! protesta Halleck avec fureur. Vous n'êtes quand même pas assez mal en point pour refuser de la saisir ! »

Silence. Billy attendit, tout en se creusant la tête à la recherche d'arguments supplémentaires. Il n'en trouvait pas. C'était fichu. Hopley n'allait pas le laisser entrer. Au moment où il s'apprêtait à faire demi-tour, le pêne joua et la porte s'entrebâilla.

Billy posa les yeux sur l'intervalle mince et noir qui séparait la porte du chambranle. Il perçut de nouveaux frottements assourdis, qui cette fois s'éloignaient vers le fond du vestibule obscur. Il sentit que la chair de ses flancs et de ses avant-bras se hérissait de chair de poule, et il fut à deux doigts de partir malgré tout. *Au diable Hopley,* se disait-il. *Si Kirk Penschley n'est pas capable de retrouver la trace de ces Gitans, c'est que personne n'en est capable. Alors oublie Hopley. Tu n'as pas besoin de lui, tu n'as pas besoin de voir en quoi il s'est changé.*

Faisant taire sa voix intérieure, Billy posa la main sur la poignée, poussa la porte et pénétra dans la maison du chef de la police.

Il vit une forme indistincte au fond du vestibule d'entrée. Une porte s'ouvrit sur la gauche, et la forme s'engouffra dans l'ouverture. Une lumière diffuse en émanait, et l'espace d'un instant une ombre mince et effilée s'étira en diagonale sur le plancher du couloir. Elle se cassait en deux pour escalader le mur du fond jusqu'à mi-hauteur, et sa tête difforme passa brièvement sur une photographie encadrée qui montrait Hopley en train de recevoir une médaille des mains du président de la section locale du Rotary Club. Cette ombre noire qui barrait la photo avait quelque chose de funeste.

Billy s'avança vers l'extrémité du couloir. Il n'en menait pas large. Il s'attendait presque à ce que la porte se referme dans son dos. La serrure allait se verrouiller d'elle-même et... *et le Tsigane jaillira de l'obscurité et se jettera sur moi par-derrière, comme dans la grande scène macabre d'un film d'épouvante de bas étage. Ben alors. Allez, ressaisis-toi, couillon.* Mais son cœur continuait de battre à toute allure.

Il s'aperçut que la maison de Hopley était imprégnée d'une odeur désagréable — une odeur fade et douceâtre de viande gâtée.

Il s'arrêta devant la porte ouverte et resta immobile un moment. La pièce semblait être une sorte de bureau ou de cabinet de travail, mais l'éclairage était tellement indécis qu'il n'y avait pas moyen d'en être certain.

« Hopley ?

— Entrez », murmura la voix moribonde.

Il obtempéra.

C'était le bureau de Hopley, en effet. Les murs étaient couverts d'une quantité surprenante de livres, et un épais tapis afghan d'une chaude couleur sang-de-bœuf ornait le sol. La pièce était de petites dimensions, et en temps normal elle devait être plaisante et douillette.

Un bureau de chêne verni clair trônait en son milieu. Une lampe à col de cygne en acier nickelé était posée dessus, et Hopley en avait baissé l'abat-jour au maximum. A l'exception de ce minuscule cercle lumineux qui se concentrait sur un point unique du buvard du sous-main, la pièce était entièrement plongée dans une pénombre réfrigérante.

Quant à Hopley lui-même, ce n'était qu'une masse

sombre aux contours vaguement humains, affalée dans ce qui semblait être un fauteuil Eames.

Billy avisa une chaise dans un coin, et il alla s'y asseoir, conscient d'avoir jeté son dévolu sur celui de tous les sièges de la pièce qui était le plus éloigné de Hopley. Il s'efforça de discerner les traits du chef de la police, mais c'était impossible. Son visage était une ombre noire. Billy s'attendait presque à ce que Hopley relève brusquement la lampe pour lui braquer en pleine figure le faisceau aveuglant de l'ampoule à halogène. Ensuite Hopley se pencherait vers lui, tel un flic de film noir, et il vociférerait avec l'accent de Brooklyn : *On sait que c'est toi qui as fait le coup, Mac ! Inutile de nier ! Déballonne-toi, et tu auras droit à une cigarette ! Avoue, et on te laissera boire un verre d'eau ! Avoue, et tu pourras aller aux gogues !*

Mais Hopley restait tassé au creux de son fauteuil Eames. Il croisa simplement les jambes, ce qui produisit un imperceptible froissement d'étoffe.

« Alors ? Vous vouliez entrer, vous êtes entré. Videz votre sac et tirez-vous, Halleck. On ne peut pas dire que je vous porte dans mon cœur ces jours-ci.

— Leda Rossington ne me porte pas dans son cœur non plus, dit Billy. Et pour être franc, je n'ai rien à torcher de ce qu'elle pense de moi. Ça vaut aussi pour vous. Elle pense que tout ça est ma faute. Vous aussi, j'imagine.

— Combien de verres aviez-vous dans le nez quand vous avez heurté cette vieille, Halleck ? Je parie que si Tom Rangely vous avait soumis à l'alcootest, son petit ballon se serait envolé directement jusqu'à la stratosphère.

— Je n'avais rien bu, et je n'étais pas drogué », dit Billy. Son cœur s'était remis à cogner à grands coups, mais ce n'était plus la peur qui l'affolait. C'était la rage. Chaque battement lui résonnait douloureusement dans le crâne. « Vous voulez savoir ce qui s'est passé ? Eh bien je vais tout vous dire. La femme à qui je suis marié depuis seize ans a choisi ce jour-là pour me faire une branlette au volant. C'était bien la première fois qu'elle faisait un truc pareil. Je n'arrive toujours pas à comprendre quelle mouche a bien pu la piquer. Alors pendant que Leda Rossington et vous (et

Cary aussi probablement) rejetiez le blâme sur moi parce que j'étais au volant, moi je le rejetais sur elle parce qu'elle m'avait fourré la main dans la culotte. Et on ferait sans doute mieux de s'en prendre à la fatalité, au destin ou à tout ce que vous voudrez au lieu de chercher un bouc émissaire. »

Hopley poussa un grognement.

« Vous aimeriez peut-être mieux que je vous dise que j'ai supplié Tom Rangely à genoux de ne pas me faire subir l'alcootest ni de prise de sang ? Que je vous ai pleuré dans le gilet pour que vous étouffiez l'affaire et que vous fichiez les Gitans dehors ? »

Cette fois Hopley ne grogna même pas. Il n'était qu'une masse sombre et silencieuse prostrée dans un fauteuil Eames.

« Vous ne pensez pas qu'il est un peu tard pour jouer à ces jeux-là ? » dit Billy. Sa voix était devenue rauque, et il s'aperçut non sans stupéfaction qu'il était au bord des larmes. « Ma femme me masturbait, d'accord. J'ai renversé et tué la vieille Gitane, c'est vrai. Elle était à plus de cinquante mètres du passage clouté le plus proche et elle a brusquement surgi d'entre deux voitures à l'arrêt, c'est vrai aussi. Vrai encore que vous avez escamoté l'enquête et que vous les avez expulsés comme des malpropres aussitôt après la parodie de procès dont je suis sorti blanc comme neige. Tout ça est complètement con, je veux bien. Mais si ça vous plaît de rester assis dans le noir à distribuer des blâmes, n'oubliez pas d'en prendre votre part, qui est loin d'être négligeable.

— Superbe péroraison, Halleck. Vous avez un sacré métier. Vous avez vu ce film où Spencer Tracy jouait le rôle de Clarence Darrow ? C'est quoi, le titre, déjà ? *Procès de singe ?* Oui, vous l'avez forcément vu.

— Allez vous faire foutre », dit Billy en se levant.

Hopley poussa un soupir.

« Asseyez-vous », dit-il.

Billy Halleck resta un moment à danser d'un pied sur l'autre. Il sentait bien qu'une part de lui-même avait envie d'utiliser sa colère à des fins peu reluisantes. Cette part de lui-même lui soufflait de prétexter une blessure d'amour-propre pour faire une sortie aussi théâtrale que précipitée, car en vérité cette forme noire effondrée dans le fauteuil Eames lui fichait une trouille monstre.

« Ne me jouez pas la vertu outragée, dit Hopley. Asseyez-vous, bon sang. »

Billy se rassit. Il avait la bouche sèche et les muscles de ses cuisses étaient secoués de frémissements spasmodiques.

« Prenez ça comme vous voudrez, Halleck. Je vous ressemble plus que vous n'avez l'air de le penser. Épiloguer sans fin sur les erreurs passées, ce n'est pas mon truc non plus. Vous avez raison : je l'ai fait. Je n'y ai même pas réfléchi. Ce n'était pas la première fois que j'envoyais une bande de va-nu-pieds se faire pendre ailleurs, et j'ai plus d'une fois été appelé à arranger le coup quand un de mes administrés faisait une connerie. Évidemment, il fallait que la connerie en question ait eu lieu dans les limites de ma circonscription, car autrement j'étais marron... mais vous seriez surpris du nombre de gros bonnets du coin qui n'ont jamais appris à ne pas se fourrer dans des embrouilles.

« Enfin, peut-être que ça ne vous surprendrait pas tant que ça. »

Hopley éclata d'un rire crachotant d'asthmatique et Billy sentit la peau de ses avant-bras se hérisser.

« Tout ça fait partie de mon boulot. S'il ne s'était rien passé de plus, nous aurions déjà oublié l'existence de ces Gitans. Aucun de nous ne s'en soucierait plus, ni vous, ni moi, ni Rossington. »

Billy ouvrit la bouche pour protester avec indignation. Il voulait assurer Hopley qu'il se souviendrait jusqu'à la fin de ses jours de cet horrible double choc... et puis il se rappela les quatre jours qu'il avait passés à Mohonk en compagnie de Heidi. Quatre jours à rigoler comme des fous, à manger comme des chancres, à gravir des pistes escarpées et à faire l'amour tous les soirs et quelquefois l'après-midi aussi. Combien de temps s'était écoulé entre l'accident et Mohonk ? Quinze jours ?

Il referma la bouche.

« Ce qui est fait est fait, poursuivit Hopley. J'imagine que la seule raison qui m'a poussé à vous laisser entrer est que c'est consolant de savoir que je ne suis pas le seul à croire à l'invraisemblable réalité de ce qui nous arrive. Ou peut-être que c'est simplement que je me sens seul. Et puis j'ai les foies, Halleck. C'est vrai que j'ai peur, vous savez. Extrêmement peur. Pas vous ?

— Si, avoua Billy avec simplicité.

— Vous savez ce qui m'effraie le plus ? C'est l'idée que je peux vivre encore longtemps comme cela. C'est épouvantable. Mrs Callahan va me faire mes courses et elle vient deux fois par semaine pour le ménage et la lessive. J'ai une télé, et je suis grand amateur de lecture. J'ai fait quelques placements judicieux qui ont fructifié avec le temps, et à condition de ne pas être excessivement prodigue, je pourrais sans doute tenir indéfiniment. Et d'ailleurs, est-ce qu'on peut faire de folles dépenses quand on est dans mon état ? Vous croyez que je vais m'acheter un yacht ? Ou peut-être louer un jet privé pour aller assister au Rallye de Monte-Carlo avec ma pépée ? Vous croyez qu'on va m'accueillir à bras ouverts dans les soirées chic avec ma gueule en marmelade ? »

Billy s'arracha un signe de dénégation.

« Alors... Je pourrais rester là, et ma vie continuerait. Ça serait exactement comme maintenant, je vivrais comme cela, jour après jour, nuit après nuit. Et c'est de ça que j'ai peur, vous comprenez. On ne peut pas appeler ça une vie. Les jours passent, et au lieu de me tuer, je reste assis dans le noir à regarder des émissions de jeux et des feuilletons stupides, et pendant ce temps-là ce vieux trou du cul de Tsigane se fout de ma gueule.

— Quand est-ce qu'il vous a... ?

— Touché ? Ça doit faire cinq semaines, si ça peut avoir de l'importance. J'étais allé voir mes vieux à Milford. Je les ai emmenés au restaurant. J'avais bu un peu trop de bière avant et pendant le déjeuner, et au moment de partir j'ai jugé qu'il valait mieux me soulager la vessie. Les toilettes étaient occupées. J'ai attendu. Tout à coup, la porte s'est ouverte et c'est *lui* qui est sorti. Le vieux Tsigane au nez pourri. Il m'a touché la joue et il a murmuré quelque chose.

— Quoi ?

— Je n'ai pas pu entendre, car à cet instant précis quelqu'un a fait tomber une pile d'assiettes dans la cuisine. Mais ce n'était pas la peine que j'entende. Je n'ai qu'à me regarder dans la glace pour comprendre.

— Je suppose que vous ne savez pas s'ils campaient à Milford...

— En fait, si. Le lendemain, j'ai appelé mes collègues de Milford pour me renseigner à ce sujet. Ma curiosité était toute professionnelle. J'avais reconnu le vieux Tsigane. Une gueule comme la sienne, ça ne s'oublie pas, vous voyez ce que je veux dire ?

— Oui, dit Billy.

— Ils campaient chez un cultivateur de la périphérie de Milford depuis quatre jours. Un arrangement du même genre que celui qu'ils avaient conclu avec ce brise-couilles d'Arncaster. Les flics de Milford les avaient gardés à l'œil, et aux dires de celui qui m'a répondu, ils avaient levé le camp le matin même.

— Juste après que le vieux vous a touché ?

— C'est ça.

— Vous pensez qu'il savait que vous seriez à Milford, et dans ce restaurant précis ?

— Je n'y avais jamais emmené mes vieux, dit Hopley. C'était une ancienne gargote qu'on venait de rénover. D'habitude, on allait dans un restau italien, à l'autre bout de la ville. C'est ma mère qui a eu cette idée-là. Elle voulait voir de quelle couleur était la moquette, s'ils avaient gardé les lambris d'origine, et d'autres trucs de ce genre. Vous savez comment sont les bonnes femmes.

— Vous n'avez pas répondu à ma question. Vous pensez qu'il savait que vous seriez là ? »

La forme effondrée sur le fauteuil Eames s'abîma un moment dans un silence pensif.

« Oui, lâcha finalement Hopley. Oui, je pense qu'il le

savait. De plus en plus délirant, hein, Halleck ? Heureusement qu'on est entre nous, pas vrai ?

— Oui, dit Halleck. Ça vaut mieux. » Un drôle de petit rire s'échappa de sa gorge. On aurait dit un couinement de souris malade.

« Au fait Halleck, c'était quoi, votre idée ? Je ne dors guère depuis quelque temps, mais en général c'est à cette heure-ci que je me mets à me tourner et me retourner dans mon lit. »

Mis en demeure d'exprimer à haute voix des pensées qu'il n'avait formulées jusque-là qu'à part lui, Billy se sentit tout à coup très bête. Son idée était faiblarde, inepte. Ce n'était pas même une idée, tout au plus un vague rêve.

« Ma firme a régulièrement recours aux services d'une équipe d'enquêteurs privés, expliqua-t-il. La Société de recherches Barton & Cie.

— J'ai entendu parler d'eux.

— Il paraît que ce sont des cracks. Je... Enfin, c'est-à-dire que... »

Hopley n'avait pas fait le moindre mouvement et pourtant Billy sentit l'impatience qui irradiait de lui par vagues. Il rassembla tout ce qu'il lui restait de dignité, en se répétant qu'il comprenait la situation aussi bien que Hopley, qu'il avait voix au chapitre autant que lui ; après tout, ils étaient dans la même galère.

« Je veux le trouver, expliqua-t-il. Je veux lui parler d'homme à homme. Je veux qu'il comprenne ce qui s'est passé. Je... je lui déballerai tout, voilà. Vous me direz que s'il a le pouvoir de nous faire ça, il est peut-être déjà au courant de toute façon.

— Oui, fit Hopley, d'un ton qui pouvait passer pour encourageant.

— Mais je veux tout de même lui exposer mon point de vue, continua Billy. Je suis fautif, d'accord. J'aurais dû freiner à temps. Dans des conditions normales, je l'aurais fait. Ma femme est fautive aussi, à cause de ce qu'elle était en train de me faire. Rossington est coupable parce qu'il m'a scandaleusement exonéré, et vous aussi, vous êtes coupable d'avoir manipulé l'enquête et de les avoir virés de Fairview. »

Il avala sa salive.

« Après quoi je lui dirai que la vieille dame a eu sa part de responsabilité aussi. Oui ! Elle traversait n'importe où, Hopley. Bon, je veux bien que ça ne soit pas un crime passible de la chambre à gaz, mais c'est quand même une infraction, et justement parce qu'on risque d'y laisser sa peau comme elle y a laissé la sienne.

— Vous voulez lui dire ça ?

— Ce n'est pas que je *veuille* lui dire, mais il le faut bien. Elle a surgi d'entre deux voitures à l'arrêt, et elle a traversé sans regarder. Même les gosses du cours préparatoire ont déjà appris à ne pas faire ça.

— Sans doute qu'elle n'aura pas eu une dose suffisante d'instruction civique et morale à l'école primaire, fit Hopley. En fait, quelque chose me dit qu'elle n'a *jamais* été à l'école primaire, vous me suivez ?

— Ça n'y change rien, s'entêta Billy. Le simple bon sens...

— Halleck, vous devez être avide de punitions, coupa l'ombre de Hopley. Ça ne vous suffit pas de maigrir, vous voulez décrocher la timbale ? Peut-être que ce coup-ci il va vous boucher les intestins, faire monter la température de votre sang à quarante-cinq degrés, ou...

— Je ne vais pas rester les fesses dans un fauteuil à Fairview ! protesta Billy avec furie. Peut-être qu'il peut annuler le maléfice, Hopley. Y avez-vous songé ?

— Oh, je me suis documenté là-dessus, dit Hopley. Je crois bien que j'ai compris ce qui m'arrivait aussitôt que le premier bouton a pointé sa vilaine tête au-dessus de mon sourcil droit. Quand j'étais au lycée, c'est toujours à cet endroit-là que mes attaques d'acné débutaient — et j'en ai eu de gratinées, croyez-moi. Alors, j'ai lu toutes sortes de bouquins sur la question. Ainsi que je vous le disais, je suis grand amateur de lecture. Eh bien, figurez-vous qu'il existe des centaines de livres sur les sorts, les maléfices et les envoûtements, mais quasiment aucun sur la manière de les *retirer*.

— Bon, peut-être qu'il ne pourra pas. Sans doute, même. Admettons. Mais ça ne m'interdit pas d'aller le voir, bon Dieu. De le regarder droit dans les yeux et de lui dire : " Vous n'avez pas été équitable dans votre partage, grand-père. Ma femme n'a pas eu sa part. La vôtre non plus. Et tant qu'à faire, pourquoi est-ce que vous n'y auriez pas droit vous-même ? Où étiez-vous pendant qu'elle s'aventurait sur la chaussée sans regarder ni à gauche ni à droite ? Si elle n'avait pas l'habitude d'évoluer dans les rues d'une ville, vous ne pouviez pas l'ignorer. Alors où étiez-vous, hein ? Pourquoi n'êtes-vous pas venu la prendre par le bras pour la guider jusqu'au passage protégé, un peu plus haut dans la rue ? Pourquoi... "

— Ça suffit, dit Hopley. Si j'étais juré, vous m'auriez convaincu, Halleck. Mais vous avez négligé un facteur essentiel.

— Lequel ? interrogea Billy, la gorge serrée.

— Le facteur humain. Nous sommes victimes du surnaturel ; n'empêche que c'est à la nature humaine que nous avons affaire. En ma qualité de policier — pardon, d'*ancien* policier — je suis bien placé pour savoir qu'il n'existe pas de mal absolu ou de bien absolu. Rien n'est tout à fait blanc ni tout à fait noir ; il n'y a qu'une infinie variété de gris, qui vont du plus clair au plus foncé. Mais vous ne vous figurez quand même pas que le *mari* de cette femme va avaler ce genre de couleuvres, si ?

— Je ne sais pas.

— Moi, je sais, dit Hopley. Je le sais, Halleck. Je pénètre si bien les intentions de ce bonhomme qu'il m'arrive parfois de me dire que je dois être en communication mentale avec lui. Toute sa vie il a vadrouillé de lieu en lieu, en se faisant éjecter sitôt que les " braves gens " de l'endroit avaient leur content de marie-jeanne ou de hasch, sitôt qu'ils avaient perdu leur content de petite monnaie à la roue de la chance. Toute sa vie il s'est fait traiter de voleur de poules. Les " braves gens " sont enracinés dans leur terroir ;

les gens comme lui n'ont d'attache nulle part. Dans les années trente et quarante, il a sans doute vu des tarés foutre le feu aux tentes de ses congénères histoire de s'amuser un brin ; et dans ces tentes il y a peut-être eu des bébés et des vieillards grillés vifs. Il a vu ses filles ou celles de ses copains se faire harceler, violer même, parce que les " braves gens " savent bien que les Gitans baisent comme des lapins, que leurs gonzesses ne sont pas à ça près, et que même si ça les chiffonnait personne n'en aurait rien à foutre — c'est bien le cas de le dire. Peut-être qu'il a vu ses fils ou ceux de ses copains se faire battre comme plâtre par des meutes de jeunes trous du cul qui n'avaient pas digéré les quelques dollars que leurs dabs avaient perdus au bonneteau. C'est toujours le même scénario : vous arrivez dans un patelin, les " braves gens " prennent ce qu'il leur faut, et là-dessus on vous expulse. Des fois même, pour faire bonne mesure, vous avez droit à une semaine en cabane ou on vous envoie casser des cailloux pendant un mois entier. Et puis, Halleck, pour couronner le tout, un ultime coup du sort s'abat sur vous. Un avocat plein aux as, nanti d'un triple menton et de bajoues de bouledogue, écrabouille votre femme. Une vieille de soixante-quinze balais, myope comme une taupe, qui souffre peut-être d'incontinence d'urine, qui s'élance un peu étourdiment sur la chaussée parce qu'elle est prise d'une envie pressante et craint de se pisser dessus en pleine rue. A son âge on a les os fragiles, Halleck, ils pètent comme du verre filé... Et là, vous attendez le jugement en vous disant que cette fois, *rien que cette petite fois,* on va peut-être vous rendre justice... une *seconde* de justice, c'est une bien modeste compensation pour quelqu'un qu'on a traité comme de la merde toute sa vie...

— Arrêtez ça, Hopley, fit Billy d'une voix étranglée. Arrêtez, vous voulez bien ? »

Il tamponna distraitement du dos de la main ses joues ruisselantes de sueur. Mais ce n'était pas de la sueur : il pleurait à chaudes larmes.

« Non, vous allez m'entendre jusqu'au bout, fit Hopley avec une noire jubilation. Vous ne l'avez pas volé. Oh, je ne vous dis pas qu'il ne faut pas y aller, Halleck. Daniel Webster[1] est bien arrivé à fléchir Satan en personne, alors pourquoi pas vous ? Mais à mon avis, vous vous faites encore trop d'illusions. Ce type-là est *en rogne,* Halleck. Il est *fou* de colère. Si ça se trouve, il a même carrément perdu les pédales, et dans ce cas vous n'aurez plus qu'à aller lui faire votre boniment à l'hôpital psychiatrique de Bridgewater. Il a juré de se venger, et quand on a juré de se venger on n'est pas enclin à voir que tout n'est pas tout blanc ou tout noir. Quand votre femme et vos gosses sont tués dans un accident d'avion, vous ne voulez pas qu'on vous explique que la défaillance du circuit A a bousillé le contacteur B, que l'aiguilleur du ciel C était affaibli par le virus grippal D, et que le navigateur E avait mal choisi son moment pour aller aux toilettes F. Tout ce que vous voulez, c'est traîner la compagnie aérienne devant les tribunaux et lui faire cracher le plus de pognon possible... ou décrocher votre fusil et aller abattre quelqu'un. Vous cherchez un bouc émissaire, Halleck. Vous voulez que quelqu'un paye. Et là, c'est nous qui payons. On déguste ; ça le console. Oui, je crois que je comprends le problème nettement mieux que vous, Halleck. »

Avec une lenteur exaspérante, la main de Hopley s'approcha du petit rond de lumière projeté par la lampe de bureau et en tourna l'abat-jour de façon à ce que son visage fût éclairé. Halleck entendit une exclamation étouffée, et il ne s'aperçut qu'avec retard que c'était lui qui l'avait émise.

L'écho des paroles de Hopley lui résonnait dans la tête : *Vous croyez qu'on va m'accueillir à bras ouverts dans les soirées chics avec ma gueule en marmelade ?*

1. Daniel Webster (1782-1852), avocat et politicien du New Hampshire, est considéré comme un des plus grands orateurs américains. En 1937, le poète Stephen Vincent Benet a fait de lui le héros d'une nouvelle célèbre dans laquelle, à l'aide d'une plaidoirie passionnée, il convainc un jury infernal de restituer l'âme que le fermier Jabez Stone avait imprudemment vendue au diable. Cette nouvelle a donné lieu à un film encore plus célèbre, *All That Money Can Buy* (William Dieterle, 1941), dans lequel Edward Arnold interprétait le rôle de Daniel Webster et Walter Huston celui du Diable, alias « Mister Scratch ». *(N.d.T.)*

La peau de Hopley évoquait un paysage lunaire dévasté par un cataclysme. Son menton, son cou, ses avant-bras et le dos de ses mains étaient couverts d'énormes cloques écarlates, certaines grosses comme des soucoupes. Des éruptions moins importantes lui grêlaient le front et les joues ; son nez était infesté d'une masse fourmillante de points noirs. Entre les soulèvements de chair à vif, des ruisseaux de pus jaunâtres dessinaient d'étranges lacis, auxquels se mêlaient quelques filets sanglants. Des touffes de poils noirs et drus jaillissaient çà et là, et malgré la confusion qui s'était emparée de son esprit recru d'horreur, Halleck comprit que c'étaient des poils de barbe, et que Hopley avait sans doute été forcé de renoncer à se raser depuis longtemps déjà par cet invraisemblable chaos de boursouflures et de pustules. Enchâssés comme deux saphirs au centre de ce paysage rouge et suintant, les yeux bleus de Hopley le regardaient.

Ils restèrent rivés sur le visage de Halleck pendant ce qui lui parut être une éternité. On aurait dit que Hopley se repaissait de son horreur et de sa révulsion. A la fin il hocha la tête, comme repu, et il éteignit la lampe.

« Oh mon Dieu, Hopley ! Je suis navré.

— Ne le soyez pas trop, dit Hopley, dont la voix avait repris son intonation bizarrement jubilante. Vous vous dégradez plus lentement, mais vous en serez bientôt au même point que moi. Mon arme de service est rangée dans le troisième tiroir de ce bureau, et quand je n'en pourrai plus, j'en ferai usage, quel que soit l'état de mon compte en banque. Le bon Dieu n'aime pas les lâches, comme disait mon père quand j'étais petit. J'ai voulu que vous me voyiez, comme ça vous comprendrez. Oh, je sais bien ce qu'il éprouve, ce vieux romanichel. Car moi, je n'irais pas lui faire une plaidoirie avec des trémolos dans la voix. Je n'essayerais même pas de me justifier. Je le tuerais pour lui faire payer ça, Halleck. »

L'horrible masse sombre remua dans son fauteuil. Halleck entendit Hopley se passer les doigts sur la joue, ensuite il perçut le bruit humide et écœurant des pustules mûres qui crevaient. *Rossington se couvre d'écailles, Hopley pourrit sur pied, et moi je dépéris,* se dit-il. *Seigneur, faites que tout ça ne soit qu'un mauvais rêve... faites que je sois fou, même, pourvu que ça ne soit pas vrai.*

« Je le tuerais lentement, reprit Hopley. Je vous épargne les détails. »

Billy voulut parler, mais il n'émit qu'un vague croassement.

« Je comprends ce qui vous pousse à vouloir faire cela, dit Hopley d'une voix sépulcrale, mais à mon avis vous n'aboutirez à rien. Pourquoi ne pas le tuer, Halleck ? Ça vaudrait peut-être mieux, non ? Pourquoi est-ce que vous ne... ? »

Mais Halleck n'en pouvait plus. Il se rua hors de la pièce obscure, en se cognant douloureusement la hanche contre l'angle du bureau, avec la folle certitude que Hopley allait tendre vers lui une de ses affreuses mains et le toucher. Mais Hopley n'esquissa pas le moindre geste.

Halleck jaillit hors de la maison et il resta longtemps debout dans les ténèbres, aspirant l'air nocturne à grandes goulées avides, la tête basse et les cuisses tremblantes.

13

78 kilos

Pendant tout le reste de la semaine, l'envie de téléphoner à Ginelli le démangea continuellement. Il lui semblait que Ginelli détenait une clé. Quelle clé ? Il n'en savait rien. Mais en fin de compte il se fit admettre comme prévu à la Clinique Glassman. Eût-il été célibataire et seul dans la vie, comme Hopley (qui était apparu plusieurs fois dans ses rêves la nuit d'avant), il aurait sans doute annulé ces examens. Mais il fallait qu'il pense à Heidi, et plus encore à Linda, qui n'était impliquée ni de près ni de loin dans cette affaire, et dont il fallait préserver l'innocence. Alors il était entré en clinique, dissimulant ses folles certitudes comme un drogué cache son vice.

En somme, c'était un refuge qui en valait un autre et ces trois jours ne seraient pas entièrement perdus puisque entre-temps Kirk Penschley et l'agence Barton s'occuperaient de son affaire. Il l'espérait, en tout cas.

On l'ausculta et on le palpa. On lui fit avaler une infecte bouillie de baryum à goût de craie. Il subit une succession de radios, une tomographie axiale, un électro-encéphalogramme, un électrocardiogramme et un bilan métabolique complet. On lui amenait des médecins en visite qui l'examinaient comme un spécimen rare fraîchement débarqué dans un zoo. *Un panda géant, ou peut-être un dodo miraculeusement retrouvé,* songeait Billy en se prélassant sur une chaise longue du solarium, un numéro de *National Geographic* posé sur le ventre. Il avait des carrés de sparadrap sur le dos des deux mains. On lui avait planté des aiguilles partout.

Le lendemain de son entrée en clinique, alors qu'il se soumettait à une nouvelle séance de palpations et de tripatotages, il s'aperçut qu'il pouvait désormais se compter les côtes de haut en bas. Quand avait-il pu se compter les côtes pour la dernière fois ? Au lycée ? Non : c'était la première fois de sa vie qu'elles saillaient assez pour cela. Ses os montaient à la surface. Ils dessinaient des ombres sur sa peau. Ils claironnaient leur présence. Non seulement il avait perdu toute trace de ses poignées d'amour, mais ses os iliaques apparaissaient distinctement. Il en tâta un. Il était aussi dur et rond que la poignée du levier de vitesses de la première voiture qu'il avait acquise, une Pontiac 1957. Ça le fit rire, puis il sentit la brûlure des larmes dans ses yeux. Désormais, toutes ses journées avaient cette physionomie-là. Ciel incertain, temps capricieux, risques d'averses.

Le souvenir de Hopley le poursuivait. Il croyait encore l'entendre dire : *Je le tuerais très lentement. Je vous épargne les détails.*

Pourquoi ? se demandait Billy, allongé, les yeux grands ouverts, dans son lit d'hôpital bordé de plaques de protection en tôle. *Vous ne m'avez rien épargné d'autre.*

Au cours des soixante-douze heures qu'il passa à la clinique Glassman, Halleck maigrit de trois kilos. *Bah, ce n'est rien,* se disait-il avec un humour morbide. *Même pas le poids d'un sac de sucre. A ce train-là, je ne serai pas réduit à néant avant... oh, dis donc ! pas avant octobre !*

On lui apporta des fleurs. De la part de Heidi. De ses collègues de bureau. De Linda, il reçut un petit bouquet de violettes accompagné d'un bristol sur lequel elle avait inscrit de son écriture large et saccadée : *Je t'en prie papa, guéris vite — Je t'aime, Lin.* Billy Halleck en pleura.

Le troisième jour, il alla conférer avec les trois médecins qui s'occupaient de son cas. Il avait revêtu un jean et un tee-shirt orné d'une inscription qui disait : L'AN PROCHAIN À FAIRVIEW, et il se sentait infiniment moins vulnérable que dans ces satanés tabliers à laçage dorsal dont on l'avait affublé jusque-là. Il écouta les explications des médecins. Elles le firent aussitôt songer au récit de Leda Rossington, et il réprima un sourire sans joie.

Ils savaient exactement de quoi il retournait. Ils n'étaient pas interloqués le moins du monde. Au contraire ! Ils étaient tellement excités qu'on aurait cru qu'ils allaient en pisser dans leur froc. Évidemment, ils préféraient réserver leur diagnostic. Mais quoiqu'ils ne fussent pas sûrs à cent pour cent de la nature exacte de son mal, il n'y avait que deux hypothèses possibles. Trois au plus. L'une était une forme de consomption extrêmement rare qu'on n'avait jamais rencontrée ailleurs qu'aux îles Mariannes. La deuxième, un dérèglement métaboliques si peu commun qu'il n'avait pas encore été entièrement circonscrit. Et la dernière — mais attention, là ce n'était qu'une hypothèse de rechange ! — une variante neuropsychique de l'*Anorexia nervosa* dont on soupçonnait l'existence depuis longtemps sans être vraiment parvenu à la démontrer. Billy déduisit de la lueur de concupiscence qu'il discernait dans leur regard qu'ils espéraient du fond du cœur que cette dernière hypothèse allait être la bonne, car ainsi leurs noms resteraient dans les annales. Mais en tout état de cause, Billy Halleck était décidément un *rara avis*, et ses médecins exultaient comme des gosses le matin de Noël.

En conclusion, ils lui déclarèrent que s'il consentait à rester en clinique une semaine ou deux (trois au plus), ils se faisaient fort de régler son problème. Ils le guériraient complètement. Pour commencer, ils envisageaient de lui administrer des vitamines à hautes doses (ben alors !), de lui injecter des protéines (bien entendu) et de le soumettre à toute une série d'examens complémentaires (vous m'en direz tant !).

Quand Billy leur annonça posément qu'il les remerciait de leur sollicitude, mais qu'il ne comptait pas prolonger son séjour, ce fut un beau tollé. Tour à tour, ils l'admonestèrent, le morigénèrent, le sermonnèrent. Et Billy, qui ces jours derniers avait de plus en plus souvent le sentiment que sa raison chavirait, trouva tout à coup que ce trio de toubibs ressemblait d'une manière hallucinante aux Trois Stooges. Il s'attendait presque à ce qu'ils se mettent à s'assener de grandes claques sur la figure et à se poursuivre à travers le bureau luxueusement meublé en vociférant avec l'accent de Brooklyn et en brisant tout sur leur passage, les pans de leurs blouses blanches flottant derrière eux.

« Monsieur Halleck, dit l'un des trois, vous vous sentez sans doute on ne peut mieux. Après tout, à en croire votre dossier, vous souffriez à l'origine d'un excès de poids considérable. Mais je dois vous avertir que l'impression de vigueur que vous éprouvez est des plus trompeuses. Si votre amaigrissement se poursuit, vous ne tarderez pas à voir apparaître des ulcérations buccales, des affections cutanées... »

Si vous voulez voir des affections cutanées vraiment sévères, vous devriez rendre visite au chef de la police de Fairview, songea Halleck. *Pardon, l'ex-chef de la police de Fairview.*

Et mû par une subite inspiration qui tombait un peu comme un cheveu sur la soupe, il décida à part lui qu'il allait se remettre à fumer.

« Bref, des troubles analogues à ceux que peuvent occasionner le scorbut et le béribéri, poursuivait le médecin avec sévérité. Vous souffrirez aussi de déficiences immunitaires, et vous attraperez toutes les infections qui traînent, depuis la grippe et la bronchite jusqu'à la tuberculose. Oui, monsieur Halleck, la *tuberculose,* renchérit-il avec emphase. Par contre, si vous consentiez à rester ici...

— Non, fit Billy. C'est tout à fait exclu, comprenez-le bien. »

L'un des deux autres porta ses mains à ses tempes comme s'il était subitement pris d'une violente migraine. C'était peut-être le cas, d'ailleurs, car c'était lui qui avait émis cette hypothèse d'une forme psychique d'anorexie qui les enthousiasmait tant.

« Qu'est-ce qui pourrait vous persuader, monsieur Halleck ?

— Rien », fit Billy.

L'image du vieux Tsigane surgit inopinément dans son esprit. Il sentit à nouveau ses doigts caressants qui effleuraient sa joue avec une étrange douceur, malgré leurs callosités un peu râpeuses. *Oui,* se dit-il, *je vais recommencer à fumer. Quelque chose de bien âcre et de bien noir. Des Camel. Des Pall Mall. Des Chesterfield. Ce qui se fait de plus méphitique. Et pourquoi pas ? Quand ces fichus toubibs se mettent à ressembler à Larry, Curly et Moe, il est temps de faire* quelque chose.

Les médecins le prièrent de les excuser un instant et ils sortirent tous ensemble. Billy attendit sereinement leur retour. Il savourait ce bref répit, qui lui faisait l'effet d'un court entracte au milieu d'une pièce frénétique... et l'idée de toutes les cigarettes qu'il allait bientôt fumer. Peut-être même qu'il les fumerait deux par deux, tiens.

Les médecins revinrent. Leur attitude grave et exaltée était celle d'hommes qui font un sacrifice solennel. Ils avaient décidé de le garder gratis, annoncèrent-ils ; il n'aurait à débourser que les frais de laboratoire.

« Non, dit Billy d'une voix patiente. Vous ne comprenez pas. D'ailleurs, je suis pris en charge intégralement ; j'ai une mutuelle qui couvre tout. Je m'en vais, tout bêtement. Je décanille. Je mets les bouts. »

Ils le regardèrent avec des grands yeux. Ils commençaient à l'avoir mauvaise. Billy eut envie de leur dire qu'ils lui faisaient penser aux Trois Stooges, mais il se ravisa. Ça n'aurait pas été très malin de sa part. Ça aurait fait des complications. Ces types-là n'ont pas l'habitude d'être nargués ; ils n'aiment pas que l'on refuse leurs gris-gris. Ils auraient été fichus d'appeler Heidi pour lui suggérer de le faire examiner par un psychiatre. Et Heidi les aurait peut-être écoutés.

« Et si nous prenions aussi les frais de labo en charge ? avança l'un des trois d'un ton qui laissait deviner que ce serait l'enchère ultime.

— Je m'en vais », dit Billy.

Il avait dit cela très calmement, mais il vit qu'enfin ils le croyaient. Son calme même avait sans doute fini par les convaincre que ce n'était pas une affaire d'argent, qu'il était authentiquement cinglé.

« Mais *pourquoi ? Pourquoi,* monsieur Halleck ?

— Parce que vous ne pouvez rien pour moi, c'est tout. »

Et tandis qu'il regardait leurs visages incrédules et ahuris, Billy songea qu'il ne s'était jamais senti aussi seul de sa vie.

Sur le chemin du retour, il s'arrêta à un tabac et s'acheta un paquet de Chesterfield Kings. Au bout de la troisième bouffée, il fut pris de nausée et de vertige et il jeta le paquet par la fenêtre.

« L'escapade a tourné court, dit-il tout haut. Il ne nous reste plus qu'à reprendre notre collier de misère. »

Il pleurait et riait à la fois.

14

70 kilos

Linda était partie.

Heidi, qui avait les traits creusés par l'angoisse et autour des yeux des pattes-d'oie plus prononcées qu'à l'accoutumée (Billy observa par ailleurs qu'elle fumait comme une cheminée, allumant chaque Vantage au mégot de la précédente), lui apprit qu'elle avait envoyé leur fille chez sa tante Rhoda, dans le comté de Westchester.

« J'ai fait cela pour deux raisons, expliqua-t-elle. D'abord, il fallait bien qu'elle... qu'elle se repose un peu de toi, Billy. Enfin, de ce qui t'arrive. Ça la déboussole complètement. Elle s'est mis en tête que tu avais un cancer, et elle ne veut pas en démordre.

— Elle devrait en toucher un mot à Cary Rossington », maugréa Billy entre ses dents en passant dans la cuisine pour se faire du café. Il avait sacrément besoin d'en boire une tasse — un café bien fort, sans sucre ni crème. « On dirait qu'ils ont des atomes crochus.

— Quoi, Billy ? Je ne t'entends pas.

— Ça ne fait rien, va. Je mets la machine à café en route et je suis à toi.

— Elle n'en dort plus », continua Heidi lorsqu'il ressortit de la cuisine. Elle se tordait nerveusement les mains. « Tu comprends, Billy ?

— Oui », dit-il. Il avait beau comprendre, ça lui faisait

l'effet d'un coup de poignard. Heidi ne voyait donc pas combien sa fille comptait pour lui, combien sa présence le réconfortait ? Évidemment, qu'elle fût un réconfort pour lui ne l'autorisait pas à lui saper le moral, et encore moins à compromettre son équilibre mental. Sur ce point, Heidi avait raison. Il fallait bien qu'il se sacrifie au bien-être de Linda.

Tout à coup, une giclée de haine brûlante lui inonda le cœur. Ainsi, mamie chérie avait emmené fifille chez sa tantine dès que Billy avait téléphoné pour annoncer son retour. Et pourquoi donc ? Parce que son épouvantail de père allait rentrer, tiens ! Sauve-toi vite, mon trésor, voilà la Momie qui revient !

Pourquoi, Heidi ? Pourquoi a-t-il fallu que tu choisisses ce jour-là ?

« Billy ? Tu te sens bien ? » interrogea Heidi d'une voix étrangement hésitante.

Pauvre conne ! Enfin quoi, bon Dieu, tu es mariée à l'Homme qui rétrécit et tout ce que tu trouves à demander, c'est si je me sens bien ?

« Aussi bien que je peux aller, oui. Pourquoi ?

— Pendant un moment, tu as eu... une drôle d'expression. »

Ah oui ? Vraiment ? Pourquoi ce jour-là, *Heidi ? Pourquoi as-tu choisi* ce jour-là *pour me mettre la main dans la culotte, toi qui as toujours été si prude, toi qui ne supportais jamais qu'on fasse l'amour la lumière allumée ?*

« Oh, tu sais, je me sens bizarre presque tout le temps ces jours-ci », expliqua-t-il, tout en songeant : *Arrête ça, Billy. A quoi bon ? Ce qui est fait est fait.*

Mais c'était dur de s'arrêter. Comment l'aurait-il pu, alors qu'elle était là devant lui, fumant cigarette sur cigarette mais à part cela florissante de santé et...

Allez, arrête ça. Force-toi. Arrête !

Heidi cessa de le fixer et elle écrasa son mégot dans un cendrier en cristal.

« La seconde raison, c'est que... Tu me caches quelque chose, Billy. Quelque chose qui est en rapport avec tout ça.

Quelquefois tu parles dans ton sommeil. Tu disparais pendant des soirées entières. A présent je veux savoir. J'ai le *droit* de savoir. »

Elle s'était mise à pleurer.

« Tu veux savoir ? demanda Halleck. Tu veux vraiment savoir ? »

Il sentit qu'un étrange sourire sans joie se formait sur ses lèvres.

« Oui ! oui ! » sanglota Heidi.

Et Billy lui raconta tout.

Houston l'appela le lendemain et, après un long préambule plein de circonvolutions, il entra dans le vif du sujet. Heidi était à côté de lui. Ils venaient d'avoir une longue conversation. (*Vous lui avez offert une petite ligne ?* faillit demander Billy, mais il se dit que ça ne serait peut-être pas très avisé.) Et leur longue conversation avait abouti à une conclusion très simple : ils pensaient que Billy avait une araignée dans le plafond.

« Ce vieux Tsigane, je ne l'ai pas inventé, Mike, dit Billy. Il nous a touchés tous les trois, Rossington, Hopley et moi. Bon, je veux bien qu'un type de votre genre ait des préventions contre le surnaturel. Par contre, vous croyez sûrement au raisonnement logique. Donc, vous devriez parvenir aux déductions qui s'imposent. Nous avons tous été touchés par lui, et nous souffrons tous de troubles organiques inexplicables. Alors avant de décider que je perds la tête, vous pourriez tout de même envisager la possibilité qu'il existe un lien entre nos trois cas.

— Il n'y a aucun lien, Billy.

— Mais je viens de...

— J'en ai parlé à Leda Rossington. Elle m'a appris que Cary était à la Clinique Mayo où on le traite pour un cancer de la peau. D'après elle, le cancer est passablement avancé, mais les médecins ont bon espoir qu'il se rétablira. En outre, elle m'a certifié qu'elle ne vous avait pas vu depuis le réveillon de Noël chez les Gordon.

— Elle ment ! »

Houston se tut. Dans le silence, Billy perçut en fond sonore quelque chose qui ressemblait à des sanglots. Était-ce Heidi qui pleurait ? Sa main se crispa sur le combiné — tellement fort que ses jointures en devinrent blanches.

« Vous lui avez parlé en personne ou au téléphone ?

— Au téléphone, mais je ne vois pas la différence.

— Si vous l'aviez vue, vous auriez compris tout de suite. Elle n'est plus que l'ombre d'elle-même. Elle a l'air complètement sonné.

— Vous savez, une femme qui vient d'apprendre que son mari est atteint d'un cancer de la peau qui est à un stade avancé...

— Et Cary, vous lui avez parlé ?

— Il est en soins intensifs. Dans ces cas-là, les patients ne sont autorisés à répondre au téléphone que lorsqu'il s'agit d'une urgence extraordinaire.

— Je suis tombé à soixante-dix-sept kilos, dit Billy. Soit une perte nette de trente-sept kilos. Ce n'est pas une urgence, ça ? »

Il y eut un nouveau silence à l'autre bout de la ligne, et Billy perçut à nouveau ce bruit de sanglots étouffés.

« Vous lui parlerez, Mike ? Vous essayerez ?

— A condition que ses médecins l'autorisent à prendre la communication, et qu'il accepte de me parler. Mais pour en revenir à votre fantasme...

— CE N'EST PAS UN FANTASME, BORDEL DE MERDE ! »

Non, ne crie pas. Ne fais pas ça.

Billy ferma les yeux.

« Bon, bon, fit Houston d'une voix conciliante. Votre *idée,* alors. Ça vous va mieux ? Ce que je voulais dire, c'est que cette *idée* ne vous aidera pas à guérir. En fait, il se peut même que ce soit précisément la source de cette anorexie neuropsychique dont le Dr Yount pense que vous souffrez. Vous ne...

— Hopley ! » coupa Billy.

Il suait à grosses gouttes. Il se tamponna le front avec son mouchoir. L'image de Hopley lui passa fugitivement dans la tête. Ce visage qui n'avait plus rien d'humain. Ce visage qui n'était plus qu'une carte de l'enfer en relief. Éruptions monstrueuses, exsudats sinueux, et ce *bruit,* l'abominable raclement de ses ongles sur sa joue.

Long silence à l'autre bout de la ligne.

« Parlez-en à Duncan Hopley. Il vous confirmera que...

— C'est impossible, Billy. Duncan Hopley s'est suicidé il y a deux jours. Pendant que vous étiez à la Clinique Glassman. Il s'est tiré une balle dans le cœur avec son arme réglementaire. »

Halleck contracta ses paupières avec force. Il avait l'impression que le sol s'effaçait sous lui. Il éprouvait un vertige semblable à celui qui l'avait saisi lorsqu'il avait essayé de fumer. Il se pinça la joue avec violence pour s'empêcher de tourner de l'œil.

« Dans ce cas, vous êtes au courant, articula-t-il, les yeux toujours fermés. Quelqu'un l'a vu, forcément.

— C'est Grand Lawlor qui a constaté le décès, dit Houston. Je viens juste de l'appeler. »

Grand Lawlor. Dans sa confusion et sa terreur, Billy ne saisit pas tout de suite. Il crut que Houston voulait parler d'un grand jury et que sa langue avait bizarrement fourché. Et puis le déclic se produisit. Grand Lawlor était le coroner du comté. Qui, soit dit en passant, avait été appelé bien des fois à déposer devant des grands jurys.

Cette pensée n'avait rien de drôle, mais Billy fut pris d'un fou rire irrépressible. Il recouvrit le téléphone de sa main. Il ne fallait pas que Houston l'entende glousser comme cela. S'il l'avait entendu, ses derniers doutes se seraient envolés. Ça aurait achevé de le convaincre que Billy battait bel et bien la breloque.

Et ça vous arrangerait bien que je sois fou, hein, Mike ? Comme ça, si je vendais la mèche au sujet de la petite fiole avec une cuiller au bout, qui est-ce qui me croirait ?

Du coup, son fou rire s'apaisa.

« Vous lui avez demandé... ?

— Des précisions sur le décès ? Vous pensez bien que oui, après l'histoire d'horreur que votre femme m'avait rapportée. (A cet endroit, sa voix prit une inflexion pompeuse.) Vous avez encore de la chance que j'aie noyé le poisson quand il m'a demandé pourquoi je lui posais toutes ces questions.

— Que vous a-t-il dit ?

— D'après lui, la figure de Hopley était dans un triste état, mais c'était sans commune mesure avec le tableau d'épouvante que vous avez dressé à Heidi. La description de Grand me donne tout lieu de penser que Dunc était victime d'un accès particulièrement virulent de cette acné pour laquelle je l'ai traité périodiquement depuis qu'il était venu me consulter pour la première fois, en 1974. Ses crises le déprimaient toujours beaucoup, ce qui n'a rien de surprenant. L'acné a beau être une affection bénigne, elle peut provoquer de terribles ravages psychologiques.

— Vous pensez qu'il a mis fin à ses jours parce qu'il ne supportait plus de se regarder dans la glace, c'est ça ?

— Grosso modo, oui.

— Bref, si je vous suis bien, dit Billy, vous pensez qu'il s'agissait d'une attaque d'acné somme toute banale, mais néanmoins assez insupportable pour que Hopley se fasse sauter la caisse à cause d'elle. Voilà un curieux diagnostic, Mike.

— Je n'ai jamais dit que l'acné était seule en cause, protesta Houston avec agacement. Ce qu'il y a de pire avec les problèmes, c'est qu'ils n'arrivent jamais seuls. Ils vous tombent dessus par paires, par trios, ou par wagons entiers. Quand on examine le taux de suicides par profession, ce sont les psychiatres qui l'emportent haut la main, mais les policiers les suivent d'assez près. C'est vraisemblablement la conjugaison de plusieurs facteurs qui a poussé Hopley à en finir. Il se peut très bien que cette attaque d'acné ait été la goutte d'eau qui fait déborder le vase.

— On voit que vous ne l'avez pas vu, dit Billy, lugubre. Ce n'était pas une goutte d'eau, c'étaient les chutes du Niagara.

— Comme il n'a laissé aucune explication, j'imagine que nous ne saurons jamais le fin mot de l'histoire.

— Bon Dieu, fit Billy en se passant une main dans les cheveux. Oh, bon Dieu de bon Dieu !

— Et d'ailleurs les motifs du suicide de Duncan Hopley sont tout à fait accessoires, vous ne trouvez pas ?

— Non, dit Billy. Pas du tout.

— A mon sens, le point capital ici, c'est que votre mauvaise conscience vous a joué un sale tour, Billy. Vous vous êtes englué dans la culpabilité. C'est ce qui explique ce... cette idée de maléfice tsigane qui vous obnubile complètement. Et quand vous êtes allé chez Duncan Hopley l'autre soir, vous avez simplement été victime d'une hallucination. (La voix de Houston prit un accent de mansuétude toute paternelle.) Est-ce que par hasard, vous n'auriez pas été boire un petit coup chez Andy's avant de passer voir Hopley ? Juste de quoi vous donner un peu de cœur au ventre ? Hein, Billy ?

— Non.

— C'est vrai, vous en êtes sûr ? Heidi m'a bien dit pourtant que vous passiez souvent chez Andy's ces temps-ci.

— Si j'y passais aussi souvent que ça, vous ne croyez pas que votre femme m'y aurait vu ? »

Il y eut un silence pesant à l'autre bout de la ligne.

« Là, vous visez au-dessous de la ceinture, dit enfin Houston d'une voix blanche. Mais c'est tout à fait le genre de réflexions auxquelles on peut s'attendre de la part d'un homme qui est sous le coup d'un traumatisme psychique grave.

— Traumatisme psychique grave. Anorexie neuropsychique. Vous avez une étiquette pour tout, vous autres toubibs. Ah, si seulement vous l'aviez vu. Si seulement... »

Billy s'interrompit. Il revoyait le visage dévasté de Hopley, ses joues couvertes d'éruptions flamboyantes, les pustules suintantes, le nez presque enseveli sous ces coulées de chair chaotiques.

« Billy, vous ne voyez donc pas que c'est votre inconscient qui vous pousse à traquer partout une explication logique de votre état ? Et comme vous êtes bourrelé de remords, vous...

— Le maléfice a pris fin quand il s'est tué ! s'écria soudain Billy. C'est pour cela qu'il avait meilleur aspect. Rappelez-vous les films de loups-garous de notre jeunesse, Mike. A la fin, quand le loup-garou est tué, il reprend son apparence d'homme ! »

La confusion qu'il avait éprouvée en apprenant que Hopley s'était tué et que son cadavre présentait les symptômes d'une acné somme toute banale se dissipait rapidement. Son esprit explorait fébrilement cette nouvelle hypothèse, supputait les probabilités.

Que devient un maléfice quand sa victime passe l'arme à gauche ? Où va-t-il ? C'est comme l'âme d'un mourant, tiens. Il l'exhale avec son dernier souffle. Et elle s'envole. Elle se dilue dans l'air. Elle s'évanouit en fumée. Donc, il y aurait peut-être moyen de l'expulser...

Rossington. C'est là qu'était le nœud de la situation à présent. Rossington, qui s'accrochait désespérément à l'idée qu'il avait un cancer pour se masquer une réalité mille fois plus horrible. A sa mort, est-ce qu'il retrouverait son... ?

Tout à coup, il s'aperçut que Houston s'était tu. Il n'entendait plus que ce bruit confus, déplaisant et familier, de sanglots étouffés. Heidi ? Etait-ce Heidi qui pleurait ?

« Pourquoi pleure-t-elle ? gronda-t-il d'une voix rageuse.

— Billy...

— Passez-la-moi !

— Billy, si vous entendiez sur quel *ton* vous...

— *Passez-la-moi, nom de Dieu !*

— Pas question. Pas tant que vous ne vous serez pas calmé.

— Sale petit camé merdeux, je vais vous...

— *Ça suffit, Billy !* »

La voix de Houston était si tonitruante que Billy éloigna l'écouteur de son oreille. Lorsqu'il le remit en place, les sanglots avaient cessé.

« Ecoutez-moi à présent, dit Houston. Les loups-garous, ça n'existe pas. Les jeteurs de sorts tsiganes non plus. Rien qu'à vous dire ça, je me sens idiot.

— Tout le problème est là, justement, dit Billy d'une

voix radoucie. Vous ne voyez donc pas que c'est grâce à ça que ces gens-là ont pu se livrer impunément à ce genre de méfaits pendant deux mille ans ?

— Billy, si vous êtes victime d'un maléfice, c'est votre inconscient qui l'a élaboré. Les vieux Tsiganes ne jettent pas de sorts. *Le vieux Tsigane, c'est l'apparence que votre inconscient a revêtue pour vous punir.*

— Et pour punir Hopley et Rossington par la même occasion ? C'est vous qui êtes aveugle, Mike. C'est pourtant gros comme une maison.

— Il ne s'agit que d'une simple coïncidence. A quoi bon faire tous ces tours et ces détours, Billy ? Retournez à la clinique. Laissez-les vous soigner. Cessez d'affoler votre femme. »

L'espace d'un instant, Billy fut tenté de jeter l'éponge et de se rendre aux raisons de Hopley, dont la voix pleine de logique et de bon sens avait quelque chose de réconfortant en dépit de la pointe d'exaspération qui y perçait.

Et puis il revit Hopley qui braquait le faisceau de la lampe de bureau sur son visage, et il entendit à nouveau sa voix qui disait : *Je le tuerais très lentement. Je vous épargne les détails.*

« Non, dit-il. Ils ne peuvent pas me soigner, Mike. »

Houston poussa un profond soupir.

« Et qui le pourra ? Votre vieux Tsigane ?

— Peut-être, dit Halleck. A condition que j'arrive à lui mettre la main dessus. J'ai un ami qui pourra peut-être m'aider. C'est un homme qui a les pieds sur terre, comme vous. »

Ginelli. Le nom avait brusquement surgi dans sa tête pendant qu'il parlait.

« Mais il faut avant tout que je m'aide moi-même, continua-t-il.

— C'est ce que je me *tue* à vous dire !

— Ah bon ? Il me semblait que vous m'exhortiez simplement à retourner à la clinique. »

Houston poussa un autre soupir.

« Votre cerveau perd du poids aussi, on dirait. Avez-vous pensé à ce que votre femme et votre fille sont en train de subir à cause de vous ? Hein, vous en êtes-vous préoccupé le moins du monde ? »

Billy fut à deux doigts de laisser échapper la vérité. *Heidi vous a-t-elle dit ce qu'elle était en train de me faire quand l'accident s'est produit ? Hein, mon petit Mike, a-t-elle abordé devant vous ce sujet délicat ? Non ? Ma foi, vous feriez peut-être bien de lui poser la question...*

« Billy ?

— Je discuterai de ça avec Heidi, dit-il d'une voix posée.

— Mais vous ne voyez donc pas que...

— Je crois que sur un point au moins vous étiez dans le vrai, Mike.

— Ah ? Ravi de l'apprendre. Lequel ?

— J'ai assez fait de tours et de détours », répondit Billy avant de raccrocher.

La discussion avec Heidi n'eut pas lieu.

Billy essaya de l'engager à plusieurs reprises, mais Heidi se bornait à secouer négativement la tête. Pâle, le visage fermé, elle se cantonnait dans un mutisme accusateur. Ce n'est que trois jours après la conversation téléphonique avec Houston qu'elle se décida enfin à réagir.

C'était à la fin du déjeuner. Billy venait d'engloutir, comme d'habitude, un repas pantagruélique : trois hamburgers avec leur *bun,* copieusement assaisonnés, quatre épis de maïs beurrés, une énorme portion de frites et deux grosses parts de tourte aux pêches arrosées de sauce à la vanille. Son appétit le tenaillait toujours aussi peu, mais il avait fait une découverte inquiétante : lorsqu'il s'abstenait de manger, sa perte de poids s'accélérait. A la suite de la discussion (de l'algarade, plutôt) avec Houston, Heidi était rentrée à la maison, pâle et muette, le visage encore bouffi des larmes qu'elle avait versées dans le cabinet du médecin. Billy était lui-même tourneboulé au point qu'il n'avait rien pu avaler de la journée. Et le lendemain matin, en se pesant, il avait constaté avec effarement qu'il avait perdu trois kilos en vingt-quatre heures.

Il n'avait pas sauté un seul repas depuis.

Il fit un geste en direction de son assiette qui ne contenait plus que les trognons de maïs, quelques bribes de laitue, et des traces de sauce.

« Tu trouves que j'ai l'air d'un anorexique ? fit-il. Hein, Heidi ?

— Non, admit-elle d'un air réticent. Non, mais...

— Ça fait un mois entier que je me goinfre comme ça, dit Halleck. Et durant ce même mois j'ai perdu vingt-cinq kilos. Tu veux m'expliquer comment mon inconscient se débrouille pour faire un tour de passe-passe pareil ? Pour me faire perdre près d'un kilo par jour alors que j'absorbe quotidiennement dans les six mille calories ?

— Je... je n'en sais rien... mais Mike... il dit que tu...

— Tu n'en sais rien et moi non plus », coupa Billy en jetant brutalement sa serviette en papier dans son assiette. Son estomac surchargé gargouillait bruyamment. « Et Michael Houston n'en sait pas plus que nous.

— *Si c'est un maléfice, pourquoi est-ce qu'il ne m'arrive rien à moi ?* » glapit soudain Heidi d'une voix stridente.

Des flammes furieuses dansaient dans ses prunelles, mais un rideau de larmes les voila presque aussitôt.

Pris au dépourvu par cette explosion de rage qui le mortifiait et le terrifiait à la fois, Halleck perdit son sang-froid.

« *Parce qu'il n'était pas au courant, voilà !* hurla-t-il. *C'est la seule raison ! Il n'était pas au courant !* »

Heidi repoussa sa chaise avec tant de violence qu'elle faillit tomber, et elle s'enfuit en sanglotant. Elle se comprimait la tempe d'une main comme si une affreuse migraine l'avait subitement saisie.

« Heidi ! vociféra Halleck en se dressant si brusquement que sa chaise se renversa. Reviens, tu veux ! »

Mais le martèlement de talons sur les marches de l'escalier ne se ralentit pas. Billy entendit une porte claquer, mais ce n'était pas celle de leur chambre. Le son venait de l'extrémité du corridor. Heidi s'était réfugiée chez Linda, ou dans la chambre d'amis.

Halleck penchait plutôt pour la chambre d'amis. Il ne se trompait pas. Heidi ne dormit pas une seule fois avec lui durant la semaine qui précéda son départ.

Lorsque Billy Halleck essaya de se remémorer par la suite cette dernière semaine à Fairview, il constata que sa mémoire n'en avait conservé que des bribes vaguement cauchemardesques. Un ciel plombé pesait sur le littoral du Connecticut, et il faisait une chaleur moite et étouffante. On aurait dit que la canicule s'était trompée de saison. Même le quartier de Lantern Drive, d'ordinaire si frais et pimpant, en paraissait comme étiolé. Halleck transpirait et tout en transpirant il continuait à engloutir des morceaux de boustifaille, ce qui n'empêchait pas son poids de diminuer lentement, mais sûrement. A la fin de la semaine, le jour où il loua une voiture chez Avis et emprunta l'Interstate 95 en direction du New Hampshire et du Maine, il avait perdu cinq kilos de plus et son poids était tombé à soixante et onze kilos.

Durant cette semaine, les médecins de la clinique Glassman téléphonèrent à bien des reprises. Michael Houston aussi. Heidi regardait Billy de ses yeux bordés de cernes livides, fumait et ne disait rien. Lorsqu'il évoqua la possibilité d'appeler Linda, elle se borna à dire d'une voix rauque et cassée :

« J'aimerais mieux pas. »

Vendredi — soit la veille de son départ — Houston téléphona à nouveau.

« Michael, lui dit Billy en fermant les yeux, je refuse déjà de venir au téléphone quand vos confrères de la clinique m'appellent. Si vous n'arrêtez pas de m'emmerder, je vais faire pareil avec vous.

— Ce n'est pas le moment, dit Houston. Ecoutez-moi très attentivement, Billy. Ce que j'ai à vous dire est important. »

Houston débita sa harangue. La teneur en était nouvelle, mais Billy n'en fut pas vraiment surpris. Il éprouva de la rancœur, mais elle était sourde et tempérée d'un certain fatalisme. Après tout, il s'y attendait.

Heidi était retournée chez Houston. Ils avaient eu un long entretien, au terme duquel elle avait piqué une nouvelle crise de larmes. Ensuite Houston avait longuement conféré avec les Trois Stooges. (« Ne craignez rien, Billy : tout cela reste sous le sceau du secret professionnel. ») Puis il avait eu un nouvel entretien avec Heidi. Ils étaient tous d'avis qu'il était temps de soumettre Billy à un examen psychiatrique.

« Je vous conseille de l'accepter de votre plein gré, conclut Houston.

— Pardi. Et je vous parie que je devine où il aura lieu. A la clinique Glassman, c'est ça ? Alors, j'ai gagné le gros lot ?

— Eh bien, nous nous sommes dit que c'était l'endroit logique pour...

— Vous fatiguez pas, j'ai compris. Et pendant qu'ils passeront ma cervelle au crible, je suppose qu'on me fera avaler d'autres bols de baryum en pâte. »

Houston se tut. Son silence était éloquent.

« Et si je refuse ?

— Heidi dispose de certains recours légaux, dit Houston d'une voix circonspecte. Vous saisissez ?

— Je saisis, dit Billy. Vous voulez dire que vous, Heidi et les Trois Stooges de la clinique Glassman allez unir vos forces pour m'envoyer tresser des petits paniers dans un établissement spécialisé dans la thérapie récréative.

— Là, vous nagez en plein mélo, Billy. Heidi se fait du souci pour Linda autant que pour vous.

— Nous nous faisons du souci pour Linda tous les deux, dit Billy. Et je m'en fais pour Heidi aussi. Par moments, je lui en veux tellement que ça me flanque des aigreurs d'estomac, mais ça n'empêche pas que je l'aime. Et donc que je me soucie d'elle. Toutefois, elle vous a caché quelque chose, Mike.

— Je ne vois pas de quoi vous voulez parler.

— Je sais bien. Et ce n'est pas moi qui vais éclairer votre lanterne. Il se pourrait qu'elle vous en parle d'elle-même, mais ça m'étonnerait. Elle n'a qu'un désir, c'est d'oublier tout ce qui s'est passé, et si elle vous faisait part de certains détails qu'elle a probablement omis jusqu'à présent, cela irait à l'encontre de son désir. Disons simplement que Heidi a sa propre culpabilité à affronter. Ce n'est pas pour rien que sa consommation de cigarettes est passée d'un paquet par jour à deux paquets et demi. »

Au bout d'un silence assez long, Mike Houston enfourcha à nouveau son dada :

« Quoi qu'il en soit, Billy, vous devez comprendre que cet examen psychiatrique ne peut être que profitable à tout le...

— Adieu, Mike », fit Halleck, sur quoi il reposa le combiné sans brutalité.

15

Deux coups de téléphone

Billy passa le reste de l'après-midi à tourner en rond comme un ours en cage. Il étouffait malgré l'air conditionné. De loin en loin, il apercevait son reflet dans un miroir ou une surface polie, et il avait de la peine à se reconnaître.

La perception que nous avons de nous-mêmes est bien plus fonction de nos dimensions corporelles qu'on se le figure communément, se disait-il, et il trouvait que cette pensée n'avait rien de réconfortant.

Le sentiment que j'ai de ma valeur dépendrait donc de la quantité d'air que je déplace en marchant ? C'est une idée qui insulte l'intelligence. Arnold Schwarzenegger pourrait prendre Einstein sous son bras et le trimbaler toute la journée comme... comme un livre de classe. Est-ce que ça veut dire qu'Arnold Schwarzenegger est supérieur à Einstein ?

Non, ça ne tenait pas debout, et d'ailleurs l'idée que la corpulence était synonyme de grâce ou d'intelligence, qu'elle était un signe de la faveur de Dieu, était passée de mode vers l'époque où le chétif Woodrow Wilson avait écrasé aux élections ce gros poussah de William Howard Taft.

C'est la perception que nous avons de la réalité extérieure *qui est fonction de nos dimensions corporelles.*

Oui, exprimé comme ça cela devenait vrai. Il approchait du fond du problème. Quand on disparaît kilo après kilo comme une équation complexe qu'une éponge efface ligne après ligne du tableau noir, votre perception de la réalité en prend un coup. Votre perception de votre réalité propre, et votre perception de la réalité tout court.

Billy avait été gros. Pas un peu enrobé, ou grassouillet, non : gros. Comme un cochon. Ensuite, il était passé au stade de la simple corpulence, puis il était devenu à peu près normal (s'il existait une norme en la matière, comme Houston et les Trois Stooges avaient l'air de le penser). A présent, il était maigre, et il glissait lentement vers l'émaciation. Qu'est-ce qui viendrait ensuite ? La cachexie ? Probablement. Et après cela, quelque chose qui pour le moment dépassait son imagination.

La crainte de se faire embarquer à l'asile ne le tourmentait pas vraiment ; une procédure d'internement, cela prend du temps. Mais sa dernière conversation avec Houston prouvait bien qu'il avait atteint un point de non-retour. Désormais, plus personne ne le croirait. Il avait envie d'appeler Kirk Penschley, bien qu'il sût que celui-ci le contacterait aussitôt que les enquêteurs qu'il avait lancés sur la piste des Gitans auraient déterré le moindre indice.

Il réfréna sa première impulsion, tourna les pages de son carnet d'adresses jusqu'à la lettre « T » et forma un numéro de New York. Le nom de Richard Ginelli lui tournait obstinément dans la tête depuis le début de cette affaire. Il était temps qu'il se décide à l'appeler.

« Three Brothers, fit une voix d'homme à l'autre bout de la ligne. Nos plats du jour sont les *piccate al marsala* et notre version particulière des *fettuccine alla marinara.*

— Je m'appelle William Halleck, et je voudrais parler à M. Ginelli, si vous pouvez me le passer. »

L'homme s'accorda quelques secondes de réflexion, puis il fit :

« Halleck ?

— Oui. »

Le combiné heurta une surface dure avec un choc sourd. Billy percevait un brouhaha confus : cliquetis de vaisselle et de casseroles entrechoquées, éclats de rire, jurons sonores en italien. Tout cela lui semblait étrangement lointain, mais l'univers entier lui semblait lointain ces jours-ci.

Au bout d'un long moment, on souleva enfin le combiné.

« William ! Comment ça va, *paisan* ? »

Une fois de plus, Halleck s'aperçut que Ginelli était le seul être au monde qui n'usât pas d'un diminutif pour s'adresser à lui.

« J'ai maigri, annonça-t-il.

— A la bonne heure, dit Ginelli. Vous étiez trop gros, William. Oui, trop gros, y a pas à dire. Combien avez-vous perdu ?

— Dix kilos.

— Mazette ! Mes félicitations, William. Votre cœur vous dit merci, lui aussi. C'est dur de perdre du poids, hein ? J'en sais quelque chose. Ces foutues calories, elles ont la peau dure. Chez vous autres Irlandais, elles se coincent au-dessus de la ceinture. Les Ritals comme moi s'aperçoivent un jour que les coutures de leur froc craquent chaque fois qu'ils se penchent pour lacer leurs godasses.

— A vrai dire, ça n'a pas été si dur que ça.

— Passez donc me voir au restaurant, William. Je vous préparerai mon plat favori. Le poulet à la napolitaine. En un repas, vous reprendrez tout ce que vous avez perdu.

— Peut-être bien que je vais vous prendre au mot », fit Billy en souriant. Le miroir mural de son bureau lui renvoyait son reflet, et comme il lui semblait que son sourire découvrait une dentition nettement trop proéminente, il le réprima aussitôt.

« Mais oui, faites-le donc, dit Ginelli. Je disais ça sérieusement. Ça fait une paye qu'on s'est pas vus. Et la vie est courte, *paisan*. Pas qu'elle est courte, la vie ?

— Ça, vous pouvez le dire.

— Paraît que vous avez eu des emmerdes là-bas, dans le Connecticut », dit Ginelli d'une voix soudain plus basse. A sa façon de dire cela on aurait pu croire que le

Connecticut était quelque part du côté du pôle Nord. « J'ai été désolé en apprenant ça.

— Comment l'avez-vous su ? » interrogea Billy. Il était sincèrement surpris. L'accident n'avait donné lieu qu'à un minuscule entrefilet dans le *Fairview Reporter* (un entrefilet très discret, qui ne citait aucun nom), et la presse new-yorkaise n'en avait pas fait mention.

« Vous savez bien que j'ai des oreilles partout », dit Ginelli. *C'est vrai que les individus de son espèce ont intérêt à être toujours sur le qui-vive,* se dit Billy, et il frissonna.

« Ça me pose quelques problèmes, dit Billy en mesurant soigneusement ses paroles. Des problèmes qui sont d'une nature, euh... extralégale. Cette femme... on vous en a parlé, n'est-ce pas ?

— Oui. Une Gitane, à ce qu'il paraît.

— C'est ça. Elle était mariée. Et son mari me... il m'a causé des ennuis, voilà.

— Comment il s'appelle ?

— Lemke, je crois. Je vais tâcher de me dépêtrer de là tout seul, mais je me demandais si... si je ne pourrais pas...

— Mais si, mais si. Si vous avez besoin d'un coup de main, vous n'avez qu'à téléphoner. Peut-être que ça sera dans mes cordes, peut-être que non. Je ne peux rien vous promettre. L'amitié est une chose et les affaires en sont une autre, vous comprenez ?

— Je comprends, oui.

— Des fois, ça peut se mélanger, mais d'autres fois c'est incompatible, pas vrai ?

— Oui.

— Il a juré de vous faire passer le goût du pain, c'est ça ? »

Billy hésita avant de répondre.

« J'aimerais mieux ne pas trop m'étendre là-dessus pour le moment, dit-il enfin. C'est assez spécial, vous comprenez. Mais en tout cas, il en veut à ma peau, et il y met le paquet, croyez-moi.

— Oh, merde ! Vaudrait mieux que vous m'en parliez tout de suite, William. »

Une inquiétude non déguisée perçait dans la voix de Ginelli. Billy sentit des larmes lui picoter les paupières, et il se frotta les yeux du dos de la main.

« Votre sollicitude me touche infiniment, Richard. Mais j'aime mieux essayer de me débrouiller seul, du moins pour le moment. Je ne suis même pas certain de ce que vous pourriez faire pour moi.

— Si je peux vous être utile, vous n'avez qu'à m'appeler, William. Entendu ?

— Entendu. Et merci. » Il eut une brève hésitation. « Dites-moi, Richard, est-ce que vous êtes superstitieux ?

— Superstitieux, moi ? Mais je suis italien, William ! Pendant toute mon enfance, j'ai vu ma mère, ma grand-mère et mes tantes qui passaient leur vie à psalmodier des *Ave*, à invoquer tous les saints du calendrier plus une ribambelle d'autres dont vous n'avez jamais entendu parler, à voiler les miroirs quand un voisin trépassait et à faire la *mano cornuta* chaque fois qu'elles croisaient un corbeau ou un chat noir. Comment pouvez-vous me poser une question pareille ?

— Je peux, puisque je vous la pose », dit Billy en souriant malgré lui.

Quand Richard Ginelli reprit la parole, sa voix était sèche, dure, et totalement dépourvue d'ironie.

« Je ne crois qu'à deux choses, William. Le pognon et les flingues, voilà à quoi je crois. *Mettez-vous bien ça dans le crâne.* Superstitieux ? Pas moi, *paisan*. Là, vous vous trompez de rital.

— A la bonne heure », dit Billy, et son sourire s'élargit. C'était son premier vrai sourire depuis bientôt un mois, et il lui faisait un bien fou.

Ce soir-là, juste après le retour de Heidi, Penschley lui téléphona.

« Vos Gitans nous ont fait rudement cavaler, annonça-t-il. Il y a déjà pour près de dix mille dollars de frais. On laisse tomber ?

— Dites-moi d'abord ce que vous savez, dit Billy. »

Il avait les paumes moites.

D'une voix sèche et précise, Penschley lui fit un rapport circonstancié.

Après leur départ de Milford, les romanichels s'étaient rendus à Greeno, une autre bourgade du Connecticut, à une cinquantaine de kilomètres au nord. On les avait expulsés de Greeno, et ils avaient refait surface une semaine plus tard à Pawtucket, dans la banlieue de Providence. De Pawtucket, ils avaient gagné Attleboro, dans le Massachusetts, où l'un d'entre eux s'était fait arrêter à la suite d'une rixe. On l'avait laissé en liberté provisoire, et il avait pris la fuite en dépit de l'extrême modicité de sa caution.

« Apparemment, les choses se sont passées de la façon suivante, expliqua Penschley. Un habitant de la localité, un gars qui paraît-il est assez porté sur la castagne, a perdu dix dollars à la loterie à roue. Il a déclaré au Gitan qui la faisait tourner qu'il savait bien qu'elle était truquée et il lui a promis un chien de sa chienne. Le surlendemain soir, le gars est tombé nez à nez avec le Gitan à l'entrée d'une supérette de nuit. Ils ont eu des mots, et ça s'est terminé par un pugilat sur le parking du magasin. Deux des témoins — des touristes de passage — affirmaient que c'était le citoyen local qui avait porté le premier coup. Deux autres — des habitants d'Attleboro — soutenaient que c'était le Gitan qui avait commencé. En fin de compte, les flics n'ont embarqué que le Gitan. Et quand il a pris la poudre d'escampette après sa mise en liberté provisoire, ils en ont été enchantés. Non seulement ça faisait économiser à la ville les frais d'un procès, mais ça la débarrassait du reste de la bande par la même occasion.

— C'est un stratagème courant, je suppose ? » interrogea Billy.

Une subite chaleur lui avait envahi les joues. Quelque chose lui disait que le Gitan qui s'était fait embarquer ne pouvait être que le jeune jongleur.

« Ça se pratique beaucoup, en effet, admit Penschley. Les Gitans connaissent la coupure. Une fois que le prévenu s'est fait la paire, les flics du coin oublient toute l'affaire. Il n'y a ni avis de recherche, ni chasse à l'homme. C'est un peu comme quand on a une escarbille dans l'œil. Elle vous torture, elle vous obsède, et puis on pleure un coup et elle s'en va. Une fois que ce grain de poussière s'est envolé et que la douleur a cessé, on se moque bien de savoir où il est allé, n'est-ce pas ?

— Un grain de poussière ? dit Billy. Il n'était donc que ça ?

— Pour les flics d'Attleboro, il ne valait guère mieux en tout cas, dit Penschley. Vous voulez la suite, Billy, ou faut-il d'abord que nous nous lamentions un moment sur le sort cruel des minorités ethniques ?

— Dites-moi plutôt la suite, Kirk.

— Après ça, les Gitans ont fait étape à Lincoln, Massachusetts. D'où on les a virés au bout de trois jours.

— Il s'agissait bien de la même bande ? Vous en êtes sûr ?

— Oui. En tout cas, des mêmes véhicules. J'en ai la liste complète, immatriculations comprises. La plupart ont des plaques du Delaware ou du Texas. Vous voulez que je vous la dicte ?

— On verra ça plus tard. Continuez, vous voulez bien ? »

La suite était plutôt succincte. De Lincoln, les Gitans s'étaient rendus à Revere, une petite ville qui se trouve au nord de Boston, en bordure de l'Interstate 95. Ils y avaient campé dix jours et en étaient partis d'eux-mêmes. Ils avaient passé quatre jours à Portsmouth, dans le New Hampshire... et ensuite, ils s'étaient tout bonnement volatilisés.

« On pourra retrouver leur piste, si c'est ce que vous souhaitez, dit Penschley. Nous les suivons à moins d'une semaine maintenant. J'ai mis trois des meilleurs enquêteurs de la Barton sur l'affaire. A leur avis, les Gitans sont sûrement dans le Maine à présent. Ils sont suivi l'Interstate 95 ou ils ont avancé parallèlement à elle le long du littoral depuis le Connecticut. D'après ce que nos divers correspondants locaux ont pu reconstituer de leur trajet antérieur, il semblerait même qu'ils ne l'ont pas quittée depuis la Caroline du Sud. Leur itinéraire correspond à peu près à celui que suivent les cirques ambulants. Logiquement, ils devraient continuer jusqu'à Bar Harbor, en écumant au passage les stations balnéaires du Maine méridional, Ogunquit, Kennebunkport et tout ça. Ensuite, quand le gros de la saison touristique sera passé, ils redescendront vers le Sud et ils effectueront un parcours analogue le long des côtes de la Floride et du Texas.

— Y a-t-il un très vieil homme parmi eux ? interrogea Billy en serrant avec force la poignée du combiné. Dans les quatre-vingts ans, avec le nez rongé par une espèce d'horrible chancre, ou de cancer ? »

Penschley farfouilla dans ses papiers pendant ce qui lui parut être une éternité.

« Taduz Lemke, dit-il enfin d'une voix très calme. Le père de la femme que vous avez écrasée. Il est avec eux, en effet.

— Son *père ?* s'écria Halleck. Mais c'est impossible, voyons. Cette femme était au moins septuagénaire...

— Taduz Lemke est âgé de cent six ans. »

Un moment, Billy fut incapable de parler. Ses lèvres remuaient, mais sans émettre le moindre son. On aurait dit un homme qui embrasse un fantôme. Puis il parvint à répéter : « C'est impossible...

— C'est un âge que nous pourrions tous lui envier, certes, dit Kirk Penschley, mais qui n'a rien d'impossible. Vous savez, l'existence de ces gens est attestée par toutes sortes de documents officiels. Nous n'en sommes plus au temps où ils vagabondaient en roulotte sur les routes de l'Europe orientale, même s'il est probable que les plus âgés d'entre eux, comme ce Lemke, ne demanderaient pas mieux que de vivre de cette manière. J'ai des photos de lui... son numéro de Sécurité sociale... ses empreintes digitales, même. Lemke change souvent d'avis en ce qui concerne sa date de naissance ; tantôt il déclare être âgé de cent six ans, tantôt de cent huit ou de cent vingt ans. Je me suis fixé sur cent six ans, car ça correspond aux renseignements qui figurent sur son titre de Sécurité sociale, dont les enquêteurs de la Barton se sont procuré un duplicata. Susanna Lemke était bien sa fille, il n'y a aucun doute là-dessus. Et comme il apparaît avec le titre de P.-D.G. de la Société Taduz et Cie sur les autorisations qu'ils ont obtenues de la Direction des jeux de divers États, on peut supposer qu'il doit être le chef de la tribu, ou de la troupe. »

La *fille* de Lemke ? Dans l'esprit de Billy, cela changeait tout. Et si Linda avait été victime d'un accident ? Si Linda avait été écrasée dans la rue comme un chien errant ?

« ... les frais ?

— Quoi ? fit Billy, en essayant de ramener le cours de ses pensées sur Kirk Penschley.

— Je disais : vous êtes sûr que vous ne voulez pas qu'on arrête les frais ? Ça va vous coûter les yeux de la tête, mon petit Bill.

— Demandez-leur de persévérer encore un moment, dit Billy. Je vous téléphonerai dans trois jours pour savoir si vous les avez localisés.

— Pas la peine, dit Penschley. Dès que les détectives de la Barton les auront retrouvés — s'ils y arrivent — je vous en informerai.

— Je ne serai plus là, expliqua Billy.

— Ah ? Et où serez-vous donc ? interrogea Penschley d'une voix neutre.

— En voyage », répondit-il.

Après avoir raccroché, Halleck demeura longtemps immobile, l'esprit agité de pensées confuses, pianotant machinalement sur le bord du bureau de ses doigts trop grêles.

16

La lettre de Billy

Le lendemain, Heidi partit faire des courses un peu après dix heures. Elle ne passa pas la tête dans le bureau de Billy pour l'avertir de son départ et lui annoncer l'heure de son retour. Ces vieilles coutumes courtoises n'étaient plus de mise. De son fauteuil, Billy regarda l'Oldsmobile qui descendait l'allée du jardin en marche arrière. Heidi tourna la tête vers lui et l'espace d'un instant leurs regards se rencontrèrent ; celui de Billy était confus et effrayé, celui de Heidi buté et accusateur. *Tu m'as forcée à expédier notre fille au loin*, disait-il, *tu refuses de te laisser soigner, nos amis commencent à jaser. Tu as besoin d'un copilote pour ton voyage au Pays des Fondus et c'est sur moi que tu as jeté ton dévolu... Et moi je te dis merde, Billy Halleck. Merde et va te faire foutre. Si tu as envie de cuire, cuis, mais ne me demande pas de te rejoindre dans la marmite.*

Ce n'était qu'une illusion, bien sûr. Elle ne pouvait pas voir Billy, qui était bien trop en retrait dans la pénombre du bureau.

Ce n'était qu'une illusion, mais elle lui faisait mal.

L'Oldsmobile s'éloigna dans la rue. Aussitôt qu'il l'eut perdue de vue, Billy engagea une feuille de papier dans son Olivetti et il tapa : « Ma chère Heidi » au sommet de la page. Ce fut la seule partie de la lettre qui ne lui coûta aucun effort. Il rédigea la suite en peinant beaucoup. Il séchait sur chaque phrase, hanté par la terreur que Heidi ne s'en retournât avant qu'il n'ait achevé ce pensum. Quand il l'eut enfin terminé, il arracha fébrilement la dernière page de la machine et se relut à la hâte.

Ma chère Heidi,

Quand tu liras cette lettre, je serai parti. Où ? Je ne le sais pas exactement, et je ne sais pas non plus combien de temps durera mon absence, mais j'espère qu'à mon retour le cauchemar que nous sommes en train de vivre ne sera plus qu'un souvenir.

Michael Houston se trompe, Heidi. Il se trompe sur toute la ligne. Leda Rossington m'a *vraiment* dit que le vieux Tsigane (qui s'appelle Taduz Lemke, soit dit en passant) avait touché Cary. Elle m'a *vraiment* dit que la peau de Cary se couvrait d'écailles. Et Duncan Hopley était *vraiment* dévoré par une espèce d'horrible lupus... plus horrible que tout ce que tu peux imaginer.

Houston s'est bien gardé d'examiner avec un tant soit peu de sérieux les arguments logiques que j'ai invoqués à l'appui de ma thèse, et encore plus de les mettre en corrélation avec mon incompréhensible perte de poids (ce matin, je ne pesais plus que soixante-dix kilos, ce qui représente une perte nette de presque quarante kilos). Il ne peut pas se le permettre, car s'il le faisait son univers entier s'écroulerait comme un château de cartes. Il me ferait passer le reste de ma vie dans un asile plutôt que de seulement *envisager* la *possibilité* que tout cela puisse être la conséquence d'un maléfice tsigane. L'idée qu'il puisse exister quelque chose d'aussi saugrenu que des jeteurs de sorts bohémiens est inconcevable pour lui. Elle contredit tout ce en quoi il a jamais cru. Les dieux de Michael Houston ne sont pas immatériels ; ils sortent d'une petite fiole en verre.

En revanche, je suis persuadé qu'au fond de toi-même tu crois que tout cela est *peut-être* vrai. Je crois que si tu m'en veux tellement depuis une semaine, c'est en partie au moins parce que je m'obstine à croire en quelque chose que tu nies tout en sachant que c'est la vérité dans le secret de ton cœur. Tu m'accuseras sans doute de jouer les psychanalystes amateurs, mais en y réfléchissant je suis parvenu à la conclusion suivante : croire à l'existence d'un maléfice revient à croire qu'un seul de nous deux est puni pour un acte que nous avons commis ensemble. Autrement dit, ton scepticisme serait une manière de fuir ta propre culpabilité... et Dieu sait que j'ai pu souhaiter te voir subir un supplice analogue au mien, dans ce noir recoin de mon âme où la lâcheté domine tout... car qui ne veut que sa souffrance soit partagée ? Et je crois bien que nous avons tous un fond de méchanceté rigoureusement odieuse, si étroitement imbriqué avec le meilleur de nous-mêmes que nous ne parviendrons jamais à nous en défaire.

Mais il y a une autre part de moi-même qui t'aime de tout son cœur, Heidi. Et cette part de moi-même ne voudrait pas qu'il t'arrive le moindre mal. Elle est également douée de facultés intellectuelles et logiques, et c'est pour cela que je suis parti. Il faut que je retrouve ce Tsigane, Heidi. Il faut que je retrouve Taduz Lemke pour lui faire part du résultat des méditations auxquelles j'ai eu tout loisir de me livrer ces dix dernières semaines. C'est facile de rejeter la faute sur quelqu'un. C'est facile de se venger. Mais lorsqu'on regarde les choses d'un peu plus près, on ne tarde pas à s'apercevoir que les événements sont liés par une chaîne subtile de causes et d'effets, et que parfois ils se produisent quasiment d'eux-mêmes. En général, on a scrupule à l'admettre, car dans ce cas on ne peut plus se soulager en tapant sur le premier bouc émissaire qui vous tombe sous la main. Il faut trouver un autre exutoire, et ce n'est jamais aussi facile, ni aussi satisfaisant. Je veux lui dire que je n'ai pas cherché à lui nuire, et je veux le supplier de retirer son sort... à condition qu'il en ait le pouvoir, bien entendu. Mais surtout (et je viens seulement de le découvrir) je veux simplement lui demander pardon. M'excuser de ce que je lui ai fait, de ce que tu lui as fait, de ce que Fairview lui a fait. J'ai appris énormément de choses sur les Gitans, tu sais. Des choses qui m'ont en quelque sorte ouvert les yeux. Et à ce propos (je pense qu'il serait malhonnête de ma part de ne pas t'en avertir) je veux encore te dire ceci : s'il peut annuler son maléfice, si je me retrouve à nouveau avec un avenir devant moi, cet avenir n'aura pas le visage de Fairview. Fairview, j'en ai ma claque. J'en ai marre d'Andy's, marre du Country Club, marre de Lantern Drive, marre de ce sale bled pourri d'hypocrisie. Si j'ai à nouveau un avenir, j'espère que vous accepterez, toi et Linda, de le partager avec moi dans un environnement moins sordide. Si vous refusez, ou si vous ne pouvez pas vous y résoudre, je quitterai Fairview malgré tout. Si Lemke ne veut pas ou ne peut pas me tirer d'affaire, j'aurai au moins le sentiment d'avoir fait tout ce que je pouvais. A ce moment-là, je reviendrai à la maison, et je reprendrai le chemin de la clinique sans me faire prier, du moins si tu le souhaites toujours.

Si tu éprouves le besoin de montrer cette lettre à Mike Houston ou aux médecins de la clinique Glassman, ne te gêne pas surtout. Ils reconnaîtrons sûrement que la ligne de conduite que j'ai adoptée est susceptible d'avoir d'excellents effets thérapeutiques. Puisqu'ils se figurent que je me fais ça à moi-même pour me punir (ils en reviennent toujours à cette idée d'une forme neuropsychique de l'anorexie, comme s'il suffisait d'éprouver une certaine dose de culpabilité pour que votre métabolisme s'emballe et se mette à dévorer le centuple de sa ration ordinaire de calories), ils devraient logiquement conclure qu'un face-à-face avec Lemke est de nature à satisfaire définitivement mon désir d'expiation. Car il ne peut aboutir qu'à deux choses (conformément à leur logique à eux) : soit Lemke va éclater de rire et m'affirmer qu'il n'a jamais jeté de sort à personne, ce qui retirera tout fondement à mon idée fixe et la fera instantanément voler en éclats ; soit ils se diront que Lemke, décelant la possibilité d'un profit facile, prétendra faussement m'avoir ensorcelé et me vendra au prix fort un « remède » imaginaire — mais puisqu'à leurs yeux mon mal est imaginaire, un remède imaginaire devrait être ce qu'il y a de plus efficace pour le combattre !

Des détectives que j'ai engagés par l'entremise de Kirk Penschley ont retrouvé pour moi la piste des Gitans, qui suivent l'Interstate 95 en direction du nord. J'espère pouvoir les rattraper quelque part dans le Maine. S'il se produit quelque chose de décisif, je te le ferai savoir aussitôt. Sinon, je n'essayerai même pas de te joindre, mais crois-le bien, je t'aime de tout mon cœur.

Ton
BILLY

Billy glissa la lettre dans une enveloppe sur laquelle il avait griffonné le nom de Heidi et qu'il plaça debout au centre de la table de la cuisine, appuyée au plateau à condiments tournant. Ensuite il appela un taxi pour se faire conduire au bureau Avis de Westport. Il attendit le taxi debout sur l'escalier de la véranda en espérant du fond du cœur que Heidi allait arriver la première et qu'ils pourraient discuter du contenu de sa lettre.

Ce n'est que lorsqu'il fut installé à l'arrière du taxi qu'il s'avoua qu'au point où les choses en étaient arrivées une discussion avec Heidi n'aurait sans doute rien arrangé. Les échanges de vues avec Heidi appartenaient au passé, à une époque où il avait encore l'illusion de vivre au pays de cocagne... Oui, le pays où les jambons poussent sur les arbres. Le pays des Gros-Lards, quoi. Tout cela était derrière lui à présent. S'il avait encore un avenir, cet avenir était quelque part dans le Maine, au bout de l'autoroute, et il avait intérêt à se lancer à sa poursuite avant d'être réduit à l'état d'ectoplasme.

17

62 kilos

Ce soir-là, Billy fit étape à Providence. Il composa le numéro de sa firme, obtint le service des abonnés absents et dicta un message priant Kirk Penschley de bien vouloir lui expédier à l'hôtel Sheraton de Portland (Maine) toutes les photographies dont il disposait ainsi que la liste complète des véhicules des Gitans avec leurs numéros d'immatriculation et de carte grise.

L'opératrice lui relut le message sans faute, ce qui à ses yeux constituait déjà une sorte de prodige mineur, et sur ces entrefaites il se mit au lit. Le trajet de Fairview à Providence ne faisait guère plus de deux cent cinquante kilomètres, mais il était mort de fatigue. Pour la première fois depuis des semaines, il dormit d'un sommeil sans rêves, et à son réveil le lendemain matin il découvrit que la salle de bains de son motel n'était pas équipée d'un pèse-personne. Décidément, il jouissait de la faveur du ciel.

Il s'habilla en vitesse, ne ralentissant qu'une seule fois, au moment où il laçait ses souliers, tellement il était sidéré de s'entendre siffloter. A huit heures trente, il reprenait la route et dix heures plus tard il prenait une chambre au Sheraton de Portland, qui se trouvait à la sortie de la ville, en face d'un centre commercial géant. Un télégramme de Penschley l'attendait à la réception : *Information en route, mais prendra un jour ou deux cause complications.*

Eh bien bravo, se dit Billy. *Un kilo par jour, ce n'est pas le bout du monde, hein, Kirk ? En trois jours, je n'aurai perdu que l'équivalent d'un pack de six bières grand format. En cinq jours, celui d'un sac de farine de dix livres. Vous avez raison, mon vieux, rien ne presse !*

Le Sheraton de Portland était en rotonde, et sa chambre s'allongeait en pointe, comme une part de tarte. Jusqu'à présent Billy avait réussi à faire vaillamment face à la situation, mais en se retrouvant dans une chambre en forme de part de tarte il se vit au bord de l'effondrement. La route l'avait exténué, et une sourde migraine le tenaillait. Il se dit qu'il ne pourrait jamais affronter une salle de restaurant, surtout si elle s'allongeait en pointe. Il demanda donc qu'on lui apporte à dîner dans sa chambre.

Le garçon d'étage frappa à sa porte au moment précis où il sortait de la douche. Il enfila le peignoir que la direction du Sheraton avait eu l'obligeance de lui fournir (mais non sans avoir pris la précaution d'épingler à la poche un petit bristol qui disait : « POINT NE VOLERAS ») et il traversa la pièce en criant : « J'arrive ! »

Halleck ouvrit la porte — et pour la première fois il eut la déplaisante révélation de ce que les phénomènes de foire doivent éprouver. Le garçon d'étage était un adolescent de dix-huit ou dix-neuf ans, qui n'avait lui-même rien d'un Adonis. Son visage osseux et ses cheveux hirsutes lui donnaient des faux airs de chanteur punk anglais. D'abord il regarda Billy avec l'indifférence sans bornes d'un gars qui voit à chaque tour de service des centaines de bonshommes en peignoir de bain, indifférence qui se dissiperait peut-être l'espace d'un court instant lorsqu'il jetterait un œil à son pourboire. Et puis ses yeux s'agrandirent et son regard s'emplit d'un étonnement qui était bien proche de l'horreur. Ça n'avait duré qu'une seconde ; le masque d'indifférence se remit en place aussitôt. Mais Billy avait vu.

De l'horreur. C'était quasiment de l'horreur.

La stupeur était toujours là, masquée mais perceptible, d'autant qu'à présent il s'y mêlait de la fascination.

Ils restèrent un moment pétrifiés, soudés par une

espèce d'ahurissement mutuel. L'image de Duncan Hopley blotti dans la pénombre de sa douillette maison de Ribbonmaker Lane dansait dans la tête de Billy, et il rompit le charme un peu trop brutalement.

« Eh bien, vous entrez ? fit-il d'une voix coupante. Ou peut-être que vous comptez rester planté là toute la nuit ?

— Oh non, monsieur ! balbutia le garçon d'étage. Excusez-moi. »

Il avait le feu aux joues, et Billy le prit en pitié. Ce n'était ni un chanteur punk ni un pâle voyou qui s'en va faire un tour au cirque pour voir grouiller les crocodiles, juste un étudiant avec un boulot pour l'été qui avait été pris au dépourvu en tombant nez à nez avec un individu qui paraissait miné par quelque mal terrible.

Le sort que ce vieux m'a jeté me frappe par plus d'un côté, se dit Billy.

Si Billy Halleck, ci-devant citoyen de Fairview (Connecticut) avait maigri au point qu'il pourrait bientôt passer pour un phénomène de foire, ce n'était pas la faute de ce gamin. Billy le gratifia d'un pourboire d'un dollar et il le mit gentiment à la porte. Ensuite il regagna la salle de bains, se campa face au miroir et écarta lentement les pans de son peignoir, tel un exhibitionniste qui s'exerce chez lui à ses coupables pratiques. Tout à l'heure, en sortant de la douche, il avait noué la ceinture du peignoir assez négligemment, laissant à découvert la moitié supérieure de son torse, et il comprenait sans peine le choc que le garçon d'étage avait éprouvé rien qu'en apercevant cela. Avec son peignoir ouvert et l'image de son corps nu intégralement reflétée dans la glace, ça devenait encore plus évident.

Le relief de ses côtes apparaissait clairement. Ses clavicules saillaient au-dessus de profondes salières recouvertes d'une peau diaphane. Il avait les pommettes protubérantes, le sternum bulbeux, le ventre creux, le bassin horriblement noueux. Seules ses jambes, longues et encore bien musclées, avaient conservé leur aspect antérieur, qui n'avait d'ailleurs pas varié du temps qu'il était gros. Mais au-dessus de la ceinture, il était bel et bien en train de se muer en un phénomène de foire. Le vrai, l'authentique Squelette vivant.

Quarante kilos, se disait-il. *Il n'en faut pas plus pour faire sortir l'homme d'ivoire qui dort en chacun de nous. A présent, tu sais que la ligne qui sépare ce que tu as toujours perçu comme une norme immuable de cette totale absurdité est extrêmement mince. Si tu t'étais jamais interrogé là-dessus, maintenant tu as la réponse. Habillé, tu parais encore normal (enfin, à peu près), mais combien de temps faudra-t-il avant que tu t'attires des regards semblables à celui dont le garçon d'étage t'a gratifié même quand tu seras vêtu de pied en cap ? Une semaine ? Quinze jours ?*

Sa migraine avait empiré, et son appétit s'était envolé. Il toucha à peine à son dîner, dormit mal et se réveilla à l'aube. Cette fois, il ne siffla pas en s'habillant.

Il décida que Kirk Penschley et les détectives de la Barton avaient raison. Les Gitans ne quitteraient pas le littoral. Dans le Maine, en été, c'est là que les choses bougent, car la côte pullule de touristes. Ils viennent batifoler dans les eaux trop froides de l'Atlantique, se dorer au soleil (un soleil trop souvent occulté par une brume crachineuse, mais les touristes semblent l'oublier d'une année sur l'autre), se gorger de homards et de clams, s'acheter des cendriers à décor de goélands, assister aux festivals de théâtre d'Ogunquit et de Brunswick, prendre des photos des phares historiques de Portland et de Pemaquid, ou simplement s'exhiber dans les stations balnéaires « in » comme Rockport, Camden et, bien entendu, Bar Harbor.

Les touristes étaient concentrés le long du littoral, ainsi que les dollars qu'ils ne demandaient qu'à claquer. Les Gitans y seraient aussi, mais où exactement ?

Billy dressa une liste des agglomérations côtières — il y en avait une bonne cinquantaine — et il gagna le rez-de-chaussée de l'hôtel. Le barman, descendu du New Jersey pour la saison, ne connaissait rien à rien sorti d'Asbury Park, mais Billy dénicha une serveuse qui avait vécu dans le

Maine toute sa vie, connaissait le littoral comme sa poche, et était intarissable sur le sujet.

« Je cherche des gens, lui expliqua-t-il, et j'ai de bonnes raisons de croire qu'ils seront dans une station balnéaire. Mais pas un endroit trop chic, plutôt le genre... euh...

— Le genre craignosse, c'est ça ? » dit la serveuse.

Billy acquiesça de la tête, et elle examina sa liste.

« Old Orchard Beach, dit-elle. De tous les bleds craignosses de la côte, c'est celui qui craint le plus. Vu l'ambiance qui y règne jusqu'au début septembre, faudrait que vos amis aient trois têtes chacun pour ne pas passer inaperçus.

— Vous en verriez d'autres ?

— Oh, vous savez, presque toutes les villes de la côte deviennent un peu louches pendant l'été, dit la serveuse. Prenez Bar Harbor, par exemple. Tous les gens qui en ont entendu parler se figurent que Bar Harbor est un endroit très classe, très aristocrate, bourré de rupins qui se baladent en Rolls.

— Ce n'est pas comme ça ?

— Non. Frenchman's Bay, peut-être, mais pas Bar Harbor. L'hiver, c'est un patelin complètement mort où l'événement le plus palpitant de la journée est l'arrivée du ferry de dix heures trente. L'été, c'est la folie furieuse, un peu comme à Fort Lauderdale pendant le week-end de Pâques. La ville est pleine de zonards, de défoncés et de hippies sur le retour. Pour peu que le vent souffle dans la bonne direction, il suffit de se tenir debout à la sortie de la ville voisine et de respirer un bon coup pour être complètement parti, tellement il y a de joints qui tournent. Et la rue principale est un vrai carnaval jusqu'à la première semaine de septembre. La plupart des bleds que vous avez inscrits sur votre liste sont comme ça, mais Bar Harbor déménage un max, vous me suivez ?

— Très bien, dit Billy en souriant.

— Fut un temps, j'allais toujours y faire un tour en juillet ou en août, mais c'est fini tout ça. Je suis trop vieille. »

Le sourire de Billy se teinta d'un soupçon de mélancolie. La serveuse n'avait guère plus de vingt-deux ans.

Il lui donna cinq dollars, et elle lui dit qu'elle espérait qu'il passerait un été agréable et qu'il n'aurait pas trop de peine à retrouver ses amis. Billy hocha la tête, mais pour la première fois il ne se sentait pas si optimiste que ça.

« Vous permettez que je vous donne un conseil ? interrogea la jeune fille.

— Mais je vous en prie, dit Billy, croyant qu'elle voulait lui donner son avis sur le meilleur endroit par où commencer (point sur lequel il avait déjà pris sa décision tout seul).

— Vous devriez vous faire grossir un peu, lui dit-elle. Si j'étais ma mère, je vous dirais de manger des pâtes. Des quantités de pâtes. Oui, vous devriez prendre quelques kilos. »

Halleck était au Sheraton de Portland depuis trois jours lorsqu'il reçut enfin une grosse enveloppe jaune bourrée de photos et de documents automobiles. Il examina les photographies une par une. Il découvrit celle du jeune jongleur. Lui aussi se nommait Lemke. Samuel Lemke. Il fixait l'objectif avec une expression de franchise brutale que l'on sentait près d'éclater pareillement dans le rire et l'amitié que dans la colère et la haine. Il y avait aussi celle de la radieuse jeune femme qui avait joué du lance-pierres juste avant l'arrivée des flics. Elle était aussi belle que Billy l'avait pensé en l'apercevant depuis l'autre bout de la pelouse ; son imagination ne l'avait nullement abusé. Elle se nommait Angelina Lemke. Il plaça sa photo à côté de celle de Samuel Lemke. Ainsi, ils étaient frère et sœur. Étaient-ils les petits-enfants de Susanna Lemke ? Les arrière-petits-enfants du vieux Taduz ?

Il reconnut encore l'homme à la salopette, celui qui s'était mis à distribuer des prospectus. Il s'appelait Richard Crosskill. Il y avait d'autres Crosskill. Des Stanchfield. Des Starbird. Encore des Lemke. Et puis... vers le bas de la pile...

C'était bien lui. Ses yeux noirs, entourés d'un double réseau de fines rides, étaient pénétrants et sagaces. Un foulard, noué au-dessus de l'oreille gauche, lui couvrait les cheveux. Une cigarette était fichée entre ses lèvres crevassées, et son nez était une plaie béante, purulente et affreuse.

Billy fixait la photographie d'un œil hypnotisé. La physionomie du vieux Taduz lui rappelait quelque chose, mais il n'arrivait pas à mettre le doigt dessus. Tout à coup, il saisit. Taduz Lemke lui faisait penser aux vieux Géorgiens des publicités pour les yaourts Danone, ces montagnards amateurs de tabac très noir et de vodka très raide qui vivent jusqu'à des âges insensés. Cent trente, cent cinquante, cent soixante-dix ans. Un vers de la chanson de Jerry Jeff Walker, *Mister Bojangles,* lui revint soudain à l'esprit : *Et dans ses yeux j'ai vu le regard d'un autre âge...*

Oui. C'est cela qu'il voyait dans le visage de Taduz Lemke. Il avait des yeux d'un autre âge. Des yeux dans lesquels Billy lisait un savoir très profond, auprès duquel le vingtième siècle tout entier semblait une vague nuée. Il se sentit frémir.

Ce soir-là, lorsqu'il monta sur la balance de la salle de bains attenante à sa chambre en forme de part de tarte, il constata qu'il ne pesait plus que soixante-deux kilos.

18

La traque

Old Orchard Beach, avait dit la serveuse. *De tous les bleds craignosses, c'est celui qui craint le plus.* Le réceptionniste de l'hôtel formula la même opinion. Billy posa encore la question à une jeune femme qui tenait un stand d'informations touristiques à la sortie de la ville, et elle lui fit la même réponse, quoique en termes beaucoup moins colorés. Il mit donc le cap sur Old Orchard Beach, qui se trouvait à une trentaine de kilomètres plus au sud.

Arrivé à deux kilomètres de la côte, il fut pris dans un gigantesque embouteillage. Les véhicules qui avançaient pare-chocs contre pare-chocs portaient presque tous des plaques canadiennes, et la lente procession comportait beaucoup de gros camping-cars qui paraissaient assez spacieux pour abriter chacun une équipe de hockey au grand complet. La tenue vestimentaire de leurs occupants, de même que celle des piétons qui allaient et venaient sur les côtés de la route, était généralement réduite au strict minimum. Les femmes arboraient des bikinis très exigüs, les hommes des slips de bain extrêmement moulants. C'était un vaste étalage de chairs nues luisantes de crèmes et d'huiles.

Billy était vêtu d'un jean, d'une chemise blanche à col échancré et d'une légère veste en seersucker. Bien qu'il eût mis l'air conditionné à fond, la voiture était une véritable étuve, mais il était fermement décidé à ne pas se découvrir plus que ça, quitte à terminer la journée avec des chaussures pleines de sueur. Il n'avait pas oublié le regard du garçon d'étage.

La lente procession traversa des marais salants, passa devant une longue suite de baraques en planches qui abritaient des restaurants spécialisés dans les homards et les clams, puis elle se mit à serpenter à travers une zone résidentielle. Des cabanons rustiques, du type que les Canadiens appellent des *camps d'été,* s'alignaient en rangs serrés des deux côtés de la route. Chaque camp d'été comportait un minuscule bout de jardin, et la plupart des jardins étaient occupés par des gens en petite tenue, assis sur des fauteuils pliants ou allongés sur des transats. Les uns mangeaient, d'autres étaient absorbés dans la lecture de livres au format de poche, d'autres encore se bornaient à regarder d'un air bovin les véhicules qui avançaient à la queue leu leu.

Comment font-ils pour supporter la puanteur des gaz d'échappement? se demanda Billy. Peut-être qu'ils aimaient ça, au fond. Ça devait leur rappeler leur environnement habituel. Oui, c'était sans doute pour cela qu'ils restaient coincés là au lieu de se transbahuter jusqu'à la plage.

Les cabanons firent place à une succession de motels précédés de pancartes et de panneaux lumineux qui proclamaient : « ICI ON PARLE FRANÇAIS », « DOLLARS CANADIENS ACCEPTÉS », « FILMS X SUR CÂBLE À MINUIT », « OCÉAN À TROIS MINUTES » ou « BONJOUR À NOS AMIS DE LA BELLE-PROVINCE ! ».

Après les motels, le flot de véhicules s'engagea dans une artère centrale où prédominaient les boutiques de photo à « prix cassés », les magasins de souvenirs et les sex-shops. Des adolescents des deux sexes vêtus de débardeurs et de jeans découpés en shorts déambulaient le long des trottoirs. Certains flânaient paresseusement en se tenant par la main, d'autres contemplaient d'un œil vide les vitrines bourrées de godemichés et de lingeries suggestives. Des gamins montés sur des planches à roulettes louvoyaient sans entrain à travers les grappes de badauds. Halleck observait la foule avec un mélange de fascination et d'angoisse. Tout le monde était un tant soit peu trop gros. Et tout le monde — même les plancheurs — paraissait occupé à s'enfiler quelque chose dans le cornet : une tranche de pizza, un sachet de Doritos, une glace à l'italienne, du pop-corn, de la barbe à papa. Billy aperçut un gros type qui engouffrait un énorme hot-dog. Il portait une chemise blanche qui pendouillait au-dessus de son bermuda à carreaux tout avachi et des tongs de plastique bleu. Un filament blanchâtre de choucroute ou d'oignon lui dépassait du menton. Il tenait deux autres saucisses entre les doigts boudinés de sa main gauche, et cela lui donnait l'aspect d'un illusionniste qui exhibe des balles de caoutchouc rouges avant de les escamoter.

Ensuite, ils abordèrent la section Luna-Park. Les montagnes russes se découpaient en silhouette sur le ciel bleu. Un drakkar géant exécutait des demi-cercles de plus en plus rapides et ses occupants sanglés à leurs sièges poussaient des hurlements stridents. A la gauche de Billy, des flippers et des jeux vidéo tintinnabulaient et clignotaient ; à sa droite, des garçons en maillots rayés se rentraient les uns dans les autres sur une piste d'autotamponneuses. A la sortie de la salle de jeux, deux amoureux se roulaient une pelle. La fille avait passé ses deux bras autour du cou du garçon, qui lui agrippait les fesses d'une seule main. Dans l'autre, il tenait une boîte de Budweiser.

Oh oui, se dit Billy, *je suis au bon endroit. Pas de doute.*

Il gara sa voiture de location dans un parking au macadam ramolli par la chaleur et versa dix-sept dollars au préposé en échange d'un ticket valable une demi-journée. Ensuite il transféra son portefeuille de la poche-revolver de son jean à la poche intérieure de sa veste et il partit en chasse.

Il attirait tant de regards qu'il crut d'abord que son amaigrissement s'était encore accéléré, mais sa raison le rassura très vite : ce qui faisait de lui un point de mire, c'était ses vêtements, et non son apparence physique proprement dite.

Si tu paraissais sur cette même promenade en planches vêtu d'un tee-shirt et d'un maillot de bains en plein hiver, on te reluquerait de la même façon, Billy. Ne t'emballe pas. Tu accroches l'œil, c'est tout. Et tu es loin d'être le seul.

Et en effet, les visions pittoresques ne manquaient pas. Billy croisa une énorme femme en bikini noir, très bronzée et luisante d'huile solaire. Elle avait un ventre exubérant et les muscles de ses cuisses roulaient majestueusement. Elle avançait en direction de la longue plage de sable blanc, tel un paquebot sur une mer démontée, les fesses agitées par des ondulations qui évoquaient une forte houle et l'effet d'ensemble avait quelque chose de bizarrement excitant. Il vit, assis à l'ombre d'un comptoir à pizzas, un caniche grotesquement obèse et tondu qui laissait pendre jusqu'à terre une langue inerte et grisâtre. Il assista à deux pugilats. Il vit un gros goéland aux ailes mouchetées fondre brusquement du ciel pour arracher un beignet graisseux des mains d'un enfant en bas âge assis dans sa poussette.

A l'arrière-plan, les corps allongés des fanatiques du bronzage masquaient presque entièrement la blancheur de l'immense plage en croissant, blancheur que le soleil d'été faisait paraître encore plus étincelante en ce début d'après-midi. Mais la plage et l'océan qui la baignait étaient réduits à des proportions presque insignifiantes par la sourde pulsation érotique qui animait le Luna-Park avec ses meutes de badauds aux visages et aux mains barbouillés de restes d'aliments séchés, ses bonimenteurs qui s'égosillaient à qui mieux mieux (« Je devine votre poids ! » criait une voix quelque part sur la gauche de Billy « Si je me trompe, vous gagnez une poupée ! »), les grincements des wagonnets qui fonçaient sur le rail du scenic railway, les bouffées de rock tonitruant qui s'échappaient des bars.

Tout à coup, un fort sentiment d'irréalité s'empara de Billy. Il lui semblait qu'il s'était évadé de son propre corps, comme dans ces récits de désincarnation qui fleurissent chaque semaine dans les magazines d'astrologie à grand tirage. Dans sa tête, les noms de Heidi, de Penschley, de Linda, de Houston, rendaient subitement un son creux, factice, comme s'ils venaient d'être improvisés par un scénariste en mal d'inspiration. Quelque chose lui disait qu'en passant de l'autre côté du décor, il apercevrait les projecteurs, les caméras, les machinistes, et derrière eux, quelque inimaginable monde réel. L'odeur de l'océan disparaissait sous d'écœurants effluves de nourriture en décomposition. Les sons étaient étouffés, comme s'ils lui parvenaient de l'autre bout d'un très long tunnel.

Désincarnation, mes fesses, protesta une voix très faible tout au fond de lui. *Tu es au bord de l'insolation, voilà tout.*

C'est absurde, voyons. Je n'ai jamais eu d'insolation de ma vie.

Oui, mais quand on perd plus de cinquante kilos, votre thermostat se met peut-être à dérailler. Bon, alors, tu te décides à te garer du soleil où tu préfères te retrouver en train d'ânonner ton numéro d'assurance maladie dans la salle des urgences d'un hosto quelconque ?

« Ça va, ça va, tu as gagné », marmonna Billy entre ses dents, et un gamin qui passait en vidant au-dessus de sa bouche le contenu d'un sachet de Treets se retourna pour lui lancer un regard outré.

Il avisa, à quelque distance en avant de lui, la devanture d'un bar qui s'appelait The Seven Seas. Deux panonceaux étaient placardés sur la porte à l'aide de carrés de chatterton. Le premier annonçait : SALLE RÉFRIGÉRÉE, et le second : PRIX D'AMI. Billy entra.

Le bar des Sept-Mers n'était pas seulement une oasis de fraîcheur : il y régnait un calme délicieux. Une feuille de papier scotchée sur le juke-box en donnait l'explication. UN ABRUTI M'A SHOOTÉ DEDANS HIER SOIR, ET MAINTENANT JE SUIS H.S., disait-elle. Mais vu la coloration franchement pisseuse du papier et l'épaisse couche de poussière qui recouvrait la machine, Billy se dit que le « hier soir » en question devait remonter à un certain nombre d'années. La clientèle du bar, au demeurant peu nombreuse, se composait en majorité d'hommes âgés. Comme Billy, ils étaient en tenue de ville, mais contrairement à lui ils portaient presque tous des chapeaux. Quelques-uns jouaient aux dames ou au jacquet.

« Qu'est-ce que je vous sers ? demanda le barman en s'avançant vers lui.

— Une Schooner, s'il vous plaît.

— D'accord. »

Billy but la bière fraîche à petites gorgées en observant les fluctuations de la foule de l'autre côté de la vitrine du bar et en écoutant le bourdonnement feutré des conversations dans la salle. Peu à peu, ses forces lui revenaient, et son sentiment d'irréalité se dissipait. Le barman s'approcha à nouveau.

« Une autre ? proposa-t-il.

— Volontiers, dit Billy. Et j'aimerais vous toucher un mot, si vous avez une minute.

— A quel sujet ?

— Au sujet de certaines personnes qui sont peut-être passées par ici.

— Par ici ? Vous voulez dire par mon bar ?

— Non, je veux dire par Old Orchard. »

Le barman s'esclaffa.

« Toute la population du Maine et la moitié de celle du Canada passent par ici en été, mon pauvre !

— Les personnes en question sont des Bohémiens. »

Le barman poussa un grognement et il posa devant Billy une bouteille de Schooner pleine.

« Des itinérants, vous voulez dire ? La plupart des estivants qui nous envahissent l'été ne font que passer, vous savez. Moi, je n'ai pas ce genre de clientèle. La plupart de mes clients sont des résidents permanents de la localité. Tandis que ces gens-là... (Il eut un geste dédaigneux en direction de sa vitrine.) Ils font un tour de piste et ils s'en vont. Pareil que vous, tenez. »

Billy versa sa bière dans son verre en inclinant la bouteille de sorte à ne pas faire trop d'écume. Ensuite il posa un billet de dix dollars sur le comptoir.

« Je crois que nous ne nous comprenons pas, dit-il. Les gens dont je vous parle sont de vrais Gitans, d'authentiques Tsiganes. Pas des estivants, ni des touristes.

— De vrais... Ah, vous voulez sûrement parler de ces bonshommes qui campaient à côté de chez Herk's ? »

Billy sentit les battements de son cœur s'accélérer.

« Je peux vous montrer quelques photos ?

— Ça ne vous avancerait à rien, étant donné que je ne les ai pas vus moi-même. »

Son regard s'arrêta un moment sur le billet de dix dollars, puis il lança :

« Eh, Lonnie ! Viens ici une minute, tu veux ! »

Un vieillard qui était attablé du côté de la vitrine se leva et s'avança vers le comptoir d'un pas mal assuré. Il portait un pantalon de toile gris, une chemise blanche trop grande de deux pointures et un chapeau de paille à bord souple. Son visage était las, usé, mais il avait le regard vif. Il ressemblait à quelqu'un que Billy connaissait. Mais qui ? Tout à coup, ça lui revint. Ce vieux type était le portrait craché de Lee Strasberg, le fondateur de l'*Actor's Studio,* tel qu'il était apparu dans les quelques films qu'il avait interprétés juste avant de mourir.

« Voici Lon Enders, expliqua le barman. Il a une petite maison à la sortie de la ville, pas loin de chez Herk's. Rien de ce qui se passe à Old Orchard ne lui échappe.

— Je suis Bill Halleck, dit Billy.

— 'chanté », murmura le vieil homme d'une voix exsangue en prenant place sur le tabouret voisin du sien. On ne pouvait pas dire qu'il s'asseyait ; simplement, il posa ses fesses en surplomb au-dessus de la moleskine du siège et ses genoux fléchirent.

« Qu'est-ce que vous diriez d'une petite bière ? fit Billy.

— Peux pas, souffla-t-il de sa voix mourante, en projetant une bouffée d'haleine douceâtre dans la figure de Billy, qui se détourna imperceptiblement. J'ai déjà eu ma ration aujourd'hui. Le docteur m'a interdit d'en boire plus d'une par jour. J'ai les boyaux qui fonctionnent plus. Si j'étais une bagnole, je serais bon pour le tas de ferraille.

— Oh », fit Billy avec gêne.

Le barman leur tourna le dos et il entreprit de charger

son lave-vaisselle de verres sales. Enders regarda le billet de dix dollars, puis son regard se posa sur Billy.

Halleck raconta à nouveau son histoire. Le visage las et trop luisant du vieil homme avait pris une expression rêveuse et son regard se perdait dans les ombres du bar. Des tintements assourdis, qui semblaient échappés d'un rêve, leur parvenaient de la salle de jeux voisine.

« Ils étaient là, déclara Enders quand Billy en eut terminé. Ils étaient là, ça ne fait pas un pli. Des Gitans, j'en avais pas vu depuis sept ou huit ans. Et ça faisait bien vingt ans que j'avais pas vu cette bande-là. »

La main droite de Billy s'était crispée sur son verre de bière, et il se força à relâcher son étreinte, sans quoi il l'aurait peut-être brisé. Il le déposa sur le comptoir avec précaution.

« Quand ça ? Vous en êtes sûr ? Avez-vous une idée de l'endroit où ils allaient ? Est-ce que vous pourriez... ? »

Enders leva une main aussi livide que celle d'un noyé qu'on vient de remonter du fond d'un puits, et tellement diaphane que Billy eut la sensation de voir à travers elle.

« Doucement, mon ami, doucement, fit-il de sa voix murmurante. Je vais vous dire ce que je sais. »

Billy réfréna les questions qui lui montaient aux lèvres, et il se força à être patient.

« Je vais prendre le billet de dix parce que vous n'avez pas l'air d'être trop dans le besoin, mon ami », chuchota le vieil homme.

Il fourra le billet dans la poche de sa chemise, puis il se glissa le pouce et l'index de la main gauche dans la bouche pour rajuster son dentier.

« Mais j'aurais pu vous dire tout ça gratis. Bon Dieu, à mon âge y a des jours où on paierait volontiers quelqu'un pour vous écouter parler... Vous voulez bien demander à Timmy qu'il m'amène un verre d'eau fraîche ? Même cette unique bière, c'est encore de trop, je crois bien. Ça me calcine le peu d'estomac qui me reste, ah la vache ! Mais c'est dur de renoncer à tous ses plaisirs, même quand ils ne vous font plus si plaisir que ça. »

Billy héla le barman et il le pria d'apporter un verre d'eau glacée pour Enders.

« Ça va bien, Lon ? interrogea le barman en posant le verre d'eau devant lui.

— J'ai été mieux et j'ai été pire », murmura le vieil homme en saisissant le verre.

Billy crut d'abord qu'il n'aurait pas la force de le soulever, mais il parvint à le porter à ses lèvres, non sans renverser un peu d'eau en route.

« Tu es d'accord pour parler à ce type ? » lui demanda Timmy.

L'eau glacée parut avoir un effet revigorant sur Lon Enders. Il reposa son verre sur le comptoir, dévisagea Billy, puis se retourna vers le barman.

« Ma foi, faut bien que quelqu'un se dévoue, dit-il. Il n'a pas l'air aussi mal en point que moi... mais il en prend le chemin. »

Lon Enders habitait Cove Road, un quartier peuplé de retraités. Cove Road faisait partie du vrai Old Orchard, expliqua-t-il, celui que les caves ignoraient.

« Les caves ? interrogea Billy.

— La foule, mon ami. Les badauds. La bourgeoise et moi, on est venus s'installer dans ce patelin en 1946, juste après la guerre. J'en ai plus bougé depuis. C'est d'un maître que j'ai appris l'art du bonisseur. Lonesome Timmy McGhee. Il est mort depuis belle lurette. A force de gueuler, je me suis bousillé les tripes, et vous entendez le peu qu'il m'en reste. »

Il laissa échapper un gloussement à peine plus sonore qu'un souffle d'air au point du jour.

Apparemment, Enders avait connu tous ceux qui étaient associés de près ou de loin à la grande kermesse estivale d'Old Orchard : les camelots et les aboyeurs, les concessionnaires de stands et les marchands de verroterie, les débardeurs et les machinistes, les maquereautins et les banquistes. Pour la plupart, il s'agissait de résidents permanents de la localité ou de gens qui revenaient chaque année comme des oiseaux migrateurs. Ils formaient une sorte de grande famille, stable et assez fraternelle, dont les estivants ne soupçonnaient même pas l'existence.

Mais il connaissait aussi une fraction importante de ceux que Timmy le barman avait désignés sous le terme d'« itinérants ». Ceux qui faisaient une brève apparition, se livraient une semaine ou deux à leur petit commerce en profitant du tohu-bohu estival, puis s'en allaient chercher fortune ailleurs.

« Et vous n'en oubliez jamais *aucun ?* demanda Billy d'un air dubitatif.

— Oh, je ne me souviendrais pas d'eux aussi bien que ça si c'étaient jamais les mêmes d'une année sur l'autre, chuchota Enders. Mais les itinérants ne changent pas tellement. Ils ne sont pas aussi réguliers que les marchands de pizzas ou les opérateurs d'autotamponneuses, mais ils reviennent toujours sur leurs brisées. En 1957, un gars se pointe sur la promenade avec un stock de hula-hoops qu'il écoule en quelques jours. Vous le retrouvez en 1960, et cette fois il vend des montres Cartier à trois dollars la pièce. De blond qu'il était, il sera peut-être devenu brun, et il se figurera que personne ne le reconnaît. Ça doit être vrai des estivants, d'ailleurs, parce qu'ils se font estamper à nouveau. Mais nous, on le reconnaît. Les itinérants, on les reconnaît. Tout ce qui change, c'est ce qu'ils vendent, et ce qu'il vendent n'est jamais tout à fait légal.

« Pour les fourgueurs de drogue, c'est différent. Il y en a trop, et ils plongent ou ils claquent à qui mieux mieux. Et les tapineuses vieillissent trop vite. On préfère les oublier. Mais c'est de ces Tsiganes que vous vouliez que je vous parle, non ? A bien y réfléchir, de tous les itinérants, ce sont encore eux les plus anciens. »

Billy sortit la grosse enveloppe de la poche de sa veste et il étala les photographies sur le comptoir l'une après l'autre, en les disposant en éventail, comme une main de poker qu'on abat : Gina Lemke. Samuel Lemke. Richard Crosskill. Maura Starbird...

Taduz Lemke.

Celle-ci était la dernière. En l'apercevant, le vieil Enders ne put retenir une exclamation étranglée. Ensuite, faisant passer un frisson dans le dos de Billy, il s'adressa directement à la photo :

« Teddy, espèce de vieille fripouille ! » lui dit-il.

Il releva les yeux et il sourit, mais ce sourire n'abusa nullement Billy Halleck : le vieil homme avait peur.

« Il m'a bien semblé que c'était lui, dit Enders. Je n'ai vu qu'une silhouette dans la nuit, il y a de ça trois semaines. Rien qu'une silhouette dans la nuit, et pourtant j'ai pensé... non, j'ai *su* que... »

D'une main tremblante, il porta à nouveau le verre d'eau à ses lèvres. Cette fois, il aspergea le devant de sa chemise et l'eau glacée lui coupa la respiration.

Le barman s'approcha et il gratifia Billy d'un regard vindicatif. Enders leva distraitement la main pour lui signifier que tout allait bien, et il retourna à son lave-vaisselle. Enders retourna la photo de Taduz Lemke. Au verso figurait la mention : *Photo prise à Attleboro (Massachusetts), mai 1983.*

« Et il n'a pas vieilli d'un seul jour depuis que je les ai vus pour la première fois à Old Orchard, ses amis et lui, durant l'été 1963 », conclut Enders.

Ils avaient dressé leur camp derrière chez Herk's, un restaurant spécialisé dans le homard installé dans une grange à sel reconvertie, en bordure de la Route 27. Ils étaient restés quatre jours et quatre nuits. A l'aube du cinquième jour, ils n'étaient plus là. Cove Road n'était qu'à huit cents mètres de là, et Enders expliqua qu'il avait été à pied jusqu'au campement des Gitans le deuxième soir (Billy voyait mal comment ce spectre vivant aurait pu faire à pied ne fût-ce que le tour du pâté de maisons, mais il s'abstint de toute remarque). Une envie l'avait pris, dit-il, de voir ces gens, en souvenir de cette époque bénie où chacun faisait ses affaires comme il l'entendait, sans que les perdreaux viennent y fourrer leur nez.

« Je suis resté un bon moment debout sur le bord de la

route, raconta-t-il. C'était le vrai boxif là-dedans, le carnaval tsigane habituel. Plus ça change, plus c'est la même chose. Dans le temps, ils n'avaient que des tentes ; aujourd'hui ce sont des caravanes, des camping-cars et tout ça, mais ils servent exactement au même usage. Il y a une diseuse de bonne aventure. Deux ou trois vendeuses de poudres de perlimpinpin destinées aux femmes, deux ou trois hommes qui vendent la même chose version messieurs. A mon avis, ils auraient pas demandé mieux que de s'attarder un peu, mais paraît qu'ils avaient organisé un combat de chiens pour le compte de riches Québecois et que la police d'État en a eu vent.

— Un combat de *chiens ?*

— Les caves n'aiment rien tant que prendre des paris, mon ami, et les itinérants se mettent en quatre pour les satisfaire. Les combats, c'est une de leurs spécialités. Combats de chiens. Combats de coqs auxquels on fixe à la patte des éperons en acier. Des fois même on fait s'affronter deux hommes armés de petits couteaux pointus qui ressemblent à des alênes de bourrelier. Chacun des deux prend l'extrémité d'un foulard dans la bouche, et celui qui lâche le premier a perdu. Les Gitans appellent ça " une bigorne ". »

Enders fixait son reflet dans le miroir du bar et on aurait dit qu'il voyait à travers lui-même.

« C'était bien comme dans l'ancien temps, dit-il, l'air rêveur. Je sentais l'odeur de leur viande qu'ils font mariner avec des poivrons, et celle de cette huile d'olive dont ils raffolent — une huile qui sent le rance à la sortie du bidon, mais qui est douce au palais une fois cuite. Je les entendais baragouiner entre eux, j'entendais les chocs sourds d'un couteau que quelqu'un s'exerçait à lancer sur une planche. Il y avait du pain qui cuisait à la mode d'autrefois, sur des pierres chaudes.

« C'était comme dans l'ancien temps, mais moi j'avais changé. J'avais peur. A vrai dire, les Gitans m'ont *toujours* filé un petit peu les chocottes, mais autrefois ça ne m'aurait pas retenu de pénétrer dans leur camp. Enfin quoi bon sang, j'étais un homme blanc ! Dans l'ancien temps j'aurais avancé directement jusqu'à leur feu en roulant les mécaniques, et je me serais payé un coup de gnôle ou quelques cigarettes de marie-jeanne, pas tant pour la boisson ou la fumette elles-mêmes que pour les zyeuter à mon aise. Mais tout ce temps passé a fait de moi un vieil homme, mon ami. Et quand un vieil homme a peur, il ne fonce pas dans le tas comme il le faisait du temps qu'il n'avait encore que trois poils de barbe.

« Aussi je suis juste resté debout dans le noir, à mi-chemin de la Grange-à-Sel et de l'endroit où étaient garés leurs engins, à les regarder aller et venir devant le feu, à écouter leurs jacassements et leurs rires, et à humer l'odeur de leur frichti. Et puis la porte arrière d'un des camping-cars s'est ouverte. Le flanc de ce camping-car était orné d'une fresque qui représentait une Bohémienne avec un... comment on appelle ça, déjà ? Vous savez, ces chevaux blancs avec une corne au milieu du front...

— Une licorne », dit Billy, et il lui sembla qu'il ne reconnaissait pas le son de sa propre voix. Ce camping-car était une vieille connaissance. C'est à Fairview qu'il l'avait rencontré pour la première fois, le jour où les Gitans étaient venus s'exhiber sur la pelouse du jardin communal.

« Quelqu'un a passé la porte, continua Enders. Ce n'était qu'une silhouette avec le bout rougeoyant d'une cigarette à la hauteur de sa bouche, mais je l'ai reconnu. »

De son index blême, il tapota la photographie de l'homme à la tête ceinte d'un foulard.

« C'était lui. C'était votre zèbre.

— Vous en êtes sûr ?

— Il a tiré un bon coup sur sa clope et j'ai vu... ça. »

Il pointa le doigt vers ce qui restait du nez de Taduz Lemke, mais en évitant soigneusement de toucher la photo, comme s'il craignait d'être contaminé par ce simple contact.

« Vous lui avez parlé ?

— Oh non, fit Enders. Mais lui, il m'a parlé. J'étais dans l'obscurité, et il n'était même pas tourné vers moi, nom de Dieu ! “ Ta femme te manque, hein, Flash ? ” qu'il a fait. “ T'en fais pas, tu vas la rejoindre sous peu ”. Là-dessus, il a projeté son mégot au loin d'une chiquenaude et il s'est dirigé vers le feu. L'anneau qu'il porte à l'oreille a jeté une unique lueur, et il a disparu. »

Le vieil homme essuya de la paume les gouttelettes d'eau qui lui emperlaient le menton, et son regard se posa sur Billy.

« Flash, c'était comme ça qu'on m'appelait autrefois, quand je tenais mon stand de pêche au trésor au bout de la promenade, mon ami. Mais ça faisait bien vingt ans que personne ne m'avait appelé par ce nom-là. J'étais invisible dans l'ombre, et pourtant il m'a vu. Et il m'a appelé par mon ancien nom. Pour les Gitans, vous savez, chaque homme a un nom secret, et à leurs yeux, ce nom secret a énormément de valeur.

— Vraiment ? » fit Billy comme pour lui-même.

Timmy le barman s'approcha à nouveau, et cette fois il s'adressa à Billy d'une voix presque bienveillante, et en faisant comme si Enders n'était pas là.

« Il a gagné ses dix dollars, mon vieux. Laissez-le tranquille à présent. Déjà qu'il va pas fort, c'est pas votre petite discussion qui va l'arranger.

— Je vais bien, Timmy », protesta Enders.

Mais Timmy ne le regarda même pas. Il fixait Halleck avec intensité.

« Je veux que vous décampiez d'ici, lui dit-il sur ce même ton posé, presque affable. Votre tête ne me revient pas. Vous avez une gueule à porter la poisse. Les bières, c'est la maison qui vous les offre. Barrez-vous, c'est tout. »

Billy dévisagea le barman. Il éprouvait de la frayeur et une vague humiliation.

« C'est bon, dit-il. Encore une question, et je m'en vais. »

Il se retourna vers Enders.

« Où est-ce qu'ils allaient ? lui demanda-t-il.

— Ça, je n'en sais rien, répondit le vieil homme. Les Gitans partent sans laisser d'adresse, mon ami. »

Les épaules de Billy s'affaissèrent.

« Mais le lendemain, quand ils ont levé le camp, ça m'a

réveillé. Mon sommeil n'est plus ce qu'il était, et leurs guimbardes ont des échappements pourris. Je les ai vus quitter la Route 27 et s'engager sur l'autoroute en direction du nord. A mon avis, ils devaient aller sur Rockland. »

Le vieil homme exhala un soupir long et tremblant et Billy se pencha vers lui, alarmé.

« Oui, Rockland, reprit-il. Ou peut-être Boothbay Harbor. Voilà. Je n'en sais pas plus, mon ami, sauf que quand il m'a appelé Flash, quand il m'a appelé par mon nom secret, j'en ai pissé dans mon froc. La pisse m'a coulé le long de la jambe gauche et j'en ai eu plein ma tennis. »

Subitement, Lon Enders fondit en larmes.

« Allez-vous partir, à la fin ? gronda Timmy.

— Je m'en vais, dit Billy, et il joignit le geste à la parole, ne s'arrêtant que pour presser brièvement au passage l'épaule frêle du vieil homme. »

Dehors, le soleil tapait comme un marteau. L'après-midi était bien avancée maintenant, et il déclinait vers l'ouest. En détournant la tête, Billy vit sur sa gauche son ombre qui s'étirait sur le sable très blanc. Elle était noire comme de l'encre, filiforme et décharnée.

D'abord, l'indicatif local. C'était le 203.

A leurs yeux, ce nom secret a énormément de valeur.

Ensuite il composa le 555.

Je veux que vous décampiez d'ici. Votre tête ne me revient pas.

Il acheva par le 9231, et il écouta le téléphone qui se mettait à sonner chez lui, à Gros-Lards-Ville.

Vous avez une gueule à...

« Allô ? »

La voix, fébrile et un peu essoufflée, n'était pas celle de Heidi. C'était Linda. Billy, qui était étendu sur le lit de sa chambre de motel en forme de part de tarte, sentit des larmes lui piquer les yeux et il ferma les paupières. Il revoyait sa fille telle qu'elle était le soir où il l'avait emmenée faire un tour sur Lantern Drive pour lui parler de l'accident. Son vieux short à carreaux, ses longues jambes graciles.

Qu'est-ce que tu vas bien pouvoir lui dire, Billy ? Que tu as passé la journée sur une plage à dégorger des litres de sueur, que tu t'es contenté de deux bières en guise de déjeuner, et qu'en dépit d'un dîner plantureux au cours duquel tu t'es enfilé deux gros steaks, tu as perdu quinze cents grammes aujourd'hui au lieu de ton kilo habituel ?

« Allô ? »

Que tu as une gueule à porter la poisse ? Que tu regrettes de lui avoir menti, mais que tous les parents mentent ?

« Allô, il y a quelqu'un ? C'est toi, Bobby ? »

Les yeux toujours fermés, Billy articula :

« C'est moi, Linda.

— *Papa ?*

— Je ne peux pas te parler, ma chérie. *(Parce que je suis au bord des larmes.)* Je maigris toujours, mais je crois que j'ai retrouvé la piste de Lemke. Dis-le à maman de ma part. Je crois avoir retrouvé la piste de Lemke, tu t'en souviendras ?

— Papa, je t'en prie, *reviens !* »

Elle pleurait. La main de Billy se crispa sur le téléphone, et ses jointures blanchirent.

« Tu me manques ! s'écria Linda. Et cette fois, je ne la laisserai pas m'expédier ailleurs. »

Il entendit, très loin, la voix de Heidi qui disait :

« Lin ? C'est ton père, Lin ?

— Je t'aime, mon chaton, dit-il. Je vous aime toutes les deux.

— *Papa !...* »

Il y eut une succession de bruits confus, et Heidi prit le téléphone.

« Billy ? Billy, arrête ça, et rentre à la maison tout de suite ! »

Halleck reposa le combiné sur sa fourche avec beaucoup de douceur. Ensuite il se retourna sur le ventre et il enfouit sa face dans ses bras repliés.

Le lendemain matin, il quitta le Sheraton de Portland et prit au nord par l'U.S. 1, la longue autoroute qui prend naissance à Fort Kent, descend le long de la frontière du Canada jusqu'à la baie de Passamaquody, et suit la côte jusqu'à Key West, à l'extrême pointe de la Floride. Lon Enders n'avait parlé que de Rockland et de Boothbay Harbor, mais Billy voulait mettre toutes les chances de son côté. Il s'arrêtait à un poste d'essence sur trois. Il s'arrêtait chaque fois qu'il avisait une épicerie-bazar avec une véranda sous laquelle des vieux tuaient le temps en mâchonnant un cure-dent ou une grosse allumette, les fesses calées au creux d'un fauteuil en rotin. Il montrait ses photos à qui voulait les voir. Il avait converti deux traveller's chèques de cent dollars en petites coupures qu'il distribuait avec la prodigalité d'un animateur de radio qui s'efforce de sauver une émission en déroute. Les quatre photos qu'il exhibait le plus fréquemment étaient celle de Gina, dont il jugeait que la peau olivâtre et les yeux noirs langoureux étaient de nature à frapper les imaginations, celle du corbillard Cadillac reconverti, celle du minibus à la licorne — et celle de Taduz Lemke.

A l'instar de Lon Enders, les gens refusaient de prendre en main cette dernière photo. Ils évitaient même de la toucher.

Mais à part cela, ils se montrèrent coopératifs et Billy n'eut aucune peine à suivre la trace des Gitans. Ce n'étaient pas leurs plaques d'immatriculation qui les rendaient si reconnaissables, car les véhicules venus d'autres États ne sont pas ce qui manque le plus dans le Maine en été. C'étaient leur manière de se déplacer en file serrée, presque pare-chocs contre pare-chocs, les peintures pittoresques qui ornaient les flancs de leurs minibus et de leurs camping-cars, et le fait même qu'ils fussent des romanichels. Les gens que Billy interrogeait affirmaient presque tous que les femmes et les mioches s'étaient rendus coupables de menus larcins ; toutefois, ils restaient vagues sur la nature exacte des objets dérobés, et apparemment personne n'avait été jusqu'à signaler ces chapardages supposés à la police.

Mais surtout, ils se souvenaient du vieux Tsigane au nez putréfié. Il avait produit une impression indélébile sur tous les gens qui l'avaient aperçu.

Au moment où Billy s'était entretenu avec Lon Enders

au bar des Sept-Mers, les Gitans avaient trois semaines d'avance sur lui. A Falmouth, le patron d'une petite station-service crasseuse lui déclara qu'il avait fait le plein de toute la caravane, mais il ne se souvenait pas du jour exact où les Gitans avaient fait halte chez lui. Tout ce qu'il avait retenu, c'était qu'ils « cocottaient drôlement ». Billy trouvait qu'il ne sentait pas précisément la rose lui-même, mais il jugea qu'il n'aurait pas été très politique de lui en faire la remarque. En face de la station-service, il y avait une ancienne grange convertie en buvette, et le petit étudiant qui la tenait fut à même de lui fixer la date avec précision. C'était le 2 juin. Il s'en souvenait car ce jour-là il n'était venu travailler qu'à contrecœur, étant donné que c'était son anniversaire. Billy l'interrogeait le 20 juin : l'écart n'était donc plus que de dix-huit jours. Il retrouva la trace des Gitans une cinquantaine de kilomètres plus au nord, dans les environs de Brunswick, où ils avaient cherché en vain un emplacement où camper ; partout, on les avait envoyés aux pelotes. Le 4 juin, ils avaient dressé leur camp à Boothbay Harbor. Pas sur le littoral même, évidemment, mais dans un hameau de l'arrière-pays, Kenniston Hill, où un paysan avait consenti à leur louer un pré au prix de vingt dollars la nuit.

Ils n'étaient restés dans le coin que trois jours. A Boothbay Harbor, la saison d'été venait à peine de démarrer, et apparemment la pêche avait été maigre. Le paysan qui leur avait loué le terrain se nommait Washburn, et lorsque Billy lui montra la photo de Taduz Lemke, il eut un hochement de tête et esquissa un rapide signe de croix (Billy eut la nette impression qu'il faisait cela inconsciemment).

« J'ai jamais vu un vieillard aussi alerte, commenta-t-il. Je l'ai vu trimbaler des brassées de bûches que mes fils auraient même pas été fichus de soulever. »

Washburn hésita un moment avant d'ajouter :

« Il ne me disait rien qui vaille. Pas seulement à cause de son nez. Que diable, mon propre grand-père avait un cancer de la peau. Il a fini par en mourir, mais au préalable, c't' affaire-là lui avait fait un trou dans la joue, aussi gros qu'un cul de bouteille. Quand il mangeait, on voyait ses dents qui mastiquaient. Ça n'avait rien de plaisant, mais ça ne nous empêchait pas d'avoir de l'affection pour le pépé, vous comprenez ? »

Billy acquiesça de la tête.

« Mais ce bonhomme-là... non, ça, il me plaisait pas. Il avait trop l'air d'un babau. »

Billy s'apprêtait à demander la traduction de ce terme qui appartenait sans doute au patois local, mais il s'en abstint. La traduction, il la lisait dans les yeux de Washburn. Le babau, c'était la version yankee du croquemitaine, ou de l'ogre.

« J'avais pris la résolution de les envoyer promener, expliqua Washburn. D'accord, vingt dollars la nuit rien que pour ramasser quelques papiers gras derrière eux, c'était rudement bien payé, mais ils fichaient la frousse à ma femme, et je n'étais pas tellement rassuré moi-même. Donc, un matin je suis descendu au pré pour annoncer ma décision à ce Lemke car je sentais que bientôt je n'en aurais plus l'estomac, et je les ai trouvés en train de plier bagage. Ça m'a retiré un poids.

— Ils ont repris la route du nord ? interrogea Billy.

— Oui, ma foi. Je suis monté au sommet de cette colline, là-bas (il la désigna de son index tendu), et je les ai vus rejoindre l'autoroute. Je les ai suivis des yeux jusqu'à ce qu'ils aient disparu au loin et croyez-moi, j'étais bougrement heureux de les voir partir.

— Je vous crois sans peine », dit Billy.

Washburn le dévisagea d'un œil critique, et même assez soucieux.

« Venez donc jusqu'à la ferme, proposa-t-il. Je vous donnerai un verre de lait de beurre. Vous avez une toute petite mine.

— Merci, mais je voudrais arriver à Owl's Head avant le coucher du soleil.

— C'est cet homme-là que vous cherchez ?

— Oui.

— Eh bien, si vous le trouvez, je vous souhaite de ne

pas vous faire dévorer. Il m'a fait l'effet d'avoir une sacrée fringale. »

La conversation avec Washburn eut lieu le vingt et un juin (le premier jour de l'été officiel, mais les routes étaient déjà prises d'assaut par des meutes d'estivants et Billy fut contraint de parcourir une quinzaine de kilomètres vers l'intérieur des terres avant de trouver une chambre de motel). Les Gitans avaient quitté Boothbay Harbor le matin du huit.

L'écart n'était plus que de treize jours à présent.

Pendant deux jours, Billy en vit de rudes. Les Gitans paraissaient s'être évanouis dans la nature. A Owl's Head et à Rockland, stations balnéaires pourtant très fréquentées, personne ne les avait vus. Les pompistes et les serveuses regardaient ses photos et ils secouaient la tête.

Billy prit le ferry qui relie Rockland à l'île de Vinalhaven. Il n'avait jamais eu le pied marin, et il passa toute la traversée à lutter désespérément pour ne pas vomir de précieuses calories par-dessus le bastingage, mais à Vinalhaven personne ne les avait vus non plus.

Dans la soirée du vingt-trois, il appela Kirk Penschley, dans l'espoir qu'il aurait peut-être du nouveau. Penschley prit la communication, et au moment où il disait : « Comment ça va, mon petit Bill ? D'où est-ce que vous m'appelez ? », Billy perçut un bizarre double déclic.

Il raccrocha instantanément. Il transpirait. Il avait raflé in extremis le dernier bungalow libre de l'unique motel de Rockland qui n'affichait pas complet, et il savait qu'il ne trouverait vraisemblablement rien d'autre avant Bangor, mais il décida de reprendre la route sur-le-champ, quitte à finir la nuit à dormir dans sa voiture sur quelque chemin de terre. Ce double déclic ne lui disait rien de bon. C'était tout à fait le genre de son qu'on est susceptible d'entendre lorsqu'une ligne est sur écoute ou lorsque votre interlocuteur fait usage d'un de ces gadgets qui permettent de retracer l'origine d'un coup de fil.

Heidi a signé la demande d'internement, Billy.

Allons donc ! Tu parles d'une connerie !

Elle l'a signée, et Houston a signé aussi.

Tu déconnes, je te dis !

Tire-toi en vitesse, Billy.

Il se tira. Et il n'eut qu'à s'en féliciter, que ses craintes fussent fondées ou non. A deux heures du matin, tandis qu'il prenait une chambre au Ramada Inn de Bangor, il sortit ses photos (il faisait cela automatiquement à présent) et le réceptionniste fit aussitôt un signe de tête affirmatif.

« Oui, je leur ai amené ma petite amie pour qu'elle se fasse lire les lignes de la main », dit-il.

Il ramassa la photo de Gina Lemke et il roula des yeux.

« Une sacrée tireuse de lance-pierres. Et vu sa dégaine, ça devait être une sacrée tireuse tout court, si vous voyez ce que je veux dire. (Il secoua la main comme s'il avait eu les doigts mouillés.) Ma petite amie a vu les regards que je lui jetais et elle m'a traîné dehors aussi sec. »

Il s'esclaffa.

L'instant d'avant, Billy était tellement éreinté qu'il ne pouvait penser à rien d'autre qu'à un lit, mais sa torpeur s'était brusquement dissipée et une sourde crampe lui nouait l'estomac.

« Où cela ? Où étaient-ils ? Ou peut-être qu'ils sont encore... ?

— Non, ils sont partis. Ils campaient chez Parsons, mais ils n'y étaient plus la dernière fois que je suis passé dans le coin.

— Parsons ? C'est un fermier ?

— Non. Parsons est un soldeur qui avait ouvert un magasin dans un ancien entrepôt. Il s'appelait la Grange-aux-Affaires mais il a été détruit par un incendie l'an dernier. »

Le réceptionniste promena un regard embarrassé sur Billy, son sweat-shirt qui pendait lamentablement, ses pommettes proéminentes, son visage osseux au milieu duquel brûlaient des yeux incandescents.

« Euh..., fit-il. Alors, vous la voulez, cette chambre ? »

Le lendemain matin, Billy trouva l'ancienne Grange-aux-Affaires de M. Parsons. Il n'en restait plus qu'une carcasse de parpaings calcinés qui se dressait au centre d'un immense parking désert. Il traversa lentement le parking. Ses pas résonnaient sur le macadam défoncé. Le sol était jonché de détritus. Des boîtes de bière et de soda vides. Une croûte de fromage grouillante d'insectes noirs. Les dépouilles flasques de deux ballons crevés. Deux préservatifs usagés, dont l'aspect ne différait guère de celui des ballons. Une unique bille d'acier luisait dans la poussière. (« Oï, Gina ! » s'exclama dans sa tête une voix fantomatique.)

Oui, les Gitans étaient passés par là.

« Je flaire ton odeur, vieil homme », marmonna Billy entre ses dents.

Il regardait la carcasse du bâtiment ; les rectangles vides des fenêtres béaient comme des yeux morts. Il lui sembla qu'ils contemplaient avec dégoût sa silhouette décharnée d'épouvantail. L'endroit paraissait hanté, mais il n'éprouvait aucune peur. Sa colère l'enveloppait comme une armure. Elle était revenue, plus brûlante que jamais. Il était en colère contre Heidi, contre Taduz Lemke, contre ce salaud de Penschley qui prétendait être son ami et se retournait contre lui — ou ne tarderait pas à le faire.

Tout ça n'y changeait rien. Même s'il ne pouvait plus compter que sur lui-même, même s'il ne pesait plus que soixante kilos, il était encore capable de rattraper le vieux Tsigane.

Et que ferait-il lorsqu'il l'aurait rejoint ?

Bah, il verrait bien.

« Je flaire ton odeur, vieil homme », répéta Billy à voix haute.

Il se dirigea vers l'angle de la bâtisse. Un panneau portant la mention « À VENDRE » était accroché à sa façade latérale. Billy sortit son calepin de sa poche-revolver et il y nota le nom et l'adresse de l'agence.

L'agent immobilier se nommait Frank Quigley, mais il insista pour que Billy l'appelle « Biff ». Les murs de son bureau étaient couverts de photos encadrées sur lesquelles apparaissait un Biff Quigley juvénile, généralement coiffé d'un casque de football. Et le bureau lui-même s'agrémentait d'une crotte de chien en imitation bronze montée sur un socle dont l'inscription annonçait : « PERMIS DE CONDUIRE POUR FRANÇAIS. »

Biff avait loué l'entrepôt désaffecté aux Gitans avec l'accord de son propriétaire.

« Il s'est dit que ça ne risquait guère de l'amocher plus, expliqua Quigley. Et bien entendu, il n'avait pas tort. »

Quigley se laissa aller en arrière dans son fauteuil articulé. Il promenait sans trêve ses petits yeux porcins sur le visage de Billy ; ils s'attardèrent sur sa chemise qui bâillait au col et qui plissait sur le devant comme un drapeau retombé sur sa hampe. Quigley noua ses deux mains derrière sa nuque, se cambra encore un peu plus et posa les pieds sur son bureau, juste à côté de l'étron en faux bronze.

« Ça n'empêche pas que le terrain est à vendre, notez bien. Il est en pleine zone industrielle, et un jour ou l'autre quelqu'un doué d'un peu de flair va s'apercevoir que c'est une sacrée affaire. Oui, une affaire du tonn...

— Quand les Gitans sont-ils partis, Biff ? »

Biff Quigley ôta ses mains de derrière sa nuque et il se redressa. Son fauteuil émit un grincement de cochon mécanique.

« Ça vous embêterait de me dire pourquoi vous me posez cette question ? » fit-il.

Les lèvres trop minces et trop écartées de Billy Halleck se retroussèrent pour former un hideux sourire de squelette.

« Oui, Biff, ça m'embêterait. »

Quigley se renfrogna brièvement, puis il hocha la tête et se laissa de nouveau aller en arrière. Ses pieds chaussés de Dockside jaune et bleu revinrent se poser sur le bureau. Cette fois, ils étaient croisés et l'extrémité de son pied droit tapotait pensivement la crotte en bronze.

« Ça ne fait rien, Bill. C'est votre affaire, après tout. Et j'imagine que vous avez vos raisons.

— Bien », dit Billy.

Il sentait la fureur monter en lui, et il s'efforça de la réfréner. Ça ne l'aurait avancé à rien de s'emporter contre ce gougnafier dont les pompes de bateau, la coupe brushing et le grossier racisme anti-canadien lui mettaient les nerfs en pelote.

« Eh bien, puisque nous sommes d'accord...

— Cela dit, il va vous falloir allonger deux cents dollars quand même.

— Quoi ? » fit Billy, bouche bée.

Une rage formidable l'envahit, et l'espace d'un instant il fut incapable de faire un geste ou de proférer un son. Cela valait d'ailleurs sans doute mieux pour Biff Quigley, car si Billy n'avait pas été paralysé ainsi il lui aurait sûrement sauté à la gorge. Depuis qu'il maigrissait, il avait de plus en plus de mal à dominer ses impulsions.

« Pas pour les renseignements que je vais vous donner, expliqua Quigley. Ceux-là sont à l'œil. Les deux cents tickets, c'est le prix des renseignements que je ne leur donnerai pas, à eux.

— Qui... ça... *eux ?* articula Billy.

— Votre femme, dit Biff. Votre médecin, et un type qui m'a dit qu'il travaillait pour une agence d'enquêtes privées — la Barton. »

En un éclair, Billy comprit tout. La situation n'était pas aussi mauvaise que sa paranoïa le lui avait fait croire ; elle était mille fois pire. Heidi et Mike Houston étaient allés trouver Kirk Penschley et ils l'avaient persuadé que Billy Halleck était cinglé. Les détectives de la Barton cherchaient toujours la piste des Gitans pour le compte de Penschley, mais désormais ils étaient comme ces astronomes qui ne cherchent Saturne qu'afin de pouvoir observer Titan. Ou ramener Titan à la clinique Glassman.

Il imagina l'enquêteur de la Barton qui avait pris place sur cette même chaise quelques jours auparavant ; il imagina ce qu'il avait dit à Biff Quigley : qu'un individu extrêmement maigre du nom de Billy Halleck viendrait le voir sous peu, et qu'à ce moment-là il n'aurait qu'à appeler le numéro qu'il allait lui donner.

Une autre vision, plus claire encore, succéda à celle-ci. Il se vit en train de bondir par-dessus le bureau, de saisir au vol la crotte de chien en bronze et d'en user pour fracasser le crâne de Biff Quigley. Il imagina toute la scène dans ses moindres détails, avec une précision clinique : il vit le cuir chevelu de Biff qui éclatait, le geyser de sang qui en jaillissait (quelques gouttes éclaboussaient les photos encadrées), le pariétal qui cédait sous le choc, révélant la substance physique de sa crapuleuse mentalité. Puis il se vit frapper à coups redoublés pour enfoncer la crotte de chien à l'intérieur du crâne de Biff, la rendant en quelque sorte au néant dont elle était sortie.

Quigley dut lire cela, au moins en partie, sur le visage hagard de Billy, car une expression inquiète se forma sur ses traits. Il ôta précipitamment ses pieds du bureau, ses mains lâchèrent sa nuque et son fauteuil fit entendre un nouveau couinement de cochon mécanique.

« On peut en discuter, bien sûr... », commença-t-il et Billy vit que sa main manucurée esquissait un mouvement en direction de l'interphone.

Sa colère retomba d'un coup, et un grand froid s'empara de lui. Il était secoué. L'image qui venait de lui passer dans la tête n'avait rien de vague; il s'était vu écrabouillant la cervelle de ce type avec autant de réalisme que si on lui avait projeté la scène en Technicolor et son Dolby. Et ce bon vieux Biff avait parfaitement compris.

Où est-il donc, le Billy Halleck de jadis, celui qui ne manquait jamais de verser son obole à l'U.N.I.C.E.F. et qui préparait lui-même le vin chaud aux épices le soir de la Noël?

Ça c'était le Billy Halleck qui vivait au pays des Gros-Lards, répondit sa voix intérieure. *Il a mis la clef sous la porte et il s'est tiré. Sans laisser d'adresse.*

« Pas besoin de ça », dit Billy en désignant l'interphone d'un signe de tête.

La main de Quigley s'immobilisa brusquement, puis elle bifurqua vers un des tiroirs du bureau comme si ç'avait été son objectif dès le début. Biff en sortit un paquet de cigarettes.

« Je n'y pensais même pas, voyons. Vous fumez, monsieur Halleck ? »

Billy prit une cigarette, l'inspecta, puis se pencha vers le briquet que Quigley lui tendait. Dès la première bouffée, il éprouva une légère griserie.

« Merci, fit-il.

— Je n'aurais peut-être pas dû vous réclamer deux cents dollars, dit Biff.

— Mais si, vous avez bien fait », dit Billy.

Il s'était arrêté en route pour convertir en espèces trois traveller's chèques de cent dollars, car il s'était dit qu'il serait peut-être nécessaire de verser un petit bakchich. Toutefois, l'idée qu'il pourrait avoir à le faire pour une raison pareille ne l'avait même pas effleuré. Il sortit son portefeuille, en extirpa quatre billets de cinquante et les jeta sur le bureau, à côté de la crotte en bronze.

« Vous la bouclerez quand Penschley vous appellera ?

— Oh pour ça vous n'avez rien à craindre ! fit Quigley en s'emparant des billets et en les rangeant dans le tiroir où il avait pris les cigarettes.

— Je l'espère, dit Billy. A présent, parlez-moi des Gitans. »

Le récit de Quigley fut loin d'être aussi tarabiscoté que l'entrée en matière qui l'avait précédé. Il tenait en peu de mots et Halleck n'eut aucune peine à le suivre. Les Gitans étaient arrivés à Bangor le dix juin. Samuel Lemke, le jeune jongleur, et un homme qui répondait à la description de Richard Crosskill s'étaient présentés le jour même dans le bureau de Biff Quigley. Après avoir passé un coup de fil à M. Parsons et un autre au chef de la police, Quigley avait fait signer à Crosskill un bail en bonne et due forme et à très court terme, puisqu'une clause supplémentaire spécifiait qu'il devait être renouvelé toutes les vingt-quatre heures. Crosskill l'avait paraphé en sa qualité de secrétaire de la Société Taduz & Cie, tandis que le jeune Lemke montait la garde à la porte du bureau, ses bras musculeux croisés sur sa poitrine.

« Et combien avez-vous palpé en guise de dessous-de-table ? interrogea Billy.

— Pardon ? fit Quigley en haussant les sourcils.

— Vous m'avez extorqué deux cents tickets, vous en avez probablement tiré cent de mieux à ma femme et à mes amis par l'entremise de l'enquêteur de la Barton, alors je me demandais combien les Gitans avaient craché de leur côté. Vous mangez à tous les râteliers, hein, Biff ? »

Quigley resta silencieux un moment puis il poursuivit son récit sans répondre aux questions de Billy.

Crosskill était revenu deux jours de suite pour renouveler le bail. Le treize juin au matin, il s'était présenté à nouveau, mais entre-temps Biff avait reçu un coup de fil du chef de la police et un autre de Parsons. Les habitants du quartier commençaient à rouscailler, et le chef de la police jugeait qu'il était grand temps que les Gitans aillent se faire voir ailleurs. Parsons était du même avis, mais il se déclara disposé à les héberger un ou deux jours de plus à condition qu'ils acceptent de lui allonger cinquante dollars par jour au lieu des trente initialement prévus.

Crosskill avait écouté tout cela, il avait secoué la tête et il était parti sans desserrer les dents. A l'heure du déjeuner, mû par une impulsion subite, Quigley s'était rendu sur place. Il était arrivé juste à temps pour voir la caravane des Gitans s'éloigner de la carcasse calcinée de l'ancienne Grange-aux-Affaires.

« Ils allaient dans la direction du pont Chamberlain, conclut-il. C'est tout ce que je peux vous dire. Bon et maintenant, si vous vous tiriez d'ici, hein, Bill ? Pour être franc, vous me soulevez un peu le cœur. Vous avez l'air d'une pub pour un club de vacances qui organiserait des séjours au Biafra. »

Billy tenait toujours la cigarette, quoiqu'il n'ait pas tiré une seule fois dessus depuis la première bouffée. Il se pencha en avant et l'écrasa sur la crotte en bronze. Le mégot incandescent tomba sur le bureau.

« Pour être franc, dit-il, vous me soulevez le cœur aussi. »

Sa fureur l'avait repris. Il se précipita hors du bureau de Biff Quigley avant qu'elle lui ait fait commettre un faux pas, avant qu'elle ait fait parler à ses mains cet épouvantable langage qu'elles paraissaient connaître.

On était le vingt-quatre juin. Les Gitans avaient quitté Bangor par le pont Chamberlain le treize. Ils n'avaient donc plus que onze jours d'avance sur lui. Il gagnait du terrain, mais il ne les talonnait pas encore.

En arrivant à Brewer, de l'autre côté du pont Chamberlain, Billy apprit que la Route 15 était localement connue sous le nom de « route de Bar Harbor ». Apparemment, c'est donc bien à Bar Harbor qu'il allait finir par arriver. Mais il ne s'arrêterait plus pour poser des questions à des agents immobiliers et il éviterait désormais les motels de standing. Si les enquêteurs de la Barton le précédaient toujours, il n'était pas impossible que Kirk Penschley ait posté d'autres sentinelles pour l'avertir de sa venue.

Le treize juin, les Gitans avaient parcouru les soixante-dix kilomètres qui séparent Brewer d'Ellsworth, où on les avait autorisés à camper sur le champ de foire municipal. Ils y étaient restés trois jours, après quoi ils avaient traversé la Penobscot pour se rendre à Bucksport, où ils étaient également restés trois jours. Ensuite, ils avaient repris la direction du littoral.

Billy découvrit tout cela le vingt-cinq juin. Les Gitans avaient quitté Bucksport le 19 en fin d'après-midi.

Ils n'avaient plus qu'une semaine d'avance sur lui.

L'ambiance survoltée qui régnait à Bar Harbor correspondait bien à la description que lui en avait faite la serveuse du Sheraton de Portland, et Billy trouvait qu'à sa manière elle avait suggéré assez justement la monstruosité foncière de la fameuse station : *La rue principale est un vrai carnaval jusqu'à la première semaine de septembre. La plupart des bleds que vous avez inscrits sur votre liste sont comme ça, mais Bar*

Harbor déménage un max, vous me suivez ? (...) Fut un temps, j'allais toujours y faire un tour en juillet ou en août, mais c'est fini tout ça. Je suis trop vieille.

Et moi donc ! se disait Billy. Il était assis sur un banc public, vêtu d'un pantalon de toile, d'un tee-shirt aux armes de Bangor et de sa veste en seersucker qui flottait sur ses épaules osseuses. Il suçait un cornet de glace et il attirait trop de regards.

Il était épuisé. Fait alarmant, il éprouvait désormais une fatigue continuelle, sauf lorsqu'il piquait une de ses crises de rage. Ce matin-là, après avoir laissé sa voiture dans un parking, il était parti en chasse, ses photos sous le bras, et il avait revécu un moment cauchemardesque de son récent passé. Son pantalon s'était mis à glisser le long de ses hanches — ou plutôt de son absence de hanches. C'était un jean en velours mille-raies qu'il avait acheté dans un magasin de surplus, à Rockland. Il avait pris une taille trente-huit, et le vendeur lui avait fait remarquer avec un certain embarras qu'il aurait bientôt du mal à trouver des pantalons de confection à sa convenance, car s'il approchait de la pointure garçonnet pour la taille, ça ne changeait rien à sa longueur de jambes ; or, les garçonnets d'un mètre quatre-vingt-sept ne courent pas précisément les rues.

Affalé sur son banc, il suçait sa glace (à la pistache) en attendant que ses forces lui reviennent, et il s'efforçait de comprendre pour quelle raison cette charmante bourgade côtière le déprimait autant, mis à part le fait qu'il était quasiment impossible d'y trouver une place de stationnement ou d'y marcher sur les trottoirs.

Old Orchard suintait la vulgarité, mais une vulgarité qui s'étalait avec si peu de vergogne qu'elle avait quelque chose de réjouissant. On savait bien que les lots qu'on gagnait en lançant des anneaux sur des bouteilles en bois étaient en toc, que les gadgets idiots qu'on achetait dans les magasins de souvenirs se déglingueraient dès qu'on aurait franchi la limite au-delà de laquelle on n'aurait plus le courage de faire demi-tour pour aller se faire rembourser. A Old Orchard, Billy avait vu surtout des femmes mûres, presque toutes adipeuses, quand elles n'étaient pas franchement obèses. Quelques-unes arboraient des bikinis obscènes, mais la plupart portaient des maillots une-pièce surannés qui avaient l'air de reliques des années cinquante. Quand on croisait sur la promenade en planches ces créatures aux chairs tressautantes, on avait le sentiment que leurs maillots de bain étaient soumis à une pression terrible, analogue à celle que subit un sous-marin qui s'enfonce vers les grands fonds. Et que si ce miraculeux tissu aux reflets moirés cédait sous la charge, il en jaillirait des flots de graisse volcaniques.

A Old Orchard, l'air était saturé d'odeurs de pizza, d'oignon frit, de glaces synthétiques, auxquelles se mêlaient parfois les aigres relents du vomi d'un mioche qui avait mal supporté la Grande Roue. La plupart des voitures qui avançaient au pas dans les rues encombrées étaient de modèle ancien, généralement trop grosses, avec des traces de rouille au bas de leurs portières et souvent aussi des pertes d'huile.

Old Orchard puait la vulgarité, mais l'endroit dégageait une sorte de charme candide dont Bar Harbor semblait totalement dépourvu.

Bar Harbor était l'envers d'Old Orchard sous tant d'aspects que Billy avait un peu l'impression d'être passé de l'autre côté d'un miroir. A de très rares exceptions près, les femmes y étaient jeunes et paraissaient uniformément sveltes. Seules une poignée d'entre elles étaient en maillot de bain. A Bar Harbor, tout le monde était identiquement vêtu soit de tenues de tennis complètes, soit de jeans délavés surmontés de maillots marins à rayures ou de chemisettes de polo. Les voitures étaient de fabrication récente, et généralement étrangère. Il y avait surtout des Saab, des Volvo, des Datsun, des BMW et des Honda, toutes constellées d'autocollants qui portaient des slogans du genre : « ATOME ? NON MERCI », « LÉGALISEZ L'HERBE » et « U.S. HORS DU SALVADOR ». Les cyclistes pullulaient. Ils louvoyaient parmi les autos, juchés sur de luxueux randonneurs à dix vitesses, les yeux protégés par des visières en celluloïd ou des lunettes de soleil polarisées, un Walkman Sony accroché à la taille, en souriant de toutes leurs dents parfaitement régulières et blanches. Dans le bas de la ville, vers le port, une véritable forêt de mâts se dressait sur le ciel. Ce n'étaient pas de gros mâts sans couleur comme ceux des barques de pêche, mais les mâts effilés et laqués de blanc de bateaux de plaisance qui retourneraient à leur bassin de radoub à la fin de la saison d'été.

A Bar Harbor, la population estivale était juvénile, intello ; elle avait le cœur à gauche et le portefeuille à droite. Apparemment, elle était aussi du genre noctambule. Billy avait passé la nuit dans un motel de Frenchman's Bay où il avait pris la précaution de retenir une chambre par téléphone, et la cacophonie du rock qui s'échappait d'une bonne demi-douzaine de boîtes de nuit l'avait tenu éveillé jusqu'aux premières lueurs de l'aube. Le quotidien local publiait chaque matin la liste détaillée des collisions et des infractions au code de la route relevées au cours de la journée précédente. Elle était interminable et assez consternante. Presque tous les accidents étaient imputables à l'excès de boisson.

Tout en suivant des yeux les gracieuses évolutions d'un Frisbee qui volait au-dessus de la foule vêtue de tenues d'été bon chic bon genre, Billy méditait.

Tu veux que je te dise pourquoi cet endroit et les gens qui le fréquentent te dépriment tellement ? songeait-il. *Eh bien, c'est parce qu'ils sont de futurs habitants de Fairview, voilà. Leurs études une fois terminées, les garçons épouseront des filles qui auront subi à peu près en même temps qu'eux leurs premières déconvenues amoureuses et leurs premières séances d'analyse, et ils iront s'installer dans toutes les Lantern Drive d'Amérique. Ils mettront des pantalons rouges pour aller faire leur golf et profiteront du réveillon du jour de l'An pour palper les nichons des femmes de leurs copains.*

« Il y a de quoi être déprimé, pas de doute », marmonna-t-il, et un couple qui passait le regarda d'un air suspicieux.

Ils sont encore là.

Oui. Ils étaient encore là. L'idée lui était venue si

spontanément, avec une telle évidence, qu'elle ne lui parut ni surprenante ni spécialement excitante. Ils avaient une semaine d'avance sur lui, intervalle de temps qui aurait pu leur suffire à gagner le Canada ou à redescendre jusqu'en Virginie. La logique que leurs déplacements avaient suivie jusque-là excluait qu'ils se fussent attardés si longtemps, surtout dans une ville comme Bar Harbor où même les magasins de souvenirs ressemblaient à des salles de chez Sotheby's. Oui, Bar Harbor était un endroit trop distingué pour ne pas prendre rapidement ombrage de la présence d'une bande de romanichels loqueteux. Et pourtant, ils étaient encore là. Billy en était sûr.

« Je flaire ton odeur, vieil homme », murmura-t-il.

Bien entendu que tu flaires son odeur. Il veut *que tu la flaires.*

Cette idée le troubla, mais son trouble fut de courte durée. Il se leva, jeta ce qui restait de son cornet dans une corbeille à papier, et se dirigea vers le stand où il l'avait acheté. Le marchand de glaces n'eut pas l'air spécialement ravi en le voyant revenir.

« Vous pourriez peut-être m'aider, dit Billy.

— Alors là, ça m'étonnerait, dit le marchand de glaces, et Billy discerna de la répulsion dans ses yeux.

— Eh bien, je vais vous étonner », dit-il.

Il éprouvait une grande sérénité, et une sorte d'instinct prémonitoire l'avertissait qu'il était sur la bonne voie. Il lui semblait que le destin l'avait pris par la main pour le mener jusqu'à ce stand de glaces. Le marchand de glaces voulut se détourner, mais les yeux de Billy l'en dissuadèrent. Il ne se serait jamais cru capable de commander quelqu'un par la seule force du regard ; on aurait dit qu'un pouvoir quasi surnaturel lui était subitement venu. Il sortit le paquet de photographies de sa poche. A présent, l'enveloppe en était froissée, maculée de taches de sueur. Billy étala ses photos sur le comptoir du stand en les disposant comme des cartes de tarot.

Le marchand de glaces les examina, et Billy ne fut guère surpris en apercevant une lueur de reconnaissance dans ses yeux. Il n'éprouva pas non plus de joie, rien qu'une peur assourdie, voisine de la douleur qui entre en latence sous l'effet d'une anesthésie locale. Une piquante odeur de sel imprégnait l'air, et des mouettes criaillaient au-dessus du port.

« Ah, celui-là ! s'exclama le marchand de glaces en fixant d'un œil fasciné la photo de Taduz Lemke. Brrr — il me faisait froid dans le dos !

— Ils sont encore dans les parages ?

— Oui, dit le marchand de glaces. Enfin, je crois. Les flics les ont sacqués de la ville au bout de deux jours, mais ils ont loué un champ à un fermier de Tecknor. C'est le prochain village en allant vers l'intérieur des terres. Je les ai aperçus en ville. Pourtant, les flics leur flanquent des P.-V. à tour de bras. Tout leur est bon, même un feu arrière fêlé. Moi, à leur place, j'aurais vite pigé.

— Merci », dit Billy.

Il entreprit de rassembler ses photos.

« Vous voulez une autre glace ?

— Non, merci. »

Billy sentait la peur s'enfler en lui, mais la colère pointait par-dessous, sourde et palpitante.

« Dans ce cas, ça vous ennuierait pas d'aller traîner vos guêtres ailleurs ? Vous allez faire fuir ma clientèle.

— Oui, vous avez raison », dit Billy.

Il s'éloigna en direction du parking où il avait laissé sa voiture. Sa fatigue s'était envolée.

A neuf heures et quart ce soir-là, Billy rangea sa voiture de location sur le bas-côté de la Route 37 A, à quelques kilomètres au nord-ouest de Bar Harbor. Il était au sommet d'une colline, et un vent impétueux venu de l'océan lui ébouriffait les cheveux et gonflait ses vêtements. Le vent apportait jusqu'à lui les premiers flonflons du rock qui allait secouer Bar Harbor toute la nuit.

Il tournait le dos à l'océan. A sa droite, en contrebas, il apercevait les flammes vives d'un grand feu de bivouac. Le feu était entouré d'un cercle de voitures, de camping-cars et de camionnettes à l'intérieur duquel des êtres humains en formaient un second. De loin en loin, une silhouette s'approchait du feu et se détachait sur sa clarté en ombre chinoise. La rumeur des conversations, émaillées de rires intermittents, parvenait aux oreilles de Billy.

Il les avait rattrapés.

Le vieux Taduz est là-bas, dans ce campement. Il t'attend, Billy. Il sait que tu es là.

Oui. C'était l'évidence même. L'eût-il voulu, le vieux Taduz n'aurait eu aucune peine à disparaître dans la nature en entraînant sa petite tribu à sa suite, et jamais Billy Halleck n'aurait retrouvé leur trace. Mais au lieu de ça, il s'était diverti à mettre sur pied cette espèce de jeu de piste que Halleck avait suivi d'Old Orchard jusqu'ici. Il l'avait mené par le bout du nez.

A nouveau, la peur envahissait Billy, s'insinuant comme une fumée à travers tous les interstices de son être. Et ce n'étaient pas les interstices qui manquaient désormais. Mais sa rage était toujours là, elle aussi.

Il se trouve que je voulais la même chose que lui. Et je vais peut-être l'étonner. La peur, il s'y attend, sûrement. Mais la colère... elle risque de le prendre au dépourvu.

Billy se retourna vers sa voiture et il la regarda pendant un court moment. Ensuite, il secoua la tête et il descendit vers le feu à travers l'herbe haute qui tapissait le flanc de la colline.

19

Dans le camp des Bohémiens

Il s'arrêta derrière le camping-car au flanc orné de l'effigie de la Dame à la Licorne. Son ombre, longue et étroite, se perdait parmi les ombres qui dansaient au gré des fluctuations du feu. Il écoutait le brouhaha assourdi des conversations entrecoupées de rires intermittents. De loin en loin, un bourgeon éclatait dans le feu avec un bruit sec.

Non, je ne peux pas y aller. Sa raison plaidait contre avec une conviction farouche. Cette conviction n'avait pas la peur pour seul aliment ; il y entrait une part obscure de pudeur, de sens des convenances. Faire intrusion dans leur cercle, interrompre leurs conversations, troubler leur quiétude, tout cela lui paraissait aussi gênant que de perdre son pantalon au beau milieu d'une plaidoirie. Après tout, les torts étaient de son côté. C'était lui qui...

Là-dessus, le visage de Linda lui apparut. Il entendit sa voix qui l'implorait de rentrer. Il l'entendit éclater en sanglots.

Non, les torts n'étaient pas uniquement de son côté.

A nouveau, la fureur montait en lui. Il s'efforçait de la contenir, de l'atténuer, de la muer en un sentiment un peu moins stérile. Il fallait qu'il soit sévère, mais sans plus. Il s'avança, passa entre le camping-car et la station-wagon garée à côté de lui. L'herbe sèche craquait imperceptiblement sous les semelles de ses mocassins de chez Gucci. Il avait pénétré dans le cercle.

Il s'agissait plutôt de plusieurs cercles disposés concentriquement. D'abord, le cercle approximatif formé par les véhicules à l'arrêt, puis un cercle d'hommes et de femmes assis en rond autour d'un feu qui brûlait dans une excavation circulaire entourée d'une bordure de grosses pierres. Non loin du feu, on avait planté dans le sol une branche à peu près haute comme un homme, avec un carré de papier jaune empalé sur sa pointe. Billy supposa qu'il s'agissait d'un permis de feu.

Les Gitans les plus jeunes étaient assis à même le sol ou sur des matelas pneumatiques. Les plus âgés avaient pris place sur des chaises de jardin à armature d'aluminium, avec des sièges et des dossiers en plastique tressé. Il y avait une unique chaise longue, dans laquelle une très vieille femme, adossée à plusieurs oreillers superposés, collait des timbres-prime dans un livret ad hoc.

De l'autre côté du feu, trois chiens se mirent à aboyer sans trop de conviction. Un des garçons leva brusquement la tête et il écarta le côté gauche de son gilet, révélant un étui d'aisselle d'où dépassait la crosse nickelée d'un revolver.

« *Enkelt !* lui ordonna sèchement un homme plus âgé en lui retenant le bras.

— *Bodde har ?*

— *Just det — han och Taduz !* »

Debout au milieu de tous ces gens assis, avec sa veste en seersucker pendante et ses mocassins à glands, Halleck détonnait absurdement. Le jeune Gitan se leva et ses yeux se posèrent sur lui. Ils n'exprimaient pas la peur, mais l'étonnement, et Billy crut y discerner une lueur de pitié. Le garçon lui tourna le dos et s'éloigna, s'arrêtant brièvement au passage pour expédier un coup de pied à l'un des chiens en lui grognant : « *Enkelt !* » La bête émit un jappement plaintif et le concert d'aboiements stoppa brusquement.

Il est allé chercher le vieux, se dit Billy.

Il promena sur les Gitans un regard circulaire. Toutes

les conversations avaient cessé. Leurs yeux sombres étaient fixés sur lui et personne ne disait rien. *Voilà donc ce qu'on éprouve quand on perd vraiment son pantalon en plein prétoire,* se dit-il, mais en réalité il n'éprouvait rien de tel. Maintenant qu'il leur faisait face, ses émotions avaient perdu de leur acuité. La peur et la colère étaient toujours là, mais assourdies, ronflant doucement comme un feu qui couve sous la cendre.

Et il y a autre chose. Ils ne sont pas étonnés de te voir... et ton aspect ne les étonne pas non plus.

Ainsi, c'était vrai. Il n'avait rien imaginé. Il ne souffrait pas d'anorexie psychique. Il n'était pas atteint d'une forme de cancer atypique. Michael Houston lui-même se serait rendu à l'évidence en voyant leurs yeux. Ils savaient ce qui lui était arrivé, ils savaient pourquoi. Et ils savaient ce qui l'attendait.

Les Tsiganes et le squelette vivant venu de Fairview, Connecticut, se fixaient mutuellement sans mot dire. Et tout à coup, sans raison, un sourire se forma sur les lèvres de Billy.

La vieille femme aux timbres-prime poussa un gémissement et elle lui fit le signe de la main cornue, qui sert à conjurer le mauvais œil.

Des pas s'approchèrent, accompagnés d'une voix de femme qui s'exprimait avec une véhémence fébrile : « *Vad sa han ! Och plotslig brast han dybbuk, Papa ! Alskling, grat inte ! Snalla dybbuk ! Ta mig Mamma !* »

Taduz Lemke surgit dans la lumière du feu. Il était pieds nus, et portait pour tout vêtement une longue chemise de flanelle d'un gris sombre qui s'arrêtait juste au-dessus de ses genoux osseux. La belle Gina émergea des ténèbres à sa suite. Elle portait une chemise de nuit en coton qui soulignait la courbe gracieuse de ses hanches.

« *Ta mig Mamma ! Ta mig...* »

Elle aperçut Billy, debout au milieu du cercle des Gitans, avec sa veste de seersucker avachie et le siège de son pantalon qui flottait mollement sur ses cuisses. Elle tendit un bras dans sa direction et se retourna vers le vieux Taduz.

On aurait dit qu'elle allait se jeter sur lui. Les autres les observaient, impassibles et muets. Un bourgeon explosa dans le feu avec une détonation sèche, et une gerbe d'étincelles fusa vers le ciel.

« *Ta mig Mamma ! Va dybbuk ! Ta mig inte till mormor ! Ordo ! Vu'derlak !*

— *Sa hon lak, Gina* », rétorqua le vieil homme. Sa voix était aussi sereine que son visage. Il leva une main noueuse et la passa avec douceur dans l'abondante chevelure noire de la jeune femme. Jusque-là, Taduz Lemke n'avait même pas accordé un regard à Billy.

« *Vi ska stanna* », fit-il encore.

Gina se détendit imperceptiblement, et en dépit de ses formes généreuses Billy la trouva soudain extrêmement jeune. Et puis elle virevolta brusquement et lui fit face à nouveau, flamboyante et déchaînée.

« *Vous ne comprenez pas notre baragouin, pas vrai ?* lui hurla-t-elle. J'ai dit à mon arrière-grand-père que vous avez tué ma grand-mère, que vous êtes un démon malfaisant et que nous devrions vous abattre ! »

Le vieux Taduz lui prit le bras. Elle s'arracha à son étreinte et se précipita vers Billy. Ses pieds nus frôlèrent le bord du foyer. Ses longs cheveux noirs flottaient derrière elle comme un étendard.

« *Gina, verkligen glad !* » lança une voix inquiète, mais hormis cela personne ne dit rien. L'expression sereine du vieux Taduz ne s'était nullement modifiée. Il regardait Gina avancer sur Billy de l'œil indulgent d'un père qui observe les ébats d'un enfant un peu turbulent.

Elle cracha, et un énorme glaviot visqueux s'écrasa sur la joue de Billy. Un filet de glaire tiède lui coula sur les lèvres. Elle avait un goût salé de larmes. Gina rivait sur lui ses yeux immenses et noirs, et il comprit qu'en dépit de tout ce qui s'était passé, en dépit de tout le poids qu'il avait perdu, il la désirait toujours. Et elle était consciente de son désir. La flamme méprisante qui dansait au fond de ses prunelles ne laissait pas de doute à ce sujet.

« Si ça pouvait la faire revenir, je vous laisserais me

cracher dessus jusqu'à ce que je me noie, lui dit-il d'une voix étonnamment forte et assurée. Mais je ne suis pas un *dybbuk*. Je ne suis ni un démon, ni un monstre. Regardez-moi ! »

Il leva les deux bras. Le feu qui éclairait sa veste en transparence lui donnait l'aspect d'une chauve-souris blanche. Une chauve-souris d'une taille démesurée, mais extrêmement famélique. Lentement, il ramena ses bras le long de son corps.

« C'est tout ce que je suis », dit-il.

L'espace d'un instant, Gina parut indécise, presque effrayée. Son crachat, humide et visqueux, coulait encore le long de la joue de Billy, mais la lueur méprisante s'était effacée de son regard, et il en éprouva une sorte de gratitude lasse.

« Gina ! »

Samuel Lemke, le jongleur, venait d'apparaître aux côtés du vieux Taduz. Il achevait de boucler sa ceinture. Il arborait un tee-shirt à l'effigie de Bruce Springsteen.

« *Enkelt men tillrackligt !*

— Vous n'êtes qu'un salopard et un assassin ! » lança la jeune femme à Billy, sur quoi elle tourna les talons et s'éloigna dans la direction d'où elle était venue. Son frère fit mine de lui passer un bras autour des épaules, mais elle le repoussa et disparut dans les ténèbres. Le vieux Taduz se retourna pour la regarder partir. Ensuite, il se décida enfin à poser les yeux sur Halleck.

D'abord, Billy fixa la plaie purulente qui béait à la place de son nez, puis une force magnétique attira son regard vers les yeux du vieillard. Des yeux d'un autre âge ? Non, ils étaient à la fois plus et moins que cela. Ces yeux étaient un abîme ténébreux ; leur réalité foncière, c'était le vide, et non l'intelligence qui luisait à leur surface comme le reflet de la lune sur un lac noir. Un vide aussi complet, aussi insondable que celui des espaces intergalactiques.

Lemke lui adressa un signe de son doigt recourbé, et Billy contourna le feu pour s'approcher de l'endroit où se tenait le vieillard en chemise grise. Il marchait comme en rêve : c'est à peine s'il sentait le sol sous ses pas.

« Vous connaissez le rom ? » interrogea Lemke lorsque Billy parvint à sa hauteur. Il parlait d'une voix très douce et très basse, mais elle résonnait clairement dans le silence du campement, que troublait seule la crépitation du feu.

Billy secoua négativement la tête.

« En rom, le nom que nous donnons à vos pareils est *skummade igenom*. Ça veut dire " homme blanc de la ville ". »

Ses lèvres s'écartèrent, découvrant des chicots noircis par le tabac, et un plissement élargit la béance de son nez.

« Mais on pourrait le traduire aussi par *racaille ignorante*. Le son ressemble plus. »

Son regard se détacha enfin de celui de Billy. Il semblait avoir soudain perdu tout intérêt envers lui.

« Allez-vous-en à présent, homme blanc de la ville. Vous n'avez rien à faire ici. Nous n'avons rien à faire avec vous. Ce que nous avions à faire avec vous est fait. Retournez dans votre ville. »

Sur quoi il tourna les talons et s'éloigna.

Billy resta un moment pétrifié, la bouche ouverte. Il se rendait confusément compte que le vieil homme l'avait hypnotisé. Il avait fait cela avec autant de désinvolture qu'un paysan qui fourre la tête d'un poulet sous son aile pour l'endormir.

Quoi, c'est TOUT ! protesta soudain une part de lui-même. *Après toutes les routes que tu as sillonnées, toutes les rues que tu as arpentées, toutes les questions que tu as posées, tous les cauchemars que tu as endurés, après toutes ces journées, et toutes ces nuits de souffrance, c'est TOUT ce que tu vas obtenir ? Tu vas rester planté là sans dire un mot ? Tu vas le laisser retourner tranquillement dans son lit après t'avoir traité de racaille ignorante ?*

« Non, ce n'est pas tout ! » s'écria-t-il d'une voix âpre.

Quelqu'un émit une exclamation de surprise étouffée. Samuel Lemke, qui était en train de reconduire le vieux Taduz à son camping-car, sursauta et se retourna. Puis, avec un temps de retard, Taduz Lemke se retourna à son tour. Son visage exprimait une lassitude amusée, mais l'espace d'une seconde, dans la lumière dansante du feu, Billy avait cru y discerner aussi une fugace lueur d'étonnement.

Le jeune Gitan qui l'avait aperçu le premier, et qui avait repris sa place dans le cercle, esquissa à nouveau un geste en direction du revolver qu'il portait à l'aisselle.

« Elle est belle, Gina, dit Billy.

— Tais-toi, homme blanc de la ville, fit Samuel Lemke. Je t'interdis de prononcer le nom de ma sœur. »

Billy l'ignora. Il regardait le vieux Taduz.

— Qu'est-ce qu'elle est pour vous ? Votre petite-fille, votre arrière-petite-fille ?

Le vieil homme l'étudiait avec attention. On aurait dit qu'il essayait de décider s'il avait bien entendu quelque chose ou si ce n'était que le vent qui hululait au loin. A la fin, il fit mine de repartir.

« Patientez encore une minute, le temps que je vous donne l'adresse de ma propre fille », dit Billy. Il avait haussé le ton, mais pas plus qu'il n'était besoin. Son métier lui avait enseigné qu'il était inutile de crier pour conférer à sa voix une résonance impérieuse. « Elle n'est pas aussi ravissante que votre Gina, mais nous la trouvons jolie tout de même. Peut-être qu'elles pourraient entamer une correspondance pour discuter de ce qui est juste et injuste. Qu'en dites-vous, Lemke ? Vous croyez qu'elles pourront échanger leurs vues sur ce sujet une fois que je serai aussi mort que votre fille ? Qui est-ce qui finit par faire la part du juste et de l'injuste dans ces cas-là ? Les enfants ? Les petits-enfants ? Attendez, je vais vous donner son adresse. Ça ne prendra qu'une seconde. Je vais l'inscrire au dos d'une photographie de vous. J'en ai justement une sur moi. Si elles n'arrivent pas à se mettre d'accord sur la question de savoir qui a tort et qui a raison dans tout ce gâchis, elles pourront toujours se retrouver pour régler leurs comptes à leur tour, et ensuite elles repasseront le flambeau à leurs propres enfants. Qu'en pensez-vous, vieil homme ? Vous trouvez que ça a un sens ?

Plus de sens que le merdier dans lequel nous sommes actuellement ? »

Samuel Lemke entoura de son bras les épaules du vieux Taduz, mais ce dernier se dégagea et il se dirigea lentement vers l'endroit où se tenait Billy. A présent, des larmes de rage lui emplissaient les yeux. Ses mains noueuses s'ouvraient et se refermaient spasmodiquement. Les autres Gitans le regardaient en silence. Ils avaient l'air terrifié.

« Vous avez écrasé ma fille, homme blanc. Vous avez écrasé ma fille dans la rue, et maintenant vous avez le... vous êtes assez *borjade rulla* pour venir ici me rebattre les oreilles avec vos salades. Mais moi, je sais qui a fait quoi. J'ai fait ce que je devais. La plupart du temps, on courbe l'échine. On prend nos cliques, on prend nos claques et on quitte la ville. Mais il nous arrive aussi de rendre notre justice. »

Il leva une main déformée par l'arthrite à la hauteur des yeux de Billy. Tout à coup, ses doigts se crispèrent et formèrent un poing. Au bout d'un instant, des gouttes de sang en sourdirent. Un murmure s'éleva du groupe des Gitans. Il n'exprimait ni crainte ni étonnement : c'était un murmure d'approbation.

« La justice des *roms, skummade igenom* ! Les deux autres, je leur ai déjà réglé leur compte. Le juge s'est jeté par la fenêtre avant-hier soir. Il est... »

Taduz Lemke fit claquer ses doigts, puis il souffla sur son pouce comme pour éparpiller un pissenlit au vent.

« Est-ce que ça vous a rendu votre fille, monsieur Lemke ? Est-ce qu'elle est revenue quand Cary Rossington s'est écrasé sur le sol du Minnesota ? »

La bouche de Lemke se tordit.

« Je n'ai pas besoin qu'elle revienne, dit-il. La justice, ça ne sert pas à ressusciter les morts, homme blanc. La justice, c'est la justice. Partez d'ici avant que je vous colle quelque chose d'autre. Je sais ce que vous étiez en train de fricoter, votre femme et vous. Vous croyez que ça aurait pu m'échapper ? Je suis voyant. Ça fait cent ans que je vois. Demandez-leur, ils vous diront si ce n'est pas vrai. »

Les hommes et les femmes assis autour du feu firent entendre un nouveau murmure d'approbation.

« Que vous soyez voyant ou pas, je m'en fiche », dit Billy.

D'un geste très délibéré, il leva les deux bras et empoigna le vieil homme aux épaules. Venu d'on ne sait où, un rugissement de rage retentit. Samuel Lemke fit un pas en avant, mais le vieux Taduz se retourna vers lui et lui lança une brève injonction dans sa langue. Le jeune homme se pétrifia sur place. Il avait l'air déconcerté. Des expressions semblables s'étaient formées sur les traits de la plupart des autres Gitans, mais Billy n'y prit point garde ; il n'avait d'yeux que pour Lemke. Lentement, il approcha son visage de celui du vieil homme et il ne s'arrêta que quand son nez ne fut plus qu'à quelques millimètres du magma de chair spongieuse qui était tout ce qui restait de l'appendice nasal de Lemke.

« Votre justice, je me la mets au cul, gronda-t-il. La justice, ça vous connaît à peu près autant que moi les turboréacteurs. Retirez votre maléfice. »

Lemke darda sur Billy son regard noir et immobile. A nouveau, Billy perçut cet épouvantable vide au fond de ses prunelles.

« Si vous ne me lâchez pas, je le rendrai pire, dit-il. Tellement pire que ce que vous avez subi jusqu'à présent vous fera l'effet d'une bénédiction. »

Soudain, les lèvres de Billy se retroussèrent pour former son hideux sourire de squelette.

« Allez-y, fit-il. Essayez donc. Mais à mon avis, vous n'y arriverez pas. »

Le vieil homme le fixait en silence.

« Parce que je vous ai aidé à le faire fonctionner, dit Billy. Sur ce point-là, au moins, ils avaient raison. Il y a une complicité entre le jeteur de sort et sa victime. On a tous marché dans la combine — Hopley, Rossington et moi. Mais je passe la main, vieil homme. D'accord, ma femme était en train de me faire une branlette dans ma grosse bagnole de rupin, et votre fille a surgi d'entre deux voitures à l'arrêt juste à ce moment-là. Elle s'est lancée sur la chaussée n'importe comment, et techniquement elle était en infraction. Les torts étaient partagés. Elle est morte, et ma vie ne sera plus jamais comme avant. Moi, ça me paraît équitable. Nous avons fait match nul, vieil homme. Il est temps d'arrêter la partie. »

Quand Billy s'était mis à sourire, une lueur de crainte avait brièvement vacillé dans le regard du vieux Lemke, mais la colère avait vite repris le dessus. Elle était là à nouveau, rigide et implacable.

« Je ne le retirerai *jamais,* homme blanc de la ville, dit-il farouchement. Sur mon lit de mort, je te maudirai encore. »

Billy approcha encore son visage de celui de Lemke, si bien qu'à la fin leurs fronts se touchèrent. Il sentait l'odeur du vieil homme, une odeur de toiles d'araignées et de tabac froid, à laquelle se mêlaient de vagues relents d'urine.

« Dans ce cas, faites-le empirer, dit-il. Allez-y. Rendez-le tellement pire que j'aurai l'impression que vous m'aviez béni la première fois, comme vous l'avez dit. »

Lemke le fixa longuement sans mot dire. Billy comprit que cette fois, il l'avait piégé. Tout à coup, le vieil homme se retourna vers Samuel.

« *Enkelt av lakan och kanske alskade ! Just det !* »

Samuel Lemke et le jeune Gitan qui portait un revolver sous son gilet se précipitèrent sur Billy et ils le tirèrent brutalement en arrière. La poitrine maigre du vieux Taduz haletait fortement, et ses cheveux clairsemés étaient ébouriffés.

Il n'a pas l'habitude qu'on le touche — ni qu'on lui parle durement, se dit Billy.

« On a fait match nul, vous m'entendez ! » s'écria-t-il tandis que les deux garçons l'entraînaient.

Les traits de Taduz Lemke se convulsèrent. Soudain, il paraissait âgé d'au moins trois cents ans. Il avait l'air d'un horrible vieux spectre.

« *Pas de match nul !* vociféra-t-il en brandissant le poing. *Je ne reviendrai pas en arrière ! Tu mourras maigre, homme blanc ! Tu mourras comme tu es !* »

Il joignit ses deux poings serrés, et Billy éprouva une violente douleur au côté, comme s'il avait été pris entre eux. Une force terrible lui comprimait les boyaux, et il en eut le souffle coupé.

« *Tu mourras maigre !*

— Match nul, répéta Billy en retenant un hoquet.

— *Pas de match nul !* » glapit le vieux Taduz d'une voix stridente. Il était dans une telle fureur que des veinules avaient éclaté sur ses joues, formant un lacis de stries écarlates.

« Sortez-le d'ici ! » ordonna-t-il.

Les deux jeunes Gitans le tirèrent en arrière, et le cercle s'écarta pour leur livrer passage. Le vieux Taduz les observait, les mains sur les hanches, le visage figé dans une impassibilité de pierre.

« Avant qu'ils m'emmènent, j'ai encore une chose à vous dire, vieil homme ! » cria Billy. En dépit de la douleur qui vibrait sourdement dans ses flancs, sa voix était forte, calme, presque joyeuse.

« Sachez que ma malédiction va s'abattre sur votre famille. La malédiction des hommes blancs de la ville. »

Il lui sembla que les yeux de Lemke s'écarquillaient imperceptiblement. Du coin de l'œil, il vit que la vieille femme aux timbres-prime pointait pour la deuxième fois vers lui une main dont l'index et l'auriculaire tendus dessinaient la forme d'une corne.

Les deux jeunes Gitans cessèrent momentanément de le traîner, et Samuel Lemke émit un rire bref et incrédule. Il est vrai que la vision d'un bourgeois prospère de Fairview, Connecticut, en train de jeter un sort au plus vieux Bohémien d'Amérique avait quelque chose de burlesque. Deux mois plus tôt, Billy lui-même eût sans doute trouvé cela désopilant.

Taduz Lemke, lui, ne riait pas.

« Vous croyez que les hommes de mon espèce n'ont pas le pouvoir d'ensorceler ? » interrogea Billy. Il leva ses mains décharnées, les plaça paume en avant des deux côtés de son visage et en écarta lentement les doigts. Il avait l'air d'un présentateur d'émission de variétés qui fait taire les applaudissements.

« Ce pouvoir, nous l'avons. Nous sommes d'excellents jeteurs de sorts quand nous nous y mettons. Ne m'obligez pas à m'y mettre. »

Il y eut un mouvement derrière le vieux Taduz. Billy entrevit une chemise de nuit blanche et des cheveux aile-de-corbeau.

« Gina »! s'écria Samuel Lemke.

La jeune femme surgit dans la zone éclairée. Billy la vit lever son lance-pierres, tirer l'élastique en arrière et le relâcher d'un seul geste précis et sûr, comme un dessinateur qui tire un trait d'un coup de crayon expert. Il lui sembla discerner le sillon lumineux que la bille d'acier traçait dans l'air nocturne, mais c'était probablement pure imagination de sa part.

Il eut la sensation qu'une pointe de verre effilée s'enfonçait dans sa main gauche. La douleur était cuisante mais ténue, et elle s'effaça presque aussitôt. Il entendit la bille d'acier que Gina venait de tirer ricocher avec un *zing !* sonore sur le flanc d'une camionnette. Au même instant il s'aperçut qu'il ne voyait plus le visage convulsé de la jeune femme à travers ses doigts écartés, mais à travers sa main elle-même. Il avait un trou, petit et bien net, au centre de la paume.

Elle m'a tiré dessus, bon Dieu ! se dit-il. *Elle l'a vraiment fait !* Un filet de sang lui coulait le long du poignet, imbibant lentement la manche de sa veste en seersucker. Dans la lueur du feu, il semblait noir comme du goudron.

« *Enkelt !* lui cria Gina d'une voix perçante. Fiche le camp d'ici, *eyelak !* Fiche le camp d'ici, sale assassin ! »

Elle jeta son lance-pierres à terre. Il atterrit à la bordure du feu. On aurait dit un bréchet de poulet avec un bandeau de borgne entortillé autour. Gina tourna les talons et elle s'enfuit en poussant des cris stridents.

Personne ne fit le moindre geste. Les hommes et les femmes assis autour du feu, les deux garçons, le vieux Taduz et Billy étaient figés dans une immobilité de statues.

Une portière claqua, et les hurlements de Gina perdirent de leur intensité. Billy n'éprouvait toujours pas de douleur.

Soudain, d'un geste qu'il n'avait nullement prémédité, il tendit vers Taduz Lemke sa main ensanglantée. Le vieil homme eut un mouvement de recul et il lui adressa le signe de la main cornue. Billy crispa les doigts et forma un poing pareil à celui que lui avait présenté le vieux Lemke tout à l'heure. Un poing qui saignait.

« La malédiction de l'homme blanc est sur vous, monsieur Lemke. Les livres de sorcellerie n'en parlent pas, mais croyez-moi, elle existe ! »

Le vieil homme glapit quelque chose en rom. Billy se sentit brutalement tiré en arrière, et ses pieds quittèrent le sol.

Ils vont me jeter dans le feu ! Oh bon Dieu ils vont me faire griller vif !

Au lieu de quoi ils lui firent traverser le cercle (les Gitans s'écartaient si précipitamment sur son passage que certains tombèrent de leurs chaises), et ils le portèrent hors du camp en le faisant passer entre deux vieux camions à plate-forme convertis en camping-cars. Dans l'un des deux, une télé grésillait, et Billy saisit au vol quelques bribes de rires préenregistrés.

Le garçon au revolver poussa un grognement. Billy fut deux fois secoué comme un sac de grain (un sac de grain nettement moins lourd que la moyenne), puis se sentit propulsé dans le vide. Il s'écrasa au sol avec un choc sourd. Il était étalé dans l'herbe, de l'autre côté du cercle de véhicules. Cet atterrissage sans douceur lui fit beaucoup plus mal que le percement de sa paume. Il n'avait plus aucun rembourrage de chair pour amortir le choc, et il sentit ses os s'entrechoquer comme des piquets entassés en vrac sur un vieux camion bringuebalant. Il tenta de se relever, mais sans succès. Des phosphènes aveuglants dansaient devant ses yeux. Il gémit.

Samuel Lemke s'avança jusqu'à lui. Son beau visage était d'une froideur marmoréenne. Il plongea une main dans la poche de son *Levi's* et en sortit un objet mince et noir que Billy prit d'abord pour un petit bâton. Il ne comprit que c'était un couteau que lorsque le jeune Lemke en déplia la lame.

Billy leva sa paume ensanglantée, et Samuel Lemke suspendit son geste. Maintenant son visage avait une expression que Billy connaissait bien pour l'avoir vue si souvent en se regardant dans la glace. Samuel Lemke avait peur.

Son compagnon lui marmonna quelque chose.

Un moment encore Lemke resta en suspens au-dessus du corps étendu de Billy. Puis il replia son couteau et lui cracha dessus. L'instant d'après les deux jeunes Gitans s'effacèrent de son champ de vision.

Longtemps, il resta allongé sur l'herbe, le visage tourné vers le ciel obscur. Il s'efforçait de reconstituer les événements dramatiques qu'il venait de vivre, de leur trouver un sens. Mais il se rendit vite compte que ses vieux réflexes d'avocat ne lui seraient d'aucun secours dans de telles circonstances. Sa main racontait toute l'histoire. Elle l'élançait de plus en plus, et il devinait que sous peu elle le ferait atrocement souffrir. A moins bien sûr que les Gitans ne se ravisent et qu'ils ne reviennent sur leurs pas pour abréger ses souffrances d'une manière aussi radicale que définitive.

Cette pensée le tira de sa léthargie. Il se retourna sur le ventre, ramena ses genoux sur son abdomen et resta un moment dans cette position, la joue gauche appuyée contre l'herbe froissée, l'arrière-train soulevé, tandis qu'une grande vague de nausée déferlait en lui. Quand son étourdissement lui eut passé, il se hissa péniblement debout et il entreprit de gravir le flanc de colline au sommet duquel il avait laissé sa voiture. A deux reprises, il s'écroula. La seconde fois, il crut qu'il n'arriverait jamais à se remettre debout. Et puis il eut la vision de Linda paisiblement endormie dans son lit, et il se redressa tant bien que mal. Sa main le torturait à présent; sa blessure palpitait, et la pulsation irradiait sur l'avant-bras, remontant rapidement vers le coude.

Au bout de ce qui lui parut une éternité, il parvint enfin à l'endroit où il avait laissé la Ford de location. Il se fouilla à la recherche des clés. Elles étaient dans la poche gauche de son pantalon, et il dut se contorsionner pour les repêcher de la main droite.

Il mit le contact et il s'accorda un bref répit. Sa main transpercée, posée sur sa cuisse gauche, la paume en l'air, avait l'air d'un oiseau blessé. Il laissa errer son regard sur le cercle de véhicules et la lumière du feu qui scintillait en son milieu, et deux vers d'une ancienne chanson lui flottèrent dans la tête : *Elle dansait autour du feu sur un air tsigane. Et ses hanches ondoyantes enchantaient mon âme...*

Lentement, il souleva sa main gauche et la plaça devant son visage. La lueur verdâtre et phosphorescente du tableau de bord de la Ford passait à travers le trou de sa paume.

Pour un enchantement, c'en est un, se dit-il en embrayant. Avec un détachement presque clinique, il se demanda s'il aurait la force de rouler jusqu'au motel de Frenchman's Bay.

Fait extraordinaire, il y parvint.

20

53 kilos

« William ? Qu'est-ce qui vous arrive ? »

Quand Ginelli avait décroché, sa voix était épaissie par le sommeil et il y perçait une pointe d'irritation, mais à présent elle était franchement alarmée. Billy avait trouvé son numéro personnel dans son carnet d'adresses, juste au-dessous de celui du restaurant Three Brothers. Il l'avait composé sans trop d'espoir, persuadé qu'il aurait changé au bout de toutes ces années.

Sa main gauche, enveloppée d'un mouchoir, reposait au creux de ses cuisses. Elle s'était muée en une espèce de radio qui émettait des ondes de douleur dont la puissance devait avoisiner les cinquante mille watts. Au moindre mouvement, la douleur se propageait le long de son bras avec une rapidité fulgurante. De grosses gouttes de sueur lui perlaient au front, et des visions de crucifixion lui passaient et lui repassaient dans la tête.

« Je m'excuse de vous déranger chez vous, Richard, dit-il. Surtout à une heure pareille.

— Faites pas chier avec ça, dites-moi plutôt ce qui ne va pas.

— Eh bien, mon problème immédiat est que j'ai eu la main perforée par... (Il se tortilla légèrement dans son siège, et un brusque élancement le fit grimacer.)... par une bille d'acier. »

Il y eut un silence à l'autre bout de la ligne.

« Je sais bien que ça paraît drôle, mais c'est la vérité. C'est une femme qui m'a fait ça. Elle m'a tiré dessus avec un lance-pierres.

— Bon Dieu ! Mais qu'est-ce que... »

Une voix de femme posa une question à l'arrière-plan. Ginelli lui répondit par quelques brèves paroles en italien, puis il revint en ligne.

« Vous êtes sérieux, William ? Une gonzesse vous a troué la main avec un lance-pierres ?

— Je ne réveille pas les gens à... (Il consulta sa montre et la douleur lui fulgura à nouveau le long du bras.)... à trois heures du matin pour leur raconter des blagues. Je voulais attendre une heure un peu plus décente pour vous appeler, mais la douleur... (Il éclata d'un petit rire piteux, qui sonnait comme un geignement.) La douleur est vraiment trop atroce.

— Est-ce que c'est en rapport avec ce que vous m'avez dit l'autre jour au téléphone ?

— Oui.

— Les Gitans ?

— Oui, Richard.

— Bon, eh bien je vous promets qu'à partir de dorénavant ils ne vous emmerderont plus.

— Écoutez Richard, je ne peux pas aller chez un médecin avec ce truc-là et je... ça ne va vraiment pas fort. (*Billy Halleck, en matière de litote, tu ne crains personne !* songea-t-il.) Vous ne pourriez pas m'envoyer quelque chose, un antalgique quelconque ? Par messager exprès, peut-être ?

— Vous êtes où ? » demanda Ginelli.

Billy eut une brève hésitation, puis il secoua la tête. Les gens sur qui il croyait pouvoir compter s'étaient tous convaincus qu'il travaillait du chapeau. Sa femme et son employeur avaient pris ou prendraient sous peu des dispositions pour obtenir des autorités de l'État du Connecticut un ordre d'internement administratif à son encontre. A présent, il se trouvait placé devant une alternative très simple, et d'une merveilleuse ironie : ou bien il décidait d'accorder sa confiance à ce caïd de la drogue qu'il n'avait pas vu depuis six ans, ou bien il jetait définitivement l'éponge. Il ferma les yeux et dit :

« Je suis à Bar Harbor, dans le Maine. Motel de Frenchman's Bay, bungalow trente-sept.

— Une seconde. »

Pour la deuxième fois, la voix de Ginelli s'éloigna du téléphone. Les yeux toujours fermés, Billy l'entendit proférer un flot de paroles volubiles et indistinctes en italien. A la fin, il revint en ligne.

« J'ai chargé ma femme de passer une série de coups de fil, expliqua-t-il. En ce moment même, des habitants de Long Island se font tirer de leur lit à cause de vous, *paisan*. Ça vous fait plaisir, j'espère.

— Richard, vous êtes un gentleman », dit Billy.

Il avait la voix pâteuse et gutturale. Il se racla la gorge. Il était glacé, et il avait les lèvres sèches. Il voulut les humecter, mais sa langue était sèche aussi.

« Ne vous agitez pas surtout, dit Ginelli, d'une voix pleine de sollicitude. Il faut rester tranquille, vous m'entendez ? Enveloppez-vous dans une couverture si vous voulez, mais c'est tout. On vous a tiré dessus. Vous avez subi un choc.

— Sans blague ? ricana Billy. Ça fait deux mois que je suis en état de choc, figurez-vous.

— Hein ? Mais de quoi parlez-vous ?

— Ça ne fait rien, allez.

— Bon, mais faudra qu'on taille une petite bavette, tous les deux.

— D'accord.

— Je... Une minute, vous voulez bien. »

Il y eut un nouvel échange de paroles en italien, lointain et feutré. Billy ferma les paupières et il se concentra sur les ondes de douleur qui irradiaient de sa main esquintée. Au bout d'un moment, Ginelli reprit le téléphone.

« Un gars va venir vous voir. Il vous donnera de quoi vous soulager. Il est...

— Écoutez, Richard, il ne faut quand même pas que ça devienne...

— Ne me dites pas ce que j'ai à faire, William. Contentez-vous de m'écouter. Il s'appelle Fander. Il n'est pas médecin, mais il l'a été. Il va vous examiner, et il verra si vous avez besoin d'antibiotiques en plus des calmants. Il sera là avant le lever du jour.

— Richard, je ne sais pas comment vous remercier », dit Billy. De grosses larmes coulaient sur ses joues. Il les essuya distraitement du dos de sa main droite.

« Bien sûr que vous ne savez pas, dit Ginelli. Vous n'êtes pas italien. N'oubliez pas de rester tranquille, hein, William ? »

Fander arriva un peu avant six heures. C'était un homme de petite taille, aux cheveux prématurément blancs. Il tenait à la main une trousse de médecin d'un modèle désuet. Il promena un long regard sur le corps squelettique de Billy puis, sans rien dire, il ôta délicatement le mouchoir qu'il avait entortillé autour de sa main blessée. Billy se couvrit la bouche de son autre main pour étouffer un cri.

« Levez-la, s'il vous plaît », dit Fander.

Billy obtempéra. Sa main était sérieusement enflée, et la peau en était tendue et luisante. L'espace d'un instant, les deux hommes se dévisagèrent à travers le trou de sa paume. Il était parfaitement rond, et entouré d'une fine auréole de sang noir. Fander sortit un otoscope de sa trousse et il s'en servit pour examiner la plaie.

« Elle est très nette, dit-il. Si le projectile était une bille d'acier, les risques d'infection sont minimes. Il en aurait été tout autrement avec une balle en plomb. »

Il se tut et prit un air méditatif avant d'ajouter :

« A moins qu'elle n'ait été empoisonnée, bien sûr.

— Quelle idée réconfortante, croassa Billy.

— Je ne suis pas payé pour réconforter les gens, dit Fander d'une voix glaciale. Surtout quand on me tire du lit au beau milieu de la nuit et que je suis forcé de me changer à bord d'un avion léger qui fait des cabrioles à trois mille mètres d'altitude. Vous êtes sûr qu'il s'agissait d'une bille d'acier ?

— Certain.

— Dans ce cas, vous n'avez probablement rien à craindre. C'est difficile d'imprégner une bille d'acier de curare, comme les Jivaros le font avec leurs flèches en bois. Et si cette femme a fait cela sur un coup de tête, comme vous le dites, elle n'a sûrement pas pris le temps de badigeonner son projectile d'un produit quelconque. Votre blessure devrait se cicatriser sans problème. »

Il sortit de sa trousse un flacon de désinfectant, des compresses de gaze et un rouleau de pansement.

« Je vais panser la plaie, et ensuite je la banderai. Ça va vous faire un mal de chien, mais croyez-moi, si je ne vous mettais pas de pansement, vous finiriez par avoir beaucoup plus mal que ça. »

A nouveau, il promena un long regard sur le corps de Billy. Il n'y avait pas trace de compassion dans ses yeux. Ils étaient froids, calculateurs. Ce n'étaient pas des yeux de médecin, c'étaient des yeux de maquignon. Ou d'avorteur.

« Si vous ne recommencez pas à vous alimenter normalement, cette main sera bientôt le cadet de vos soucis », fit-il observer.

Billy ne dit rien.

Fander l'étudia quelques instants encore, puis il se mit en devoir de panser sa blessure. A ce stade, Billy eût été incapable de parler même s'il l'avait voulu. Les ondes de douleur s'étaient brusquement intensifiées ; la puissance de l'émetteur était passée d'un coup de cinquante mille à deux cent cinquante mille watts. Il ferma les yeux, serra les dents et prit son mal en patience.

Quand ce fut enfin terminé, Billy reposa sa main bandée au creux de ses cuisses. Elle battait douloureusement. Fander s'était remis à farfouiller dans sa trousse.

« Vous êtes dans un état de dénutrition avancé, et ça rend l'administration d'anti-inflammatoires assez problématique, expliqua-t-il. Vous allez en endurer nettement plus que ça aurait été le cas si vous pesiez un poids normal. Je ne peux pas vous prescrire de sédatifs, même légers. Ils pourraient déclencher un coma ou des accès de tachycardie. Combien pesez-vous, monsieur Halleck? Cinquante-cinq kilos?

— A peu près », marmonna Billy.

Il y avait une balance dans la salle de bains, et il s'était pesé avant de partir pour le camp des Gitans. Il supposait que c'était une manière perverse de se donner du cœur au ventre. La balance avait indiqué 53 : 50 kg. A force de courir en tous sens sous un soleil de plomb, son amaigrissement s'était encore accéléré.

Fander hocha la tête et il fit la moue.

« Je vais vous donner de l'Empirine, dit-il. C'est un antalgique assez efficace. Ne prenez qu'un comprimé à la fois. Si au bout d'une demi-heure vous constatez que vous n'éprouvez pas de torpeur et que votre main vous fait toujours autant souffrir, vous pourrez en prendre un demi de plus. Continuez comme cela pendant trois ou quatre jours. (Il secoua la tête.) Quand je pense qu'on m'a fait parcourir près de mille bornes en avion rien que pour donner un flacon d'Empirine à quelqu'un. C'est insensé. La vie est parfois bien tortueuse. Cela dit, vu votre état, même l'Empirine pourrait s'avérer dangereuse. C'est peut-être de l'aspirine à usage infantile qu'il vous faudrait. »

Il sortit un deuxième flacon de sa trousse. Il était plus petit que le premier et ne portait aucune étiquette.

« C'est de l'auréomycine, dit-il. Vous en prendrez un comprimé toutes les six heures. Toutefois, et j'attire votre attention sur ce point, monsieur Halleck, si jamais vous êtes pris de diarrhée, il faudra immédiatement cesser de prendre cet antibiotique. Dans votre état, la diarrhée est infiniment plus redoutable qu'une éventuelle infection de votre blessure. Elle serait même susceptible de vous tuer. »

Il referma sa trousse et il se leva.

« Un dernier conseil, qui n'a rien à voir avec vos aventures dans les campagnes du Maine. Procurez-vous le plus rapidement possible des comprimés de potassium et prenez-en deux par jour. Un au saut du lit, et l'autre au coucher. Vous en trouverez dans n'importe quel drugstore, au rayon des vitamines.

— Pourquoi ?

— Si vous continuez à maigrir, vous finirez par être victime d'accès de tachycardie, même sans prendre aucune drogue. Ces ruptures du rythme cardiaque sont dues à la carence en potassium. C'est probablement ce qui a tué Karen Carpenter. Au revoir, monsieur Halleck. »

Fander ouvrit la porte du bungalow. Il resta un moment sur le seuil, la face tournée vers l'océan. La pâle lumière de l'aube nimbait ses cheveux blancs d'un faible halo. Le ressac résonnait très fort dans le silence.

« Si c'est une grève de la faim, vous feriez mieux de l'interrompre, monsieur Halleck, dit-il sans se retourner. L'univers n'est qu'un grand tas de fumier, je vous l'accorde. Mais il y a tout de même de belles choses. »

Il se dirigea vers une voiture garée en face de l'entrée principale du motel. C'était une Chevrolet bleue, dont le moteur tournait au ralenti. Fander monta à l'arrière et la voiture démarra.

« Je ne demande pas mieux que de l'interrompre, moi ! lança Halleck à la voiture qui s'éloignait. Je fais tout ce que je peux pour ça ! »

Il referma la porte et retourna lentement vers son fauteuil. Les flacons de médicaments étaient posés sur le guéridon, à côté du fauteuil. Il les regarda en se demandant comment il allait faire pour les déboucher d'une seule main.

21

Ginelli

Billy se fit apporter un déjeuner consistant. Il n'avait jamais eu aussi peu faim de sa vie, mais il n'en laissa pas une miette. Jugeant que le sandwich-club au dindonneau, la portion de frites et la part de tarte aux pommes à goût d'asphalte rassis dont il venait de se lester l'estomac lui assuraient une protection raisonnable, il se risqua à avaler d'un coup trois comprimés d'Empirine.

L'Empirine lui fit un effet foudroyant. Il sentit que la douleur de sa main avait brusquement diminué, et là-dessus il fut entraîné dans un chapelet de rêves frénétiques. Gina Lemke, vêtue en tout et pour tout de deux anneaux d'oreilles en or, passait en dansant. Ensuite, Billy rampait le long d'un interminable tunnel, en direction d'un petit cercle de lumière qui refusait obstinément de se rapprocher. Quelque chose le poursuivait, et un affreux pressentiment lui disait qu'il s'agissait d'un rat — d'un rat *énorme*. Tout à coup, il se retrouvait hors du tunnel, mais pas libéré pour autant. Il était de retour dans le Fairview dévasté par la famine de son rêve précédent. Les rues étaient jonchées de monceaux de cadavres. Yard Stevens était étalé de tout son long sur la pelouse du jardin communal, ses ciseaux de coiffeur enfoncés jusqu'à la garde dans le peu de gorge qui lui restait. Billy apercevait sa fille, recroquevillée au pied d'un réverbère comme un pantin désarticulé. Elle était vêtue de sa tenue mauve et blanche de crieuse de football, et les membres qui en dépassaient n'étaient pas plus gros que des allumettes. Était-elle morte comme les autres, ou simplement inconsciente ? Il aurait été bien en peine d'en décider. Un vautour descendait du ciel en battant paresseusement des ailes et il se perchait sur l'épaule de Linda. Ses serres acérées se rétractaient, il projetait la tête en avant et il ramenait au bout de son bec pourrissant une touffe des cheveux de Linda, auxquels adhéraient des fragments de cuir chevelu sanguinolents, semblables aux radicelles terreuses d'une plante brutalement arrachée. Linda n'était pas morte. Billy l'avait entendue gémir, il avait vu ses mains frémir imperceptiblement. *Non!* glapissait-il en rêve, et il s'apercevait qu'il tenait le lance-pierres de Gina dans sa main droite. Le lance-pierres était chargé d'un projectile gros et lourd. Ce n'était pas une bille d'acier, mais la boule presse-papier qui d'ordinaire était posée sur une console dans le vestibule de leur maison de Fairview. C'était une boule en verre, teintée de coulures d'un bleu nébuleux, qui avait fasciné Linda lorsqu'elle était petite. Billy tirait la boule presse-papier sur le vautour, mais elle ne l'atteignait pas. Tout à coup, le vautour se métamorphosait en Taduz Lemke. Billy percevait un martèlement bruyant, et il se demandait s'il était pris d'un accès de tachycardie qui serait peut-être fatal. *Je ne le retirerai jamais, homme blanc de la ville,* grinçait Lemke, et la seconde d'après Billy était transporté ailleurs.

Le martèlement n'avait pas cessé.

Il regarda autour de lui, hébété, et crut d'abord que la chambre de motel n'était qu'un autre décor de son rêve. De l'autre côté de la porte, une voix lui cria :

« William ! Vous êtes là ? Ouvrez-moi, sinon je défonce la porte ! William ! William ! »

Il voulut dire : « Tout va bien » mais le son ne franchit pas ses lèvres ; elles étaient collées l'une à l'autre. Malgré cela, il éprouvait un intense soulagement, car il avait reconnu la voix de Ginelli.

« William ? Will... ? Et merde. »

Ces deux derniers mots, prononcés d'une voix plus

basse, furent suivis d'un choc sourd. Ginelli s'était jeté contre la porte, l'épaule en avant.

Billy se redressa sur son séant et il posa les pieds par terre. Il avait du mal à accommoder, et les objets dansaient autour de lui. Il réussit enfin à ouvrir la bouche. Ses lèvres se décollèrent avec un bruit mouillé.

« Ça va bien, articula-t-il. Ça va, Richard. Je suis là. Je suis réveillé. »

Il traversa la pièce et ouvrit la porte.

« Bon sang, William, j'ai bien cru que vous étiez... »

Ginelli s'interrompit et le considéra d'un air interdit. Ses yeux bruns s'écarquillèrent démesurément, et Billy se dit : *Il va détaler. On ne peut pas regarder quelqu'un avec des yeux pareils sans prendre ses jambes à son cou une fois surmonté le choc initial.*

Mais Ginelli effleura son pouce droit d'un baiser, traça un rapide signe de croix et dit :

« Alors, William, vous me laissez entrer ? »

Ginelli avait amené un remède autrement actif que ceux de Fander : du Chivas. Il sortit la bouteille de son attaché-case en box et prépara deux scotches bien tassés dans des gobelets en plastique fournis par le motel. Il choqua son gobelet contre celui de Billy et fit :

« A des jours meilleurs. Ça vous va, comme toast ?

— C'est parfait », dit Billy, et il vida son gobelet d'un trait.

Le whisky lui incendia l'estomac. Quand l'incendie se fut résorbé, il s'excusa et passa dans la salle de bains. Il n'avait pas besoin d'aller aux toilettes, mais il ne voulait pas pleurer devant Ginelli.

« Comment a-t-il fait ça ? demanda Ginelli. Il vous a empoisonné ? »

Billy éclata de rire. Il y avait longtemps qu'il n'avait pas ri d'aussi bon cœur. Il se laissa tomber dans son fauteuil et se livra à son hilarité avec tant d'abandon que des larmes fraîches lui ruisselèrent des yeux.

« Richard, je vous adore, déclara-t-il quand son rire se fut un peu calmé. En dehors de vous, tout le monde me croit fou, même ma femme. La dernière fois que vous m'avez vu, je pesais vingt kilos de trop. Aujourd'hui, on dirait que j'essaye de décrocher le rôle de l'épouvantail dans un remake du *Magicien d'Oz,* et la première question que vous me posez, c'est : “ Il vous a empoisonné ? ”. »

Ginelli écarta le compliment et le rire un peu hystérique de Billy d'un même geste impatient. *Lemke et Ginelli, c'est bonnet blanc et blanc bonnet,* se dit Billy. *Quand il est question de vendetta et de contre-vendetta, ils n'ont aucun sens de l'humour.*

« Eh bien, l'a-t-il fait ?

— Oui, je suppose qu'on peut le dire.

— Combien de poids avez-vous perdu ? »

Le regard de Billy erra autour de lui, et il s'arrêta sur le grand miroir qui recouvrait un mur sur toute sa hauteur à l'autre extrémité de la pièce. Dans un livre qu'il avait lu récemment (il lui semblait que c'était un roman de John D. MacDonald) l'auteur vitupérait les responsables des chaînes hôtelières modernes qui collent des miroirs partout dans leurs chambres de motel, alors que le gros de leur clientèle est formé d'hommes d'affaires ventripotents qui ont tout intérêt à ne pas trop se regarder dans la glace lorsqu'ils sont en petite tenue. Il était tout le contraire de ventripotent, mais il n'en comprenait pas moins cette aversion pour les miroirs. C'était sans doute son visage, ou plus exactement sa tête, qui avait inspiré un tel effroi à Ginelli. Les dimensions de son crâne étaient restées les mêmes, si bien qu'il semblait perché au sommet de son corps anémié comme le capitule monstrueux qui surmonte la tige mince d'un tournesol géant.

Il crut entendre la voix de Lemke qui criait : *Je ne le retirerai jamais, homme blanc de la ville !*

« Combien, William ? » répéta Ginelli.

Sa voix était calme, douce même, mais une drôle de petite lueur vacillait dans son regard. C'était une lueur comme Billy n'en avait jamais vu dans les yeux de personne, et elle le mettait un peu mal à l'aise.

« Le jour où le vieux m'a touché à la sortie du tribunal, je pesais cent treize kilos. Ce matin, juste avant le déjeuner, j'ai vérifié mon poids. Je ne fais plus que cinquante-trois kilos. Ce qui représente une perte totale de... eh bien oui, soixante kilos.

— Jésus Marie Joseph ! chuchota Ginelli en se signant une deuxième fois. Vous dites qu'il vous a *touché ?* »

C'est là qu'il va me lâcher, se dit Billy. *C'est là qu'ils me lâchent tous.* L'espace d'une vertigineuse seconde, il fut tenté de mentir, d'inventer quelque folle histoire d'empoisonnement à petit feu. Mais s'il avait jamais eu une chance de faire avaler une couleuvre à Ginelli, elle était passée à présent. Si Ginelli décidait de l'abandonner à son sort, il le raccompagnerait à sa voiture et il lui en tiendrait la portière ouverte en le remerciant du mal qu'il s'était donné. Il lui devait bien ça. Ginelli l'avait écouté lorsqu'il l'avait tiré de son lit en pleine nuit, et après avoir dépêché à son chevet un médecin d'un genre assez spécial, il s'était personnellement dérangé. Et surtout il n'avait pas pris la fuite quand Billy lui avait ouvert, alors même que ses yeux étaient devenus comme des soucoupes. Ça méritait bien un peu de politesse.

Ne lui mens pas, Billy. Il prétend qu'il ne croit qu'au fric et aux flingues, et c'est probablement vrai, mais il faut que tu lui dises la vérité, c'est le moins que tu puisses faire pour le payer de son obligeance.

Vous dites qu'il vous a touché ? avait interrogé Ginelli. Il n'avait posé cette question qu'une seconde plus tôt, mais dans sa peur et sa confusion Billy avait l'impression que cela faisait beaucoup plus longtemps. Il prit son courage à deux mains et il lâcha le morceau :

« Il ne s'est pas contenté de me toucher, Richard. Il m'a jeté un sort. »

Il s'attendait à ce que la lueur un peu folle qui dansait dans les yeux de Ginelli s'éteigne instantanément. Il s'attendait à ce que Ginelli consulte sa montre et se lève d'un bond en empoignant son attaché-case. *Ah mon Dieu, comme le temps file ! Je n'aurais pas demandé mieux que de rester à discuter de cette histoire de maléfice avec vous, William, mais j'ai prié mon cuisinier de me garder au chaud une assiette de* piccate al marsala, *et...*

Mais la lueur ne s'éteignit pas et Ginelli ne fit pas mine de se lever. Il croisa les jambes, rectifia le pli de son pantalon, sortit un paquet de Camel et en alluma une.

« Racontez-moi tout », dit-il.

Halleck raconta toute l'histoire à Richard Ginelli. Quand il parvint au terme de son récit, il y avait quatre mégots de Camel dans le cendrier et Ginelli rivait sur lui des yeux fascinés. Un ange passa. Il n'en finissait pas de passer. Billy était dans ses petits souliers. Il aurait volontiers rompu le silence, mais il ne voyait pas comment. Il avait l'impression que sa réserve de mots était tarie.

« Il vous a fait ça, dit enfin Ginelli. Il vous a... »

Il fit un geste de la main en direction de Billy.

« Oui. Je n'espère pas que vous allez y croire, mais il m'a fait ça, en effet.

— J'y crois, fit Ginelli presque distraitement.

— Ah ? Qu'est donc devenu le Ginelli qui ne croyait qu'aux flingues et au fric ? »

Ginelli sourit, puis il éclata franchement de rire.

« C'est ce que je vous ai dit quand vous avez téléphoné l'autre jour, hein ?

— Oui. »

Le sourire de Ginelli s'effaça.

« Il y a une troisième chose à laquelle je crois, William. Je crois à ce que je vois. C'est pour cela que je suis un homme relativement riche. C'est aussi pour cela que je suis encore en vie. Vous savez, la plupart des gens ne croient pas à ce qu'ils voient.

— Non ?

— Non. A moins que ça ne cadre avec les convictions qu'ils avaient déjà. Tiens, la semaine dernière je suis allé à mon drugstore habituel, et vous savez ce que j'ai vu ?

— Qu'avez-vous vu ?

— Dans ce drugstore, il y a un de ces appareils qui servent à mesurer la pression artérielle. Un tensiomètre. On en voit parfois dans les galeries marchandes et les centres commerciaux, mais dans mon drugstore, c'est gratuit. Vous passez le bras dans un anneau de caoutchouc, vous appuyez sur un bouton, l'anneau se resserre, vous restez là un petit moment à remuer des pensées sereines. Ensuite, la machine vous lâche le bras et le résultat apparaît en gros chiffres rouges. Vous n'avez plus qu'à consulter le graphique qui vous explique leur signification. Il est divisé en trois parties : “ élevée ”, “ normale ” et “ basse ”. Vous voyez le tableau ? »

Billy hocha affirmativement la tête.

« Bon. J'étais en train d'attendre que le préparateur me donne un flacon de la mixture que ma mère prend pour ses ulcères et voilà qu'une espèce de gros bibendum arrive en se dandinant. Il pesait bien cent vingt kilos, il avait un cul qui faisait penser à deux clebs qui se battent sous une couverture et une trogne de pochard toute bourgeonnante, pour ne rien dire du paquet de Marlboro qui dépassait de la poche de sa chemise. Je le vois qui prend un tampon antidurillons du Docteur Scholl sur un présentoir et au moment où il se dirige vers la caisse, cette machine à mesurer la pression artérielle lui attire l'œil. Il s'installe, la machine fait son truc, et les chiffres apparaissent sur le tableau lumineux. Vingt-deux par treize. Moi, vous savez, William, la médecine, j'y entrave strictement que dalle, mais je sais tout de même qu'une tension de vingt-deux par treize, c'est vraiment la tasse. Ça revient à peu près à se balader avec le canon d'un pistolet chargé dans l'oreille en gardant un doigt sur la détente, pas vrai ?

— Oui.

— Et vous savez comment il a réagi, cet empaqueté-là ? Il me regarde et il fait comme ça : “ Ces conneries d'appareils numériques, c'est tout le temps détraqué. ” Là-dessus, il règle son tampon anti-cors et il se tire. La morale de cette histoire, William, c'est qu'il y a des bonshommes (et ils sont nombreux) qui ne croient pas à ce qu'ils voient, surtout si ça va à l'encontre de leurs appétits ou de leurs convictions. Moi, je ne crois pas en Dieu. Mais si Dieu m'apparaissait auréolé de gloire, je croirais en lui, je ne me contenterais pas de m'exclamer : “ Putain, quel trucage génial ! ” Pour moi, un con, c'est quelqu'un qui ne croit pas à ce qu'il voit. C'est mon opinion et je la partage. »

Billy le regarda d'un air songeur pendant un moment, puis il éclata de rire. Ginelli ne tarda pas à l'imiter.

« Quand vous vous marrez, on voit bien que vous êtes toujours le même vieux William, dit-il ensuite. Bon, eh bien qu'est-ce qu'on va faire au sujet de votre zèbre ?

— Je n'en sais rien, dit Billy en éclatant d'un autre rire, beaucoup plus bref celui-là. Mais il faut bien que je fasse quelque chose. Après tout, je lui ai jeté un sort.

— Oui, vous me l'avez dit. La malédiction des hommes blancs de la ville. Vu les dégâts que les hommes blancs de toutes les villes du monde ont causés depuis deux siècles, il risque de la sentir passer. »

Ginelli s'interrompit pour allumer une autre cigarette. En recrachant la fumée, il dit d'une voix très tranquille :

« Évidemment, je pourrais le foutre en l'air.

— Oh non, ça ne ferait qu'env... », commença Billy, et tout à coup sa voix s'étrangla dans sa gorge. Quand Ginelli avait dit cela, il l'avait imaginé en train de flanquer un marron au vieux Lemke. Et puis il avait compris qu'il parlait de quelque chose de beaucoup plus définitif que ça.

« Non, vous ne pouvez pas faire une chose pareille », conclut-il.

Ginelli ne comprit pas, ou feignit de ne pas comprendre.

« Mais si, je peux, dit-il. Je ne vois pas à qui je pourrais confier un boulot pareil, mais je peux m'en charger moi-même. Je suis aussi capable de monter ce genre d'opérations que je l'étais à vingt ans. Ça ne fera pas avancer mes affaires, mais croyez-moi ça sera un vrai plaisir.

— Non, je ne veux pas que vous descendiez Lemke, dit Billy. C'est ce que je voulais dire. Ni Lemke ni personne d'autre.

— Pourquoi ? » interrogea Ginelli. Il était toujours aussi placide, mais la lueur de folie qui dansait dans ses prunelles était devenue plus intense. « C'est l'idée d'être complice d'un assassinat qui vous défrise, hein ? Mais ça ne serait pas un assassinat, ça serait de la légitime défense. Il est en train de vous tuer, William. Encore une semaine, et on n'aura plus besoin de vous demander de vous pousser pour lire un panneau devant lequel vous vous tenez. Deux semaines, et vous n'oserez plus sortir par gros temps de peur d'être emporté par le vent.

— D'après votre médecin, j'ai toutes les chances de succomber à un accès de tachycardie avant d'en arriver là. Apparemment, mon cœur diminue de volume en même temps que le reste de mon corps. (Il avala sa salive.) Tiens, c'est une idée qui ne m'était pas encore venue, et à vrai dire j'aurais mieux fait de ne pas y penser.

— Vous voyez bien qu'il est en train de vous tuer... Mais bon, tant pis. Si vous ne voulez pas que je le bute, je ne le buterai pas. D'ailleurs, ce n'est peut-être pas une bonne idée. Ça ne mettrait pas nécessairement fin à vos misères. »

Billy fit un signe d'assentiment. Il avait envisagé cette éventualité, lui aussi. Ce n'était pas pour rien qu'il avait dit à Lemke de *retirer* son maléfice. Tout homme blanc de la ville qu'il fût, il lui avait naturellement semblé que c'était la seule manière d'en être délivré. Si Lemke mourait, rien ne disait que son maléfice ne lui survivrait pas.

« L'emmerdant, c'est que quand on a buté quelqu'un, on ne peut pas revenir en arrière, fit observer Ginelli d'un air songeur.

— Non », dit Billy.

Ginelli écrasa sa cigarette et il se leva.

« Faut que je réfléchisse à tout ça, William. Faut que je gamberge un bon coup. Et pour ça, j'ai besoin d'avoir l'esprit serein. Cette histoire est un vrai sac de nœuds, et je ne pourrai pas avoir des idées claires dessus tant que je serai à cran comme je le suis. Rien qu'à vous regarder, ça me met dans tous mes états, *paisan*. Ça me donne envie de lui arracher la queue, à votre zèbre, et de la lui enfoncer dans le trou qu'il a à la place du nez. »

Billy se leva et faillit s'écrouler. Ginelli le retint aux

épaules et Billy l'étreignit maladroitement en usant de son bras valide. Il ne se souvenait pas d'avoir jamais serré contre lui un individu du sexe masculin avec autant d'effusion.

« Merci d'être venu, lui dit-il. Et de m'avoir cru.

— Vous êtes un brave garçon, William, dit Ginelli en le lâchant. Vous êtes dans la merde jusqu'au cou, mais on arrivera peut-être à vous en tirer. D'une façon ou d'une autre, on va lui en faire baver, à ce vieux birbe. Je vais sortir une heure ou deux. Me balader dans les rues, retrouver ma sérénité. Gamberger un peu. Il faut aussi que je passe quelques coups de fil. J'ai des gens à appeler à New York.

— Des gens ?

— Je vous expliquerai ça plus tard. Mais d'abord, je veux réfléchir un peu. Vous tiendrez bon ?

— Oui.

— Allongez-vous. Vous avez une mine de papier mâché.

— D'accord », dit Billy. De fait, il avait sommeil, plus que sommeil même : il était complètement moulu.

« Elle est jolie, la fille qui vous a tiré dessus ? interrogea Ginelli.

— Excessivement, dit Billy.

— Ah oui ? » fit Ginelli. La lueur de démence s'était rallumée dans ses yeux, plus étincelante que jamais. Billy sentit renaître son trouble de tout à l'heure.

« Oui, confirma-t-il.

— Mettez-vous au lit, William. Roupillez un coup. Je vous réveillerai en rentrant. Je peux emporter votre clé ?

— Bien sûr. »

Ginelli sortit. Billy s'étendit sur le lit, et il posa précautionneusement sa main bandée le long de sa cuisse. S'il s'endormait, il risquait de l'écraser en se retournant et d'être brutalement arraché au sommeil, mais c'était un risque qu'il était bien obligé de courir.

Et si c'était une feinte ? se dit-il. *Si ça se trouve, il est en train d'appeler Heidi. A mon réveil, je me trouverai nez à nez avec des hommes en blouse blanche. Ils auront de grands filets à papillons et ils...*

Là-dessus, le flot de ses pensées s'interrompit et il bascula dans le sommeil. Il ne roula pas une seule fois sur sa main blessée, et il ne fit aucun cauchemar.

Lorsqu'il s'éveilla, il n'y avait pas d'hommes en blouse blanche au pied de son lit. Par contre, Ginelli était là. Il était installé dans un fauteuil, de l'autre côté de la pièce. Il avait une boîte de bière à la main et il lisait un livre intitulé *L'Empreinte du désir*. Dehors, la nuit était tombée.

Un seau à glace était posé sur le téléviseur. Il contenait quatre autres boîtes de bière, restes d'un pack de six. Billy se lécha les lèvres.

« Je peux en avoir une ? » demanda-t-il d'une voix enrouée.

Ginelli leva les yeux sur lui.

« Tiens, la Belle au bois dormant s'est réveillée ! fit-il. Bien sûr que vous pouvez en avoir une. Attendez, je vais vous l'ouvrir. »

Il s'approcha du téléviseur et tendit une boîte de bière à Billy, qui en avala la moitié d'un trait. La bière était délicieusement fraîche. Il avait déversé le contenu du flacon d'Empirine dans un des nombreux cendriers de la chambre (il trouvait que les motels étaient presque aussi bien pourvus en cendriers qu'en miroirs). Il y pêcha un comprimé, se le posa sur la langue et le fit descendre à l'aide d'une nouvelle gorgée de bière.

« Comment va votre main ? demanda Ginelli.

— Mieux », fit Billy.

En un sens, c'était un mensonge. Il avait atrocement mal. Pourtant, d'une certaine manière, c'était vrai aussi. La présence de Ginelli le calmait plus que l'Empirine, plus même que le Chivas. On souffre toujours plus quand on est seul. Cette constatation l'amena à penser à Heidi. C'est Heidi qui aurait dû être là avec lui à la place de ce truand, mais Heidi n'était pas là. Elle était restée à Fairview, refusant obstinément de regarder la réalité en face, car si elle l'avait ne fût-ce que partiellement admise, cela l'aurait peut-être obligée à évaluer l'étendue de sa propre culpabilité. Or, Heidi n'était pas prête à se colleter avec sa mauvaise conscience. Billy en avait gros sur le cœur. Comment Ginelli avait-il exprimé cela ? *Pour moi, un con, c'est quelqu'un qui ne croit pas à ce qu'il voit.* Il s'efforça de se vider le cœur de cette amertume qui l'empoisonnait. Après tout, Heidi était sa femme. Elle croyait sincèrement agir au mieux de ses intérêts... Oui, elle faisait cela avec les meilleures intentions du monde. L'amertume reflua, mais sans pour autant disparaître.

« Qu'y a-t-il dans ce sac ? » interrogea Billy.

Le sac en question était posé sur le sol. C'était un sac de supermarché, en gros papier brun.

« Des provisions, dit Ginelli.

— Quel genre de provisions ?

— C'est pour plus tard. Pour quand j'irai rendre visite à vos copains tsiganes.

— Ne faites pas l'idiot, dit Billy d'une voix altérée. Vous voulez finir comme moi ? Ou transformé en porte-parapluies ?

— Là, là, ne vous emballez pas », dit Ginelli. Il parlait d'une voix très douce, où perçait une pointe d'amusement, mais la lueur de folie dansait à nouveau dans ses prunelles. Tout à coup, Billy comprit que la malédiction qu'il avait lancée à Lemke n'avait pas été qu'un baratin improvisé dans le feu de l'action. Il lui avait bel et bien jeté un sort, et ce sort était personnifié par l'individu présentement assis en face de lui dans un mauvais fauteuil en skaï, une boîte de Miller Lite à la main. Et avec un mélange de stupéfaction et d'horreur, il comprit autre chose du même coup : peut-être que Lemke savait comment retirer son maléfice, mais Billy lui-même n'avait pas la moindre idée de ce qu'il pourrait faire pour arrêter la malédiction des hommes blancs de la ville maintenant qu'il l'avait déchaînée sur la tête des Gitans. Ginelli s'en payait une tranche. Ça devait faire des années qu'il n'avait pas pris autant de bon temps. Il était aussi excité qu'un ancien champion de bowling qu'on vient arracher à sa retraite dorée pour le faire participer à un tournoi de bienfaisance. Billy pourrait aligner toutes sortes d'arguments pour essayer de réfréner son ardeur, cela n'y changerait rien. Ginelli était son ami. Un homme dont le langage n'était peut-être pas des plus châtiés, mais qui avait assez de savoir-vivre pour l'appeler William, et non Bill ou Billy. Mais il était aussi une espèce de chien de chasse, très gros et très efficace, qui venait juste de se débarrasser de sa chaîne.

« Ne me dites pas de ne pas m'emballer, fit-il. Dites-moi seulement quels sont vos plans.

— Je ne ferai de mal à personne, dit Ginelli. Mettez-vous bien ça dans le crâne. Je sais que c'est important pour vous. A mon avis, vous vous raccrochez à des, euh... principes, alors que c'est un luxe que vous ne pouvez plus tellement vous permettre, mais il faut bien que je l'accepte. Vous êtes l'offensé. Le choix des armes vous revient. Personne n'aura le moindre mal, c'est vu ?

— C'est vu », dit Billy. Il était un peu soulagé... mais pas trop.

« A moins que vous ne changiez d'avis, bien entendu, ajouta Ginelli.

— Je n'en changerai pas.

— Sait-on jamais ?

— Qu'y a-t-il dans ce sac ?

— Des steaks », dit Ginelli. Il en sortit un. C'était un beau morceau d'entrecôte dont l'emballage de plastique transparent portait encore le ticket d'un supermarché. « Appétissant, hein ? J'en ai quatre en tout.

— Qu'est-ce que vous allez en faire ?

— Procédons par ordre, vous voulez bien, dit Ginelli. Après vous avoir quitté tout à l'heure, je suis allé à pied jusqu'au centre-ville. Putain, quelle horreur, ce bled. On peut même pas marcher sur les trottoirs, et tout le monde porte des lunettes de soleil Ferrari et des chemisettes avec un petit crocodile sur le sein gauche. On dirait qu'ils se sont tous fait refaire les dents, et quelquefois même le nez.

— Je sais, oui.

— J'ai croisé un couple qui baguenaudait, et le mec avait enfoncé la main dans la poche arrière de la gonzesse. Non, mais vous vous rendez compte ? Ils sont en pleine rue, tout le monde les voit, il lui fourre un main dans la poche et il lui pelote le cul. Bon sang, si ç'avait été ma fille, je vous promets qu'elle n'aurait pas pu s'asseoir sur la partie de son anatomie que son julot était en train de pétrir pendant au moins dix jours.

« J'ai vite compris que ce n'était pas au milieu d'un foutoir pareil que j'allais retrouver ma sérénité d'esprit, alors j'ai laissé tomber. J'ai dégoté une cabine de téléphone et j'ai passé quelques coups de fil. Ah, j'oubliais. Comme la cabine était en face d'un drugstore, j'y suis entré et je vous ai acheté ça. »

Il sortit de sa poche un flacon en plastique et le lança à Billy, qui l'attrapa au vol en usant de sa main valide. C'était du potassium en comprimés.

« Merci, Richard, fit-il d'une voix qui chevrotait imperceptiblement.

— Ne me remerciez pas, prenez-en un, c'est tout. Vous n'allez pas vous farcir une crise cardiaque en plus de tout le reste. »

Billy avala un comprimé de potassium avec une gorgée de bière. Il avait la tête un peu bourdonnante à présent.

« Donc, j'ai chargé certaines personnes de me dénicher un ou deux trucs, et ensuite j'ai poussé jusqu'au port, continua Ginelli. J'ai reluqué les bateaux un moment. Vous savez, William, il doit bien y en avoir pour vingt... trente... ou même quarante millions de dollars rien que dans cet unique bassin. Des sloops, des ketchs, des frégates même, pour ce que j'en sais. Les bateaux, j'y connais foutre rien, mais je trouve ça beau. Ils ont... »

Il s'interrompit brusquement et il regarda Billy d'un air songeur.

« Est-ce qu'il serait possible que certains de ces bonshommes avec des lunettes Ferrari et des chemisettes à crocodile se servent de leurs pièges à minettes pour transporter des substances illégales ?

— Eh bien, cet hiver j'ai lu dans le *New York Times* qu'un pêcheur de homards avait trouvé une vingtaine de ballots qui flottaient sous le débarcadère d'une petite île, pas loin d'ici, et qu'après les avoir ouverts on a constaté qu'ils contenaient de la marijuana d'excellente qualité.

— Oui, oui ! C'est bien ce que je pensais. Tout ce bled respire ça à plein nez. Putain d'amateurs. Ils devraient se contenter de faire des croisières sur leurs yachts et laisser ce genre de boulot aux spécialistes. Vous comprenez, il se produit parfois de fâcheuses interférences, on est obligés de prendre les mesures qui s'imposent et au lieu de quelques ballots d'herbe c'est des macchabées qu'on retrouve en train de flotter sous un ponton. C'est moche, non ? »

Billy avala une solide lampée de bière, et il fut pris d'une quinte de toux.

« Mais revenons à nos moutons, dit Ginelli. Donc je me suis promené dans le port en admirant tous ces bateaux, et ça m'a rasséréné. J'ai compris ce que nous devions faire, ou du moins j'ai trouvé un point de départ et j'ai imaginé la suite dans ses grandes lignes. Tous les détails ne sont pas encore complètement au point, mais ça viendra.

« J'ai regagné le centre ville et j'ai passé quelques coups de fil supplémentaires. Vous avez les flics au cul, William. Il n'y a pas de mandat d'arrêt, mais un simple avis de recherche. Votre femme et ce toubib amateur de coke dont vous m'avez parlé ont mis une procédure en branle. Attendez, j'ai tout noté. (Il sortit un bout de papier de la poche de sa chemise.) Il s'agit d'un ordre d'internement d'office qui a été prononcé par contumace. Ça vous paraît conforme ? »

La bouche de Billy Halleck s'ouvrit toute grande et un cri inarticulé s'en échappa. Un instant, une stupeur sans borne l'anéantit. Ensuite la fureur — cette fureur désormais familière — déferla à nouveau en lui. Il avait *imaginé* qu'une chose pareille pourrait arriver, *imaginé* que Houston pourrait en avoir l'idée, *imaginé* que Heidi pourrait lui céder. Mais entre *imaginer* un événement qu'on redoute et apprendre qu'il a effectivement eu lieu, il y a un monde de différence.

Ainsi, sa propre femme s'était présentée devant un juge, avait certifié sur l'honneur qu'il était givré, et avait signé l'ordonnance qui rendait immédiatement exécutoire la mesure d'internement d'office décidée par le tribunal.

« Ignoble *pute* », gronda-t-il entre ses dents, et là-dessus un voile rouge lui passa devant les yeux et une douleur atroce l'envahit. Il avait machinalement serré les poings. Il poussa un gémissement et il abaissa son regard sur sa main blessée. Des taches sanglantes s'élargissaient sur la gaze de son bandage.

Je n'arrive pas à croire que tu puisses penser à Heidi de cette façon, protesta sa voix intérieure.

C'est parce que je n'ai pas l'esprit serein, lui rétorqua-t-il en pensée.

Ensuite, une grisaille floconneuse recouvrit tout.

Ce n'était qu'un début d'évanouissement, et il en émergea presque aussitôt. Ginelli lui ôta son bandage et lui refit un pansement nettement plus rudimentaire que celui de Fander, mais néanmoins passable. Pendant qu'il faisait cela, la conversation continua.

« Mon correspondant m'a certifié que vous n'aviez rien à craindre aussi longtemps que vous ne regagnerez pas le Connecticut, William.

— C'est exact, oui. Mais est-ce que vous vous rendez compte ? Ma propre femme m'a...

— Oubliez ça, William. Ça ne compte pas. Si nous arrivons à faire craquer le vioque, vous vous remplumerez et ça leur coupera l'herbe sous les pieds. Ensuite, vous aurez tout le temps de décider de ce que vous devez faire au sujet de votre femme. Peut-être qu'elle a besoin d'une bonne paire de baffes, histoire de lui remettre les idées en place. Ou peut-être qu'il ne vous restera plus qu'à la plaquer. Il sera toujours temps d'y réfléchir quand on aura réglé le problème du vieux Tsigane, et si vous ne trouvez pas une solution tout seul, vous n'aurez qu'à écrire au Courrier du Cœur. Si nous n'arrivons pas à régler le problème, vous mourrez. Donc, d'une manière ou d'une autre, les choses s'arrangeront d'elles-mêmes. Alors qu'est-ce que ça peut foutre qu'ils vous aient collé une procédure au cul ? »

Billy s'arracha un pâle sourire.

« Vous auriez fait un avocat formidable, Richard. Vous êtes doué d'un esprit de synthèse exceptionnel.

— C'est vrai, vous trouvez ?

— Sincèrement.

— Eh bien merci. Après ça, j'ai appelé Kirk Penschley.

— Vous avez parlé à Kirk Penschley, *vous* ?

— Oui.

— Enfin voyons, Richard !

— Quoi, vous vous figurez peut-être qu'il refuserait de répondre à un vulgaire malfrat dans mon genre ? fit Ginelli d'un ton mi-mortifié, mi-amusé. Il est venu au téléphone sans se faire prier, croyez-moi. Je ne l'ai pas demandé en P.C.V., évidemment. Il ne serait quand même pas d'accord pour que mon nom apparaisse sur son relevé téléphonique. J'ai fait usage de ma carte de crédit. Vous savez William, je suis un très vieux client de votre firme.

— Première nouvelle, dit Billy. Je croyais que vous n'aviez eu recours à nos services que cette unique fois.

— Là, il s'agissait d'une affaire parfaitement légale, et ça vous allait comme un gant, expliqua Ginelli. Penschley et les autres gros bonnets de la firme ne vous auraient jamais refilé une affaire véreuse, William. Vous étiez un élément d'avenir, et il fallait ménager votre susceptibilité. D'un autre côté, si vous restiez dans leur équipe, vous auriez fatalement fini par avoir vent de mon existence, et ils ont dû se dire que ce petit boulot anodin constituerait une excellente prise de contact. Ce qui a été le cas d'ailleurs, à titre personnel aussi bien que professionnel. Si jamais les choses avaient mal tourné, si l'affaire s'était avérée plus tordue qu'elle en avait l'air, ils vous auraient sacrifié. A contrecœur, bien sûr, mais dans leur optique il vaut toujours mieux perdre un jeunot, aussi brillant soit-il, que compromettre la réputation d'un grand ténor du barreau. Ces types-là sont tous pareils. Ils fonctionnent tous de la même manière.

— Quel genre d'affaires avez-vous confiées à ma firme ? » interrogea Billy.

Il était franchement fasciné à présent. C'était un peu comme d'apprendre que votre femme vous trompait longtemps après en avoir divorcé pour de tout autres motifs.

« Oh, il y en a eu de différents genres. Et je ne les ai pas exactement confiées à votre firme. Disons si vous voulez que mes amis et moi avons résolu certains problèmes juridiques par son entremise. Quoi qu'il en soit, j'ai des rapports suffisamment étroits avec Kirk Penschley pour pouvoir me permettre de l'appeler et de lui demander une faveur. Qu'il m'a accordée, d'ailleurs.

— Quelle faveur ?

— Je lui ai demandé de contacter ces enquêteurs de l'agence Barton et de leur donner la consigne de s'écraser pendant une semaine. De vous lâcher la grappe, et de la lâcher aux Gitans. Pour être franc, c'est surtout la tranquillité des Gitans qui me préoccupe. Ils nous donneront moins de fil à retordre si on n'est pas obligés de cavaler comme des perdus à chaque fois qu'ils se cavalent eux-mêmes.

— Vous avez appelé Kirk Penschley pour lui dire de *s'écraser ?* fit Billy en roulant des yeux effarés.

— Non, je lui ai dit qu'il dise aux types de la Barton de s'écraser, rectifia Ginelli. Et puis je n'ai pas employé ce genre de langage. Je peux me montrer diplomate quand il le faut, accordez-moi au moins cette qualité.

— Je vous l'accorde, Richard, et je vous en accorde bien d'autres. Je vous en découvre sans cesse de nouvelles.

— Ah ? Merci. Merci, William, ça me touche beaucoup. (Il alluma une cigarette.) Votre femme et son copain toubib continueront à recevoir des comptes rendus quotidiens, mais ils seront subtilement déformés. Leur idée de ce qui se passe sera un peu comme l'image que se font de la réalité les lecteurs du *National Enquirer* ou du *Reader's Digest*, vous voyez ce que je veux dire ?

— Très bien, dit Billy en riant.

— Bref, nous disposons d'une semaine. Et ça devrait amplement nous suffire.

— Qu'allez-vous faire ?

— Tout ce qu'il m'est possible de faire sans outrepasser les limites que vous m'avez imposées. Je vais leur faire peur, William. Je vais *lui* faire peur. Je vais lui foutre une telle trouille qu'il va être obligé de remplacer la batterie de son pacemaker par un Delco de tracteur. Je vais faire graduellement augmenter la terreur jusqu'à ce que ça devienne vraiment intenable. Et là, ça sera de deux choses l'une : ou bien il jettera l'éponge et il acceptera de lever son maléfice, ou bien il s'avérera plus coriace que prévu, et à ce moment-là on verra si vous décidez de sauter le pas et d'aller au-delà des simples dégâts matériels. Mais on n'en arrivera pas forcément là.

— Comment comptez-vous lui faire peur ? »

Ginelli effleura le sac de supermarché de la pointe d'un de ses boots en chevreau glacé, et il lui expliqua ce qu'il avait prévu en guise de hors-d'œuvre. Billy fut épouvanté et, comme il s'y attendait, une épuisante discussion s'engagea. Ginelli écoutait placidement ses arguments, et il les réfutait d'une voix parfaitement égale, mais la lueur de folie dansait à nouveau dans ses yeux, et Billy savait qu'il ne se laisserait pas entamer.

La douleur de sa main s'était réduite à une sourde palpitation, et la torpeur le gagnait peu à peu. Il finit par s'avouer vaincu.

« Quand partez-vous ? » demanda-t-il.

Ginelli jeta un coup d'œil à sa montre.

« Il est dix heures dix. Je vais leur accorder un répit de quelques heures. D'après ce que j'ai entendu raconter en ville, ils font d'excellentes affaires. Les diseuses de bonne aventure ont un succès fou. Et puis il y a les chiens. Des bull-terriers. Dieu tout puissant ! Les clebs que vous avez vus, ce n'étaient pas des bull-terriers, n'est-ce pas ?

— Je ne sais même pas à quoi ressemble un bull-terrier, dit Billy d'une voix ensommeillée. Les chiens que j'ai vus avaient l'air très ordinaire.

— Un bull-terrier, c'est un croisement de bouledogue et de terrier. Un chien à pelage ras, trapu et puissant. Ça coûte les yeux de la tête, et si vous voulez voir un combat, il faut vous engager à rembourser le prix du chien qui sera tué avant que les paris soient ouverts. C'est une combine infecte.

« Ils ont des goûts raffinés dans cette ville, hein, William ? Les lunettes Ferrari, les yachts bourrés d'herbe, les combats de chiens... Sans oublier le tarot et le *Yi King*.

— Soyez prudent, dit Billy.

— Je serai prudent, ne vous en faites pas. »

Sur ces entrefaites, Billy s'assoupit. A son réveil, il était quatre heures moins dix et Ginelli n'était plus là. Une certitude atroce l'envahit : celle que Ginelli était mort. Mais à six heures moins le quart, Ginelli reparut, bien vivant, et même tellement vivant que la pièce paraissait trop petite pour le contenir. Ses vêtements, ses mains et son visage étaient maculés d'une boue qui répandait une odeur salée d'eau de mer. Il souriait jusqu'aux oreilles, et une lueur de folie dansait dans ses prunelles.

« On déménage, William, annonça-t-il. Vous ne pouvez plus rester à Bar Harbor. Je vais vous conduire en lieu sûr.

— Qu'est-ce que vous avez fait ? interrogea Billy, inquiet.

— Du calme, du calme ! J'ai fait ce que je vous avais dit que je ferais, ni plus ni moins. Mais une fois qu'on a touillé dans un nid de frelons avec un bâton, il vaut mieux prendre la poudre d'escampette, vous ne croyez pas ?

— Si, mais...

— On en discutera plus tard. Pour l'instant, on va faire vos valises, d'accord ?

— Où va-t-on ? fit Billy d'une voix geignarde.

— Ce n'est pas bien loin. Je vous expliquerai tout en chemin. Allez, on y va. Et pour commencer vous feriez peut-être mieux de vous changer. Vous êtes un brave garçon, William, mais vous commencez à sentir un peu le faisandé. »

Billy se dirigeait vers le bâtiment de la réception, la clé de son bungalow à la main, quand Ginelli le toucha à l'épaule et la lui retira avec douceur.

« Je vais la poser sur votre table de nuit, lui dit-il. Vous avez réglé d'avance, n'est-ce pas ?

— Oui, mais...

— Dans ce cas, on peut s'esquiver discrètement. Ça ne nuira à personne, et notre départ attirera un minimum d'attention. »

Une femme qui faisait son jogging matinal passa devant le parking du motel. Elle leva machinalement les yeux sur eux, puis les reporta sur l'asphalte, mais au bout de quelques mètres elle se retourna brusquement et les regarda d'un air effaré. Par chance, sa réaction échappa à Billy, et Ginelli fut seul à la voir.

« Je vais même laisser un billet de dix dollars pour la femme de chambre, dit Ginelli. On prendra votre voiture, mais vous me laisserez le volant.

— Où est la vôtre ? » interrogea Billy. Il savait que Ginelli avait loué une voiture, et il venait de s'apercevoir rétrospectivement qu'aucun bruit de moteur n'avait précédé son entrée dans le bungalow tout à l'heure. Les événements allaient trop vite pour Billy ; son esprit exténué décrochait constamment.

« Elle n'a pas souffert. Je l'ai abandonnée sur un chemin creux à cinq bornes d'ici et je suis revenu à pied. J'ai retiré la tête du distributeur et j'ai laissé sous l'essuie-glace un mot annonçant que j'étais tombé en panne et que je serais de retour dans quelques heures. Remarquez, ça m'étonnerait que quelqu'un tombe dessus. C'était un chemin de terre, qui n'avait pas l'air bien fréquenté. Il y avait de l'herbe haute en son milieu. »

Une voiture passa. Ayant aperçu Billy Halleck, le conducteur ralentit, et Ginelli le vit passer la tête à la portière et se tordre le cou pour mieux voir.

« Allons-y, William. Vous êtes un point de mire. On pourrait tomber sur des gens pas catholiques. »

Une heure plus tard, Billy était assis devant la télé dans le salon d'un autre bungalow de motel, qui à la différence du précédent comportait deux chambres. Le motel s'appelait le Blue Moon, et il était du genre miteux. Ils étaient à Northeast Harbor, à moins de vingt-cinq kilomètres de Bar Harbor, mais apparemment cette courte distance suffisait à Ginelli. A la télé, Woody Woodpecker essayait de persuader un ours à voix de rogomme de lui acheter une police d'assurance.

« Bon, reposez-vous bien, William, dit Ginelli. Je serai parti toute la journée.

— Vous y *retournez ?*

— Retourner au nid de frelons alors que l'essaim tourbillonne encore ? Non, ça, très peu pour moi. Aujourd'hui, je vais jouer avec des voitures. La phase deux ne commencera que ce soir. J'aurai peut-être le temps de faire un saut pour voir comment vous allez, mais n'y comptez pas trop. »

Billy ne revit Richard Ginelli que le lendemain matin. Il fit son apparition sur le coup de neuf heures, au volant d'une Chevrolet Nova bleu nuit qui ne venait manifestement pas de chez Hertz ou Avis. La peinture de la carrosserie était terne et écaillée par endroits, la vitre de la portière droite était fêlée, et le coffre était cabossé. Mais la voiture comportait aussi un crochet d'attelage à l'arrière et un compresseur d'air cylindrique était fixé à son capot.

Cette fois, Billy était persuadé que Ginelli n'était plus de ce monde depuis six bonnes heures, et il l'accueillit avec émotion. Pour un peu, il en aurait pleuré de soulagement. Apparemment, son amaigrissement lui faisait perdre le contrôle de ses émotions. En outre, ce matin-là, au lever du jour, il avait senti son cœur s'emballer pour la première fois. Tout en luttant contre l'asphyxie, il s'était martelé la poitrine du poing. Les battements de son cœur avaient fini par reprendre leur rythme normal, mais indubitablement il avait été victime d'un accès de tachycardie.

« Je vous croyais mort, dit-il à Ginelli au moment où celui-ci passait la porte.

— Vous dites ça à chaque fois, mais ça ne m'empêche

pas de revenir. J'aimerais bien que vous cessiez de vous ronger les sangs à mon sujet, William. Je suis un grand garçon. Je suis capable de me défendre. Si je vous ai donné des raisons de penser que je sous-estimais ce vieux salopard, détrompez-vous. Il est drôlement ficelle. Et dangereux avec ça. Je suis payé pour le savoir.

— Que voulez-vous dire ?

— Rien. Je vous raconterai ça plus tard.

— Je veux savoir !

— Non.

— Pourquoi ?

— Pour deux raisons, expliqua Ginelli d'une voix patiente. Primo, parce que vous seriez fichu de vouloir me faire tout arrêter. Deuxio, parce que ça doit bien faire douze ans que je n'avais pas été aussi vanné. Je vais aller me pieuter et je vais roupiller huit heures d'affilée. A mon réveil, je me calerai solidement l'estomac et ensuite je retournerai là-bas jouer à cache-cache. »

De fait, Ginelli avait l'air épuisé, harassé même. *Sauf ses yeux,* se dit Billy. Des paillettes phosphorescentes tournoyaient dans ses prunelles.

« Et si je vous demandais d'arrêter ? demanda Billy d'une voix très douce. Vous le feriez, Richard ? »

Ginelli le dévisagea longuement d'un air pensif. Ensuite, il lui fit la réponse à laquelle Billy s'attendait depuis qu'il avait discerné pour la première fois cette lueur inquiétante dans son regard.

« Impossible, dit-il calmement. Vous êtes malade, William. Vous êtes atteint jusqu'à la moelle. Vous n'êtes plus capable de juger lucidement de ce qu'il faut faire. »

Autrement dit, vous avez conclu à votre manière que j'étais mûr pour un internement d'office. Billy ouvrit la bouche pour formuler cette pensée à haute voix, mais il la referma aussitôt. Ginelli ne croyait pas vraiment à ce qu'il disait. Il n'avait avancé cet argument que parce qu'il paraissait sensé.

« C'est aussi parce que vous en faites une affaire personnelle à présent, non ? interrogea-t-il.

— Si vous voulez », dit Ginelli.

Il passa dans la chambre, ôta sa chemise et son pantalon et s'allongea à même le couvre-lit. Cinq minutes plus tard, il dormait.

Billy alla se verser un verre d'eau dans la salle de bains, avala un comprimé d'Empirine, puis but le reste de l'eau debout dans l'embrasure de la porte. Son regard se promena sur le corps endormi de Ginelli avant de s'arrêter sur le pantalon qu'il avait jeté en tas sur un fauteuil. A son arrivée, quarante-huit heures plus tôt, Ginelli portait un pantalon de toile au pli impeccable, mais à un moment ou à un autre il l'avait remplacé par un blue-jean. Les clés de la Nova garée dehors étaient sûrement dans une des poches du jean. Billy aurait pu les récupérer et filer à l'anglaise, mais il savait bien qu'il ne le ferait pas, et pas seulement parce qu'il aurait signé son propre arrêt de mort en agissant ainsi. Ça lui semblait tout à fait secondaire à présent. La seule chose qui lui importait vraiment désormais, c'était de connaître le dénouement de cette palpitante aventure.

Vers midi, alors que Ginelli dormait toujours à poings fermés dans la chambre voisine, Billy eut un nouvel accès de tachycardie. Aussitôt après, il s'assoupit à son tour. Il fit un rêve qui, malgré son peu de durée et son caractère rigoureusement terre à terre, l'emplit d'un singulier mélange de terreur et de joie mauvaise. Dans son rêve, il était assis avec Heidi dans le recoin à petit déjeuner de la maison de Fairview. Une tourte était posée entre eux sur la table. Heidi en coupait une grosse part et elle la tendait à Billy. C'était une tourte aux pommes. « Ça te fera grossir », disait Heidi. « Je ne veux pas grossir », répondait-il. « En fin de compte, j'aime autant rester maigre. Tu n'as qu'à la manger toi-même. » Il lui rendait la part de tourte, étendant au-dessus de la table un bras tout décharné. Heidi la prenait, elle se mettait à la manger et à chaque bouchée qu'elle avalait le mélange de terreur et de joie perverse s'enflait un peu plus dans le cœur de Billy.

Un autre accès de tachycardie, plus léger, l'arracha

brutalement au sommeil. Il resta cloué à son fauteuil, haletant, jusqu'à ce que les battements de son cœur eussent retrouvé leur rythme normal, et tandis qu'il attendait cela, il fut envahi par un pressentiment qui lui disait que ce rêve était plus qu'un rêve, qu'il venait d'avoir une sorte de vision prophétique. Mais les rêves dans lesquels l'illusion de la réalité est très forte s'accompagnent souvent de sensations de ce genre, qui se dissipent en même temps que le rêve lui-même. C'est ce qui arriva à Billy Halleck, à qui rien ne laissait encore soupçonner qu'il aurait bientôt des raisons de se remémorer ce rêve.

A six heures du soir, Ginelli se leva, prit une douche, mit son blue-jean et enfila un pull à col roulé de couleur noire.

« Bon, à demain matin, William, fit-il. A ce moment-là, nous serons fixés. »

Une fois encore, Billy l'interrogea sur ses intentions, et demanda à être informé de ce qui s'était passé jusqu'à présent. Une fois encore, Ginelli refusa de lui répondre.

« Demain, lui dit-il. En attendant, je l'embrasserai de votre part.

— Qui ça ?

— La belle Gina, dit Ginelli en souriant. La garce qui vous a troué la main.

— Ne touchez pas à Gina », dit Billy.

Lorsqu'il songeait à ses grands yeux noirs, il lui paraissait impossible de ne pas la défendre, en dépit de ce qu'elle lui avait fait.

« Personne n'aura de mal », lui assura à nouveau Ginelli, et là-dessus il s'esquiva.

Billy entendit la Nova démarrer. Son moteur toussait un peu. C'était le genre de machine qui ne cesse d'avoir des ratés qu'une fois lancée à grande vitesse. Et tandis que Ginelli quittait son emplacement de parking en marche arrière, Billy songea qu'en affirmant que « personne n'aurait de mal », il ne lui avait nullement promis qu'il ne toucherait pas à Gina. Loin de là.

Cette fois, Ginelli ne fut de retour qu'à midi. Son front était barré d'une vilaine estafilade qui se prolongeait sur son épaule droite. La manche de son pull était fendue en deux.

« Vous avez encore maigri, William, dit-il. Vous mangez ?

— J'essaye, répondit Billy. Mais l'angoisse me coupe l'appétit. Vous avez perdu du sang, on dirait.

— Un peu. Rien de grave.

— Allez-vous enfin me dire ce que vous avez fabriqué ?

— Oui. Je vais tout vous raconter aussitôt que j'aurai pris une douche et que je me serai pansé. Mais l'important, c'est que vous allez le rencontrer ce soir, William. Il faut bien vous concentrer sur cette idée. »

Billy eut l'impression qu'une pointe aiguë lui perforait l'estomac. Il éprouvait un mélange violent de terreur et d'excitation.

« *Le* rencontrer ? Lemke ?

— En personne, confirma Ginelli. Attendez que je prenne ma douche, William. Je ne dois pas être resté aussi jeune que je le croyais. A force de m'agiter, j'ai l'impression d'avoir le cul en plomb. »

Au moment de pénétrer dans la salle de bains, il lança par-dessus son épaule :

« Demandez qu'on nous apporte du café. Des litres de café. Vous direz au garçon de laisser le plateau dehors et de vous passer la note sous la porte. »

Billy regarda la porte de la salle de bains se refermer et une fois qu'elle fut refermée, il la regarda encore. Il avait la bouche grande ouverte. Quand il entendit couler la douche, il la referma brusquement et il se dirigea vers le téléphone pour appeler la réception.

22

Le récit de Ginelli

Au début, il parla par saccades. Son débit était volubile, mais haché. Il stoppait régulièrement et s'abîmait dans une courte méditation, comme s'il n'était pas sûr de ce qui venait ensuite. Pour la première fois depuis qu'il avait débarqué à Bar Harbor, lundi après-midi, Ginelli paraissait en panne d'énergie. Ses blessures n'avaient pas l'air de l'incommoder terriblement — au demeurant, elles n'étaient guère que des égratignures un peu prononcées — mais Billy avait l'impression qu'il était sous le coup d'un choc psychologique violent.

Néanmoins, la lueur de folie se ranima progressivement dans ses yeux. Au début, elle clignotait comme une enseigne au néon qu'on vient tout juste de brancher, puis elle reprit un éclat soutenu. Ginelli sortit une flasque de la poche intérieure de sa veste, et il arrosa son café de Chivas. Il tendit la flasque à Billy, qui déclina d'un signe de tête. Vu l'état de son cœur, le scotch n'était peut-être pas ce qu'il y avait de plus indiqué.

Ginelli se redressa dans son fauteuil, repoussa une mèche de cheveux qui lui retombait sur le front, et se mit à parler sur un rythme plus régulier.

Mardi, à trois heures du matin, Ginelli s'était garé sur un chemin forestier qui donnait sur la Route 37 A, à quelque distance du campement des Gitans. Après avoir trafiqué un moment avec les steaks, il descendit de voiture et se dirigea vers la route, le sac de supermarché sous le bras. Des nuages dérivaient au ciel, ne laissant passer l'éclat de la lune que par intermittence. Il attendit qu'ils se dissipent, et une brève éclaircie lui permit de repérer le cercle de véhicules. Il traversa la route et se dirigea vers le campement en coupant à travers champs.

« J'ai beau être un citadin, mon sens de l'orientation est à peu près potable, expliqua-t-il. Quand il n'y a pas moyen de faire autrement, j'arrive à m'en contenter. Et je ne voulais pas faire le même genre d'entrée que vous, William. »

Il traversa deux champs, un petit bois aux arbres assez clairsemés, pataugea un moment dans un bourbier qui répandait une infecte odeur de fosse d'aisances, et accrocha le siège de son pantalon à de vieux barbelés rouillés qu'il n'avait pas distingués dans les ténèbres.

« Si c'est ça la vie à la campagne, les pedzouilles peuvent se la garder », commenta-t-il.

Il savait qu'il n'avait pas grand-chose à craindre des chiens qui se trouvaient dans l'enceinte du camp. Sur ce plan-là, l'accueil qu'ils avaient réservé à Halleck était probant. Ils ne s'étaient donné la peine d'aboyer que lorsqu'il avait surgi à l'intérieur du cercle, alors qu'ils avaient certainement flairé son odeur depuis déjà un bon moment.

« On s'attendrait à ce que des Gitans aient des chiens de garde de meilleure qualité, fit observer Billy. Ça s'accorderait mieux à leur image.

— Mais non, dit Ginelli. Les honnêtes gens ont déjà bien assez de raisons de vouloir les virer, ce n'est pas la peine de leur fournir des prétextes supplémentaires.

— Comme des chiens qui aboient toute la nuit ?

— Exactement. Vous devenez de plus en plus astucieux, William. On va finir par croire que vous êtes italien. »

Malgré tout, Ginelli n'avait pas pris de risques inutiles.

Il avait fait le tour des véhicules à l'arrêt par l'arrière, en progressant très lentement. Il évitait les minibus et les camping-cars, susceptibles d'abriter des gens endormis, et se bornait à examiner l'intérieur des voitures et des station-wagons. Il eut tôt fait de découvrir ce qu'il cherchait : une vieille veste de complet abandonnée sur le siège d'une station-wagon Pontiac.

« La voiture n'était pas verrouillée, raconta-t-il. La veste ne m'allait pas trop mal, mais elle puait la charogne. On aurait cru qu'elle avait les poches bourrées de rats crevés. A l'arrière de la voiture, j'ai trouvé une vieille paire de tennis qui traînaient sur le plancher. Les tennis étaient trop petites, mais je suis arrivé à les chausser quand même. Deux voitures plus loin, j'ai dégoté un vieux galurin avachi et crasseux et je me le suis vissé sur le crâne. »

Ginelli expliqua à Billy qu'il voulait avoir l'odeur d'un Gitan, mais que ce n'était pas pour se prémunir contre la poignée de corniauds inoffensifs qui somnolaient près des braises du feu. C'étaient les *autres* chiens qui le préoccupaient. Les chiens de combat. Ceux-là étaient peut-être redoutables.

Il avait exploré le cercle aux trois quarts lorsqu'il avisa un camping-car dont la lunette arrière n'était pas vitrée, mais grillagée. Il risqua un œil à l'intérieur, et constata qu'il n'y avait rien à voir. La cabine du camping-car était rigoureusement vide.

« Mais ça sentait le chien, William, dit Ginelli. J'ai balayé rapidement la prairie à l'arrière de l'engin d'un coup de ma lampe-stylo, et j'ai trouvé une piste dans l'herbe. Elle était visible comme le nez au milieu de la figure, et il n'y avait pas besoin d'être Daniel Boone pour comprendre qui l'avait laissée. Ils avaient sorti ces putains de chiens de leur niche roulante et ils les avaient emmenés ailleurs pour que le garde champêtre ou les rombières de la S.P.A. fassent chou blanc au cas où la rumeur publique les aurait incités à venir inspecter les lieux. Seulement voilà, ils avaient laissé une piste tellement évidente que même un citadin comme moi était capable de la retrouver en pleine nuit à l'aide d'une lampe de poche. Les cons. C'est là que j'ai vraiment commencé à croire qu'on avait des chances de leur en faire baver. »

Ginelli suivit la piste dans l'herbe. Elle le mena au-dessus d'une butte et jusqu'à la lisière d'un petit bois.

« Là, j'ai perdu la piste, dit-il. Je suis resté les bras ballants pendant une minute ou deux à me demander ce que j'allais bien pouvoir faire. Et puis j'ai entendu ce bruit, William. Bien clair et bien sonore. Il y a des jours où les dieux vous sourient.

— Quel bruit ? interrogea Billy.

— Le bruit d'un chien qui pétait, dit Ginelli. On aurait dit que quelqu'un avait soufflé un bon coup dans une trompette bouchée. »

Ginelli était entré dans le bois et à vingt pas de là, au milieu d'une clairière, il avait découvert un enclos de fortune. Ce n'était guère plus qu'un cercle de pieux grossièrement taillés qu'on avait plantés dans le sol et reliés entre eux par des barbelés entrecroisés. Les bull-terriers étaient à l'intérieur. Il y en avait sept en tout. Cinq qui dormaient comme des souches, et deux qui regardaient Ginelli d'un air groggy.

S'ils avaient l'air groggy, c'est qu'ils étaient drogués.

« Je pensais bien qu'ils seraient bourrés de tranquillisants, quoiqu'il aurait été imprudent de le tenir pour acquis. Des chiens qu'on a entraînés à se battre sont une source d'emmerdements perpétuelle. Ils s'entre-tuent pour un oui pour un non, et il vaut mieux prendre des précautions sans quoi votre capital en prend un coup dans l'aile. Ou on les met dans des cages séparées, ou on les bourre de drogue. La drogue revient moins cher, et elle est facile à dissimuler. S'ils avaient été dans leur état normal, ce corral à la noix ne leur aurait pas résisté. Ceux qui se seraient fait dérouiller par leurs congénères seraient passés à travers, quitte à laisser la moitié de leur pelage sur les barbelés. Ils n'arrêtent de les droguer que juste avant un combat, quand il y a suffisamment de paris pour garantir le risque. De la défonce, du spectacle, et encore de la défonce. (Ginelli s'esclaffa.) Vous voyez ? Les chiens de combat ont une existence qui ne diffère pas de celle des chanteurs de rock. Eux non plus ne font pas de vieux os à ce régime, mais du moment que l'argent afflue dans les caisses, on peut toujours s'en payer de nouveaux. Ils n'étaient même pas gardés, ces foutus clebs. »

Ginelli ouvrit le sac de supermarché et il en sortit les steaks. Après s'être garé sur le chemin forestier, il les avait dépouillés l'un après l'autre de leurs emballages de plastique transparent et, à l'aide d'une seringue hypodermique, leur avait injecté une préparation de son cru qu'il avait baptisée du nom de Cocktail Ginelli pour Chiens Méchants. C'était un mélange à parts égales de strychnine et d'héroïne mexicaine de la qualité dite « brown sugar ». Il agita les steaks dans l'air et les chiens endormis émergèrent lentement de leur sommeil. L'un d'eux poussa un aboiement rauque, semblable au ronflement d'un homme qui aurait eu des fosses nasales sérieusement encombrées.

« Tais-toi, ou tu n'auras pas de dîner », dit Ginelli d'une voix douce. Le chien qui avait aboyé s'assit docilement sur son séant et aussitôt sa tête se mit à pencher dangereusement vers le sol. Le sommeil l'avait repris.

Ginelli lança les steaks l'un après l'autre à l'intérieur de l'enclos. Les chiens se les disputèrent apathiquement. Ils lâchèrent bien quelques aboiements, mais ils étaient aussi rauques et étouffés que le premier et Ginelli ne s'en inquiéta pas outre mesure. Du reste, si un homme était venu du camp pour voir ce qui se passait dans l'enclos, il se serait armé d'une lampe électrique et Ginelli aurait eu largement le temps de s'enfoncer dans le sous-bois. Mais personne ne s'était dérangé.

Billy écouta la suite avec un mélange d'horreur et de fascination. Ginelli lui décrivit la scène d'une voix parfaitement calme, dans laquelle il crut discerner par moments une imperceptible pointe de regret, sans toutefois en être sûr. Ginelli s'était assis à côté de l'enclos, il s'était fiché entre les lèvres une Camel non allumée et il avait regardé les bull-terriers mourir. Leur agonie avait été paisible, sans doute grâce à la drogue dont on les avait bourrés au préalable.

Deux d'entre eux avaient été secoués de spasmes très légers, mais sans plus. L'un dans l'autre, Ginelli trouvait que les chiens ne faisaient pas une si mauvaise affaire. Le sort que les Gitans leur avaient réservé était mille fois pire. Tout fut terminé en un peu moins d'une heure.

Quand il fut certain que les chiens étaient tous morts ou au moins plongés dans un profond coma, Ginelli sortit un billet d'un dollar de son portefeuille et un stylo feutre de sa poche poitrine. Il inscrivit sur le billet : LA PROCHAINE FOIS, ÇA SERA PEUT-ÊTRE TES PETITS-ENFANTS, VIEIL HOMME. WILLIAM HALLECK TE DIT : RETIRE LE MALÉFICE. Il glissa le billet sous un des bouts de corde à linge tressés que les chiens portaient en guise de colliers, accrocha la veste puante à l'un des piquets de l'enclos, qu'il coiffa ensuite du chapeau. Il ôta les tennis, retira ses chaussures des poches arrière de son jean, les enfila et partit.

Sur le chemin du retour, son sens de l'orientation lui avait fait défaut et il avait tourné en rond pendant un moment. En traversant le bourbier, il avait perdu pied et piqué une tête dans la fange nauséabonde. Mais en fin de compte, il avait aperçu les lumières d'un corps de ferme au loin et il s'était repéré sur elles. Il regagna le chemin forestier, monta en voiture et mit le cap sur Bar Harbor.

Mais arrivé à mi-chemin de la ville, il lui sembla que quelque chose clochait avec la voiture. Il n'aurait su dire ce que c'était avec plus de précision. La voiture n'avait pas changé d'aspect, elle n'avait pas changé d'odeur, et pourtant quelque chose clochait. Ginelli avait déjà eu des prémonitions de ce genre, et la plupart du temps elles s'étaient avérées sans fondement. Mais à deux ou trois reprises...

« J'ai décidé qu'il valait mieux que je m'en débarrasse, expliqua-t-il. Je ne voulais prendre aucun risque, aussi minime soit-il. Et il n'était pas exclu que l'un des Gitans, souffrant d'insomnie, soit allé faire un tour et l'ait aperçue. Je ne voulais pas qu'ils sachent que j'étais venu à bord de cette voiture, car à partir de là ils auraient pu remonter jusqu'à moi, et donc jusqu'à vous. Comme vous voyez, je les prends au sérieux, William. Il suffit de vous regarder pour comprendre qu'ils ne rigolent pas. »

Ginelli avait donc abandonné la voiture sur une petite route déserte et, après avoir retiré la tête du distributeur, il avait parcouru à pied les cinq kilomètres qui le séparaient encore de la ville. Quand il y parvint, le jour se levait.

Après avoir laissé Billy dans ses nouvelles pénates de Northeast Harbor, Ginelli avait pris un taxi et il avait demandé au chauffeur de prendre la direction de Bar Harbor en roulant à petite vitesse, car il cherchait quelque chose.

« Vous cherchez quoi ? demanda le chauffeur. Si ça se trouve, je sais où c'est.

— Ce que c'est, je ne le saurai pas avant de l'avoir vu », répondit Ginelli.

Il avait trouvé ce qu'il cherchait au bout de trois ou quatre kilomètres. C'était une Nova avec un panneau « À VENDRE » sur le pare-brise, garée le long de la façade latérale d'une petite ferme. Après s'être assuré que le propriétaire était chez lui, Ginelli régla le taxi, puis il acheta la bagnole sur-le-champ et la paya rubis sur l'ongle. Pour vingt dollars de mieux, le propriétaire de la voiture (un jeune type qui, aux dires de Ginelli, avait l'air un peu demeuré) avait accepté de lui laisser provisoirement ses plaques du Maine, à condition qu'il lui promette de les renvoyer sous huitaine.

« Peut-être même que je vais la tenir, cette promesse, dit Ginelli d'un air pensif. A moins que d'ici là on ait passé l'arme à gauche, évidemment. »

Billy lui jeta un regard torve, mais il reprit le fil de son récit comme si de rien n'était.

Il était reparti en direction de Bar Harbor au volant de la Nova, mais il avait évité la ville et s'était engagé directement sur la Route 37 A pour rejoindre le camp des Gitans. Il ne s'était arrêté qu'une fois en route, le temps de passer un coup de fil à New York. Il joignit un certain individu, qu'il désignait simplement sous le nom de « mon collaborateur », et le pria de se trouver à douze heures trente précises dans une cabine de téléphone du centre de Manhattan. La cabine faisait partie d'une batterie de Taxiphone à laquelle Ginelli avait fréquemment recours, et son influence expliquait que ce fût une des seules de New York à n'être quasiment jamais en panne.

Il passa devant le campement, y décela une certaine animation, et continua sans s'arrêter. Deux kilomètres plus loin, il fit demi-tour et revint lentement sur ses pas. Les allées et venues de véhicules avaient creusé une espèce de chemin qui menait au camp des Gitans à travers un pré, et une voiture était en train de le remonter dans sa direction.

« C'était une Porsche turbo, raconta Ginelli. Un de ces jouets pour gosses de riches. Il y avait un macaron de l'Université Brown sur la lunette arrière. Deux jeunes étaient assis à l'avant, et il y en avait trois autres entassés à l'arrière. Je me suis arrêté à leur hauteur et j'ai demandé au minet qui conduisait s'il était bien vrai qu'il y avait des Gitans là-bas, comme je l'avais entendu dire. Il m'a répondu que oui, mais que si j'étais venu dans l'intention de me faire dire la bonne aventure, c'était raté. Lui et ses copains y étaient allés dans ce but, mais les Gitans les avaient envoyés paître. Ils étaient en train de plier bagage. Après le coup des bull-terriers, ça n'avait rien d'étonnant.

« Je suis reparti dans la direction de Bar Harbor et je me suis arrêté à une station-service. Cette Nova consomme une quantité d'essence invraisemblable, William, mais à part ça elle répond au quart de tour. Pendant que le pompiste me faisait le plein, j'ai pris un Coca au distributeur et j'ai avalé deux comprimés de Benzédrine parce que je commençais à me sentir un peu cotonneux. »

Ginelli avait rappelé son « collaborateur » à l'heure dite et il l'avait prié de venir le retrouver à l'aéroport de Bar Harbor l'après-midi même à cinq heures. Ensuite, il avait gagné la ville et, après avoir laissé la Nova dans un parking, il s'était mis à explorer les rues du centre afin d'y trouver *l'homme.*

« L'homme ? Quel homme ? interrogea Billy.

— Eh bien, *l'homme,* dit Ginelli avec la voix patiente,

de quelqu'un qui explique une évidence à un idiot. On le reconnaît aussitôt qu'on l'aperçoit, William. Extérieurement, il a le même aspect que tous les autres gommeux qui passent leurs vacances dans le coin. On pourrait croire qu'il est du genre à vous emmener faire un tour à bord du yacht paternel, à vous balancer dix grammes de cocaïne de première bourre, ou à décider subitement que Bar Harbor est un endroit ringard et à sauter à bord de son 4 × 4 de grand luxe pour aller finir l'été à Aspen. Et pourtant, il est différent d'eux, et il y a deux signes très révélateurs qui permettent de le déceler instantanément. Pour commencer, il y a ses grolles. Elle sont bien cirées, mais de mauvaise qualité. Ce sont des chaussures de plouc, et à sa façon de marcher on voit tout de suite qu'elles lui font mal aux pieds. Ensuite, il y a ses yeux. C'est le signe numéro deux, et il est encore plus patent. Ces mecs-là n'ont jamais de lunettes de soleil, on voit toujours leurs yeux. On dirait qu'ils éprouvent le besoin de proclamer ce qu'ils sont, comme il y en a d'autres qui ne peuvent pas s'empêcher d'aller se confesser aux flics après avoir fait un coup. Leurs yeux sont éloquents. Ils disent : “ Où vais-je trouver mon prochain repas ? Mon prochain joint ? Où est l'individu que je suis venu chercher ici, la connection dont j'ai besoin ? ” Vous me suivez, William ?

— Oui, je crois.

— Mais ce que leurs yeux disent surtout, c'est : “ Où est mon prochain fixe ? ” Votre vieux bonhomme d'Old Orchard, quel nom m'avez-vous dit qu'il donnait aux fourgueurs et aux petits arnaqueurs miteux ?

— Il les appelait “ les itinérants ”, dit Billy.

— Voilà ! » s'exclama Ginelli. La lueur de folie s'était remise à tourbillonner dans ses yeux. « Des itinérants, ça leur va comme un gant. L'homme que je cherchais est un itinérant, mais du modèle luxe. Lui et ses pareils rôdaillent dans les stations balnéaires chics comme des tapineuses nouvellement débarquées en quête d'une clientèle stable. Ils ne se mouillent que très exceptionnellement dans de gros coups, ils ne restent jamais longtemps au même endroit, et ils sont plutôt à la redresse... mis à part leurs godasses. Ils portent des chemises Brooks Brothers, des vestes de sport de chez Paul Stuart et des jeans haute couture... et puis vous regardez leurs pieds et ces putains de mocassins à glands les trahissent. Ils disent : Caldor, dix-neuf dollars quatre-vingt-quinze. Ils disent aussi : " Si vous avez besoin de quelqu'un pour un boulot pas propre, je suis à vendre. " Chez les tapineuses, c'est la même chose avec les corsages. Elles s'attifent toujours de corsages en rayonne. Faut les chapitrer sans arrêt pour leur en faire passer le goût.

« J'ai fini par trouver l'homme en question. Je l'ai abordé, et on a engagé la conversation. On s'est assis sur un banc public, à côté de la bibliothèque municipale (c'est joli, ce coin-là) et je lui ai expliqué ce que j'attendais de lui. J'ai été obligé de le payer un peu cher parce que je n'avais pas le temps de finasser avec lui, mais il avait l'air d'en vouloir et je me suis dit que je pourrais lui faire confiance. A condition que notre collaboration soit de courte durée. Pour ces mecs-là, un travail de longue haleine, ça n'existe pas. Ils vivent au jour le jour, et si on essaye de les pousser au-delà de leurs limites, ils vous claquent dans les mains.

— Combien l'avez-vous payé ? »

Ginelli agita une main désinvolte.

« Ça va finir par vous coûter un paquet d'oseille, dit Billy. (Voilà que le langage de Ginelli déteignait sur lui, à présent.)

— Vous êtes un ami, William, rétorqua Ginelli d'un air un peu froissé. Vous pourrez toujours me rembourser plus tard, si vous y tenez tant que ça. Mais pour l'instant, je prends mon pied. On pourra dire que j'ai passé des vacances hors des sentiers battus. Je suis en train de vivre l'équipée la plus bizarre de ma vie, vous saisissez ? Bon, je peux continuer à présent ? Je n'aurai bientôt plus de salive, et je suis loin d'avoir fini. Et après ça on aura encore du pain sur la planche.

— Allez-y », dit Billy.

L'individu sur lequel Ginelli avait jeté son dévolu se nommait Frank Spurton. Il prétendit qu'il était étudiant en deuxième année à l'Université du Colorado. Ginelli jugea qu'il avait largement passé l'âge — il avait vingt-cinq ans bien sonnés — mais au fond ça ne lui importait guère. Il expliqua à Spurton ce qu'il attendait de lui. Il irait récupérer la Ford de location sur le chemin creux où Ginelli l'avait laissée, et il prendrait les Gitans en filature lorsqu'ils lèveraient le camp. Dès qu'il serait certain qu'ils s'étaient arrêtés pour la nuit, il faudrait qu'il passe un coup de fil au Motor Inn de Bar Harbor, où il demanderait M. John Tree. Spurton nota le nom. Ginelli lui versa une avance (soixante pour cent du total sur lequel ils s'étaient entendus), ensuite il lui confia les clés de la Ford et la tête du distributeur. Il lui demanda s'il était sûr qu'il saurait la remettre en place. Spurton eut un sourire qui laissait entendre qu'il n'en était pas à sa première voiture volée et il répondit qu'il se débrouillerait.

« Vous l'avez emmené en voiture ? interrogea Billy.

— Vu ce que je le payais, c'était bien le moins qu'il y aille en stop. »

Ginelli remonta à bord de la Nova et se véhicula jusqu'au Motor Inn, où il s'inscrivit sous le nom de John Tree. Bien qu'il ne fût encore que deux heures de l'après-midi, il ne restait plus qu'une chambre disponible et le réceptionniste lui remit la clé avec l'air de quelqu'un qui vous accorde une faveur insigne. Le grand boum estival avait démarré. Ginelli prit possession de sa chambre, régla le réveil de la table de nuit sur quatre heures trente et fit un somme. A quatre heures trente, il se leva et partit pour l'aéroport.

A cinq heures dix, un petit avion privé (le même sans doute que celui qui avait amené Fander du Connecticut dans le Maine) se posa sur la piste d'atterrissage, le « collaborateur » de Ginelli en débarqua, et on déchargea quatre colis des soutes de l'appareil. L'un des quatre était de grandes dimensions. Ginelli et son « collaborateur » transportèrent les colis jusqu'à la Nova, hissèrent le plus gros sur la banquette arrière et rangèrent les trois autres dans le coffre. Ensuite, le « collaborateur » remonta à bord de l'avion. Ginelli ne s'attarda pas pour le regarder décoller. Il retourna à son motel et se rendormit. A huit heures, la sonnerie du téléphone le réveilla.

C'était Spurton. Il appelait d'une station-service Texaco qui se trouvait à la sortie de Bankerton, à une soixantaine de kilomètres au nord-ouest de Bar Harbor, et il informa Ginelli que la caravane des Gitans avait bifurqué dans une petite route sur le coup de sept heures et était allée se ranger dans un champ, aux confins de la ville. Apparemment, tout avait été arrangé à l'avance.

« Par Starbird, probablement, commenta Billy. C'est lui qui se charge de ce genre de démarches. »

Spurton n'avait pas l'air dans son assiette. Il était nerveux, agité.

« Il était sûr qu'ils l'avaient repéré, expliqua Ginelli. En les suivant, il avait lanterné plus qu'il n'aurait fallu. Une partie des Gitans s'était détachée du gros de la troupe, sans doute pour prendre de l'essence, et il n'y avait pas pris garde. Il roulait à une allure pépère, soixante ou soixante-cinq à l'heure, la tête dans les nuages, et voilà que tout à coups deux vieilles station-wagons et un camping-car le doublent en pétaradant. C'est là qu'il s'aperçoit qu'au lieu de les suivre à bonne distance, comme il se le figurait, il est au beau milieu de leur putain de procession. Au moment où le camping-car le dépasse, il regarde par sa vitre et voit un vieux birbe avec un trou à la place du nez, assis sur le siège du passager, qui le fixe des yeux en agitant les doigts. Et ce geste de la main n'a pas l'air d'un salut. On dirait plutôt un geste de jeteur de sort. Et là je ne brode pas, William. C'est exactement ce que Spurton m'a dit au téléphone. “ Il remuait les doigts comme pour me jeter un sort ” : il a dit cela mot pour mot.

— Seigneur ! murmura Billy.

— Vous voulez une giclée de raide dans votre café ?

— Non, je... Si. »

Ginelli versa un bouchon de Chivas dans le café de Billy et il continua. Il avait demandé à Spurton si le camping-car en question avait une figure peinte sur son flanc. Oui, avait dit Spurton. Celle d'une Bohémienne avec une licorne.

« Seigneur ! répéta Billy. Vous croyez vraiment qu'ils avaient reconnu la voiture ? Qu'ils ont exploré les environs après avoir trouvé les chiens et qu'ils l'ont découverte sur ce chemin creux où vous l'aviez laissée ?

— J'en suis certain, dit Ginelli d'un air sombre. Spurton m'a donné le nom de la route qu'ils avaient prise en quittant la nationale. Finson Road. Ensuite il m'a demandé de placer le reste de l'argent dans une enveloppe à son nom et de la déposer dans le coffre du motel. " Je vais me payer une sacrée nouba ", m'a-t-il dit, et ce n'est pas moi qui lui aurait jeté la pierre pour ça. »

A huit heures quinze, Ginelli quitta le Motor Inn à bord de la Nova. A neuf heures trente, il dépassait la borne qui indiquait la ligne de démarcation entre Bucksport et Bankerton. Dix minutes plus tard, il arriva en vue de la station-service Texaco. Elle était fermée pour la nuit. A côté du bâtiment proprement dit, il y avait un quadrilatère non goudronné sur lequel étaient alignés un certain nombre de véhicules à vendre ou à réparer. Sa Ford de location était au bout de la rangée. Il continua son chemin, fit demi-tour un peu plus haut sur la route, et repassa devant la station-service en sens inverse.

« J'ai refait cela deux autres fois, raconta-t-il. Comme il ne me venait pas de mauvais pressentiment, je me suis arrêté une centaine de mètres plus loin après mon dernier passage, j'ai garé ma chignole sur le bas-côté et je suis revenu à pied.

— Et alors ?

— Spurton était dans la voiture, dit Ginelli. Assis au volant. Mort. Un trou au front, juste au-dessus de l'œil droit. Il n'avait pratiquement pas saigné. On aurait pu lui faire ça avec un quarante-cinq, mais j'en doute. Il n'y avait pas de sang sur le dossier de son siège. Le projectile qui l'avait tué n'était pas ressorti de l'autre côté. Une balle de ce calibre l'aurait traversé de part en part et aurait laissé un trou comac à l'arrière de son crâne. A mon avis, quelqu'un lui a tiré une bille d'acier avec un lance-pierres pareil à celui dont cette gonzesse s'est servi pour vous trouer la pogne. Peut-être même que c'est elle qui a descendu Spurton. »

Ginelli se tut et il s'abîma un court moment dans ses pensées.

« Un poulet mort était posé en travers de ses cuisses, continua-t-il. Étripé. On avait tracé un mot, en lettres de sang, sur le front de Spurton. A mon avis, c'était du sang de poulet, mais bien entendu je n'ai pas eu le temps de procéder à une analyse en règle.

— Quel mot ? interrogea Billy, mais il avait déjà deviné la réponse.

— “ JAMAIS. ”

— Seigneur ! » dit Billy en avançant une main tâtonnante en direction du café arrosé. Il leva la tasse jusqu'à ses lèvres et la reposa aussitôt. S'il en avait avalé ne fût-ce qu'une gorgée, il aurait vomi. Ce qui n'aurait pas arrangé ses affaires. Il croyait voir Spurton assis au volant de la Ford, la tête rejetée en arrière, un trou noir au-dessus de l'œil droit, une boule de plumes blanches posée sur son giron. La vision était d'une précision hallucinante. Il voyait même le bec jaune de l'animal, pétrifié, entrouvert, ses yeux couverts d'une taie noire et vitreuse...

L'univers devint d'un gris floconneux. Les murs se mirent à danser autour de lui... et tout à coup il perçut un claquement sonore et une chaleur sourde lui irradia la joue. Il ouvrit les yeux et vit Ginelli qui se laissait retomber dans son fauteuil.

« Désolé, William, mais comme ils disent dans cette publicité pour déodorant, vous en aviez rudement besoin. A mon avis, vous commencez déjà à avoir des remords au sujet de ce Spurton. Laissez tomber, vous m'entendez ? »

Ginelli parlait sur un ton parfaitement égal, mais ses yeux brillaient de colère.

« Vous êtes tout le temps à côté de la plaque, comme ces cons de juges humanistes qui, lorsqu'ils ont affaire à un junkie qui a saigné une vieille pour lui piquer sa pension de vieillesse, rejettent le blâme sur tout le monde, jusqu'au président des États-Unis, excepté cette ordure de drogué qui a fait le coup et qui, dès qu'il aura arraché une condamnation avec sursis, se précipitera dehors pour recommencer.

— Enfin, voyons, ça n'a pas de sens de... », commença Billy, mais Ginelli lui coupa brutalement la parole.

« Pas de sens, mon cul, dit-il. Ce n'est pas vous qui avez tué Spurton, William. C'est un Gitan, et peu importe lequel puisque nous savons l'un et l'autre que c'est le vieux qui a tout manigancé. Et personne n'a obligé Spurton à accepter ce travail. Un travail pas trop cassant, et très bien payé. Il a fait une boulette et il y a laissé sa peau. Et maintenant répondez à ma question, William : vous voulez qu'il retire son maléfice, oui ou non ? »

Billy poussa un profond soupir. Sa joue lui cuisait encore à l'endroit où Ginelli l'avait giflé.

« Oui, dit-il. Je veux toujours qu'il le retire.

— Bon eh bien, dans ce cas, laissez pisser.

— D'accord », dit Billy.

A partir de là, il laissa Ginelli poursuivre son récit jusqu'au bout sans l'interrompre une seule fois. A vrai dire, il était trop éberlué pour songer à faire des commentaires.

Ginelli fit le tour de la station-service et il s'assit sur une pile de vieux pneus dans la cour de derrière. Il voulait se rasséréner, expliqua-t-il. A cette fin, il resta dans cette posture pendant à peu près vingt minutes, les yeux levés vers le ciel nocturne (les derniers feux du crépuscule venaient tout juste de s'éteindre) et remua des pensées sereines. Quand il lui sembla qu'il s'était remis les idées en place, il retourna à l'endroit où il avait laissé la Nova, monta à bord et roula en marche arrière, tous feux éteints, jusqu'à la station-service. Il extirpa le cadavre de Spurton de la Ford de location et le tassa dans le coffre de la Nova.

« Peut-être que c'était juste un message qu'ils m'avaient laissé. Ou peut-être qu'ils espéraient qu'une fois que le gérant de la station-service aurait trouvé ce macchabée dans une bagnole dont la boîte à gants contenait un contrat de location établi à mon nom, c'est à moi qu'on ferait porter le chapeau. Mais c'était une connerie, William, car si Spurton avait effectivement été tué par une bille d'acier et non une balle de revolver, les flics m'auraient vite lâché pour se retourner contre eux. Enfin quoi, bon Dieu, cette fille fait des exhibitions de tir au lance-pierres !

« Dans d'autres circonstances, j'aurais été enchanté de voir les gens après qui j'en avais se fourrer dans un guêpier pareil. Mais c'est une affaire qui sort de la normale, et il faut absolument qu'on la règle nous-mêmes. En outre, si les choses tournaient comme je le prévoyais, les flics allaient rendre visite aux Gitans le lendemain à propos de tout autre chose, et Spurton n'aurait fait que me compliquer la vie. Donc, j'ai embarqué le corps. Heureusement que cette station-service était isolée au bord d'une route de campagne déserte, sans quoi ça n'aurait pas été faisable. »

Le corps de Spurton plié dans le coffre autour des trois colis que son « collaborateur » lui avait livrés dans l'après-midi, Ginelli continua sa route. Finson Road était à moins d'un kilomètre de là. Quand les Gitans s'étaient installés à proximité de la 37 A, une route secondaire, mais fréquentée, qui constituait une des voies d'accès à Bar Harbor, ils étaient clairement guidés par des considérations commerciales. Mais Finson Road n'était qu'un chemin vicinal criblé de nids-de-poule et envahi de végétation ; de toute évidence, ils avaient choisi cet emplacement-là pour des raisons diamétralement opposées. Ils voulaient passer inaperçus.

« Ça me rendait les choses un peu plus difficiles, comme d'avoir été obligé de faire le ménage derrière eux à la station-service, mais d'un certain côté j'étais absolument ravi, William. Je voulais leur faire peur, et à voir la manière dont ils se comportaient j'y avais déjà partiellement réussi. Or, quand les gens ont la frousse, ils deviennent d'autant plus impressionnables. »

Ginelli éteignit ses phares et il s'engagea dans Finson Road. Au bout d'environ quatre cents mètres, il avisa un chemin sur sa droite et l'emprunta. Il conduisait à une gravière désaffectée.

« Je n'aurais pas pu mieux tomber », commenta-t-il.

Il ouvrit le coffre de la Nova, en sortit le corps de Spurton, et le traîna jusqu'à un tas de gravillons. Après l'avoir enfoui sous les gravillons, il retourna à sa voiture, avala deux autres comprimés de Benzédrine et entreprit de déballer le gros colis de la banquette arrière. C'était une caisse en carton fort qui portait l'inscription ENCYCLOPÉDIE UNIVERSELLE sur chacune de ses quatre faces. Elle contenait un fusil d'assaut Kalachnikov AK-47 et quatre cents cartouches, un poignard de commando, un petit réticule de dame à cordonnet réglable bourré de grenaille de plomb, un pistolet-distributeur de ruban adhésif renforcé et une boîte de noir de fumée.

Ginelli se noircit le visage et les mains, se fixa le couteau au mollet à l'aide de l'adhésif, empocha le pistolet-distributeur et se mit en route.

« J'ai laissé le casse-tête, dit-il. Je n'avais déjà que trop l'impression d'être un de ces putains de super-héros d'illustrés pour mômes. »

Spurton lui avait appris que les Gitans s'étaient installés dans un pré à trois kilomètres de là. Ginelli entra dans les bois et il avança parallèlement à la route. Il préférait ne pas s'en écarter, car il craignait de s'égarer.

« Je progressais très lentement, expliqua-t-il. Je n'arrêtais pas de trébucher sur des souches et de m'accrocher dans les branchages. J'espère que je n'ai pas traversé un buisson de sumac vénéneux. Je réagis très fortement au sumac vénéneux. »

Après s'être démené pendant deux heures dans les taillis inextricables qui bordaient Finson Road, Ginelli avait aperçu une silhouette sombre sur le bas-côté de la route. Il crut d'abord qu'il s'agissait d'un poteau indicateur, mais au bout d'un moment il comprit que c'était un homme.

« Il était planté là, raide comme un piquet, rigoureusement immobile, et je me suis dit qu'il essayait de m'englander. Vous comprenez, William, je faisais tout ce que je pouvais pour ne pas faire de bruit, mais je suis new-yorkais, moi, je ne suis pas un putain d'Iroquois. Donc, j'ai pensé qu'il faisait semblant de ne pas m'entendre et que dès qu'il aurait une idée de ma position il se retournerait et se mettrait à me canarder. J'aurais pu l'abattre illico, mais ça aurait réveillé tout le monde à des kilomètres à la ronde, et de toute façon je vous avais promis de ne tuer personne.

« Alors, je me suis pétrifié sur place et je suis resté sans remuer un poil pendant un bon quart d'heure. Je me disais que si je faisais craquer la moindre brindille, la corrida allait commencer. Et là-dessus il est descendu dans le fossé pour pisser un coup et j'en suis resté comme deux ronds de flan. J'ignore où ce gars-là avait appris à monter la garde, mais ce n'était sûrement pas chez les Marines. Il était armé d'une invraisemblable vieille pétoire. Ça faisait bien vingt ans que je n'avais pas vu un instrument pareil. Et il avait des écouteurs de Walkman sur les oreilles, William ! J'aurais pu m'approcher de lui par-derrière, glisser mes deux mains sous ma chemise et lui jouer un air en faisant trompiner mes aisselles sans qu'il s'aperçoive de rien. »

Ginelli s'esclaffa.

« Ah, si le vieux s'était douté que le gars qui était censé l'avertir de mon approche se farcissait le crâne de rock and roll ! »

La sentinelle reprit sa position initiale, et Ginelli s'avança dans sa direction sans plus guère se préoccuper du bruit qu'il faisait. Tout en marchant, il ôta sa ceinture. A la dernière seconde, quelque chose — un mouvement entrevu du coin de l'œil — avertit l'homme, mais ses réflexes ne furent pas assez prompts. Ginelli lui passa la ceinture autour du cou et il serra de toutes ses forces. Il y eut une brève lutte. Le jeune Gitan lâcha son fusil et il essaya de se débarrasser de la ceinture avec des gestes spasmodiques. Les écouteurs de son Walkman lui glissèrent le long des joues, et Ginelli entendit, comme de très loin, la voix de Mick Jagger qui chantait *Under My Thumb*.

Le jeune type se mit à émettre des râles étouffés et ses mouvements perdirent de leur vigueur. Puis il cessa complètement de se débattre. Ginelli compta jusqu'à vingt avant de lâcher prise. (« Je ne voulais pas l'humilier », expliqua-t-il à Billy le plus sérieusement du monde.) Il remit sa ceinture, prit le corps aux aisselles et le traîna dans les taillis. Sa victime était un beau garçon robuste et bien découplé, âgé d'une vingtaine d'années, vêtu d'un jean et de bottes genre santiag. Il jugea qu'il devait s'agir de Samuel Lemke en se fondant sur la description que Billy lui en avait faite, et Billy fut de son avis. Ginelli le ligota à un tronc d'arbre à l'aide du ruban adhésif.

« Ça paraît bête de dire qu'on a attaché quelqu'un à un arbre avec du Scotch, mais seulement si ça ne vous est jamais arrivé. C'est costaud, cette vacherie-là. Une fois emmailloté là-dedans, vous êtes fait comme un rat. Il ne vous reste plus qu'à attendre que quelqu'un vienne vous délivrer. C'est impossible à rompre, et comment pourrait-on dénouer ses liens lorsqu'il n'y a pas de nœuds ? »

Ginelli découpa la moitié inférieure du tee-shirt de Lemke, la lui fourra dans la bouche et ferma le bâillon avec un carré d'adhésif.

« Après, j'ai retourné la cassette et j'ai remis en place les écouteurs de son Walkman histoire qu'il ne s'ennuie pas trop à son réveil. »

Ginelli continua son chemin en restant cette fois sur le côté de la route. Il était sensiblement du même gabarit que Samuel Lemke, et dans l'éventualité où il y aurait une autre sentinelle, il suffirait sans doute qu'il prenne une allure dégagée pour qu'elle se laisse approcher sans méfiance. Du reste, il se faisait tard et il n'avait pas dormi depuis quarante-huit heures, mis à part ses deux courtes siestes au Motor Inn.

« A partir d'une certaine quantité de sommeil en retard, on se met à cafouiller, expliqua-t-il. Quand il ne s'agit que de jouer au Monopoly, ce n'est pas mortel. Mais quand vous avez affaire à des salopards qui dessoudent un mec et lui tracent des messages sur le front avec du sang de poulet, ça peut vous coûter la vie. J'ai fait une bêtise, d'ailleurs. Mais heureusement je n'ai pas eu à la payer. Il arrive qu'on jouisse de la clémence du ciel. »

La bêtise consista à ne déceler la présence de la seconde sentinelle qu'au moment où il passait à sa hauteur. Contrairement à Samuel Lemke, le deuxième homme n'était pas planté comme un piquet sur le bas-côté de la route ; il était dissimulé dans l'ombre, à la lisière du bois. Par chance pour Ginelli, il n'avait pas choisi cet emplacement afin de se rendre invisible, mais par souci de confort.

« Celui-là n'avait pas de Walkman, dit Ginelli. C'était bien pis : il dormait à poings fermés. Une manière bien foireuse de monter la garde, mais après tout ce n'était pas leur métier. En outre, ils n'étaient pas encore persuadés que j'allais continuer à leur faire des crasses. Quand vous êtes sûr d'avoir un énergumène qui s'apprête à vous tomber dessus à bras raccourcis, ça vous tient éveillé. Vous résistez au sommeil avec la dernière énergie. »

Ginelli s'approcha de la sentinelle endormie, choisit posément un point au sommet de son crâne et y appliqua un coup modérément violent avec la crosse du Kalachnikov. Il y eut un choc mat semblable à celui qu'eût produit une main en s'abattant mollement sur une table d'acajou. L'homme, qui s'était calé le dos contre un arbre, s'affaissa dans l'herbe. Ginelli se pencha sur lui et lui tâta le pouls. Il était lent, mais régulier.

Ginelli reprit sa marche. Cinq minutes plus tard, il parvint au sommet d'une hauteur. A sa gauche, un champ descendait en pente douce le flanc du vallon. Il aperçut le cercle sombre des véhicules à environ deux cents mètres de la route. Les Gitans n'avaient pas allumé de feu ce soir-là. C'est tout juste s'il y avait de la lumière aux fenêtres de plusieurs des camping-cars, et encore étaient-elles masquées par des rideaux.

Ginelli se mit à plat ventre et il descendit le flanc du coteau en rampant, le Kalachnikov à bout de bras. Arrivé à mi-pente, il trouva un rocher en saillie qui formait un excellent appui pour le canon de son arme et d'où il avait une vue plongeante sur le campement.

« La lune se levait à peine, et je n'allais pas attendre qu'elle soit haute. Du reste, j'y voyais bien assez comme cela ; je n'étais qu'à soixante-quinze mètres d'eux, et je n'avais pas besoin que mon tir soit d'une grande précision.

Le Kalachnikov n'est pas une arme avec laquelle on peut travailler dans la dentelle. Autant essayer d'opérer quelqu'un de l'appendicite avec une tronçonneuse. Le Kalachnikov est parfait pour semer la panique. Et ils ont paniqué, croyez-moi. Je suis sûr qu'il y en a plus d'un qui en a arrosé ses draps. Mais pas le vieux Taduz. Il est rudement coriace, celui-là. »

Ginelli cala solidement son fusil automatique, prit une profonde inspiration et ajusta soigneusement le camping-car à la licorne. Des criquets chantaient. Un invisible ruisseau gazouillait dans l'herbe. Un cri d'engoulevent résonna soudain dans les ténèbres. Au moment où l'oiseau entonnait la deuxième mesure de sa sérénade, Ginelli ouvrit le feu.

Les détonations du Kalachnikov déchirèrent la nuit. Une couronne de flammes se forma à l'extrémité du canon tandis qu'il crachait son chapelet de cartouches de trente, grosses comme une cigarette King Size, chargées chacune de neuf grammes de poudre. Le chargeur en contenait trente. Ginelli le vida d'un coup. Le pneu avant du camping-car fit plus qu'éclater : il explosa. Ginelli balaya le véhicule dans toute sa longueur, mais en visant bas.

« Je n'ai pas logé une seule balle dans la carrosserie, dit-il. J'ai déchiqueté le sol sous la machine, mais je n'ai pas relevé la hausse, car je ne voulais pas atteindre le réservoir. Vous avez déjà vu un camping-car exploser ? C'est un peu comme quand on place un pétard allumé sous une boîte de conserve. J'ai vu ça un jour, sur l'autoroute du New Jersey. »

Le pneu arrière éclata à son tour. Ginelli éjecta le chargeur vide et il en logea un deuxième dans le magasin. En bas, le tumulte avait commencé. Des cris de terreur et de rage (la terreur prédominait nettement) s'élevaient de tous côtés. Une femme se mit à hurler d'une voix suraiguë.

Des hommes et des femmes jaillirent des véhicules à l'arrêt. La plupart étaient en vêtements de nuit, et ils avaient l'air hagard et terrifié. Ils lançaient autour d'eux des regards effarés, et on aurait dit qu'ils essayaient de se tourner dans tous les sens à la fois. Ginelli se demandait s'ils étaient tous sortis, et c'est alors qu'il s'efforçait de les dénombrer qu'il aperçut Taduz Lemke pour la première fois. Avec sa longue chemise qui ondoyait autour de lui, le vieil homme avait quelque chose de cocasse. Il était coiffé d'une calotte de nuit à gland d'où s'échappaient des mèches désordonnées. Il fit le tour du camping-car à la licorne, inspecta les pneus aplatis et tordus, puis il leva les yeux et les fixa sans l'ombre d'une hésitation sur l'endroit où Ginelli se tenait. Ginelli ne le trouvait plus cocasse du tout. Ce regard incandescent, qui semblait rivé sur lui, lui glaçait le cœur.

« Je savais bien qu'il ne pouvait pas me voir, dit-il. La lune ne s'était toujours pas levée, j'avais le visage et les mains barbouillés de noir de fumée, je n'étais qu'une ombre noyée dans un océan d'ombres. Et pourtant... pourtant, je suis sûr qu'il me voyait, William. »

Le vieillard se retourna vers ses gens qui, à présent, convergeaient vers lui en criant et en gesticulant. Il leur hurla quelque chose en rom et agita le bras en direction de la caravane. Ginelli ne comprenait pas son langage, mais son geste ne laissait guère de doutes sur le sens de ses paroles : *Mettez-vous à l'abri, bande d'idiots !*

« Mais il était trop tard, William », dit Ginelli avec satisfaction.

Il avait lâché une deuxième rafale en tirant dans l'air, au-dessus de leurs têtes. Un concert de hurlements lui répondit. Les hommes criaient aussi fort que les femmes. Une partie des Gitans se jetèrent à plat ventre et se mirent à ramper, le visage collé au sol et le postérieur en l'air. Les autres prirent leurs jambes à leur cou et s'éparpillèrent dans toutes les directions, excepté celle d'où le tir était venu.

Lemke n'avait pas bougé d'un millimètre. Il les engueulait en criant à tue-tête. Son bonnet de nuit était tombé. Mais la débandade continua. En temps normal, les Gitans devaient lui obéir au doigt et à l'œil, mais Ginelli les avait plongés dans une complète panique.

La station-wagon Pontiac dans laquelle il avait dérobé la veste et les tennis la nuit précédente était garée à côté du camping-car, le capot pointé vers l'extérieur. Ginelli engagea un autre chargeur dans le magasin de l'AK-47 et il ouvrit le feu pour la troisième fois.

« La nuit d'avant, la Pontiac était inoccupée, et vu l'odeur qu'elle dégageait, je me suis dit qu'elle le serait probablement encore. Je l'ai prise pour cible et je l'ai bousillée. Oui, j'en ai fait de la pâtée, de cette putain de tire.

« Le Kalachnikov est une arme vraiment redoutable, William. Les gens qui n'ont vu des mitraillettes et des pistolets-mitrailleurs qu'au cinéma s'imaginent que ça vous laisse une petite ligne de trous bien nets en travers du corps, mais il en va tout autrement dans la réalité. Ça fait des dégâts terribles, une vraie charpie, et à une *vitesse* incroyable. Le pare-brise de la Pontiac a dégringolé. Le capot s'est soulevé légèrement, et la volée de balles suivante l'a littéralement arraché. Les phares ont volé en éclats, puis les pneus. La calandre s'est détachée. Il faisait trop noir pour que je distingue l'eau qui jaillissait du radiateur, mais quand mon chargeur a été vide, je l'ai entendue. Ça faisait un boucan infernal. La bagnole était en piteux état. On aurait pu croire qu'elle avait heurté un mur de plein fouet. Et au milieu de tout ce pétard, avec les éclats de verre et les débris de chrome arraché qui volaient dans tous les sens, le vieux Taduz est resté droit comme un i. Il n'a même pas eu un mouvement de recul. Il s'est contenté de bien repérer l'endroit d'où venait le feu afin de me lancer ses troupes au cul si j'étais assez con pour attendre qu'elles se rassemblent. J'ai jugé qu'il valait mieux ne pas m'attarder. »

Ginelli remonta en courant vers la route, plié en deux comme un fantassin qui charge sous le feu. Arrivé au sommet de la colline, il se redressa et piqua un sprint. Il dépassa l'endroit où il avait laissé la deuxième sentinelle, celle qu'il avait assommée d'un coup de crosse, sans même lui accorder un coup d'œil. Mais lorsqu'il parvint à la hauteur de celui où l'homme au Walkman était ligoté à son arbre, il s'arrêta, le souffle court et les tempes battantes.

« Je n'ai eu aucun mal à le retrouver malgré l'obscurité, expliqua-t-il. Je l'entendais qui remuait dans les fourrés. En m'approchant, j'ai aussi perçu ses grognements. Il faisait *mmm, grrr, rhhâââ !* »

Samuel Lemke était arrivé à se déplacer sur le quart de la circonférence du tronc auquel il était attaché, mais avec pour seul résultat de se retrouver encore plus étroitement saucissonné qu'avant. Les écouteurs de son Walkman avaient glissé et ils pendaient à son cou comme un sautoir. Lorsqu'il aperçut Ginelli, il cessa de se démener et il se contenta de le regarder.

« J'ai vu à ses yeux qu'il pensait que j'allais le tuer, et qu'il avait les boules à zéro, dit Ginelli. Ça faisait parfaitement mon affaire. Le vieux Taduz n'avait pas flanché, mais ce gamin, lui, regrettait sincèrement de s'être frotté à vous, William. J'aurais pu lui en faire baver, mais malheureusement j'étais pressé. »

Ginelli s'agenouilla à côté de Samuel Lemke et il leva le Kalachnikov pour que le jeune Gitan le voie bien. A en juger par son regard, il savait ce que c'était.

« Je n'ai pas beaucoup de temps, alors ouvre bien tes oreilles, trouduc, lui dit Ginelli. Tu diras au vieux que la prochaine fois je ne me contenterai pas de tirer en l'air et de mitrailler des bagnoles vides. Tu lui diras que William Halleck lui ordonne de retirer son maléfice. T'as bien compris ? »

Lemke remua affirmativement la tête. Si l'adhésif n'avait pas gêné ses mouvements, il l'eût sans doute hochée avec beaucoup d'énergie. Ginelli arracha le carré d'adhésif qui lui couvrait la bouche et le débarrassa de son bâillon.

« Tes copains ne vont pas tarder à rappliquer, dit-il. Tu n'auras qu'à crier, et ils te trouveront. Rappelle-toi bien du message. »

Il tourna les talons et s'éloigna.

« Vous ne comprenez pas, lui lança Samuel Lemke d'une voix enrouée. Il ne le retirera *jamais*. Il est le dernier des grands chefs magyars. Il a une brique à la place du cœur. Je n'oublierai rien, faites-moi confiance. Mais il ne retirera *jamais* son maléfice. »

Une camionnette à plate-forme passa en cahotant sur

la route. Elle se dirigeait vers le camp des Gitans. Ginelli jeta un bref coup d'œil dans sa direction, puis il se retourna vers Lemke.

« Les briques, ça s'écrase, dit-il. Tu lui diras ça aussi. »

Ginelli partit au galop, traversa la route et continua au petit trot en direction de la carrière abandonnée. Il croisa une deuxième camionnette à plate-forme, puis trois voitures qui avançaient à la queue leu leu. Il était bien naturel que les habitants du patelin fussent curieux de savoir qui avait bien pu tirer des rafales d'arme automatique dans ce coin désert au beau milieu de la nuit, et Ginelli ne s'en inquiéta pas outre mesure. Chaque fois qu'un véhicule s'approchait, il en était averti par la lueur de ses phares, et cela lui laissait largement le temps de disparaître dans les ombres du sous-bois. Au moment où il pénétrait dans la carrière, il entendit un ululement de sirène.

Il monta à bord de la Nova, démarra et roula tous feux éteints jusqu'à l'embranchement. Une Chevrolet passa en vrombissant sur la route. Un gyrophare bleu tournoyait sur son tableau de bord.

« Pendant qu'elle s'éloignait, je me suis essuyé le visage et les mains. Et ensuite, je l'ai suivie.

— Vous l'avez *suivie ?* s'exclama Billy.

— Oui, pour plus de sûreté. Chaque fois qu'une fusillade éclate, les passants innocents se précipitent à bride abattue vers l'endroit où elle a eu lieu. C'est leur seule chance d'apercevoir du sang avant que les flics ne lavent le trottoir au jet. Les gens qui partent dans la direction opposée sont suspects a priori. Bien souvent, ils ne quittent les lieux que parce qu'ils ont de la quincaillerie sur eux. »

Quand Ginelli parvint à la hauteur du pré où il avait opéré tout à l'heure, une demi-douzaine de véhicules stationnaient sur le bas-côté de la route. Les faisceaux de leurs phares s'entrecroisaient. Des gens couraient çà et là en s'interpellant. La Chevrolet du constable local était garée près de l'endroit où Ginelli avait assommé la sentinelle endormie. Le gyrophare qui tournait sur son tableau de bord projetait de tremblotantes lueurs bleues sur les branches basses. Ginelli abaissa la vitre de sa portière et il passa la tête à l'extérieur.

« Qu'est-ce qui se passe, monsieur l'agent ?

— C'est pas vos oignons, mon vieux. Circulez. »

Et au cas où l'homme assis au volant de la Nova n'aurait compris que le russe, quoiqu'il posât des questions en anglais, le policier brandit impatiemment sa torche électrique en direction de l'autre extrémité de Finson Road.

Ginelli poursuivit lentement sa route en louvoyant à travers les voitures à l'arrêt. A ce qu'il semblait, elles appartenaient toutes à des habitants du coin. Il se dit que le constable n'avait sans doute pas eu le cœur de faire circuler ses propres voisins. Deux attroupements distincts s'étaient formés devant la Pontiac que Ginelli avait démolie. Le premier était constitué de Gitans en pyjamas et en chemises de nuit. Ils parlaient entre eux, certains avec de grands gestes théâtraux. Le second, celui des villageois, était nettement moins animé. Muets, les mains enfoncées dans leurs poches, ils contemplaient l'épave de la Pontiac avec des yeux ronds. Chacun des deux groupes affectait d'ignorer l'autre.

Finson Road continuait sur une dizaine de kilomètres, et Ginelli faillit valser dans le décor à deux reprises en faisant une brusque embardée pour éviter des voitures qui roulaient à tombeau ouvert dans la direction opposée.

Il déboucha sur une route asphaltée qui le conduisit jusqu'à Bucksport, où il bifurqua vers le nord. A deux heures du matin, M. John Tree avait regagné son motel. Il régla le réveil sur sept heures trente et se mit au lit.

Billy le regardait avec effarement.

« Vous voulez dire que pendant que je me tourmentais sur votre sort vous étiez en train de roupiller tranquillement dans le motel que nous venions de quitter ? interrogea-t-il.

— Ben oui », admit Ginelli d'un air penaud.

Au bout de quelques secondes, son air penaud s'effaça. Il sourit, haussa les épaules et ajouta :

« Mettez ça sur le compte de l'inexpérience, William. Je n'ai pas l'habitude qu'on se fasse du souci pour moi.

Excepté ma maman, bien sûr, mais ce n'est pas la même chose.

« Vous avez dû vous endormir, dit Billy. Vous n'êtes arrivé ici que vers les neuf heures.

— Non. Je me suis réveillé à l'heure prévue. J'ai passé un coup de fil, puis je suis allé en ville et j'ai loué une autre voiture. Chez Avis, cette fois. Je n'ai pas tellement de chance avec Hertz.

— Vous allez avoir des emmerdes à cause de cette voiture de la Hertz, n'est-ce pas ? demanda Billy.

— Oh non. De ce côté-là, tout va bien. Ça aurait pu tourner au vinaigre, mais j'ai pris mes dispositions. Mon coup de fil, c'était ça. La voiture de chez Hertz. J'ai demandé à mon " collaborateur " new-yorkais de faire un autre saut en avion. Il y a un petit aérodrome à Ellsworth ; le pilote l'a déposé là, et il est allé l'attendre à Bangor. Mon collaborateur est monté jusqu'à Bankerton en stop, et il...

— Mais c'est l'escalade ! s'écria Billy. Non mais vous vous rendez compte ? Ça devient un vrai Viêt-nam.

— Ne dites pas de conneries, William.

— Enfin, ce n'est pas une aide ménagère que vous avez fait venir en avion de New York !

— Si, en un sens. Je ne connais personne dans le Maine. J'avais noué un seul contact, et le gars s'est fait dessouder. Quoi qu'il en soit, ça a marché comme sur des roulettes. Mon collaborateur m'a fait un rapport détaillé hier soir. Il est arrivé à Bankerton sur le coup de midi, et il s'est rendu directement à la station Texaco. Il n'y a trouvé qu'un gamin qui avait l'air d'avoir une case en moins. Quand un client se présentait, il allait lui faire le plein, mais à part ça il restait claquemuré dans le garage à trifouiller dans le moteur d'une voiture montée sur cales. Mon collaborateur a fait démarrer la Ford en connectant les fils et il s'est barré. Il est passé devant la porte du garage, mais ce gosse n'a même pas tourné la tête. Mon collaborateur s'est rendu à l'aéroport de Bangor et il a laissé la voiture dans un des emplacements de parking réservés à la Hertz. Je lui avais recommandé de rechercher d'éventuelles taches de sang. Il m'a dit au téléphone qu'il en avait trouvé au milieu du siège avant (c'était sûrement du sang de poulet) et qu'il les avait nettoyées avec un tampon imbibé d'essence. Après quoi, il a rempli le questionnaire du livret de location, a glissé le livret dans la boîte aux lettres réservée aux “ Retours urgents ”, et il a repris l'avion pour New York.

— Et les clés, alors? Vous m'avez dit qu'il avait fait démarrer la voiture en connectant les fils.

— Les clés, c'était le vrai problème, admit Ginelli. C'est la deuxième erreur que j'ai faite. Tout comme la première, je l'ai imputée au manque de sommeil, mais peut-être qu'en réalité ce sont les effets de l'âge qui commencent à se faire sentir. Elles étaient dans la poche de Spurton et j'ai oublié de les récupérer quand je l'ai enterré. Mais à présent... »

Ginelli sortit une paire de clés accrochées à une plaque en plastique jaune vif marquée du logo de la Hertz et il les agita triomphalement en faisant : « Ta-da-da!

— Vous y êtes retourné! dit Billy d'une voix un peu rauque. Doux Jésus! Vous y êtes retourné et vous l'avez déterré pour récupérer les clés.

— Bah, tôt ou tard, des marmottes ou des ours auraient trouvé le corps et ils l'auraient exhumé pour jouer avec, dit Ginelli posément. Ou alors un chien de chasse l'aurait flairé, et il aurait conduit son maître jusqu'à lui. Et puis vous savez, les gens de la Hertz sont habitués à ce que des voyageurs pressés leur retournent le livret de la voiture sans y joindre les clés. Pour eux, ce n'est qu'une péripétie très ordinaire. Les gens oublient tout le temps de rendre les clés de leurs voitures de louage ou de leurs chambres d'hôtel. Quelquefois ils les renvoient par la poste, mais la plupart du temps ils ne se donnent même pas cette peine. Le chef d'agence n'a plus qu'à composer un numéro d'appel gratuit, celui du service adéquat chez Ford, Chrysler ou General Motors. Il donne le numéro de moteur de la voiture, et on lui communique un schéma de clé correspondant. Ce n'est pas plus sorcier que ça. Par contre, si quelqu'un avait trouvé un macchab au fond d'une carrière avec une bille d'acier dans le crâne et les clés d'une voiture que j'avais louée dans sa poche.. là, j'aurais été dans une belle panade. Vous me suivez ?

— Oui.

— A part ça, il fallait que j'y retourne de toute façon, dit Ginelli. Et je ne pouvais pas y aller avec la Nova.

— Ah, pourquoi ? Ils ne l'avaient pas vue.

— Attendez, vous allez comprendre, William. Mais laissez-moi vous raconter les choses dans l'ordre. Vous voulez un autre coup de Chivas ? »

Billy fit un signe de dénégation, et Ginelli but une lampée en Suisse.

« Bien, fit-il. Mardi à l'aube, les chiens. Mardi matin, la Nova. Mardi soir, la grosse artillerie. Mardi matin de bonne heure, la deuxième voiture de louage. Vous y êtes ?

— Oui, je crois.

— Cette fois, je me suis débrouillé pour me faire attribuer une Buick. Le gars de chez Avis voulait me refiler une Aries K. Il prétendait que c'était tout ce qui lui restait et que je pourrais encore m'estimer heureux de l'avoir. Mais une Aries K, ça ne faisait pas du tout mon affaire. Il me fallait absolument une berline. Quelque chose de maousse, sans être trop tape-à-l'œil. J'ai fini par obtenir ce que je voulais ; il a suffi d'un billet de vingt, et il s'est brusquement ravisé. Je suis retourné au Motor Inn de Bar Harbor, j'ai garé ma Buick au parking et j'ai passé deux nouveaux coups de fil pour m'assurer que tout se passait conformément à mes plans. Ensuite, je suis venu jusqu'ici à bord de la Nova. Elle ne paye pas de mine, elle pue la bouse de vache, mais elle a quelque chose dans le ventre.

« Donc, j'arrive ici, et vous êtes enfin rassuré sur mon compte. Mais à ce moment-là je n'ai plus qu'un désir, qui est de me pieuter à nouveau, et je suis trop pompé pour seulement penser à regagner Bar Harbor, si bien que je passe toute la journée à en écraser dans la chambre voisine.

— Vous auriez pu m'appeler, non ? dit Billy d'une voix douce. Ça vous aurait au moins épargné un déplacement. »

Ginelli lui sourit.

« D'accord, j'aurais pu téléphoner, mais merde, William, au téléphone je n'aurais pas vu quelle tête vous aviez. Vous n'étiez pas le seul à vous en faire, vous savez. »

Billy baissa les yeux et il avala sa salive avec effort. Une fois de plus, il était au bord des larmes. Depuis quelque temps, ces envies de pleurer le prenaient à tout bout de champ.

« Bon ! Voilà donc notre Ginelli qui se réveille, frais comme une rose — à part une infime trace de gueule de bois due à toute cette Benzédrine qu'il s'est enfilée la veille. Il prend une douche, monte à bord de la Nova qui sent plus que jamais le purin après être restée une journée entière au soleil, et s'en retourne à Bar Harbor. Arrivé à son motel, il sort les trois petits colis de son coffre et s'en va les déballer dans sa chambre. L'un des colis contient un colt Woodsman de calibre .38 et un étui d'aisselle. Il les met en place, transfère le contenu des deux autres paquets dans les poches de sa veste de toile, ressort de la chambre et s'en va troquer la Nova contre la Buick de chez Avis. Au passage, il regrette de ne pas être doué d'ubiquité, car cela lui éviterait de passer sans cesse d'une voiture à l'autre comme le préposé au parking d'un grand restaurant de Beverly Hills. Ensuite il prend la route de la pittoresque bourgade de Bankerton en espérant du fond du cœur que cette visite sera la dernière. Il ne s'arrête qu'une fois en route, le temps de faire un saut dans un supermarché où il fait l'emplette d'un grand bocal à confiture muni d'une fermeture à canette et d'une bouteille de Pepsi-Cola. Quand il arrive à Bankerton, le soleil vient juste de disparaître à l'horizon. Il se dirige aussitôt vers la carrière abandonnée et il y entre sans faire aucun effort pour passer inaperçu, sachant qu'au point où il en est ça ne changera rien : si le corps a déjà été découvert à la suite de la corrida de la nuit dernière, il est dans une merde noire de toute façon. Mais l'endroit est désert, et aucun signe n'indique que quelqu'un y soit venu. Il creuse le tas de gravillons, trouve le corps de Spurton, lui fait les poches et ramène le cadeau-surprise. »

Ginelli s'exprimait d'une voix parfaitement neutre.

Pourtant Billy visualisa cette partie de son récit avec une précision toute cinématographique, et le film qui passait sur l'écran de son esprit n'était pas des plus plaisants. Ginelli, accroupi, fouissait de ses mains nues le tas de gravillons, trouvait à tâtons la chemise de Spurton... sa ceinture... sa poche. La main de Ginelli s'enfonçait dans la poche, écartait des pièces de monnaie mêlées de sable humide. A travers la poche, ses doigts entraient en contact avec une chair glaciale, durcie par la rigidité cadavérique. Ils trouvaient enfin les clés, et Ginelli recouvrait hâtivement le cadavre.

« *Brrr,* fit Billy en frissonnant.

— Tout ça n'est qu'une affaire de perspective, William, fit observer Ginelli calmement. On s'y fait, croyez-moi. »

C'est bien cela qui m'effrayait, songea Billy, sur quoi il écouta avec une stupeur grandissante tandis que Ginelli lui narrait la partie finale de son incroyable équipée.

Ginelli empocha les clés et il regagna la Buick de chez Avis. Il décapsula la bouteille de Pepsi, et en transvasa le contenu dans le bocal à confiture, qu'il reboucha soigneusement. Ensuite il redémarra et se dirigea vers le campement des Gitans.

« Je savais qu'ils seraient encore là, expliqua-t-il. Non parce qu'ils avaient envie de rester, mais parce que les flics de la police d'État leur avaient forcément enjoint de ne pas quitter les lieux jusqu'à ce qu'ils aient achevé leur enquête. Quand des inconnus mitraillent une bande de nomades dont la présence dans un patelin comme Bankerton est déjà assez insolite en soi, ça ne peut qu'éveiller les soupçons de la maréchaussée. »

La police était sur les dents, en effet. Une voiture de patrouille de la police d'État et deux Plymouth banalisées étaient garées à la lisière du pré. Ginelli se rangea entre les deux Plymouth, mit pied à terre et entreprit de descendre le flanc du coteau en direction du campement. La station-wagon démolie avait été transportée ailleurs, sans doute pour que les techniciens du laboratoire de criminalistique puissent la passer au peigne fin.

Arrivé à mi-chemin, Ginelli rencontra un flic de la police d'État qui revenait du camp.

« Monsieur, je suis désolé, mais vous n'avez rien à faire ici, lui dit le flic. Je dois vous demander de circuler.

— Je l'ai convaincu que j'avais une excellente raison d'être là, dit Ginelli.

— Comment avez-vous fait ?

— Je lui ai montré ceci. »

Ginelli sortit de sa poche-revolver un petit porte-cartes en cuir et le lança à Billy. Billy l'ouvrit, et il sut immédiatement de quoi il s'agissait, car il lui était arrivé quelquefois de voir des plaques d'identification du même modèle dans le cadre de sa profession, et il en aurait sans doute rencontré bien plus souvent s'il avait pratiqué le droit criminel. C'était une carte du F.B.I. en plastique laminé. La photo était celle de Ginelli. Sur la photo, Ginelli paraissait cinq ans de moins. Il avait les cheveux très courts, taillés en brosse. La carte l'identifiait comme étant l'agent spécial Ellis Stoner.

Brusquement, un déclic joua dans la tête de Billy et il comprit tout. Il releva les yeux et s'exclama :

« Vous vouliez cette Buick parce qu'elle avait l'air plus...

— Plus officielle, voilà. Grosse conduite intérieure, pas trop voyante. Je ne voulais pas me pointer au volant de cette petite chiotte minable que le type de chez Avis essayait de me refiler, et encore moins à bord de cette machine de plouc tout juste bonne à aller tirer sa crampe dans un drive-in.

— Cette carte, c'est votre " collaborateur " qui vous l'a apportée à son second voyage ?

— Oui. »

Billy lui relança le porte-cartes.

« Elle est rudement bien imitée », dit-il.

Le sourire de Ginelli s'effaça.

« Il ne s'agit pas d'une imitation, dit-il d'une voix douce. La photo mise à part, elle est vraie. »

Il y eut un silence durant lequel Billy s'efforça de

digérer cette information en évitant de trop s'interroger sur le sort du véritable Ellis Stoner et de ses éventuels enfants. A la fin, il reprit :

« Donc, vous êtes venu vous ranger entre deux voitures de police et vous avez exhibé cette carte du F.B.I. à un flic cinq minutes après avoir repêché un jeu de clés dans la poche d'un cadavre enfoui sous un tas de gravier.

— Là, vous exagérez, dit Ginelli. Il s'était bien écoulé dix minutes. »

En pénétrant dans le camp des Gitans, Ginelli aperçut deux hommes agenouillés derrière le camping-car à la licorne. Ils étaient en civil, et vêtus avec un certain laisser-aller, mais leur qualité de policiers ne faisait aucun doute. Ils creusaient le sol à l'aide de petits déplantoirs de jardin tandis qu'un troisième, debout, les éclairait avec une torche électrique de forte puissance.

« Tiens, en voilà encore une ! » dit l'un des deux hommes à genoux.

Il cueillit la balle du bout de son déplantoir et la laissa tomber dans un seau posé près de lui. Il y eut un *plonk !* retentissant. Deux petits Gitans, debout à quelques pas de là, observaient ce manège avec curiosité. Ils étaient manifestement frères.

Au fond, Ginelli était plutôt heureux de la présence des flics. Personne ne savait à quoi il ressemblait. Samuel Lemke n'avait vu qu'une face d'ombre, barbouillée de noir de fumée. En outre, il était logique que le F.B.I. dépêche quelqu'un pour enquêter sur un incident au cours duquel on avait fait usage d'une arme automatique de fabrication soviétique. Toutefois, Ginelli avait acquis un sain respect envers Taduz Lemke. Ce n'était pas seulement à cause du mot tracé en lettres de sang en travers du front de Spurton. Il y avait aussi la manière dont le vieux Taduz était resté fermement campé sur ses pieds en face de la mitraille. Sans parler, bien sûr, de ce qui était arrivé à Halleck. Il ne lui semblait pas impossible que le vieillard devinât sa véritable identité. Il la lirait dans ses yeux; peut-être même qu'il la décèlerait à l'odeur.

Il était hors de question qu'il se laisse approcher par le vieil homme au nez décomposé.

C'est la fille qu'il était venu chercher.

Il traversa le cercle intérieur et frappa à la porte d'un camping-car. Il l'avait choisi au hasard. Il dut frapper une deuxième fois avant qu'une femme se décide à venir lui ouvrir. Elle était entre deux âges, et son regard exprimait un mélange de crainte et de suspicion.

« Je ne sais pas ce que vous voulez, mais nous ne pouvons pas vous le fournir, dit-elle. Nous avons des ennuis. Nous sommes fermés. Je regrette. »

Ginelli exhiba sa plaque.

« Police fédérale, madame. Agent spécial Stoner. »

Les yeux de la femme s'agrandirent. Elle traça un rapide signe de croix et marmonna quelque chose en rom. Ensuite elle s'écria :

« Oh mon Dieu, il ne manquait plus que ça ! Décidément, tout va de mal en pis. Depuis la mort de Susanna, on dirait qu'une malédiction s'est abattue sur nous. Ou alors... »

Son mari l'écarta sans ménagement en lui enjoignant brutalement de la boucler.

« Agent spécial Stoner, annonça à nouveau Ginelli.

— Oui, j'ai entendu », dit le mari.

Il franchit la porte du camping-car avec une certaine difficulté. C'était un homme de très haute taille, aux épaules tellement voûtées qu'il en paraissait presque bossu. Ginelli lui donna dans les quarante-cinq ans, mais il faisait plus que son âge. Il était vêtu d'un tee-shirt barré du logotype de Disney World et d'un bermuda absurdement trop grand. Il sentait la vinasse et son haleine était chargée de relents aigres. Il devait vomir assez fréquemment. Trois ou quatre fois par semaine peut-être. Ginelli l'avait aperçu la nuit précédente au milieu du groupe de fuyards. Ça ne pouvait être que lui, à moins que la tribu ne comptât un autre grand échalas de près de deux mètres de haut. Ses mouvements avaient à peu près autant de grâce que ceux d'un épileptique aveugle frappé de crise cardiaque.

« Qu'est-ce que vous nous voulez ? aboya-t-il. On a eu des flics sur le dos toute la journée. On a *toujours* des flics sur le dos, mais là, putain, ça devient carrément *ridicule* ! »

Il était mauvais, hargneux. Sa femme lui dit quelque chose en rom. Elle parlait avec agitation. Il tourna la tête vers elle, lui lança : « *Det krigiska jag-haller !* » et, pour faire bonne mesure, il ajouta : « Tais-toi, morue ! » La femme battit en retraite, et l'homme au tee-shirt Disney World se retourna vers Ginelli.

« Qu'est-ce que vous voulez ? Pourquoi est-ce que vous n'allez pas vous adresser à vos copains si vous avez besoin de quelque chose ? (En disant cela, il eut un mouvement du menton en direction des enquêteurs de la police.)

— Votre nom, s'il vous plaît ? fit Ginelli, qui restait d'une politesse imperturbable.

— Vous n'avez qu'à leur demander », fit l'homme en croisant belliqueusement sur sa poitrine ses longs bras épais et flasques. Ses gros seins tressautèrent sous son tee-shirt. « On leur a donné nos noms, et ils ont pris nos dépositions. Tout ce qu'on sait, c'est que quelqu'un nous a tiré dessus en pleine nuit. On ne demande qu'une chose, c'est qu'on nous foute la paix. On veut quitter le Maine, quitter la Nouvelle-Angleterre, dire adieu à cette putain de côte est. Et ne plus jamais y revenir. »

Il avait prononcé cette dernière phrase d'une voix plus basse, en formant avec l'index et l'auriculaire de sa main gauche un signe que Ginelli connaissait bien pour l'avoir vu tant de fois exécuter par sa mère et sa grand-mère. C'était le signe de la main cornue, qui sert à écarter le mauvais œil. De toute évidence, l'homme avait fait ce geste sans même s'en rendre compte.

« Mon cher monsieur, c'est de deux choses l'une, dit Ginelli en jouant jusqu'au bout son rôle d'agent du F.B.I. ultra-poli. Ou bien vous consentez à répondre à mes questions, ou bien vous vous retrouverez au dépôt en attendant qu'un juge décide s'il convient ou non de vous inculper pour avoir entravé sciemment le cours de la justice. C'est une infraction qui pourrait vous coûter jusqu'à cinq ans de prison et cinq mille dollars d'amende. »

De l'intérieur du camping-car, la femme proféra un flot de paroles volubiles en rom. Sa voix avait des accents franchement hystériques.

« *Enkelt !* » gronda le Gitan d'une voix rauque.

Mais quand il se tourna à nouveau vers Ginelli, il avait visiblement pâli.

« Vous êtes barjo, fit-il.

— Pas du tout, mon cher monsieur, rétorqua Ginelli. On ne vous a pas simplement " tiré dessus ". On vous a arrosé avec une arme automatique, qui a lâché au moins trois rafales successives. La détention de mitraillettes et d'armes automatiques à tir rapide constitue un délit fédéral. Cette affaire relève donc de la compétence du F.B.I., et je suis au regret de vous signaler que vous êtes dans la merde jusqu'au cou et qu'il va falloir vous remuer si vous voulez vous en dépêtrer. »

Le Gitan le fixa encore un moment d'un air hargneux, puis il flancha.

« Je m'appelle Heilig, dit-il. Trey Heilig. Ces gars-là auraient pu vous le dire, ajouta-t-il en désignant à nouveau les enquêteurs du menton.

— Ils font leur boulot. Je fais le mien. Vous êtes disposé à me répondre, à présent ? »

Heilig hocha la tête d'un air résigné.

Ginelli lui fit raconter par le menu les événements de la nuit. Son récit fut brièvement interrompu lorsqu'un des flics de la police d'Etat vint prier Ginelli de s'identifier. Ginelli exhiba sa plaque. Le flic y jeta un rapide coup d'œil et s'esquiva aussitôt, l'air intimidé et un peu soucieux.

Heilig prétendit qu'il s'était précipité dehors dès la première rafale et qu'après avoir localisé l'origine des coups de feu, il avait entrepris de gravir le coteau en opérant un mouvement tournant, afin de prendre le tireur à revers. Mais en chemin il avait trébuché sur quelque chose — un arbre peut-être — qu'il n'avait pas distingué dans l'obscurité et il avait heurté un rocher en tombant. Le choc lui avait fait perdre connaissance, sans quoi il aurait certainement niqué ce salopard. Pour prouver qu'il ne mentait pas, il désigna une ecchymose sur sa tempe gauche. Elle était pâle et semblait dater d'au moins trois jours. Il avait probablement pris un gadin au cours d'une cuite. Ginelli tourna la page de son calepin en soupirant intérieurement. Le bidonnage avait assez duré ; il était temps de passer aux choses sérieuses.

« Merci infiniment, monsieur Heilig. Vous m'avez été d'une aide précieuse. »

Le récit de ses hauts faits semblait avoir eu un effet lénitif sur le grand type.

« Oh, il n'y a pas de quoi, fit-il. Et pardon de vous être tombé sur le râble comme cela. Mais si vous étiez à notre place... »

Il haussa les épaules.

La tête de sa femme s'encadra dans l'ouverture de la porte. Elle avait l'air d'un blaireau très vieux et très fatigué qui risque un œil hors de son terrier pour voir si les chiens sont aussi nombreux et féroces que leurs aboiements le laissaient supposer.

« Des flics, dit-elle. Toujours des flics. Partout où nous allons, ils s'ameutent. On a l'habitude. Mais cette fois, c'est pire. Tout le monde a très peur.

— *Enkelt, Mamma,* grogna Heilig, moins brusquement que tout à l'heure.

— Je dois interroger deux autres personnes, dit Ginelli. Peut-être pourriez-vous m'indiquer où les trouver. (Il fit semblant de vérifier les noms sur son calepin.) Un M. Taduz Lemke et une Mme Angelina Lemke.

— Taduz est là-dedans, dit Heilig en désignant le camping-car à la licorne de son pouce recourbé. Mais il dort. Il est très vieux, et tout ce remue-ménage l'a beaucoup fatigué. »

Si cette information était exacte, Ginelli avait toutes les raisons de s'en réjouir.

« Gina doit être dans son camping-car, là-bas, continua Heilig. Mais c'est *mademoiselle* Lemke, pas " madame ". »

Il pointait son index crasseux en direction d'une petite camionnette Toyota de couleur verte sur la plate-forme de laquelle on avait édifié une cabine de camping-car en hêtre verni. L'effet d'ensemble était très agréable à l'œil.

« Merci, monsieur Heilig », dit Ginelli.

Il referma son calepin et le fourra dans sa poche-revolver. L'air soulagé, Heilig réintégra sa propre cabine — où l'attendait sans doute une chopine de gros qui tache. Les ténèbres s'intensifiaient. Ginelli traversa de nouveau le cercle intérieur en direction de la Toyota verte. Son cœur battait à tout rompre, ainsi qu'il le confessa à Billy. Il prit une profonde inspiration et frappa à la porte de la cabine.

Il n'y eut pas de réaction immédiate. Au moment où Ginelli levait la main pour frapper une seconde fois, la porte s'ouvrit. Halleck l'avait prévenu que Gina était belle, mais il ne s'était pas attendu à la trouver d'une beauté aussi renversante. Les grands yeux noirs de la fille étaient fixés droit sur les siens. Les cornées en étaient si blanches qu'elles en prenaient des reflets bleutés, et des pointes d'incarnat rehaussaient l'éclat de sa peau olivâtre. Ginelli abaissa son regard et vit qu'elle avait des mains fortes, aux veines saillantes. Ses ongles, propres mais vierges de tout vernis, étaient taillés ras comme ceux d'un paysan. Dans sa main droite, elle serrait un livre intitulé *Sociologie statistique.*

« Oui ? fit-elle.

— Miss Lemke ? Je suis Ellis Stoner, agent spécial du F.B.I. », dit Ginelli.

Instantanément, comme si un obturateur avait joué au fond de ses prunelles, les yeux de la fille perdirent leur éclat limpide.

« Oui ? répéta-t-elle d'une voix aussi désincarnée que celle d'un répondeur automatique.

— J'ai été chargé d'enquêter sur la fusillade de la nuit dernière, dit Ginelli.

— N'en jetez plus, dit Gina. Enquêtez tant que vous voudrez, mais je suis des cours par correspondance et si je ne poste pas mes devoirs demain matin de bonne heure je perdrai des points pour cause de retard. Alors, si vous voulez bien m'excuser...

— D'après les renseignements dont nous disposons, il se pourrait qu'un certain William Halleck ait tout manigancé, dit Ginelli. Est-ce que ce nom évoque quelque chose pour vous ? »

Sur ce point, le regard de Gina ne laissait aucun doute. Ses yeux s'étaient agrandis, et ils lançaient des flammes. Ginelli la trouvait toujours aussi belle, mais à présent il se disait qu'il y avait de fortes chances qu'elle se soit personnellement chargée de trucider Spurton.

« Ce *porc !* cracha-t-elle. *Han satte sig pa en av stolarna ! Han sneglade pa nyst mot hyllorna i vild ! Vild !*

— J'ai un certain nombre de photos d'un individu suspect qu'un de nos agents avait repéré à Bar Harbor, dit placidement Ginelli. Il l'a mitraillé avec un téléobjectif, et nous présumons qu'il s'agit de ce Halleck.

— C'est lui qui a fait le coup ! s'écria Gina. Ce porc a tué ma *tantenyjad* — ma grand-mère. Mais il cessera bientôt de nous empoisonner. Il... »

Elle se mordit les lèvres et se tut. Si elle avait vraiment eu affaire à un agent du F.B.I., elle aurait été bonne pour un interrogatoire en règle. Mais Ginelli feignit de n'avoir rien remarqué.

« Sur une des photos, l'individu en question paraît être en train de remettre de l'argent à un deuxième homme. S'il s'agit bien de ce Halleck, il se pourrait que le deuxième larron soit l'auteur des coups de feu de cette nuit. Vous me rendriez service, votre grand-père et vous, si vous pouviez me confirmer que l'individu qui apparaît sur ces photos est bien le dénommé Halleck.

— Mon *arrière*-grand-père, rectifia machinalement Gina. Il dort, je crois. Mon frère veille sur lui. Ça m'ennuierait beaucoup de le réveiller. Et puis il faut lui éviter de nouvelles émotions. Les événements de ces derniers jours l'ont terriblement éprouvé.

— Il y a peut-être une solution, dit Ginelli. Je vais vous

montrer les photos, et si vous identifiez formellement Halleck, je n'aurai pas besoin de déranger votre arrière-grand-père.

— Ce serait sans doute le mieux, dit Gina. Si vous mettez la main sur ce porc de Halleck, est-ce que vous l'arrêterez ?

— Bien entendu. On a ouvert une information contre X, et je dispose d'un mandat fédéral en blanc. »

Les dernières hésitations de Gina s'étaient envolées. Elle bondit hors de sa cabine et sa longue jupe ondoya autour d'elle, découvrant fugacement un mollet au galbe saisissant. Au moment où elle touchait terre, elle dit quelque chose qui glaça le cœur de Ginelli :

« Il ne vous restera plus grand-chose à arrêter, je crois bien. »

Ils dépassèrent les flics qui continuaient à gratter le sol dans une obscurité croissante, et croisèrent plusieurs Gitans, dont les deux gamins de tout à l'heure, qui à présent étaient vêtus de pyjamas jumeaux. Des pyjamas à impression léopard, style tenue de jungle. Gina salua certains Gitans de la tête et ils lui rendirent son salut, mais en demeurant à distance respectueuse. Ils savaient que le grand type à l'air italien qui l'accompagnait appartenait au F.B.I., et ils n'avaient aucune envie de se frotter à lui.

Ils franchirent la limite extérieure du cercle et s'engagèrent sur la pente herbue en direction de la route. Au bout de quelques mètres, leurs silhouettes s'engloutirent dans les ténèbres.

« Ça a marché comme sur des roulettes, William, dit Ginelli. C'était la troisième nuit d'affilée, et pourtant mon boniment est passé comme une lettre à la poste. Normal. Le coin grouillait de flics, et ils ne pouvaient pas imaginer que le gars qui les avait canardés allait choisir ce moment-là pour leur faire subir de nouvelles avanies. Ces mecs-là n'ont pas inventé la poudre, William, et c'était exactement ce que j'attendais d'eux. Mais pas du vieux. Lui, il aurait flairé qu'il y avait anguille sous roche. Ce n'est pas après avoir passé sa vie entière à haïr les flics et à se méfier d'eux qu'il allait tout à coup décider qu'il pouvait leur faire confiance pour le protéger de l'énergumène qui lui collait aux fesses. Mais le vieux roupillait. Il est à bout de forces. Heureusement. Comme ça, on a une petite chance de l'emporter. Oui, peut-être qu'on va le faire craquer, William. »

Ils marchèrent jusqu'à la Buick et Ginelli ouvrit la portière côté conducteur. Il passa le torse à l'intérieur, et au moment où il dégainait son revolver d'une main tout en faisant jouer de l'autre la canette du bocal à confiture, il sentit que la noire jubilation de Gina se muait subitement en une franche suspicion. La fille était debout derrière lui, mais Ginelli lui-même était tendu à bloc et ses perceptions étaient extraordinairement aiguisées. Il devina tout ce qu'elle ressentait. Elle prit soudain conscience du chant des criquets, des ténèbres qui l'environnaient, de la facilité avec laquelle elle s'était laissé entraîner loin des siens par un homme qu'elle n'avait jamais vu, au moment même où elle aurait dû se méfier plus que jamais des inconnus. Elle trouvait tout à coup bizarre que cet « Ellis Stoner » qui tenait tant à lui faire identifier Halleck n'ait pas songé à amener ses photos jusqu'au camp. Mais il était trop tard. Il avait suffi qu'il prononce le nom honni pour que la haine l'aveugle et qu'elle fonce tête baissée dans le panneau.

« Nous y voilà », dit Ginelli en se retournant vers elle, le revolver dans une main et le bocal à confiture dans l'autre.

Les yeux de Gina s'agrandirent, sa poitrine s'enfla et elle aspira une grande goulée d'air.

« C'est ça, hurle, dit Ginelli. Mais je te promets que ça sera le dernier son que tu émettras de ta vie, Gina. »

L'espace d'un instant, il crut qu'elle allait crier malgré tout... puis elle expulsa d'un coup tout l'air de ses poumons en une longue expiration.

« C'est *vous*, l'homme de main que ce porc a engagé, dit-elle. *Hans satte sig pa...*

— Parle anglais, pouffiasse, dit Ginelli d'une voix presque désinvolte. »

Elle eut un haut-le-corps, comme s'il venait de la gifler.

« Ne me traitez pas de pouffiasse, dit-elle à mi-voix. Personne ne me traitera de pouffiasse. »

Ses mains puissantes se contractèrent pour former des griffes.

« Si tu traites mon ami William de porc, je te traiterai de pouffiasse, dit Ginelli. Pouffiasse ! Ta mère est une pute, ton père un pédé qui torche des culs avec sa langue dans les toilettes publiques. »

Un rictus haineux retroussa les lèvres de Gina. En voyant cela, Ginelli se mit à sourire, et quelque chose dans ce sourire la refroidit. Elle n'avait pas exactement l'air effrayé (Ginelli eut même l'impression que son visage était foncièrement incapable d'exprimer de la crainte). Simplement, une ombre de raison tempéra sa fureur et elle parut comprendre qu'elle avait affaire à quelqu'un de vraiment pas commode.

« Tu crois que c'est un jeu ? demanda-t-il. Vous jetez un sort à un homme qui a une femme et une gamine, et vous croyez que c'est un jeu ? Tu crois qu'il a fait exprès de la tuer, ta mémé ? Qu'est-ce que tu crois qu'il est, tueur à gages ? Tu crois que la mafia avait pris un contrat sur la tête de ta vieille mémé ? Merde ! »

A présent, des larmes de rage roulaient sur les joues de la fille.

« Sa femme était en train de le masturber quand il l'a renversée ! s'écria-t-elle. Et ensuite, ils l'ont... ils *hang tog in pojken* — ils l'ont dédouané, les salauds. Alors on s'est occupés de lui nous-mêmes. Et le prochain se sera toi, crapule qui frayes avec les porcs ! Tu peux toujours me... »

Du pouce, Ginelli souleva le couvercle du bocal à confiture. Pour la première fois, les yeux de Gina se posèrent sur l'objet. C'était précisément ce que souhaitait Ginelli.

« C'est du vitriol, pouffiasse, dit-il en lui lançant le contenu du bocal à la figure. On va voir combien de gens tu dessouderas avec ton lance-pierres une fois que tu seras aveugle. »

Gina laissa échapper un cri inarticulé et se plaqua les

mains sur les yeux, mais trop tard. Elle s'affaissa, et lorsqu'elle fut à terre Ginelli lui posa un pied en travers du cou.

« Si jamais tu cries, je te tue, et si tes copains s'amènent je tirerai dans le tas. »

Il ôta son pied.

« Ce n'était que du Pepsi-Cola », ajouta-t-il.

Gina se redressa sur les genoux. Elle le fixait à travers ses doigts écartés, et Ginelli comprit qu'il aurait pu s'épargner cette précision. Elle avait immédiatement su que le liquide qu'il lui avait projeté au visage n'était pas de l'acide sulfurique, même s'il piquait les yeux. La seconde d'après, il devina qu'elle allait se jeter sur lui et le frapper au-dessous de la ceinture.

Au moment où elle bondissait avec une souplesse féline, Ginelli fit un écart et il lui décocha un coup de pied dans les côtes. Elle heurta bruyamment de la nuque le rebord de la portière ouverte et elle s'effondra pour la seconde fois. Un filet de sang coulait le long de sa joue admirable. Persuadé qu'elle avait perdu connaissance, Ginelli se pencha sur elle et elle se jeta sur lui, toutes griffes dehors. Elle lui laboura le front d'une main, tandis que l'autre déchirait la manche de son pull, creusant un sillon sanglant en travers de son avant-bras.

Avec un grondement de fauve, Ginelli l'écrasa au sol et il lui colla le canon de son revolver sur le nez.

« Allez, essaye encore ! Hein, tu veux tenter le coup ? Attaque-moi, pouffiasse ! Vas-y ! Tu m'as abîmé la gueule ! Fais-moi plaisir, recommence ! »

Gina resta rigoureusement immobile. Elle se contentait de le fixer avec des yeux plus noirs que jamais.

« Tu en serais capable, dit Ginelli. S'il n'y avait que toi, tu m'attaquerais encore. Mais ça briserait le cœur du vieux, pas vrai ? »

Elle ne dit rien, mais une brève lueur vacilla au fond de ses yeux.

« Imagine ce qu'il éprouverait si je t'avais vraiment balancé du vitriol à la gueule. Imagine ce qu'il éprouverait si je faisais subir le même sort à ces deux gosses en tenue léopard. J'en suis capable, pouffiasse. Ça me ferait ni chaud ni froid. Ça ne me couperait même pas l'appétit. Regarde-moi bien, et tu verras que j'en suis capable. »

Il lut enfin sur son visage un début de trouble et quelque chose qui ressemblait à de la peur. Mais ce n'était pas pour elle-même qu'elle avait peur.

« Halleck vous a jeté un maléfice, dit-il. Le maléfice, c'est moi.

— Je l'emmerde, ce porc, et son maléfice avec lui », marmonna-t-elle en essuyant sa joue ensanglantée d'un revers de main dédaigneux.

Ginelli fit mine de ne rien avoir entendu.

« Il m'a demandé de ne faire de mal à personne, continua-t-il. Et j'ai respecté sa volonté. Mais à partir de ce soir, ça va changer. Je ne sais pas combien de fois ton vieux grand-père a fait ce genre de coups impunément, mais cette fois il ne l'emportera pas en paradis. Dis-lui de retirer son maléfice. Dis-lui que c'est la dernière fois que je le lui demande. Tiens, prends ça. »

Il lui fourra dans la main un bout de papier sur lequel il avait inscrit le numéro de la cabine téléphonique new-yorkaise où il avait ses habitudes.

« A minuit, tu appelleras ce numéro pour me dire ce que le vieux a décidé. Si tu as besoin d'une réponse, tu rappelleras deux heures plus tard, et on te donnera un message. S'il y en a un. Et après ça, terminé. Quel que soit le cas de figure, la porte sera fermée. Passé deux heures du matin, personne à ce numéro ne saura plus de quoi il s'agit.

— Il ne le retirera jamais.

— Peut-être, en effet, dit Ginelli. Ton frère m'a dit la même chose la nuit dernière. Mais t'occupe. Tout ce que tu as à faire, c'est lui mettre le marché en main et le laisser prendre sa décision tout seul. Et dis-lui bien que s'il refuse, ça bardera pour de bon. Tu y passeras la première, ensuite ça sera les deux mioches, et après eux tous ceux qui me tomberont sous la main. Explique-lui ça. Et maintenant, en voiture.

— Non ! » s'écria Gina.

Ginelli leva les yeux au ciel.

« Sers-toi de ta tête, tu veux ? Je veux juste être sûr de pouvoir me tirer d'ici sans avoir une meute de flics à mes trousses. Si j'avais eu l'intention de te descendre, je ne t'aurais pas confié un message. »

La fille se hissa debout. Elle avait les jambes un peu flageolantes, mais elle réussit à s'asseoir derrière le volant et à se glisser jusqu'au siège du passager.

« Éloigne-toi encore, dit Ginelli en se passant une main sur le front et en lui montrant le sang qui lui tachait les doigts. Après ce que tu viens de me faire, je veux que tu te rencognes tout contre la portière comme une oie blanche à son premier bal. »

Elle se fit glisser jusqu'au bout.

« Parfait, dit Ginelli en s'asseyant au volant. Et maintenant, tu bouges plus. »

Il rejoignit la route en marche arrière sans allumer ses phares. Les pneus de la Buick patinaient un peu sur l'herbe sèche. Au moment où il repoussait le levier de la boîte de vitesses automatique de la main droite — celle qui tenait le revolver — il vit du coin de l'œil que les traits de Gina se contractaient. Il braqua le revolver sur elle et fit :

« Pas de blague, hein. Tu ne fais pas un geste, vu ? Pas même un battement de cils. C'est compris ?

— Oui, c'est compris.

— Bien. »

Il démarra et reprit Finson Road en sens inverse, le revolver toujours pointé sur elle.

« C'est toujours pareil, dit-elle avec aigreur. Le moindre soupçon de justice nous coûte un prix insensé. Vous êtes ami avec ce porc de Halleck ?

— Je t'ai déjà dit de ne pas parler de lui comme ça. Halleck n'a rien d'un porc.

— Il nous a jeté un sort, dit Gina, et cette fois il y avait une sorte de mépris incrédule dans sa voix. Vous lui direz de ma part que Dieu nous avait déjà maudits bien des siècles avant sa naissance — et même avant la naissance de sa race.

— Garde ça pour l'assistante sociale, ma belle. »

Elle se tut.

A cinq cents mètres de la carrière où il avait enfoui les restes mortels de Frank Spurton, Ginelli arrêta la voiture.

« Bon, on est assez loin. Descend.

— J'y vais, dit Gina en rivant sur lui son regard impénétrable. Mais je veux que vous sachiez une chose : nos chemins se croiseront à nouveau, et à ce moment-là, je vous tuerai.

— Non, tu ne me tueras pas, dit Ginelli. Je t'ai épargnée. Tu me dois la vie. Et au cas où ça ne te suffirait pas, sale ingrate, tu me dois aussi la vie de ton frère. J'aurais pu l'égorger la nuit dernière. Tu parles à tort et à travers. Tu ne comprends rien à ce qui se passe. La balle n'est pas dans votre camp, et elle n'y sera *jamais* tant que vous n'aurez pas mis les pouces. Moi, j'ai un ami qui pourrait sans doute passer sous une affiche sans la décoller. Et vous, qu'est-ce que vous avez ? Je vais te le dire, moi. Vous avez un vieillard qui a jeté un sort à mon ami et qui s'est débiné dans la nuit comme une hyène. »

A présent, de grosses larmes ruisselaient sur les joues de Gina.

« Bref, vous êtes en train de m'expliquer que Dieu est de votre côté, dit-elle d'une voix tellement étranglée que ses paroles étaient tout juste intelligibles. Hein, c'est bien ça ? Vous mériteriez de brûler en enfer pour ce blasphème. Des hyènes ? Si nous sommes des hyènes, c'est à cause de votre ami et de ses pareils. Mon arrière-grand-père dit que les maléfices, ça n'existe pas. Un maléfice n'est qu'un miroir dans lequel la personne à qui on a jeté le sort voit le reflet de son âme.

— Sors de cette voiture, dit Ginelli. On n'a rien à se dire. On ne parle pas le même langage.

— C'est vrai », dit-elle.

Elle ouvrit la portière et descendit. Au moment où Ginelli embrayait, elle lui cria :

« *Votre ami est un porc et il mourra maigre !* »

« Mais à mon avis, elle se trompait, dit Ginelli.

— Que voulez-vous dire ? »

Ginelli consulta sa montre. Il était un peu plus de trois heures.

« Je vous expliquerai ça en route, dit-il. Vous avez rendez-vous à sept heures. »

Billy eut la sensation qu'une pointe aiguë lui perforait l'estomac.

« Avec lui ?

— C'est cela. Allons-y. »

Au moment où il se levait, Billy fut pris d'un nouvel accès de tachycardie, plus violent que les précédents. Il ferma les yeux et s'agrippa la poitrine à deux mains. Ginelli l'empoigna aux épaules.

« Ça va, William ? »

Billy regarda dans la glace et vit Ginelli qui tenait aux épaules un grotesque phénomène de foire dont les vêtements trop grands pendaient pitoyablement. La tachycardie se calma et elle fut remplacée par un sentiment plus familier encore. Cette rage rentrée, à l'arrière-goût de fiel, qui visait le vieux Taduz... et Heidi.

« Ça va, dit-il. Où allons-nous ?

— A Bangor », dit Ginelli.

23

La bande magnétique

La Nova était bien telle que Ginelli l'avait décrite. Elle sentait la bouse de vache à plein nez, mais elle avait une sacrée tenue de route. Elle accomplit le trajet de Northeast Harbor à Bangor en trois coups de cuiller à pot. Vers quatre heures, Ginelli fit un arrêt pour acheter un panier de clams. Ils allèrent se ranger sur une aire de repos et se les partagèrent en même temps qu'un pack de six bières. En apercevant Billy, les familles installées autour des tables de pique-nique s'écartèrent autant qu'elles le pouvaient.

Pendant qu'ils dégustaient les clams, Ginelli acheva son récit. Ce fut rapide.

« J'ai regagné ma chambre du Motor Inn de Bar Harbor vers les onze heures, dit-il. J'aurais sans doute pu y arriver plus tôt, mais j'avais fait pas mal de détours et de zigzags pour m'assurer que je n'avais personne à mes trousses. J'ai passé un coup de fil à New York et j'ai chargé un de mes gars d'aller se poster dans la cabine dont j'avais donné le numéro à Gina. Je lui ai dit de se munir d'un magnétophone équipé d'une prise de téléphone — le genre de gadget dont les journalistes se servent pour enregistrer des interviews. Je ne pouvais pas me contenter de propos rapportés par un tiers, William. Pas dans un cas pareil. Je lui ai demandé de me rappeler pour me passer la bande dès qu'elle aurait raccroché.

« En attendant qu'il me rappelle, j'ai soigneusement désinfecté les coupures que Gina m'avait faites. Pas que je la soupçonne d'avoir la rage ou un truc de ce genre, mais elle débordait tellement de haine, vous comprenez, William...

— Je comprends », dit Billy.

Oh oui, je comprends, songea-t-il lugubrement. *Car j'en ai moi-même à revendre. Voilà au moins une chose qui grossit en moi.*

A minuit et quart, le téléphone avait sonné chez M. John Tree. Ginelli ferma les yeux, se pressa le front de la main gauche, et récita le contenu de la bande magnétique à Billy. Il l'avait entièrement mémorisée.

L'homme de Ginelli : Allô ?

Gina Lemke : Vous travaillez pour le type que j'ai rencontré ce soir ?

L'homme de Ginelli : En quelque sorte, oui.

Gina : Vous lui direz que mon arrière-grand-père a décidé de...

L'homme de Ginelli : J'ai branché un magnéto sur l'écouteur. Tout ce que vous direz va être enregistré, et je repasserai la bande à la personne dont vous venez de parler. Donc...

Gina : Ah, vous pouvez faire ça ?

L'homme de Ginelli : Oui. Donc, vous vous adressez directement à lui, en un sens.

Gina : Bon. Mon arrière-grand-père accepte de retirer le maléfice. Je lui ai soutenu qu'il était fou de faire ça, que c'était une grave erreur, mais il n'a rien voulu entendre. Il dit qu'il doit le retirer pour épargner aux siens un surcroît inutile de souffrance et de peur. Mais il faut qu'il rencontre Halleck, car autrement il ne peut rien faire. Il sera à Bangor demain soir à sept heures précises. Assis sur un banc, dans Fairmont Park. C'est un jardin public qui se trouve à l'intersection de Union et de Hammond. Il sera seul. Vous avez gagné, terreur. Vous avez gagné, *mi hela po klockan.* Dites à votre porc de copain qu'il soit à Bangor ce soir à sept heures.

L'homme de Ginelli : C'est tout ?

Gina : Oui, et vous lui direz aussi que j'espère que sa queue va lui pourrir entre les jambes.

L'homme de Ginelli : Vous êtes en train de le lui dire vous-même, frangine. Mais si vous saviez à qui vous avez affaire, vous éviteriez les excès de langage.

Gina : Allez vous faire foutre.

L'homme de Ginelli : Vous êtes censée me rappeler à deux heures, pour le cas où il y aurait une réponse.

Gina : Je rappellerai.

« Et là-dessus, elle a raccroché », dit Ginelli.

Il alla jeter les coquilles de clams dans une poubelle, revint s'asseoir en face de Billy et, sans le moindre soupçon de compassion dans la voix, il ajouta :

« Elle chialait. Pendant toute la conversation, elle n'a pas arrêté de chialer.

— Seigneur ! fit Billy entre ses dents.

— J'ai demandé à mon gars de rebrancher son magnéto et j'ai enregistré un message que je l'ai chargé de lui repasser quand elle rappellerait. Je peux vous le répéter mot pour mot : " Salut, Gina. Ici l'agent spécial Stoner. J'ai eu ton message. C'est d'accord. Mon ami William sera à l'endroit convenu ce soir à sept heures. Il sera seul, mais je le garderai à l'œil. Je suppose que vous ferez la même chose de votre côté. C'est très bien comme ça. Gardons-les à l'œil, mais sans interférer ni les uns ni les autres. Si jamais il arrive malheur à mon ami, vous le payerez très cher. "

— C'est tout ?

— C'est tout, oui.

— Le vieux a craqué.

— Apparemment. Mais il se peut encore que ce soit un coup fourré, vous savez. »

Ginelli le regardait d'un air grave.

« Ils savent que je vous observerai, ajouta-t-il. Peut-être qu'ils ont décidé de vous abattre sous mes yeux, histoire de prendre leur revanche, et quitte à m'affronter ensuite.

— Ils me tuent de toute façon, dit Billy.

— Il y a aussi la possibilité que Gina décide de vous descendre de son propre chef. Elle est folle de rage, William.

Quand on est dans cet état-là, on n'observe pas toujours les consignes de modération. »

Billy le considéra d'un air pensif.

« C'est vrai, dit-il. Mais je n'ai pas le choix, n'est-ce pas ?

— Non... J'imagine que non. Vous êtes prêt ? »

Billy jeta un coup d'œil en direction des gens attablés à l'autre bout de l'aire de repos. Ils le reluquaient. Il hocha affirmativement la tête. Il était prêt depuis longtemps.

Ils se levèrent et se dirigèrent vers leur voiture. Arrivé à mi-chemin, Billy demanda :

« Ce n'est pas vraiment pour moi que vous faites tout ça, hein, Richard ? »

Ginelli s'arrêta et il le regarda. Une ombre de sourire flottait sur ses lèvres. Le sourire était indécis, mais la lueur de folie qui dansait dans ses prunelles ne l'était pas. Elle était même d'un éclat si insoutenable que Billy fut obligé de détourner les yeux.

« Quelle importance, William ? »

24

Purpurfargade ansiktet

Ils atteignirent Bangor en fin d'après-midi. Ginelli pénétra dans une station-service et tandis qu'un pompiste remplissait le réservoir de la Nova, il alla dans le bureau pour se faire expliquer le chemin de Fairmont Park. Billy resta prostré sur le siège du passager. A son retour, Ginelli le dévisagea d'un air soucieux.

« Comment ça va, William ?

— Je ne sais pas, dit Billy, et après une brève réflexion il ajouta : Pas bien.

— C'est votre cœur ?

— Oui. »

Il repensa à ce que lui avait dit le médecin marron dépêché par Ginelli. La carence en potassium, cause probable du décès de Karen Carpenter.

« Il faudrait que j'absorbe quelque chose qui contient du potassium, dit-il. Du jus d'ananas, des bananes. Ou des oranges. »

Tout à coup, son cœur s'emballa. Il galopait avec de grandes saccades. Billy se laissa aller en arrière sur son siège et il ferma les yeux. Il était presque sûr qu'il allait claquer. A la fin, la turbulence s'apaisa.

« Des kilos d'oranges », dit-il.

Ils arrivaient à la hauteur d'un supermarché. Ginelli donna un coup de volant et se rangea dans le parking.

« Je reviens tout de suite, dit-il. Tenez bon, William. »

Billy bredouilla une vague réponse. A l'instant où Ginelli descendait de voiture, il sombra dans une demi-torpeur et il se mit à rêver. En rêve, il vit sa maison de Fairview. Un vautour au bec pourrissant se posait sur l'appui de la fenêtre et il passait la tête à l'intérieur. Dans la maison, quelqu'un se mettait à hurler d'une voix perçante.

Sur ces entrefaites, on se mit à le secouer comme un prunier et il se réveilla en sursaut.

« Euh... ? » fit-il.

Ginelli se redressa et il lâcha une bruyante expiration.

« Bon Dieu, William, ne me faites pas peur comme ça.

— De quoi parlez-vous ?

— Je vous croyais mort, voilà. Tenez, prenez ça. »

Il posa sur les genoux de Billy un filet de deux kilos d'oranges. Billy referma ses doigts grêles (ils étaient si filiformes à présent qu'on aurait dit des pattes d'araignée blanches) sur l'attache et il s'efforça de l'ouvrir. En vain. Il n'avait plus assez de force. Ginelli sortit un canif de sa poche, tailla une ouverture dans le filet et coupa une orange en quartiers. Billy se mit à manger. Au début, il mastiquait avec application, comme on le fait quand on ne mange que par acquit de conscience, puis il se mit à dévorer. A mesure que son appétit lui revenait, son cœur se rassérénait et reprenait progressivement son rythme normal... ou en tout cas il en avait l'impression. Ce n'était peut-être que son imagination qui lui jouait des tours.

Quand il eut terminé sa première orange, il emprunta le canif de Ginelli pour en découper une seconde.

« Vous vous sentez mieux ? demanda Ginelli.

— Oui, beaucoup mieux. Le parc est encore loin ? »

Ginelli se rangea le long du trottoir, et Billy vit qu'ils étaient à l'angle d'Union Street et de West Broadway. De grands arbres feuillus bruissaient sous la légère brise d'été et leurs ombres mouchetées se mouvaient paresseusement sur la chaussée.

« Nous y sommes », déclara Ginelli avec simplicité.

Billy eut l'impression qu'un doigt glacial lui glissait le long de l'échine.

« J'aime mieux ne pas m'approcher plus, continua Ginelli. J'aurais pu vous laisser en ville, mais en venant jusqu'ici à pied vous auriez attiré trop de regards.

— Sans compter les gosses qui auraient tourné de l'œil et les femmes enceintes qui auraient fait une fausse couche, dit Billy.

— Et d'ailleurs, vous n'en auriez pas eu la force, dit Ginelli avec douceur. Enfin, ça n'a pas d'importance. Le parc est là-bas, au bout de cette pente. Vous avez trois ou quatre cents mètres à parcourir. Choisissez un banc à l'ombre, asseyez-vous et attendez.

— Où serez-vous ?

— Pas loin, dit Ginelli en souriant. Je vous surveillerai et je ferai gaffe à Gina. Si jamais elle m'aperçoit la première, je n'aurai plus jamais besoin de changer de chemise. Vous me suivez, William ?

— Oui.

— Je vous garde à l'œil, ne craignez rien.

— Merci », dit Billy.

Il n'était pas sûr d'être entièrement sincère. Il éprouvait de la gratitude envers Ginelli, certes. Mais c'était un sentiment trouble, compliqué, comme la haine qu'il vouait à Houston et à Heidi.

« *Por nada* », fit Ginelli en haussant les épaules.

Tout à coup, il se pencha vers Billy, l'étreignit et lui posa un baiser sonore sur chaque joue.

« Soyez ferme avec ce vieux sagouin, William.

— Je serai un vrai roc », dit Billy en souriant.

Il descendit de voiture, et Ginelli redémarra. Billy regarda la Nova s'éloigner et, lorsqu'elle eut tourné au prochain coin de rue, il se mit à marcher le long du trottoir en direction de Harmon Park, son filet d'oranges à la main.

Il ne remarqua pas le garçonnet qui suivait le même trottoir en sens inverse. En l'apercevant, l'enfant bifurqua brusquement, escalada la clôture d'un jardin et le traversa ventre à terre. Billy ignorait que cette nuit-là, l'enfant se réveillerait en hurlant d'un cauchemar dans lequel un épouvantail maigre et osseux, aux cheveux ébouriffés par le vent, s'avançait sur lui en titubant. Et qu'au moment où elle se précipiterait hors de sa chambre pour aller voir ce qui lui arrivait, sa mère l'entendrait vociférer : « *Il veut me forcer à manger des oranges ! Il veut me gaver d'oranges jusqu'à ce que j'en meure !* »

Le parc était vaste, profond. C'était une oasis de fraîcheur et de verdure. D'un côté, il y avait un terrain de jeux où des grappes de mioches prenaient d'assaut les portiques d'escalade, les balançoires et le toboggan. A l'autre extrémité, une partie de base-ball battait son plein. Apparemment, elle opposait une équipe de filles à une équipe de garçons. Entre ces deux pôles, pelouses et allées grouillaient de monde. Il y avait des flâneurs et des joggers, des lanceurs de Frisbee et des gamins qui faisaient voler des cerfs-volants. On léchait des glaces, on mâchait des Twinke, on éclusait des boîtes de bière et de Coca. C'était une sorte de concentré d'un été américain typique de la deuxième moitié du vingtième siècle, et l'espace d'un instant Billy éprouva envers cette vie — et ces gens — un élan de tendresse poignant.

Il n'y manque plus que les Gitans, murmura une voix tout au fond de lui, et un frisson lui remonta l'échine, tellement glacial qu'il en eut les bras couverts de chair de poule et qu'il les croisa avec force sur sa grêle poitrine. *Oui, il faudrait que les Gitans arrivent. Les vieilles station-wagons aux pare-chocs rouillés, les camping-cars bricolés, les minibus aux flancs décorés de fresques malhabiles. Samuel Lemke ferait tournoyer ses quilles de bowling, Gina dégainerait son lance-pierres, et toute la population du parc viendrait s'agglutiner autour d'eux. Car ils accourent toujours. Ils se précipitent comme un seul homme pour voir les saltimbanques exécuter leurs tours, pour se faire dire l'avenir, pour se munir de potions et de philtres, pour s'envoyer une fille (ou du moins en rêver), pour regarder deux chiens s'étriper. Oui, ils accourent* toujours. *C'est cette étrangeté qui les attire. Nous avons besoin des Gitans, c'est sûr. Nous avons toujours eu besoin d'eux. Car si nous n'avions pas quelqu'un à éjecter de nos villes de temps à autre, comment pourrions-nous être certains que nous y sommes vraiment chez nous ? Mais ils ne vont pas tarder à s'amener, pas vrai ?*

« C'est vrai », croassa-t-il en s'affalant sur un banc.

Le banc n'était pas complètement à l'ombre, mais il avait les jambes trop flageolantes pour continuer. Il sortit une orange de son filet et il la dépiauta tant bien que mal. Il dut se forcer pour en avaler quelques maigres bouchées. Son appétit s'était envolé.

Son banc était dans un coin écarté et pour autant qu'il puisse en juger, personne ne faisait particulièrement attention à lui. De loin, il pouvait passer pour un vieillard très maigre qui était venu prendre le frais dans un recoin du parc.

A mesure que les minutes passaient, l'ombre gagnait sur lui. Elle recouvrit ses pieds, atteignit ses genoux, lui monta bientôt jusqu'à la ceinture. Et progressivement, un désespoir terrible s'insinuait en lui. Il éprouvait un sentiment de vide et d'inutilité qui était mille fois plus noir et plus dense que les ombres innocentes de l'après-midi finissant. Les choses étaient allées trop loin. Il n'y avait aucun retour possible. Même Ginelli, avec son énergie forcenée de psychotique, ne pouvait rien changer à ce qui s'était passé. Au contraire, son intervention allait tout aggraver.

Je n'aurais jamais dû... songea-t-il, mais la chose qu'il n'aurait jamais dû faire s'effaça brusquement de sa tête comme une transmission radio défaillante. Il s'était de nouveau assoupi. Il se retrouva à Fairview. Le Fairview des Morts Vivants. Des cadavres décharnés gisaient tout autour de lui. Quelque chose de dur lui picorait l'épaule.

Non !

Plic !

Non !

Malgré ses protestations, les coups de bec continuaient de s'abattre. De bec, oui ! Il était sûr que c'était le vautour au bec pourrissant, et il ne voulait pas tourner la tête, de crainte que le monstre ne lui becquette les yeux avec son affreux moignon gangrené. Mais

(plic !)

les coups de bec se faisaient plus insistants et Billy

(plic ! plic !)

tournait lentement la tête, émergeant de son rêve du même coup, et il s'apercevait...

... sans réelle surprise que Taduz Lemke était assis à côté de lui sur le banc.

« Réveille-toi, homme blanc de la ville, dit le vieil homme en lui enfonçant à nouveau dans l'épaule le bout de ses doigts noueux et tachés de nicotine. Tu fais des rêves déplaisants. Je le sens à ton haleine.

— Je suis réveillé, dit Billy d'une voix pâteuse.

— C'est sûr ? interrogea Lemke, les sourcils en accent circonflexe.

— Oui. »

Le vieil homme était vêtu d'un costume croisé, en serge grise. Ses cheveux clairsemés étaient divisés par une raie médiane et soigneusement peignés en arrière, découvrant un front aussi fendillé que le cuir de ses brodequins noirs. Un anneau d'or scintillait à son oreille droite.

Billy constata que le chancre qui lui dévorait le nez s'était étendu. A présent, des sillons noirâtres rayonnaient à travers la peau ravinée de sa joue gauche.

« C'est un cancer », dit Lemke.

Ses petits yeux noirs et luisants (des yeux d'oiseau, indubitablement) étaient rivés sur le visage de Billy.

« Ça te plaît, hein ? Ça te rend heureux ?

— Non, dit Billy qui luttait encore pour chasser les dernières bribes de son rêve et reprendre pied dans la réalité. Non, bien sûr que non, voyons.

— Inutile de me mentir, dit Lemke. Je sais bien que ça te rend heureux.

— Rien de tout ça ne me rend heureux, dit Billy. J'en suis malade. Croyez-moi.

— Je n'ai jamais cru un mot à ce que disent les

hommes blancs de la ville, rétorqua Lemke avec une sorte d'horrible enjouement dans la voix. Mais pour ce qui est d'être malade, tu l'es. Pas de doute. Tu *nastan farsk* — tu dépéris. Je t'ai apporté quelque chose qui va te faire grossir. Tu guériras... »

Ses lèvres se retroussèrent en un hideux sourire, découvrant ses chicots noircis.

« ... mais à condition que ça soit quelqu'un d'*autre* qui la mange. »

Billy baissa les yeux sur l'objet qui était posé sur les cuisses de Lemke, et il éprouva un vague sentiment de déjà vu. C'était une tourte, dans le moule d'aluminium jetable qui avait servi à la cuire. Les échos lointains d'un rêve lui remontèrent à la mémoire, et il s'entendit qui disait à Heidi : *Je ne veux pas grossir. En fin de compte, j'aime autant rester maigre. Tu n'as qu'à la manger toi-même.*

« Tu as l'air épouvanté, dit Lemke. Il est trop tard pour avoir peur, homme blanc de la ville. »

Il sortit de sa poche un couteau pliant et l'ouvrit d'un geste solennel et méticuleux — un geste de très vieil homme. La lame du couteau était plus courte que celle du canif de Ginelli, mais elle paraissait plus aiguisée.

Lemke enfonça la pointe de son couteau dans la croûte de la tourte, et il la fendit sur une longueur d'environ huit centimètres. Quand il releva la lame, elle dégouttait d'un liquide rouge et poisseux. Il essuya son couteau sur la manche de sa veste, y laissant une traînée sombre. Il replia le couteau, le rempocha, ensuite il plaça ses pouces déformés sur les bords opposés du moule et il exerça une légère traction. La fente s'élargit, révélant une masse liquide, rouge, visqueuse, qui bouillonnait imperceptiblement et au milieu de laquelle flottaient des caillots d'un rouge plus sombre — des fraises, sans doute. Les pouces de Lemke lâchèrent prise et la fente se referma. Il tira à nouveau sur les bords du moule, et elle se rouvrit. Il continua à tirer et à relâcher alternativement tout en parlant. Billy ne pouvait pas détacher son regard de la tourte.

« Ainsi, tu t'es persuadé que nous avions fait... Comment disais-tu, déjà ? Que nous avions fait match nul. Que ce qui est arrivé à Susanna n'est pas plus ta faute que la mienne, ou la sienne. Que c'est Dieu qui l'a voulu, que personne n'est coupable, qu'il n'y a pas de raison qu'on te fasse payer quoi que ce soit. On ne peut rien te reprocher. Tu es déjà bien assez accablé comme cela. Tu te l'es tellement répété que tu as fini par y croire. Mais on n'a pas fait match nul, homme blanc de la ville. Tout le monde paye. Même les innocents payent. Non, pas de match nul. »

Lemke se tut et il resta pensif un moment. Ses pouces tiraient et relâchaient, tiraient et relâchaient. La fente s'ouvrait et se refermait.

« Puisque vous refusiez d'endosser la paternité de vos actes, toi et tes amis, je vous y ai *obligés*. Je vous ai cloués au pilori. J'ai fait cela pour Susanna, ma fille bien-aimée que tu m'as tuée, pour sa défunte mère, et pour ses enfants. Et ensuite ton ami est venu. Il empoisonne nos chiens, il nous mitraille dans la nuit, il brutalise une femme, il menace de défigurer des enfants avec du vitriol. Et il répète sans arrêt la même chose, c'est tout ce qu'il sait dire : Retire le maléfice, retire le maléfice. Et en fin de compte, j'accepte de le faire à condition qu'il *podol enkelt* — qu'il aille au diable ! Ce n'est pas à cause de ce qu'il a fait, c'est à cause de ce qu'il est *capable* de faire. Ton ami est un fou furieux. Jamais il ne s'arrêtera. Ma 'Gelina l'a bien vu. Elle l'a lu dans ses yeux. " Mais nous non plus, nous ne nous arrêterons jamais ", qu'elle m'a dit. J'ai répondu : " Oh si, nous nous arrêterons, car si nous ne nous arrêtons pas c'est que nous sommes aussi fous que lui. Si nous ne nous arrêtons pas nous serons forcés d'admettre que l'homme blanc de la ville a raison. Que nous sommes dos à dos, que c'est un match nul ". »

Ses pouces s'activaient toujours. La fente s'ouvrait, se refermait.

« Il me dit : " Retirez-le " et au moins, il ne me demande pas de le supprimer, de le faire disparaître. Un maléfice, c'est un peu comme un enfant, en un sens. Personne ne comprend rien à ces choses-là. Moi non plus. Mais j'en sais un peu plus que la plupart des gens. Dans votre langue, on dit “ maléfice ”, mais en rom, nous avons un meilleur mot. Écoute : *Purpurfargade ansiktet.* Tu connais ! »

Billy secoua lentement la tête. Ces deux mots éveillaient en lui des résonances énigmatiques et noires.

« Ça veut dire à peu près “ enfant des fleurs nocturnes ”. C'est comme d'avoir un enfant qui est *varsel.* Un homuncule, un elfe que les fées ont mis à la place d'un nouveau-né. Les Gitans disent que le *varsel* naît au pied de certaines fleurs qui s'épanouissent la nuit. Le lys, la douce-amère. Il vaut mieux lui donner ce nom-là. Un “ maléfice ”, c'est abstrait. Ce que tu as n'est pas une chose abstraite. C'est *vivant.*

— Oui, dit Billy. Ça vit en moi. Ça me ronge par l'intérieur. »

Lemke haussa les épaules.

« En toi ? Hors de toi ? Le *purpurfargade ansiktet* est partout à la fois. On le met au monde comme un bébé, mais il croît et forcit beaucoup plus vite et on ne peut pas le tuer parce qu'il est invisible. On ne le voit pas. On ne voit que ses effets. »

Ses pouces lâchèrent les bords du moule. La fente se referma, laissant un sillon ténu de liquide rouge sombre à travers de la croûte.

« Ce maléfice, tu dois *dekent felt o gard da borg.* Être pour lui comme un père. Tu veux toujours t'en débarrasser ? »

Billy fit oui de la tête.

« Tu penses toujours qu'on a fait match nul ?

— Oui », dit-il d'une voix étranglée.

Le vieux Tsigane au nez décomposé sourit et les lignes de peau nécrosée qui remontaient vers sa joue gauche se plissèrent. Le parc était presque vide à présent. Le soleil était tout près de l'horizon. Les ombres les avaient recouverts. Tout à coup, le couteau se matérialisa à nouveau dans la main droite de Lemke. La lame ouverte en était pointée vers Billy.

Il va me poignarder, songea brumeusement Billy. *Il va me planter son couteau dans le cœur et il va s'enfuir en courant, sa tourte aux fraises sous le bras.*

« Retire ton pansement », dit Lemke.

Billy regarda sa main.

« Oui, défais-le. »

Billy dégrafa son bandage et il le déroula lentement. Sa main blessée apparut peu à peu à l'air libre. Elle était d'une blancheur livide, sur laquelle tranchait le rouge très sombre des bords de la plaie. *Les choses qui flottent à l'intérieur de sa tourte — qui sont supposément des fraises — sont exactement de la même couleur,* se dit Billy. Les bords de la plaie avaient gonflé, si bien qu'elle n'était plus ronde comme avant. A présent, elle avait l'aspect...

D'une fissure, se dit Billy en reportant machinalement son regard sur la tourte.

Lemke lui tendit son couteau.

Qu'est-ce qui me prouve que vous n'avez pas enduit la lame de curare, de cyanure ou de mort-aux-rats ? faillit lui demander Billy. Mais il s'en abstint. A cause de Ginelli. A cause de la malédiction des hommes blancs de la ville.

Le manche du couteau était en os, poli par l'usage. Billy l'avait bien en main.

« Si tu veux te débarrasser du *purpurfargade ansiktet,* il faut d'abord le faire passer dans la tourte, dit Lemke. Et ensuite, la faire manger à quelqu'un en même temps que le maléfice emprisonné dedans. Mais il faudra te dépêcher, car si tu attends trop longtemps il retombera sur toi deux fois plus fort qu'avant. Tu comprends ?

— Oui, dit Billy.

— Fais-le, alors », dit Lemke.

A nouveau, il contracta les pouces et la fissure noirâtre se reforma sur la croûte.

Billy eut une brève hésitation. Puis l'image de sa fille se forma dans son esprit. Il vit son visage très distinctement, comme sur une photo parfaitement nette. Elle se retournait vers lui en riant, serrant dans ses mains ses deux pompons de majorette violet et blanc qui avaient l'air de deux gros fruits.

Vous vous trompez, vieil homme, songea-t-il. *Heidi contre Linda. Ma femme contre ma fille. Cela fait bien un match nul.*

Il enfonça la lame du couteau de Taduz Lemke dans le trou de sa paume. La croûte durcie céda facilement. Des gouttes de sang giclèrent, arrosant l'entaille béante de la tourte. Lemke murmura un flot de paroles volubiles en rom, sans quitter une seconde des yeux le visage maigre et blême de Billy.

Billy tourna la lame dans la plaie. Ses lèvres boursouflées s'écartèrent et elle prit sa forme circulaire. Le sang coulait à flots à présent, mais il ne sentait absolument rien.

« *Enkelt !* Ça suffit ! »

Lemke lui arracha le couteau. Tout à coup, Billy eut la sensation qu'il s'était vidé de toute son énergie. Il s'affala en arrière sur le banc, le cœur au bord des lèvres. Il se sentait atrocement vide. Il se dit que c'était sans doute ce que devait éprouver une femme qui vient d'accoucher. Puis il regarda sa main et constata que l'hémorragie avait cessé.

Non, ce n'est pas possible !

Il reporta son regard sur la tourte posée en travers des cuisses de Lemke, et il fut témoin d'une autre aberration. Mais cette fois, l'impossible se produisit sous ses yeux. Les pouces du vieil homme relâchèrent les bords du moule, et la fente se referma... puis disparut. A l'exception de deux minuscules incisions pratiquées en son exact milieu pour assurer l'évacuation de la vapeur, la croûte était intacte. Il ne subsistait de la fissure qu'une imperceptible ride en zigzag.

Billy regarda sa main. Il n'y avait plus de sang, plus de croûte et même plus de trou. La plaie s'était entièrement refermée, il n'en restait qu'une vague cicatrice blanchâtre qui zigzaguait en travers de sa ligne de vie et de sa ligne de cœur.

« Prends-là, homme blanc de la ville, elle t'appartient », dit Lemke en lui posant la tourte sur les cuisses.

Billy réprima à grand-peine une violente envie de la jeter au loin. Il n'aurait pas éprouvé plus de dégoût si on lui avait posé sur les cuisses une grosse tarentule velue. La tourte était d'une répugnante tiédeur, et il lui semblait que de sourdes pulsations émanaient du plat d'aluminium à deux sous dans lequel elle était enchâssée.

Lemke se leva et il abaissa son regard sur Billy.

« Alors, ça va mieux ? » demanda-t-il.

De fait, mis à part le dégoût que lui inspirait l'objet posé sur ses cuisses, Billy se sentait soudain mieux. Ses forces lui étaient revenues, et son cœur battait normalement.

« Un peu », dit-il d'une voix circonspecte.

Lemke hocha la tête.

« Tu vas reprendre du poids à présent. Mais dans une semaine ou deux, tu recommenceras à maigrir, et cette fois il n'y aura plus moyen de t'arrêter. A moins qu'entre-temps tu aies fait manger de cette tourte à quelqu'un.

— Oui.

— Tu as bien compris, c'est sûr ? fit Lemke sans ciller.

— Oui ! Oui ! cria Billy.

— Tu me fais de la peine, dit Lemke. Pas tellement, mais un peu quand même. Autrefois tu as dû être *pokol.* Fort. Et maintenant, tu es un homme brisé. Rien n'est ta faute... il y a des raisons... tu as des amis (Il eut un sourire sans joie.) Pourquoi ne pas la manger toi-même, homme blanc de la ville ? Tu mourras, mais en pleine force.

— Allez-vous-en, dit Billy. Je ne comprends pas de quoi vous parlez. Ce que nous avions à faire est fait, c'est tout ce que je sais.

— Oui, ce que nous avions à faire est fait », dit Lemke.

Il jeta un rapide regard à la tourte, puis ses yeux revinrent se poser sur le visage de Billy.

« Fais bien attention à ne pas donner à n'importe qui cette nourriture qui t'était destinée », dit-il avant de tourner les talons et de s'éloigner.

Au moment où il atteignait le sentier de jogging le plus proche, il s'arrêta et fit volte-face. Ce fut la dernière fois que Billy vit sa figure incroyablement vieille, incroyablement lasse.

« Pas de match nul, homme blanc de la ville, lui lança Taduz Lemke. Jamais, tu m'entends ? »

Ensuite il lui tourna le dos et reprit sa marche.

Billy le regarda jusqu'à ce que sa silhouette se fût noyée dans le crépuscule grisâtre. Lorsque Lemke eut disparu, il se leva de son banc et partit dans la direction d'où il était venu Au bout de vingt mètres, il s'aperçut qu'il avait oublié quelque chose. Il fit demi-tour et revint sur ses pas, les yeux vides, les traits figés par une sorte d'hébétude grave. La tourte était toujours aussi tiède et elle palpitait autant que tout à l'heure, mais il éprouvait déjà moins de répulsion. Il se dit qu'on devait pouvoir s'habituer à tout — à condition que le jeu en vaille la chandelle.

Il repartit en direction d'Union Street.

Tandis qu'il remontait la rue en pente au sommet de laquelle Ginelli l'avait laissé, il aperçut la Nova garée le long du trottoir, à l'endroit exact où ils s'étaient quittés.

Le maléfice avait cessé d'opérer, il en était sûr à présent. Il était encore extrêmement faible et par moments son cœur dérapait brusquement comme un pied qui glisse sur une flaque d'huile, et pourtant il sentait bien qu'il n'était plus sous l'emprise de cette créature innommable qu'il avait si longtemps hébergée dans son sein. Et maintenant qu'il en était délivré, il comprenait que le vieux Lemke avait dit vrai. Le maléfice était *vivant*. Il s'était nourri de lui comme un fœtus aveugle et capricieux. Mais il était libre désormais. Le *purpurfargade ansiktet* l'avait quitté.

La tourte qu'il portait à deux mains était animée de pulsations extrêmement lentes, et quand il baissait les yeux sur elle il voyait la croûte se soulever à la même cadence. Une chaleur diffuse émanait du plat d'aluminium mince. *Il dort,* songea-t-il en frissonnant. Oui, c'est un démon assoupi qu'il portait dans ses bras.

La Nova était garée le long du trottoir, le nez pointé vers la pente. Son feu de stationnement avant était allumé.

« C'est fait, dit Billy en ouvrant la portière côté passager. Il l'a re... »

Il vit alors que Ginelli n'était pas à l'intérieur. Dans la pénombre, il avait bien failli s'asseoir sur le peu qui restait de lui, mais il ne le réalisa qu'au bout de quelques instants. C'était une main coupée. Un poing sectionné qui avait répandu des restes de tendons sanguinolents sur le tissu délavé du siège de la Nova. Un poing coupé plein de billes d'acier.

25

55 kilos

« Où es-tu ? »

Colère, angoisse, fatigue : tout cela perçait à la fois dans la voix de Heidi. Sans vraie surprise, Billy constata que cette voix n'éveillait plus en lui aucun sentiment. Pas même de la curiosité.

« Peu importe, dit-il. L'essentiel, c'est que je vais rentrer.

— Enfin ! Une lueur de raison lui est revenue ! Merci, mon Dieu ! Où est-ce que tu atterris ? La Guardia ou Kennedy ? Je viens te chercher.

— Je rentre par la route, dit Billy. Il marqua un temps avant d'ajouter : Heidi, je veux que tu appelles Mike Houston pour lui dire que tu as changé d'avis en ce qui concerne la procédure.

— Hein ? Mais de quoi parles-tu, Billy ? »

Elle le savait très bien. Sa voix avait subitement changé de ton. Elle avait pris les inflexions geignardes d'une fillette qui s'est fait pincer la main dans le bocal à confitures. Billy sentit la moutarde lui monter au nez.

« La procédure d'internement administratif, dit-il d'une voix dure. Le séjour forcé à Zinzinville. J'ai réglé mon affaire, et si vous y tenez toujours, toi et Houston, je retournerai volontiers à la clinique Glassman. Je veux bien qu'on m'injecte des extraits de glande de bouc, je veux bien me faire traiter par l'acupuncture, si ça vous chante. Mais si jamais je me fais alpaguer par les flics en arrivant dans le Connecticut et si je me retrouve à l'hôpital psychiatrique de Norwalk, je te promets que tu le regretteras, Heidi. »

Elle fondit en larmes.

« On ne voulait que ton bien, Billy. Un jour, tu le comprendras.

Il crut entendre la voix de Lemke qui disait : *Ce n'est pas ta faute... il y a des raisons... tu as des amis.* Le temps qu'il la chasse de son esprit, ses bras, ses épaules et les côtés de son cou étaient hérissés de chair de poule.

« Tout ce que je te demande, c'est... »

Il s'interrompit. Cette fois, c'est la voix de Ginelli qu'il entendait. *Retire-le. C'est William Halleck qui te l'ordonne.*

La main. La main coupée sur le siège de la Nova. La grosse bague en or à l'annulaire, avec un chaton orné d'une pierre rouge — probablement un rubis. Les légers poils noirs sur la deuxième phalange. La main de Ginelli.

Billy avala sa salive avec un gargouillement audible.

« ... c'est de faire en sorte que la procédure soit annulée, acheva-t-il.

— D'accord, dit Heidi avec empressement, sur quoi elle se remit à bredouiller des justifications : Nous n'avons fait que... j'ai accepté de faire cela parce que j'ai pensé... Tu étais si *maigre,* Billy, et tu racontais des trucs tellement bizarres...

— *Bon, ça va !*

— Tu me détestes, n'est-ce pas ? s'écria-t-elle en fondant derechef en larmes.

— Ne sois pas bête », dit Billy d'une voix moins dure. Mais ce n'était pas vraiment une dénégation. « Linda est à la maison ? demanda-t-il.

— Non, elle est retournée chez Rhoda pour quelques jours. Elle m'a... tout cela la remue terriblement, bien sûr. »

Sans blague, songea Billy. Linda avait déjà été chez sa tante Rhoda, et elle en était revenue. Il le savait. Elle le lui avait annoncé elle-même au téléphone. Elle était repartie à présent, et à en juger par l'embarras de Heidi, il n'était pas impossible que Linda ait décidé cela de son propre chef cette fois-ci. *Est-ce qu'elle aurait appris que vous vous apprêtiez à expédier son papa au cabanon, ce bon vieux Mike Houston et toi ? Hein, Heidi, est-ce qu'elle a découvert le pot aux roses ?* Mais au fond, les raisons du départ de Linda ne lui importaient guère. Elle était absente, c'était le principal.

Billy était dans sa chambre du motel de Northeast Harborn, et il avait posé la tourte sur le téléviseur. Il laissa glisser son regard jusqu'à elle. La croûte palpitait tout doucement, comme un cœur monstrueux. Il fallait absolument que sa fille reste à l'écart de cette chose maléfique.

« Il vaudrait mieux qu'elle reste là-bas en attendant que nous ayons mis les choses au point », dit-il.

A l'autre bout de la ligne, Heidi se mit à sangloter bruyamment. Billy lui demanda ce qui n'allait pas.

« Ce qui ne va pas, c'est *toi !* Tu es si froid !

— Je me réchaufferai, ne t'en fais pas. »

Il resta un moment sans rien dire tandis qu'elle s'efforçait de ravaler ses sanglots et de reprendre le contrôle d'elle-même. Il ne manifesta aucune impatience, mais il n'était pas patient non plus. A vrai dire, il n'éprouvait rien. Depuis le choc terrible qui l'avait terrassé lorsqu'il avait découvert la main de Ginelli sur le siège de la Nova — et l'étrange fou rire qui s'était emparé de lui peu après — plus rien ne le touchait. A la fin, Heidi lui demanda :

« Dans quel état es-tu ?

— Je reprends du poil de la bête, dit-il. Je suis remonté à cinquante-cinq kilos.

— Mais tu en pesais dix de plus quand tu es parti ! s'exclama Heidi.

— Peut-être, mais j'en ai tout de même repris trois ces dernières vingt-quatre heures, dit-il d'une voix douce.

— Billy... Écoute, je suis sûre que tout va pouvoir s'arranger entre nous. Le plus important, c'est que tu te remettes d'aplomb. Ensuite nous parlerons. Si c'est nécessaire, nous pourrons même voir quelqu'un. Un conseiller conjugal, ou quelque chose comme ça... Je suis prête à tout. Du moment que tu... que nous... »

Oh mon Dieu, je vais encore avoir droit aux grandes eaux, se dit Billy. Il était à la fois (et tout aussi confusément) choqué et ravi de sa propre insensibilité. Et puis Heidi dit quelque chose qui le toucha vraiment, et l'espace d'un instant il sentit renaître la tendresse qu'elle lui inspirait autrefois, et il fut le Billy Halleck d'antan.

« Si tu veux, j'arrêterai de fumer », dit-elle.

Billy regarda la tourte posée sur le téléviseur. La croûte palpitait tout lentement. Il pensa au liquide sombre et poisseux qu'il avait aperçu quand le vieux Taduz l'avait entaillée. Aux grumeaux noirâtres et indistincts qui représentaient peut-être une infinie variété de souffrances et de mutilations — à moins qu'il ne s'agisse tout simplement de fraises. Il revit le sang qui giclait de sa blessure et s'écoulait dans la composition. Il repensa à Ginelli. Et son élan de tendressse passa.

« Vaut mieux pas, dit-il. Tu sais bien que ça fait grossir. »

Ce n'est que beaucoup plus tard que le souvenir de ce qui s'était passé entre le moment où il avait trouvé la main coupée sur le siège de la Nova et celui où il avait téléphoné à Heidi lui revint. C'était une suite d'images éparpillées qu'il ordonnait peu à peu dans sa tête. Il était étendu dans le noir sur le lit qu'il n'avait même pas défait, les mains croisées sous la nuque, le regard perdu dans les ténèbres du plafond. Il était près d'une heure du matin, mais il n'avait jamais eu si peu sommeil de sa vie.

Il perçut un bruit dans la chambre enténébrée.

Non.

Si. Il était ténu, mais reconnaissable. C'était le bruit d'une respiration.

Non. C'est ton imagination.

Mais ce n'était pas son imagination. Il n'allait pas faire l'autruche, comme Heidi. Autrefois, il aurait peut-être pu, mais plus maintenant. Il avait appris à regarder la réalité en face. L'abaisse de pâte qui recouvrait la tourte se soulevait comme une peau blanchâtre au-dessus d'une créature faite de chair et de sang. Il s'était écoulé près de six heures depuis qu'il avait quitté le vieux Lemke, mais il était sûr que le plat d'aluminium n'avait pas refroidi d'un iota.

— *Purpurfargade ansiktet,* murmura-t-il.

Dans le noir, les deux mots résonnaient comme une incantation.

Quand ses yeux s'étaient posés sur la main, il n'avait pas réagi tout de suite. Il n'avait compris de quoi il s'agissait qu'avec plusieurs secondes de retard, et à ce moment-là il avait laissé échapper un cri strident et il s'était jeté en arrière. Son mouvement brutal avait fait remuer le siège et la main coupée avait oscillé sur elle-même. On aurait pu croire que Billy lui avait demandé des nouvelles de sa santé et qu'elle avait esquissé un geste pour dire que ça allait couci-couça. Deux billes d'acier s'en échappèrent, roulèrent sur la moleskine élimée et disparurent dans l'interstice qui séparait le siège du dossier.

Billy étouffa un deuxième cri, les paumes plaquées sur les bords de son menton, les ongles enfoncés dans sa lèvre inférieure. Ses yeux exorbités étaient brouillés par un voile de larmes et son cœur battait à tout rompre. Il s'aperçut soudain que la tourte qu'il avait posée sur le tableau de bord penchait dangereusement vers la droite. Il la rattrapa de justesse. Il s'en était fallu d'un cheveu qu'elle ne s'écrase sur le plancher de la voiture et ne vole en éclats.

Son cœur s'était calmé. L'air s'était à nouveau engouffré dans ses poumons contractés, et c'est à ce moment précis qu'il avait été envahi par cette froideur que Heidi décèlerait un peu plus tard dans sa voix. Ginelli était probablement mort. Non, le « probablement » était de trop. Qu'avait-il dit ? *Si Gina m'aperçoit la première, je n'aurai plus jamais besoin de changer de chemise.*

Dis-le tout haut, Billy.

Non, il ne voulait pas le dire. Et il ne voulait pas non plus reposer les yeux sur la main coupée. Il se força à faire l'un et l'autre.

« Ginelli est mort », articula-t-il.

Il marqua un temps. Apparemment, ça passait mieux ainsi. Il reprit :

« Ginelli est mort, et je ne peux rien y faire, à part foutre le camp d'ici avant qu'un flic ne... »

Il jeta un coup d'œil en direction du volant. Les clés étaient au contact, reliées par un porte-clés artisanal formé d'une lanière de cuir grossier d'où pendait un petit médaillon en plastique à l'effigie d'Olivia Newton-John. Billy supposa que Gina avait ramené les clés en même temps que la main coupée. Elle avait envoyé Ginelli ad patres, mais elle ne s'était pas sentie autorisée pour autant à enfreindre l'accord que son arrière-grand-père avait vraisemblablement passé avec l'ami dudit Ginelli. Les clés étaient pour lui. Ainsi, Gina et Ginelli avaient l'un et l'autre repêché des clés de voiture dans la poche d'un cadavre. L'analogie le frappa brusquement, mais elle ne le fit même pas frémir.

Il était d'une totale froideur à présent. Et il s'en félicitait.

Il posa délicatement la tourte sur le plancher, fit le tour de la voiture et s'installa au volant. Au moment où il s'asseyait, la main coupée esquissa à nouveau son geste macabre. Billy ouvrit la boîte à gants. Il y trouva une carte du Maine. C'était une carte entoilée, de modèle antédiluvien. Il la déplia et en recouvrit la main coupée. Ensuite il mit le contact et démarra.

Il suivait Union Street depuis près de cinq minutes lorsqu'il se rendit compte qu'il avait pris la mauvaise direction. La route de Bar Harbor était dans son dos. Mais il venait d'apercevoir la double arche d'un McDonald's qui illuminait le crépuscule de sa lueur jaune d'or. Son estomac gargouillait bruyamment. Il s'engagea dans le parking et s'arrêta devant le parlophone de la section drive-in.

« Bienvenue chez MacDonald's, dit une voix dans le micro. Votre commande, s'il vous plaît ?

— Oui, je voudrais trois Big Macs, deux grandes frites et un milk-shake au café, je vous prie. »

Comme au bon vieux temps, se dit-il en souriant. *Tu vas te morfaler dans la voiture, bazarder les emballages vides, et Heidi n'y verra que du feu quand tu arriveras à la maison.*

« Désirez-vous un dessert ? dit la voix.

— Oui, bien sûr. Une tartelette aux cerises. »

Son regard se posa sur la carte routière étalée à côté de lui sur la banquette. Cette petite protubérance qui soulevait le papier juste au-dessous d'Augusta devait être la bague de Ginelli. Billy sentit que la tête se mettait à lui tourner, mais son étourdissement passa aussitôt.

« Et vous mettrez aussi un petit carton de cookies pour mon copain, dit-il en s'esclaffant. »

La voix lui relut sa commande, puis elle dit :

« Ça fera six dollars quatre-vingt-dix. Avancez, s'il vous plaît, monsieur.

— Et comment ! fit Billy. C'est ça l'important dans la vie, pas vrai ? On avance, et on tâche de récupérer sa bouftance. »

A nouveau, il éclata de rire. Il se sentait d'attaque et pourtant il avait le cœur au bord des lèvres.

Il roula jusqu'au guichet où une jeune femme coiffée d'un calot de carton lui remit deux sacs en papier blancs et chauds. Billy la régla, empocha sa monnaie et redémarra. Il s'arrêta à l'angle du bâtiment, enveloppa soigneusement la main coupée dans la carte routière qui la dissimulait, passa le bras à travers sa vitre ouverte et déposa le paquet dans une poubelle décorée d'un Ronald McDonald en plastique qui souriait jusqu'aux oreilles. La poubelle était munie d'une porte va-et-vient barrée d'une inscription qui disait : METTEZ LES ORDURES À LEUR PLACE.

« L'important, c'est cela aussi, dit Billy à voix haute tout en s'essuyant la main sur la jambe de son pantalon. On tâche de mettre les ordures à leur place... et on veille à ce qu'elles y restent. »

Il s'engagea dans Union Street en riant aux éclats. Cette fois il fit demi-tour et prit la direction de Bar Harbor. Il riait toujours. Son rire semblait inextinguible, et il se dit qu'il ne pourrait plus jamais l'arrêter, qu'il rirait comme cela jusqu'à sa mort.

Billy ne voulait pas que l'on pût établir le moindre lien entre la Nova et lui. Il décida donc de lui faire subir ce qu'un de ses confrères avocats avait nommé un jour « un message anti-empreintes ». Mais s'il avait fait cela dans un endroit relativement fréquenté, comme la cour du Motor Inn de Bar Harbor, il aurait risqué d'éveiller les soupçons. Ayant repéré une aire de repos déserte à une cinquantaine de kilomètres de Bangor, il s'y arrêta, descendit de voiture, ôta sa veste, la retourna et s'en servit pour essuyer toutes les surfaces qu'il se rappelait avoir touchées, ainsi que celles qu'il aurait pu toucher à son insu.

Lorsqu'il arriva au Motor Inn, le panneau lumineux placé en avant du bâtiment de la réception affichait « COMPLET » et tous les emplacements de parking étaient occupés, à l'exception d'un seul, devant un bungalow non éclairé. A n'en pas douter, ce bungalow était celui de M. John Tree.

Billy se rangea devant, sortit son mouchoir et essuya soigneusement le volant et le levier de la boîte de vitesses. Il ramassa la tourte, ouvrit sa portière et en essuya la poignée. Ensuite, il rempocha le mouchoir, descendit de voiture et referma la portière d'un coup de hanches. Il regarda autour de lui. Une femme à l'air harassé houspillait un mioche qui semblait encore plus épuisé qu'elle. A l'entrée du bâtiment de la réception, deux petits vieux faisaient un brin de causette. Billy ne vit personne d'autre et ne sentit aucun regard posé sur lui. Les sons nasillards de la télévision lui parvenaient des bungalows, mêlés aux premières bouffées de rock qui s'échappaient des boîtes où la faune estivale de Bar Harbor s'apprêtait à festoyer toute la nuit.

Billy traversa la cour du motel, sortit dans la rue et gagna le centre-ville à pied. Il se dirigea à l'oreille vers l'endroit où le rock était le plus tonitruant. C'était un bar qui s'appelait Le Loup de Mer et, comme il l'espérait, plusieurs taxis étaient garés le long de sa façade, à l'affût de leur contingent habituel de noctambules trop schlass pour tenir sur leurs cannes. Billy s'approcha du premier de la file et offrit au chauffeur un forfait de quinze dollars pour le véhiculer jusqu'à Northeast Harbor. Le taxi accepta avec joie.

« A ce que je vois, vous emportez votre casse-croûte, fit-il observer au moment où Billy prenait place à l'arrière.

— Oh, ce n'est pas pour moi ! dit Billy en riant. Mais c'est cela qui compte dans la vie, pas vrai ? S'assurer que chacun reçoive la nourriture qu'il mérite. »

Le taxi le dévisagea suspicieusement dans son rétroviseur, puis il haussa les épaules.

« Dégoisez tant que vous voudrez, dit-il. Le client a toujours raison. »

Une demi-heure plus tard, Billy était au téléphone avec Heidi.

A présent, allongé dans l'obscurité, il écoutait respirer cette chose qui avait l'apparence d'une tourte mais qui en réalité était l'enfant que le vieux Taduz et lui avaient créé ensemble.

Gina, songea-t-il soudain. *Où est-elle ? Quand je pense que j'avais supplié Ginelli de ne pas lui faire de mal. Si je pouvais lui mettre la main dessus, je n'hésiterais pas à lui faire mal moi-même. Très mal. Je lui ferais payer ce qu'elle a fait à Richard. Ce n'est pas sa main que je ferais parvenir au vieux, mais sa tête. Après lui avoir rempli la bouche de billes d'acier. Au fond, il vaut mieux que je sache pas où la trouver. Ces histoires-là, ça n'a pas de fin. On finit même par oublier comment elles ont commencé. D'abord, on en discute à perte de vue, mais au bout d'un certain temps plus personne n'est capable de démêler les torts des raisons, et d'ailleurs tout le monde s'en fiche. On continue, c'est tout. Chacun rend la monnaie de sa pièce à l'autre. Œil pour œil, dent pour dent. Ils nous en tuent un, on leur en tue deux. Ils nous bombardent un aéroport, on leur fait sauter une école. Et le sang coule à flots. Oui, des torrents de sang. Car c'est bien de cela qu'il s'agit, n'est-ce pas ? Le sang...*

Billy s'endormit sans même s'en apercevoir. Ses pensées se muèrent simplement en une longue série de rêves morbides et sanglants. Dans les uns il tuait, dans les autres on le tuait ; dans tous, quelque chose respirait, palpitait, et la chose restait invisible pour la bonne raison qu'elle était en lui.

26

58 kilos

MEURTRE MYSTÉRIEUX D'UN GANGSTER NEW-YORKAIS

L'homme tué d'une balle dans la tête dont le corps a été découvert hier soir dans le sous-sol d'un immeuble résidentiel d'Union Street a été identifié. Il s'agit d'un gros bonnet de la pègre new-yorkaise, Richard Ginelli, connu dans le milieu sous le sobriquet de« Richie le Cogneur ». Ginelli avait fait l'objet de poursuites à l'échelon local et à l'échelon fédéral sous trois chefs d'inculpation différents : extorsion de fonds sous la menace, trafic de stupéfiants et homicide volontaire. Une information ouverte conjointement contre lui par le parquet de New York et le ministère de la Justice avait dû toutefois être levée en 1981 par suite de la mort violente de plusieurs témoins à charge.

Un porte-parole du procureur général du Maine nous a déclaré hier soir que l'hypothèse d'un règlement de comptes opposant deux bandes rivales avait été retenue avant même que l'identité de la victime ait pu être établie, en raison des circonstances particulières du meurtre. Il semblerait en effet que la main droite de Ginelli ait été sectionnée et que le mot « PORC » ait été inscrit en lettres de sang sur son front.

Il semblerait également que Ginelli ait été tué par une

arme de gros calibre. Toutefois, les experts en balistique de la police d'État se refusent à rendre publics les résultats de leur examen, qu'un représentant du bureau du shérif a qualifiés « d'insolites ».

Cet article figurait à la première page du *Bangor Daily News* dont Billy Halleck avait acheté un exemplaire un peu plus tôt dans la matinée. Il le parcourut une dernière fois, examina une fois de plus la photo de l'immeuble où l'on avait retrouvé le corps de son ami, ensuite il roula le journal en boule et le fourra dans une corbeille à papier ornée de l'écusson de l'État du Connecticut.

« Repose en paix, dit-il.

— Quoi, monsieur ? »

Une fillette de cinq ou six ans, qui tenait un chien en laisse, levait la tête vers lui. Elle avait deux gros rubans dans les cheveux et le menton barbouillé de chocolat.

« Rien, dit Billy en lui souriant.

— Viens ici, Marcy ! cria la mère de la fillette d'une voix où perçait une pointe d'anxiété.

— Au revoir, monsieur, dit Marcy.

— Au revoir, poussin », dit Billy.

Il la regarda s'éloigner. Le petit caniche blanc qu'elle tenait en laisse sautillait gaiement en avant d'elle, et ses griffes cliquetaient sur le sol goudronné. Dès qu'elle fut arrivée à sa hauteur, sa mère se mit à l'accabler de remontrances. Billy s'en voulait un peu d'avoir déchaîné les foudres maternelles sur cette malheureuse petite fille qui lui avait rappelé Linda telle qu'elle était au même âge. Mais en même temps, l'incident lui avait réchauffé le cœur. C'était réconfortant d'apprendre par le truchement d'une balance qu'il avait repris près de cinq kilos ; mais ça l'était encore plus de se voir traiter à nouveau comme un individu normal, ne fût-ce que par une fillette de six ans qui promenait son chien sur une aire de repos de l'autoroute, et qui se figurait probablement que le monde était plein de grands échalas filiformes.

La veille, il était resté enfermé toute la journée dans sa

chambre du motel de Northeast Harbor, histoire de prendre un peu de repos et surtout de se remettre la tête à l'endroit. Ça n'avait pas été sans mal. Il sentait sa raison lui revenir... et là-dessus son regard tombait sur la tourte posée sur le téléviseur et il basculait à nouveau.

A la tombée du jour, il était allé la ranger dans le coffre de sa voiture et c'était devenu un peu plus facile.

Au soir, quand il eut enfin recouvré un semblant de lucidité, un sentiment de solitude d'une extraordinaire acuité l'avait envahi. Il avait sorti son carnet d'adresses et y avait trouvé le numéro de Rhoda Simonson à Westchester. Quelques instants plus tard, il était au téléphone avec Linda. Sa fille avait été folle de joie en l'entendant. Elle lui avait confirmé qu'elle avait effectivement été informée de l'existence de la procédure d'internement à la suite d'un concours de circonstances banal et sordide. D'après les explications de Linda (que Billy n'avait écoutées que d'une oreille), les choses s'étaient passées de la manière suivante : Mike Houston en avait parlé à sa femme, et cette dernière, sous l'empire de la boisson, avait tout raconté à leur fille aînée, Samantha. Samantha Houston, qui était en froid avec Linda depuis quelques mois, s'était fait une joie de venir l'informer toutes affaires cessantes que sa chère maman faisait tout ce qu'elle pouvait pour envoyer son pauvre vieux papa tresser des petits paniers dans un établissement spécialisé.

« Qu'est-ce que tu lui as dit ? interrogea Billy.

— D'aller se faire empapaouter », dit Linda, et Billy éclata de rire.

Il rit si fort que des larmes lui jaillirent des yeux, mais en même temps, il éprouvait un pincement au cœur. Cela ne faisait pas trois semaines qu'il avait quitté Linda, et on aurait dit qu'elle avait vieilli de trois ans au cours de ce bref laps de temps.

Linda était allée trouver sa mère incontinent pour lui demander si ce que Samantha Houston lui avait dit était exact.

« Qu'est-ce qui s'est passé ? demanda Billy.

— On a eu une explication vraiment très orageuse. Ensuite je lui ai dit que je voulais retourner chez tante Rhoda et elle m'a répondu que ce n'était peut-être pas une si mauvaise idée que ça. »

Billy resta silencieux un moment, puis il dit :

« Je ne sais pas si tu as besoin que je te le précise, Lin, mais je ne suis pas fou.

— Je sais bien, papa, dit-elle d'un ton de reproche.

— Et à part cela, je vais mieux. Je regrossis. »

Elle poussa un cri de joie tellement strident qu'il dut éloigner l'écouteur de son oreille.

« C'est vrai ? fit-elle. Vraiment, tu grossis ?

— C'est vrai.

— Oh papa, c'est *génial !* C'est fa... Ce n'est pas un bobard, hein ? C'est bien vrai ?

— Parole de scout, dit Billy avec un grand sourire.

— Tu rentres bientôt ? » interrogea-t-elle.

Billy était bien décidé à prendre la route le lendemain matin, ce qui signifiait qu'il arriverait à Fairview dans un peu plus de vingt-quatre heures. Néanmoins, il répondit :

« Pas avant une semaine, chaton. Je veux d'abord me remplumer un peu. Je ne suis pas beau à voir, tu sais.

— Oh, fit Linda, dépitée. Comme tu voudras.

— Mais je t'avertirai, ne t'en fais pas. Je te téléphonerai au préalable, pour que tu puisses arriver à la maison avec quelques heures d'avance. Comme ça tu auras le temps de me préparer un plat de lasagnes comme celui que tu nous as servi à notre retour de Mohonk. Ça me fera reprendre encore un peu plus de poids.

— C'est *chié !* s'écria-t-elle en riant et aussitôt après elle ajouta : Oh, excuse-moi, papa.

— Pas grave, dit Billy. Mais en attendant, je veux que tu restes bien sagement chez Rhoda, trésor. Je ne tiens pas à ce que tu t'engueules encore avec maman.

— De toute façon, je ne voulais pas rentrer tant que tu serais absent », dit Linda, et Billy perçut dans sa voix une fermeté inhabituelle. Heidi avait-elle décelé cette dureté d'adulte qui affleurait depuis peu chez Linda ? Probablement. Et c'était en partie ce qui expliquait l'état d'abattement dans lequel il l'avait trouvée la veille.

« Je t'aime, Linda », dit-il et il raccrocha.

Il trouva plus facilement le sommeil cette nuit-là, mais côté rêves il ne fut pas gâté. Il fit une série de cauchemars affreux. Dans l'un d'eux, il entendait des appels désespérés qui s'élevaient du coffre de sa voiture. C'était Ginelli qui le suppliait de le laisser sortir. Mais lorsqu'il ouvrait son coffre, il n'y trouvait pas Ginelli, mais un bébé nu et sanguinolent, de sexe masculin, qui avait les yeux sans âge du vieux Taduz et un grand anneau d'or à l'oreille droite. Le bébé tendait vers Billy ses mains couvertes de sang coagulé. Il souriait, et son sourire découvrait deux rangées de dents aussi fines et pointues que des épingles.

« *Purpurfargade ansiktet* », vagissait-il d'une voix qui n'avait rien d'humain.

Là-dessus, Billy s'était réveillé. Il tremblait de tous ses membres. Une aube grise et crachineuse baignait la chambre de sa clarté lactescente.

Vingt minutes plus tard, il retourna ses clés à la réception, et prit la route en direction du sud. Un peu avant huit heures, il s'arrêta dans un routier et commanda un plantureux petit déjeuner. Mais une fois qu'il eut déplié le journal qu'il avait pris dans un distributeur payant à l'entrée du restaurant, il faillit prier la serveuse de tout remporter sur-le-champ.

En fin de compte, ça ne m'a pas empêché de m'en mettre plein la lampe, se dit-il en allant retrouver sa voiture de louage. *L'essentiel, c'est* aussi *de reprendre du poids.*

Sur le siège du passager, la tourte palpitait doucement. Billy sentait la chaleur qui en émanait. Il l'effleura d'un rapide regard avant de mettre le contact et de quitter sa place de parking en marche arrière. Dans moins d'une heure, il serait chez lui. A cette idée, il sentit naître en lui une émotion trouble, déplaisante. Il lui fallut trente bons kilomètres pour comprendre ce qu'il éprouvait. C'était une sourde excitation.

27

La tourte gitane

Il se rangea dans l'allée, derrière l'Oldsmobile, récupéra le petit sac de voyage posé sur la banquette arrière et entama la traversée de la pelouse. La maison blanche avec ses persiennes laquées de vert, qui avait toujours éveillé en lui un sentiment de sécurité et de bien-être, lui paraissait étrange à présent. Plus même qu'étrange : étrangère.

C'est l'homme blanc de la ville qui habitait ici, se dit-il. *Mais je ne suis pas certain que ce soit bien lui qui est revenu ce soir. L'individu qui traverse la pelouse aurait plutôt l'âme d'un Gitan. D'un Gitan très efflanqué.*

La porte d'entrée éclairée par deux gracieuses appliques placées de part et d'autre du chambranle s'ouvrit et Heidi parut sur le seuil. Elle arborait une jupe rouge et un corsage sans manches que Billy n'avait jamais vus, et elle avait changé de coiffure. Ses cheveux étaient beaucoup plus courts qu'avant. L'espace d'un vertigineux instant, Billy eut l'impression que cette femme n'était pas Heidi, mais une inconnue qui lui ressemblait vaguement.

Elle posa sur lui ses yeux trop sombres. Elle était livide et ses lèvres tremblaient imperceptiblement.

« Billy ?

— C'est moi », dit-il en s'arrêtant.

Ils restèrent debout, face à face, sans rien dire. Le visage de Heidi exprimait une sorte d'espoir douloureux, et celui de Billy n'exprimait aucun sentiment. Du moins, c'est ce qu'il se figurait, car au bout d'un moment Heidi s'écria :

« Oh, Billy ! Pour l'amour du ciel, ne me regarde pas comme ça ! C'est insupportable ! »

Il sentit que ses lèvres s'écartaient pour former un sourire. De l'intérieur, le sourire lui fit à peu près l'effet d'une chose morte remontant brusquement à la surface d'un lac étale, mais comme Heidi esquissait en retour un sourire timide et mal assuré, il se dit qu'il devait faire illusion. Des larmes jaillirent des yeux de Heidi et roulèrent le long de ses joues.

Oh pour ça, Heidi, tu as toujours eu la larme facile, songea-t-il.

Elle fit mine de descendre les marches de la véranda. Billy lâcha son sac et il s'avança vers elle, son sourire mort toujours étalé sur sa face.

« Qu'est-ce qu'on mange ? dit-il. Je crève de faim. »

Heidi lui prépara un repas gargantuesque — une salade, un steak accompagné d'une pomme de terre au four et de haricots verts frais, et au dessert des myrtilles à la crème. Billy n'en laissa pas une miette. Heidi ne disait rien mais ses gestes et ses regards étaient éloquents. Ils lui transmettaient tous le même message : *Je t'en supplie, Billy, donne-moi une deuxième chance.* D'une certaine façon, c'était extrêmement comique. Billy était sûr que le vieux Taduz aurait trouvé cela très drôle. Heidi avait opéré un virage à cent quatre-vingt degrés. Du refus de toute responsabilité, elle était passée au repentir le plus complet.

Graduellement, à mesure que la soirée s'avançait, ses gestes et ses attitudes laissèrent percer un autre sentiment : le soulagement. Elle se sentait pardonnée. Billy ne fit rien pour la détromper. Ça l'arrangeait très bien.

Assise en face de lui, elle le regarda manger, effleurant parfois d'une caresse son visage émacié. Ensuite elle l'écouta, allumant cigarette sur cigarette tandis qu'il parlait. Il lui raconta comment il avait pisté les Gitans jusqu'à Bar

Harbor en s'aidant des photographies que lui avait procurées Kirk Penschley.

Mais à partir de là, Billy Halleck tourna résolument le dos à la vérité.

Il expliqua à Heidi que le face-à-face dramatique qu'il espérait et redoutait à la fois ne s'était pas produit. Il prétendit que le vieux Taduz lui avait ri au nez, vite imité par le reste de la bande. Que le vieil homme lui avait dit : « Si j'avais pu vous jeter un sort, vous seriez déjà mort et enterré. Vous autres hommes blancs de la ville, vous nous prêtez toujours des pouvoirs surnaturels. Mais si nous avions des pouvoirs surnaturels, vous croyez que nous roulerions à bord de ces guimbardes pourries avec leurs pots d'échappement renforcés par du fil de fer? Que nous dormirions dans des terrains vagues? Nous sommes des saltimbanques, pas des sorciers, homme blanc de la ville. La magie, pour nous, ça se ramène à soutirer quelques sous à des péquenots avant de passer à l'étape suivante. A présent, déguerpissez d'ici, sans quoi mes garçons vont vous montrer de quel bois ils se chauffent. Et ils ont leur magie à eux — elle s'appelle " coup-de-poing américain ".

— " Homme blanc de la ville "? C'est vraiment comme ça qu'il t'a appelé? demanda Heidi.

— Oui, répondit Billy en lui souriant. Je ne sais pas où il a été chercher ça. »

Il lui raconta qu'ensuite il avait regagné sa chambre de motel et qu'il y était resté claquemuré pendant quarante-huit heures, tellement abattu qu'il touchait à peine aux repas qu'il se faisait apporter. Le troisième jour, il était monté sur la balance de la salle de bains et il s'était aperçu qu'il avait repris près de deux kilos en dépit du peu de nourriture qu'il avait absorbé.

« Mais en y réfléchissant, je me suis aperçu que ce n'était pas plus étrange que de *perdre* deux kilos après avoir mangé comme un chancre, expliqua-t-il. Et c'est cette idée qui m'a fait sortir du marasme dans lequel je stagnais. Je suis resté un jour de plus enfermé dans ma chambre à me triturer les méninges. Je me disais que les toubibs de la clinique Glassman avaient peut-être vu juste. Que même ce trou du cul de Houston n'avait peut-être pas eu entièrement tort.

— Billy..., fit Heidi en lui effleurant le bras.

— Ne t'inquiète pas, dit-il. Je ne lui casserai pas la figure. »

Mais peut-être bien que je lui offrirai une part de tourte, se dit-il et il éclata de rire.

Un sourire perplexe se dessina sur les lèvres de Heidi.

« Qu'est-ce qu'il y a donc de si drôle ? demanda-t-elle.

— Rien, dit Billy. Le hic, vois-tu, c'était que tout le monde essayait de me faire avaler la vérité de force. Les toubibs de la clinique Glassman, Houston, et même toi, Heidi. C'est cela que je refusais, tu comprends. Il fallait que je la découvre par mes propres moyens. J'imagine que c'était la culpabilité qui me poussait à agir ainsi. La culpabilité, plus une combinaison de délire paranoïaque et d'aveuglement volontaire. Mais en fin de compte, je n'avais pas entièrement tort non plus. J'avais vu juste à ma manière, même si c'était à partir de prémices tordues. Je m'étais mis en tête qu'il fallait absolument que je le revoie, et c'est effectivement là que le déclic s'est produit. Les choses ne se sont pas passées comme je l'avais prévu, évidemment. Il était plus petit que dans mon souvenir, il avait une montre Timex au poignet — avec un bracelet en plastique — et un accent de Brooklyn à couper au couteau. Je crois bien que c'est surtout l'accent de Brooklyn qui a rompu l'illusion. C'était un peu comme ce film sur les croisades avec Tony Curtis. Dès qu'il ouvrait la bouche, on savait bien que le preux chevalier n'était qu'un petit voyou du Bronx. Alors, j'ai pris le téléphone et je t'ai... »

Dans le living, le cartel de la cheminée fit entendre son mélodieux carillon.

« Il est minuit, dit Billy. Allons nous coucher. Je vais t'aider à desservir.

— Non, laisse, dit Heidi en lui entourant le cou de ses bras. Je suis si heureuse que tu sois rentré, Billy. Monte donc te coucher. Tu dois être exténué.

— Non, ça va, dit-il. Je vais juste... »

Tout à coup il claqua des doigts comme s'il venait brusquement de se rappeler quelque chose.

« Ah, j'oubliais ! dit-il. J'ai laissé quelque chose dans la voiture.

— Quoi donc ? Ça ne peut pas attendre jusqu'à demain ?

— Non, il faut que j'y aille, dit-il en souriant. C'est une surprise pour toi. »

Il sortit. Son cœur battait la chamade. Les clés de voiture lui échappèrent et il se cogna le front contre le flanc de la voiture en se baissant pour les ramasser. Ses mains tremblaient tellement qu'il dut s'y reprendre à deux fois pour insérer la clé du coffre dans sa serrure.

Oh mon Dieu, et si elle palpite toujours ? gémit une voix affolée dans sa tête. *Dès qu'elle l'apercevra, Heidi va s'enfuir en hurlant.*

Il ouvrit le coffre et fut à deux doigts de se mettre lui-même à hurler en constatant qu'il ne renfermait rien d'autre qu'un cric et un pneu de secours. Puis il se souvint qu'en fait il avait laissé la tourte sur le siège du passager. Il referma brutalement le coffre et se précipita sur la portière gauche. La tourte était bien là, et elle était rigoureusement inerte. A vrai dire, il savait bien qu'il en serait ainsi.

Ses mains ne tremblaient plus.

Debout sous la véranda, Heidi l'observait. Il retraversa la pelouse, gravit l'escalier et lui mit la tourte dans les mains. Il souriait. *C'est dans la poche,* songea-t-il. Il avait accompli un parcours sans faute. Son sourire s'élargit.

« Et voilà, dit-il.

— Waouh ! », s'exclama Heidi.

Elle pencha la tête et renifla la tourte.

« Aux fraises ! dit-elle. Mon parfum préféré !

— Je sais, dit Billy, épanoui.

— Et elle est encore tiède ! Merci, Billy !

— Je me suis arrêté à Stratford pour faire le plein et j'ai avisé des dames de charité qui vendaient des gâteaux sur la pelouse d'une église, juste à côté de la station-service, expliqua-t-il. Et je me suis dit que... que si jamais tu m'accueillais avec un rouleau à pâtisserie à la main, j'aurais une offrande de paix.

— Oh, *Billy*... »

A nouveau, elle avait les larmes aux yeux. Impulsivement, elle l'étreignit d'un seul bras et l'attira à elle. Elle tenait la tourte au bout de son autre bras, en équilibre sur trois doigts, à la façon d'un garçon de café qui porte un plateau. Au moment où leurs lèvres se rejoignaient, la tourte se mit à basculer et Billy sentit son cœur s'affoler.

« Attention ! hoqueta-t-il en rattrapant la tourte au vol.

— Oh Billy, je suis si maladroite, dit Heidi en riant et en s'essuyant les yeux avec le coin du tablier qu'elle avait passé pour faire la cuisine. Tu m'apportes une tourte aux fraises, et je ne trouve rien de mieux à faire que de la renverser sur ta ch-ch... »

Tout à coup, elle éclata en sanglots et se nicha la face contre la poitrine de Billy. Il lui caressa la tête en écartant prudemment la tourte qu'il tenait dans l'autre main pour le cas où elle aurait fait un mouvement brusque.

« Billy, je suis si heureuse que tu sois rentré, dit-elle d'une voix entrecoupée de larmes. Tu ne m'en veux pas trop, dis ? Jure-moi que tu ne m'en veux pas de t'avoir fait ça !

— Je te le jure, dit Billy d'une voix câline en lissant ses courts cheveux. »

Elle a raison, pensait-il. *Elle est encore tiède.*

« Rentrons, tu veux bien ? » ajouta-t-il.

Heidi posa la tourte sur le plan de travail et elle se dirigea vers l'évier.

« Tu ne veux pas en manger un morceau ? interrogea Billy.

— Après peut-être, quand j'aurai fini la vaisselle. Prends-en une part si ça te dit.

— Tu rigoles ? Après le dîner que je viens de m'enfiler ?

— Tu vas avoir besoin d'un maximum de calories pendant quelque temps.

— Bon, mais là je n'ai tout bonnement plus de place, dit Billy. Tu veux que j'essuie la vaisselle ?

— Non, va donc te coucher. Je te rejoins dans un petit moment.

— D'accord. »

Billy sortit de la cuisine sans même se retourner. Il savait que Heidi se gênerait moins pour manger une part de tourte en son absence. A condition qu'elle en ait envie. Mais ce ne serait peut-être pas pour ce soir. Ce soir, elle penserait surtout à venir le rejoindre dans le lit. Et si elle voulait lui faire l'amour ? Il y avait un moyen simple de l'en dissuader. Il suffirait qu'il ne mette pas de pyjama. Quand elle le verrait nu...

Quant à la tourte...

« " Traderidera ", dit Scarlett. " Je mangerai mon gâteau demain. Demain, il fera jour. " »

Il disait cela d'une voix si lugubre qu'il ne put se retenir de rire. Il était dans la salle de bains, debout sur la balance. Il regarda dans le miroir, et il y vit les yeux de Ginelli.

La balance lui apprit qu'il était remonté à soixante kilos, mais il n'en éprouva aucune joie. Il n'éprouvait rien, à part une immense fatigue. Il longea le couloir où tout à présent lui paraissait étrange et pénétra dans la chambre à coucher. Il buta sur quelque chose dans le noir et faillit s'étaler. Heidi avait changé la disposition des meubles. Elle s'était fait couper les cheveux, elle s'était acheté un corsage neuf, et elle avait déplacé un fauteuil et la plus petite des deux commodes de leur chambre, mais l'étrangeté ne tenait pas qu'à ça. La maison avait subtilement changé en son absence, comme si Heidi avait été maléficiée aussi, mais d'une manière beaucoup plus insidieuse. Billy se faisait-il des idées ? Non, l'étrangeté était bien là. Linda l'avait sentie. C'est pour ça qu'elle s'était enfuie.

Il se déshabilla avec des gestes très lents. Ensuite il se mit au lit et attendit que Heidi monte à son tour. Il guettait le bruit de ses pas dans l'escalier, mais son oreille perçut d'autres sons, étouffés mais aisément reconnaissables. La porte d'un placard qui grinçait. C'était celle du placard mural où ils rangeaient les assiettes à dessert. Le raclement d'un tiroir qui s'ouvrait, suivi d'un léger cliquetis d'ustensiles entrechoqués. Heidi choisissait un couteau.

Billy avait les yeux fixes et son cœur battait à tout rompre.

Les pas de Heidi résonnèrent sur le plancher de la cuisine. Elle se dirigeait vers le plan de travail sur lequel elle avait posé la tourte. Une lame de parquet grinça sous son pied. Cette lame de parquet avait toujours grincé. Elle se trouvait au milieu de la pièce.

Qu'est-ce qui va lui arriver ? J'ai dépéri. Cary s'est transformé en une espèce de monstre avec la peau duquel on aurait pu faire des souliers. Duncan Hopley s'est changé en pizza. Qu'est-ce que ça va lui faire à elle ?

La lame de parquet grinça une seconde fois. Heidi retraversait la cuisine. Billy l'imagina, tenant son assiette d'une main et serrant dans l'autre son paquet de Vantages et sa pochette d'allumettes. Il imaginait la part de tourte. Les fraises, la flaque rouge sombre qui s'était formée sur l'assiette.

Il tendit l'oreille pour mieux percevoir le très léger grincement de la porte de la salle à manger, mais rien ne se produisit. Il n'en fut pas vraiment surpris. Heidi s'était installée au-dessus de la paillasse de l'évier et elle mangeait son gâteau à petites bouchées rapides, le regard perdu dans les ténèbres du jardin. C'était bien dans ses habitudes. Il lui semblait presque qu'il entendait la fourchette crisser sur la faïence de l'assiette.

Il dérivait lentement vers le sommeil.

Tu ne vas quand même pas t'endormir, dis ? A-t-on jamais vu un meurtrier s'endormir dans le feu de l'action ?

Et pourtant ses paupières étaient de plus en plus lourdes. Il guettait le cliquetis que produirait l'assiette vide au moment où Heidi la poserait dans l'évier. Le bruit de l'eau qu'elle ferait couler pour la rincer rapidement. Ensuite, il l'entendrait aller de pièce en pièce pour régler les thermostats, éteindre les lumières, vérifier que les alarmes électroniques étaient toutes branchées. Les rituels vespéraux des hommes blancs de la ville.

Il était étendu dans son lit, l'oreille dressée, et l'instant d'après il se retrouva assis à sa table de travail, dans la petite maison en pisé où il vivait depuis six ans avec Linda. Oui, c'était aussi simple que ça. Ils s'étaient installés six ans plus tôt à Big Jubilee, une petite bourgade du sud de l'Arizona. Billy y avait repris sa pratique d'avocat. Il travaillait à temps partiel comme conseiller juridique — la « merdouille commerciale », comme il disait — car il fallait bien faire bouillir la marmite. Le reste du temps, il donnait dans le bénévolat. Linda et lui menaient une vie frugale. Les luxes d'antan — les deux voitures, le jardinier qui venait trois fois par semaine, les vingt-cinq mille dollars annuels de taxe foncière — étaient loin derrière, et il ne les regrettait pas. Linda non plus, apparemment. De loin en loin, une affaire le forçait à se déplacer jusqu'à Tucson ou Yuma, mais à part cela il ne bougeait guère de Big Jubilee, et ils avaient choisi une maison suffisamment éloignée du centre ville pour ne pas perdre le contact avec la nature environnante. Dans un an, Linda irait s'installer sur le campus de l'Université de Tucson, et le cas échéant Billy se rapprocherait du centre. Mais seulement si le désert était trop dur à supporter seul, et il pensait qu'il s'y ferait.

Ils menaient une existence conforme à leurs aspirations. Ils étaient heureux, en somme. Car après tout, c'est cela qui compte dans la vie. Assurer son bien-être et celui de ses proches comme on l'entend.

On frappa à la porte et Billy pivota sur son fauteuil articulé. Linda était debout dans l'encadrement de la porte, et elle n'avait plus de nez. Enfin, si, elle l'avait encore, mais plus au milieu de la figure. Elle le tenait dans sa main droite. Du sang coulait de la cavité triangulaire qui béait au-dessus de sa bouche.

« *Je n'y comprends rien, papa,* disait-elle d'une voix nasillarde *Mon nez s'est détaché et il est tombé.* »

Il se réveilla en sursaut. Il faisait de grands moulinets des bras, comme pour chasser l'épouvantable vision. Heidi poussa un grognement dans son sommeil, se retourna sur le flanc et s'enfouit la tête sous les couvertures.

Peu à peu, Billy reprit contact avec la réalité. Il était à Fairview. Les premiers rayons du soleil matinal filtraient obliquement dans la chambre. La pendule à lecture digitale posée sur la commode à l'autre bout de la chambre indiquait 6:25. A côté de la pendule, il y avait un vase qui contenait six roses rouges.

Billy se leva, enfila son peignoir et gagna la salle de bains. Il fit couler la douche et accrocha le peignoir derrière la porte, observant au passage que Heidi avait acquis une nouvelle robe de chambre en complément du corsage et de la coiffure. Un très joli déshabillé pervenche.

Il monta sur la balance. Il avait encore pris cinq cents grammes. Il se mit sous la douche et se récura avec une méticulosité quasi obsessionnelle. Il se savonna entièrement, se rinça, puis se savonna une deuxième fois. *Je vais surveiller mon poids,* décida-t-il. *Quand elle ne sera plus là, je me surveillerai. Je ne me laisserai plus aller comme autrefois. Jamais plus je ne serai gros.*

Il s'essuya, remit son peignoir et resta pétrifié en face de la porte fermée, fixant d'un œil hypnotisé la robe de chambre neuve de Heidi. Il avança une main et la toucha. Le nylon était lisse et soyeux entre ses doigts. Il le caressa doucement. La robe de chambre paraissait neuve, mais elle avait quelque chose de familier.

Bah, elle s'est probablement acheté la réplique exacte d'une robe de chambre qu'elle avait dans le temps, se dit-il. *La créativité humaine a ses limites. On finit tous par se répéter. On finit tous par tomber dans le ressassement.*

L'écho de la voix de Houston résonna dans sa tête : *Les gens qui n'ont pas la frousse meurent souvent à la fleur de l'âge.*

Heidi : *Pour l'amour du ciel, Billy, ne me regarde pas comme ça ! C'est insupportable !*

Leda : *Il a l'air d'un crocodile à présent... d'une créature qui vient de ramper hors de son marigot et qui a mis des vêtements d'homme.*

Hopley : *Et là, vous attendez le jugement en vous disant que cette fois, rien que cette petite fois, on va peut-être vous rendre justice... une seconde de justice, c'est une bien modeste compensation pour quelqu'un qu'on a traité comme de la merde toute sa vie.*

Tandis que Billy lissait du doigt le nylon pervenche, une idée horrible s'insinua peu à peu dans son esprit. Il se souvenait de son rêve. Linda qui s'encadrait dans la porte de son bureau, un trou sanglant à la place du nez. Cette robe de chambre... Si elle lui semblait familière, ce n'était pas parce que Heidi en avait possédé une semblable jadis. C'était parce que Linda en possédait une semblable *actuellement.*

Il revint sur ses pas et ouvrit un tiroir à la droite du lavabo. Il contenait une brosse à cheveux avec le nom de Linda calligraphié au feutre bleu en travers de son manche en matière plastique.

Des cheveux bruns adhéraient aux soies.

D'un pas de somnambule, Billy sortit dans le couloir et se dirigea vers la chambre de sa fille.

Un con, William, c'est quelqu'un qui ne croit pas à ce qu'il voit.

Arrivé au bout du couloir, Billy Halleck poussa silencieusement la porte de la chambre de sa fille. Linda était dans son lit, allongée sur le dos, un bras en travers du visage. Elle dormait. Au creux de son autre bras, elle serrait Amos, son vieil ours en peluche.

Non. Oh non. Non, non, non.

Billy s'appuya des deux mains à l'encadrement de la porte et il se mit à se balancer doucement sur lui-même. Assurément il n'était pas un con, du moins pas dans le sens où Ginelli l'entendait. Il voyait tout, en effet : le blouson en daim gris accroché au dossier de la chaise, la valise Samsonite ouverte où Linda avait entassé pêle-mêle un assortiment de blue-jeans, de shorts, de corsages et de sous-vêtements. Il voyait l'étiquette Greyhound attachée à la poignée de la valise. Et il revoyait les roses. Les six roses sur la commode de leur chambre. Quand il s'était couché hier soir, les roses n'étaient pas là. Non... c'était Linda qui les avait apportées pour sa mère. En gage de paix. Elle était rentrée plus tôt que prévu pour se réconcilier avec Heidi avant le retour de Billy.

La voix du vieux Tsigane au nez putréfié résonna dans sa tête : *On ne peut rien te reprocher. Tu te l'es tellement répété que tu as fini par y croire. Mais on n'a pas fait match nul, homme blanc de la ville. Tout le monde paye. Même les innocents payent. Non, pas de match nul.*

Soudain, Billy tourna les talons et il se précipita vers l'escalier. Il avançait avec des gestes saccadés, en titubant comme un matelot secoué par le roulis.

Non ! Pas Linda ! protestait une voix stridente dans sa tête. *Pas Linda ! Oh mon Dieu, je vous en supplie, pas Linda !*

Tout le monde paye, homme blanc de la ville. Même les innocents. Le vrai maléfice, c'est la vie.

La tourte était posée sur le plan de travail, soigneusement enveloppée de film plastique transparent. La tourte, ou ce qu'il en restait. Il en manquait un bon quart. Le regard de Billy se déplaça vers la table, et il aperçut le sac de Linda. Une ligne de badges étaient épinglés à la bretelle du sac. Ils étaient à l'effigie de diverses vedettes du rock : Bruce Springsteen, John Cougar Mellencamp, Pat Benatar, Lionel Ritchie, Sting, Michael Jackson.

Billy s'approcha de l'évier.

Deux assiettes.

Deux fourchettes.

Elles se sont assises à la table de la cuisine et elles se sont raccommodées en mangeant de la tourte. Linda a dû arriver juste après que je me suis endormi.

Il crut entendre le vieux Taduz qui riait et ses genoux s'effacèrent sous lui. Il dut s'accrocher au rebord de l'évier, sans quoi il se serait écroulé pour de bon.

Lorsqu'il eut retrouvé un peu de force, il fit demi-tour et traversa la cuisine. La lame de parquet mal ajustée grinça sous son pas.

La tourte était à nouveau soulevée par de lentes et régulières pulsations, et son obscène chaleur avait embué le plastique transparent qui la couvrait. Billy perçut un infime bruit de succion.

Il ouvrit le placard mural, y prit une assiette à dessert, puis il sortit un couteau et une fourchette du tiroir du plan de travail.

« Pourquoi pas ? » murmura-t-il en ôtant délicatement l'emballage de plastique fin qui recouvrait la tourte. Elle ne palpitait plus. A présent, elle n'était plus qu'une tourte aux fraises extrêmement alléchante.

Bien qu'il ne fût pas encore sept heures du matin, Billy avait la dent. Et comme Heidi le lui avait dit la veille, il fallait qu'il absorbe le plus de calories possible.

« Bon appétit », se murmura Billy Halleck, debout dans la cuisine silencieuse et ensoleillée.

Et il se coupa une belle tranche de tourte gitane.

Table des matières

normandie roto impression s.a.
61250 Lonrai

Reproduit et achevé d'imprimer en avril 1996
N° d'édition 96051 / N° d'impression 960398
Dépôt légal mai 1996
Imprimé en France

ISBN 2-73-820-892-4
33-5892-6